twilight
暮光之城

暮色
MUSE

[美] 斯蒂芬妮·梅尔 著
覃学岚 孙郁根 李寅 译

接力出版社
Publishing House

桂图登字：20-2007-174

Text copyright © 2005 by Stephenie Meyer
This edition published by arrangement with Little, Brown and Company, New York, New York, USA.
Simplified Chinese Edition Copyright © 2008 Jieli Publishing House
All rights reserved.
本书简体中文版权由博达著作权代理有限公司代理

图书在版编目（CIP）数据

暮色 /（美）斯蒂芬妮·梅尔著；覃学岚，孙郁根，李寅译. —2版. —南宁：接力出版社，2021.3（2025.4重印）
（暮光之城）
书名原文：Twilight
ISBN 978-7-5448-6995-9

Ⅰ.①暮…　Ⅱ.①斯…②覃…③孙…④李…　Ⅲ.①长篇小说－美国－现代　Ⅳ.①I712.45

中国版本图书馆CIP数据核字（2021）第030134号

总策划：白冰　黄俭　黄集伟　郭树坤
责任编辑：陈楠　　美术编辑：许继云
责任校对：高雅　王静　　责任监印：刘宝琪
版权联络：王彦超　　营销主理：贾毅奎　蔡欣芸
出版人：白冰　雷鸣
出版发行：接力出版社　　社址：广西南宁市园湖南路9号　　邮编：530022
电话：010-65546561（发行部）　　传真：010-65545210（发行部）
网址：http://www.jielibj.com　　电子邮箱：jieli@jielibook.com
经销：新华书店　　印制：河北鹏润印刷有限公司
开本：890毫米×1240毫米　1/32　　印张：11.875　　字数：350千字
版次：2008年7月第1版　2021年3月第2版　　印次：2025年4月第44次印刷
印数：990 001—993 000册　　定价：49.80元

版权所有　侵权必究

质量服务承诺：如发现缺页、错页、倒装等印装质量问题，可直接联系本社调换。
服务电话：010-65545440

献给
我的大姐艾米莉
她的热情
是促成我完成本书的
最大动力

感谢我的双亲斯蒂芬和凯恩蒂一生给予我的爱与支持，在我年少时为我朗读许多经典名著，在我紧张时永远握住我的手。

感谢我的丈夫潘乔以及我的儿子们——加布、塞斯及艾利，不时和我讨论故事中的虚构人物。

感谢美国作家书屋（Writers House）的朋友们：吉纳维芙·盖勒－霍斯，给我这个新手机会；我的代理朱蒂·瑞迈尔，让我最不可能的美梦成真。

感谢我的编辑梅甘·丁莉，在《暮色》编辑加工过程中所给予我的所有帮助。

感谢我的兄弟保罗及雅各，他们俩的专业为我解答了无数疑问。

感谢我的网络部族——fansofrealitytv.com 网站上最有才华的成员和作家，特别是金伯利·萨朗和柯林·曼特拉给我的鼓励、忠告和鼓舞。

CONTENTS

目 录

序幕	1
初见	2
打开的书	21
奇迹	40
邀请	51
晕血	65
恐怖故事	85
噩梦	100
惊魂	117
推测	137
问答	150
纠葛	166
平衡	179
表白	197

精神胜过物质	216
卡伦一家	237
卡莱尔	253
球赛	264
捕猎	284
告别	295
焦虑	306
电话	319
捉迷藏	326
天使	339
僵局	344
尾声	361

只是分别善恶树上的果子,
你不可吃,
因为你吃的日子必定死。

——《创世记》,第二章,第十七节

序　幕

　　我从未过多地去想我将如何死去,虽然在过去的几个月里,我有足够的理由去思考这个问题,但就算我想过,我也万万想不到,死亡将如此地降临。

　　我屏息静气地望着房间的另一头,远远地凝视着猎人那深邃的眼眸,而他则以愉快的目光回应我。

　　这无疑是一个不错的死法,死在别人——我所钟爱的人的家里,甚至可以说,轰轰烈烈。这应该算是死得其所。

　　我知道,如果我没有来福克斯的话,此刻也就不必面对死亡,但是,尽管我害怕,也不会后悔当初的决定。当生活给了你一个远远超过你期望的美梦,那么,当这一切结束时,也就没有理由再去伤心。

　　猎人带着友好的微笑,从容不迫地向我走来——来了却我的生命。

初　见

　　妈妈开车送我去的机场，一路上车窗都敞开着。凤凰城[①]当天的气温是七十五华氏度[②]，蔚蓝的天空万里无云。我穿着自己最喜欢的那件无袖网眼白色蕾丝衬衣，手上拎着一件派克式外套[③]。我之所以穿这件衬衫，是用它来跟凤凰城作别的。

　　在华盛顿州西北的奥林匹克半岛上，有一座名叫福克斯[④]的小镇，那里几乎常年笼罩着乌云。这个微不足道的小镇上的雨水比美利坚的任何地方都要多，妈妈就是从这个小镇那阴郁而又无处躲藏的阴影之下带着我逃出来的，当时我才几个月大。就是这个小镇，我每年夏天都不得不去待上一个月，直到我年满十四岁。就是在那一年，我终于拿定主意不再去那里，结果最近这三个夏天，爸爸查理只好带我去加利福尼亚度假，在那里过上两个星期。

　　我这次自我流放的目的地就是福克斯——采取这次行动令我恐惧不已。我憎恶福克斯。

　　我喜爱凤凰城。我喜爱阳光，喜爱酷热。我喜欢这座活力四射、杂乱无章、不断扩张的大城市。

[①]　一译菲尼克斯，是美国亚利桑那州首府，也是该州最大的城市和美国第六大城市，位于该州中南部索尔特河（the Salt River，一译"盐河"）北岸，面积839 平方公里。1881 年设市，1897 年在古印第安人遗址上始建。凤凰城的年日照率达 86%，居美国各大城市之首。凤凰城的地形四面环山，所以又有"阳光之谷"（Valley of the Sun）的美称。（本书注释如未特别标明，皆为译者注。）

[②]　美国人谈论气温时多用华氏温标，75 华氏度约合 24 摄氏度。

[③]　派克式外套（Parka）：一种防备冷天穿的有风帽并常有暖和衬里的外套或夹克。

[④]　位于克拉勒姆县（Clallam County）境内。

"贝拉,"上飞机之前,妈妈对我说,"你没有必要这样做。"这话她已经说了九百九十九遍了。

我长得像我妈妈,但她头发较短,而且脸上带有笑纹。看着她那双天真烂漫的大眼睛,我内心顿时感到一阵疼痛。我怎么可以撇下我可爱、古怪、率性的母亲,让她独自一人去生活呢?当然,眼下她有菲尔,账单会有人去付,冰箱里会有吃的,汽车没油了会有人去加,迷了路也有人可求,但还是……

"我**真的想**去。"我撒了个谎。我一直都不太会说谎话,不过这个谎话最近一直在说,最后连自己都深信不疑了。

"代我向查理问好。"

"我会的。"

"我很快就会来看你的,"她坚持道,"你想回家的话,随时都可以回——你说一声需要我,我马上就会回来。"

不过,从她眼中我能看出,这样的诺言会让她做出怎样的牺牲。

"别为我操心,"我劝她,"一切都会很好的。我爱你,妈妈。"

她紧紧地搂了我一会儿,然后等我登上了飞机,她才离开。

从凤凰城到西雅图要飞四个小时,然后在西雅图换乘小飞机往北飞一个小时到天使港,再南下开一个小时的车就到福克斯了。坐飞机我倒不怕,不过,跟查理在车上相处的那一个小时却令我有些担心。

查理对这件事情的态度从头到尾都非常不错。我第一次来跟他一起长住,他似乎真的很高兴。他已经为我在高中注册了,还打算帮我弄辆车。

但是跟查理在一起肯定会很别扭。无论从什么角度来说,我们都不是那种很啰唆的人,何况,我也不知道有什么好说的。我明白,他被我的决定弄得有些摸不着头脑了——就像我妈妈在我面前那样,我不喜欢福克斯,这一点我从来都没有掩饰过。

飞机在天使港着陆时,天空正在下着雨。我没有把它看作某种征兆——下雨在福克斯是不可避免的。我已经跟太阳说过再见了。

查理开着巡逻车来接我,这也是我预料之中的事。查理·斯旺是福克斯善良人民的斯旺警长。尽管手头不宽裕,但我还是想买辆车,

主要就是因为我不想让一辆顶上有红蓝灯的警车拉着我满街跑。因为在造成交通不畅方面，警察比谁都难辞其咎。

我晃晃悠悠地下了飞机以后，查理笨拙地用单手拥抱了我一下。

"见到你很高兴，贝儿①，"他不假思索地伸手稳住了我，笑着说，"你变化不大嘛。蕾妮好吗？"

"妈妈还好。见到你我也很高兴，爸爸。"他们不让我当着他的面直呼其名，叫他查理。

我只有几个袋子。我在亚利桑那州穿的衣服，在华盛顿州大都太单薄了。我和妈妈已经把我们的钱凑起来，给我新添了冬天穿的衣服了，但还是没多少。巡逻车的后备厢轻轻松松就全装下了。

"我弄到了一辆适合你开的好车，真的很便宜。"我们系好安全带后，他说。

"什么样的车？"他放着简简单单的"好车"不说，偏说"**适合你开的好车**"，这让我起了疑心。

"噢，实际上是一辆卡车，一辆雪佛兰。"

"在哪儿弄的？"

"你记不记得住在拉普西②的比利·布莱克？"拉普西是太平洋岸边的一个很小的印第安人保留区。

"不记得了。"

"以前夏天他常常跟我们一块儿去钓鱼。"查理提示道。

难怪我不记得了。不让痛苦、多余的东西进入我的记忆，这是我的拿手好戏。

"现在他坐轮椅了，"见我没反应，查理继续说道，"所以开不了车了，他主动提出来要便宜卖给我。"

"哪年的车？"从他脸上表情的变化，我看得出这是个他不希望我问的问题。

---

① 贝儿（Bells），贝拉（Bella）的昵称。
② 拉普西（La Push），位于华盛顿州西北，太平洋沿岸的一个小村庄，属印第安人保留区。村民以捕鱼、伐木等为生。

"哦,比利已经在发动机上下了大力气了——才几年的车,真的。"

我希望他别太小瞧我了,以为我这么轻易就可以打发:"他什么时候买的?"

"一九八四年买的,我想是。"

"他是买的新车吗?"

"哦,不是新车。我想是一九六五年以前的新车——最早也是一九五五年以后的。"他不好意思地承认道。

"查——爸爸,车我可真是一窍不通哟。要是出了什么毛病,我自己可不会修,请人修吧,我又请不起……"

"真的,贝拉,那家伙棒着呢。现在再也没人能生产这样的车了。"

那家伙,我思忖道……可能有好几种意思——最起码,也是个绰号。

"多便宜算便宜啊?"说到底,这才是我不能妥协的地方。

"噢,宝贝,作为欢迎你回家的礼物可以说我已经给你买下了。"查理满怀希望地从眼角偷偷瞥了我一眼。

哈,免费。

"您不必这样破费的,爸爸。我本打算自己买一辆的。"

"我不介意。我想让你在这儿过得高兴。"说这话的时候,他两眼盯着前面的路。查理不习惯大声表达自己的感情。在这点上,我完全继承了他。所以我回话的时候,也是两眼盯着正前方。

"那样真是太好了,爸爸。谢谢啦,我真的很感激。"没有必要再来一句:我在福克斯会感到高兴那是不可能的事情。他不必跟我一起遭罪。再说,馈赠之马莫看牙①——这白捡的卡车我又哪能嫌它的发动机差呢?

"好啦,不必客气了。"他喃喃道,他让我谢得不好意思了。

我们聊了聊潮湿的天气,这可不是什么可以让人聊个没完的话

---

① 原文"And I never looked a free truck in the mouth—or engine"是仿拟"Never look a gift horse in the mouth"而来,意思是别人送的马,就不能看它的牙口如何了,也即:馈赠之物莫挑剔。

题。接着，我们默默地看着窗外。

风景当然很漂亮，这一点我不能否认。放眼望去，满眼皆绿：树是绿色的，树干上的苔藓是绿色的，树枝上浓密的树叶是绿色的，地上的蕨类植物也是绿色的。就连从树叶之间滤下的空气，也都染上了一层绿意。

太绿了——简直像是另外一个星球。

终于，我们到了查理的家。他还住在那套两居的小房子里，是他跟我妈妈在结婚之初买下来的。他们的婚姻也就仅有那么一段好日子——新婚宴尔的那几天。在他那一切如昨的房子前面，停着我的新卡车，对了，应该说是对我而言的新卡车。褪了色的红色，圆圆大大的挡泥板，还有一个灯泡形状的驾驶室。大出我意料的是，我竟然很喜欢它。我不知道它能不能开得走，但我能从它的身上看到我自己的影子。而且，它是那种结结实实、永远也坏不了的铁疙瘩，就是你在车祸现场看到的那种结实玩意儿：自己身上漆都没蹭掉一点儿，而周围却一片狼藉，全是毁在它手下的外国汽车的碎块儿。

"哇，爸爸，我非常喜欢它，谢谢！"现在看来，我明天面临的恐怖会大大地减轻了，用不着在冒雨徒步走两英里去上学和同意搭警长的巡逻车去上学这两者中做选择了。

"我很高兴你那么喜欢它。"查理生硬地说道，又不好意思了。

只一趟，我所有的东西就全搬到楼上去了。我住西边面向前院的那间卧室，这间屋子我很熟悉：我一生下来它就归了我。木地板，浅蓝色的墙壁，尖顶形的天花板，镶黄边的窗帘，这些都是我童年的一部分。唯一变了的，就是随着我慢慢长大，查理把婴儿床换成了一般的床，添了一张写字台。现在这张写字台上有了一台二手电脑，外带一根连着调制解调器的电话线，电话线是顺着地板走的，另一头插在离得最近的电话插孔里。这是妈妈提出来的一个要求，这样，我们联系起来就比较容易了。我儿时的那把摇椅还放在那个角落里。

只有楼梯顶上唯一一个小浴室，我只好跟查理共用了。我尽量别让自己老惦记着这事。

查理最大的优点之一就是爽快。他让我自己整理行李，这要是换了我母亲,是万万不可能的事情。一个人待着真好,不必面露微笑让自己看起来很愉快;沮丧地凝视着窗外如注的大雨,掉几滴眼泪是一种解脱。我没有痛痛快快大哭一场的心境,我会把它留到睡觉的时候,因为那个时候,我将不得不想一想来日的早上。

福克斯高中总共仅有三百五十七个——当然,现在是三百五十八个学生,这实在令人吃惊;而我家那里仅初中我所在的年级就超过七百人,这里所有的孩子都是一起长大的——他们的爷爷奶奶在蹒跚学步的时候就在一起。我将成为从大城市新来的女孩儿,一个稀奇罕见、行为怪异的另类。

或许,要是我有一副凤凰城女孩子应有的模样,我可以将它变成我的优势。可身体不争气,我到哪儿都不适应。按说我应该是晒得黑黑的,像运动员,比方说,排球运动员啦,拉拉队长什么的,或许应该具有与住在"阳光之谷"的人相称的所有特点。

恰恰相反,尽管天天在晒太阳,我看上去皮肤苍白,甚至不是因为蓝眼睛或红头发之类的反衬的缘故;我虽然一直很苗条,但不知怎么搞的,老是松松垮垮的,一看就不是运动员;我手眼的协调性很差,做运动时很难不出洋相,不伤到自己和站得离自己太近的人。

把衣服放进了我那个老旧的松木穿衣柜后,我拿起我的那袋浴室用品,去了那间公共浴室,洗去了这一天旅行的风尘。梳理那头缠结在一起的湿漉漉的头发时,我照了照镜子。也许是因为光线的缘故,我看上去已经越发发灰发黄、有点不健康了。我的皮肤本来可以很漂亮的——非常亮,几乎半透明——只可惜它的颜色发暗了。我到了这里皮肤变得黯淡了。

面对镜子里苍白的自己,我不得不承认是在欺骗自己。我到哪儿都不适应的,不单单是身体方面。如果我在三千人的学校里都找不到一个容身之所,那么在这里又能有什么机会呢?

我跟自己的同龄人相处不好。或许,事实是我跟谁都相处不好,就这么回事。就连我妈妈,这个世界上比谁都亲的人,都没有跟我融洽过一回,我们从来都没有意见完全一致过。有时候,我在想我眼里所看到的和世上所有其他人眼里所看到的是不是同样的东西。也许,我脑袋里哪里短路了。

不过原因并不重要，重要的是结果。明天不过是刚刚开始。

那天晚上我没睡好，就连哭完之后也没睡好。房顶上扫过的风雨声，飕飕的一阵紧似一阵，根本就没有减弱成背景音的意思。我把褪了色的旧棉被拽上来蒙住了脑袋，后来又在上面加了个枕头。可我还是直到后半夜，等雨好不容易减弱成了毛毛小雨时才入睡。

早上醒来，睁眼一看，窗外除了浓雾还是浓雾，我能感觉到幽闭恐惧症正在向我慢慢袭来。在这里，你根本就看不到天空，就像一个笼子一样。

与查理共进早餐是一件静悄悄的事。他祝我上学好运，我谢了他，知道他说了也是徒劳，好运总是会躲着我。查理先出了门，去了警察局，那里才像是他的家。等他走了之后，我在破旧的橡木方桌旁边坐下，坐在三把不配套的椅子中的一把上，仔细端详起查理的小厨房来：墙上嵌着深色的护墙板，有几个鲜黄色的橱柜，地上铺着白色的油毡。什么都没有变。橱柜上的漆是我母亲十八年前刷的，她想给房子里面引点儿阳光进来。隔壁巴掌大的家庭娱乐室的壁炉上方挂着一排照片，第一张是查理和我妈妈在拉斯维加斯的结婚照，然后一张是我出生后我们一家三口在医院的合影，是一个乐于助人的护士帮忙照的，接着是一连串我在学校里的照片，最晚的一张是去年才照的。这些照片可寒碜了——我得想想办法，看怎么能够让查理把它们挪到别的地方去，起码在我住在这里的时候不能挂着。

在这栋房子里，谁都不可能看不出查理从来都没有真正把我妈妈忘掉过。这令我很不自在。

我不想太早去上学，可我没办法在这个房子里多待了。我穿上了外套——给人的感觉有点儿防毒服的味道———头冲进了雨里。

仅仅下着一点儿毛毛小雨，我取下钥匙再把门锁上，这么短时间是淋不透我的。房子的钥匙一直藏在门边的屋檐下面。我的新防水靴溅起的泥水很恼人，听不见通常情形下脚底砾石发出的嘎吱嘎吱声。我不能像心里希望的那样停下来欣赏欣赏我的卡车，我着急着呢，恨不能赶紧从这盘绕在我脑袋周围、缠住兜帽下面的头发不放的雾霭中摆脱出来。

卡车里面倒是很干爽。显然，不是比利就是查理，已经把车清洁过了，不过还是能闻到装了软垫的皮座椅些许的烟草、汽油和薄荷油的味道。令我感到欣慰的是，发动机一打就着，不过声音很大，刚发动时突突作响，空转时更是达到了最大音量。嗨，这么老的一辆车肯定有一两处缺陷的。嘿，那老掉牙的收音机还响呢，这可是一笔意外收获呀。

找到学校没费什么事，虽然我以前从未去过。学校和许多其他建筑一样，就在公路边上。乍一看去不太看得出来它是所学校，幸好看见了那块上面写着福克斯高中的牌子，我才停下来。它看上去就像一溜用栗色砖修建的配套用房。这里有许多树和灌木，一开始我没能看清学校的规模。这哪里有什么教育机构的感觉？我感觉倒是很怀旧。铁丝网栅栏在哪儿？还有金属探测器呢？

我把车停在了第一栋楼前，门上挂着一块小牌子，上面写有"行政办公室"字样。不见有别人把车停在这里，所以我断定这里肯定是不让停车的，不过我还是决定去问问路，而不要像个白痴似的在雨中绕圈子。我不情愿地从舒适温暖的驾驶室出来，上了一条有深色栅栏的小石路。开门之前，我深吸了一口气。

里面灯火通明，而且比我想象的要暖和。办公室很小，有一个小小的接待区，放着几把带衬垫的折叠椅，地上铺着橘色斑点的商务地毯，布告和奖状混乱地贴在墙上，一个大立钟发出清晰而响亮的嘀嗒声，在大塑料罐子里的盆景，好像这里户外缺乏植被似的到处都是。这个房间被一个长柜台分割成两部分，柜台前凌乱地放着装满了纸张的金属网篓，台子的前面板上用胶带胡乱地贴着色彩明亮的广告宣传单。台子后面有三张办公桌，其中一张被一个大个子的、红发、戴眼镜的女性所占据。她穿着一件紫色的T恤衫，这件T恤衫让我立刻觉得自己穿得太多了。

她抬头看着我："你有事吗？"

"我是伊莎贝拉·斯旺。"我通报了姓名，看见她的眼中立即闪过明白了的眼神，我料想，无疑我已经成了这个小镇上闲聊时的话题，警长轻浮的前妻的闺女终于回家来了。

"当然,"她说道,她在自己办公桌上一堆早就有所准备的文件中翻了半天,才翻到了要找的那几份,"我这就把你的课程表给你,还有一张校园的地图。"她把好几张纸拿到台子上给我看。

她帮我仔细检查了一下我的课程,在校园地图上把上每一节课的最佳路线都一一标了出来,然后给了我一张纸片让每个老师签字,要我在放学前再把签过字的纸片交回来。就像查理一样,她冲我笑了笑并希望我喜欢福克斯。我也冲她笑了笑,而且尽了最大的努力,让她相信我的微笑不是装出来的。

我出来朝车边走去时,别的学生开始到校了。我开车沿交通线绕学校转了一圈。我高兴地看到大多数的车都跟我的车一样破,一点儿不浮华。在凤凰城,我住在为数不多的几个低收入的居民区之一,而这些居民区都隶属于天堂谷行政区管辖。在学生停车区,看见一辆新梅塞德斯或者保时捷是很寻常的事情。这里最好的车是一辆亮闪闪的沃尔沃,它简直鹤立鸡群。不过,一到停车位我还是马上就把火熄了,省得它那雷鸣般的声音把注意力吸引到我身上来。

我在车里看了看校园地图,想当时在车上就能把它记住,这样的话,就有希望不需要一天到晚走到哪里,都得把它贴在鼻子前面了。我把所有的东西塞进了书包,将书包带子挎在了肩上,吸了一大口气。**我可以搞定**,我底气不足地对自己撒了个谎,**没有人会把我吃了**。最后,我深呼一口气从车里走了出来。

我往人行道那边走去的时候,脸一直缩在帽兜里面。人行道上挤满了十几岁的孩子。我朴素的黑夹克并不显眼,这降低了我受到关注的可能。

一到自助餐厅,三号楼一眼就可以看到了。东边的角上有一个白色的方块,方块上用黑漆写着偌大的一个"三"字。快到门口时,我觉得自己的呼吸渐渐有点急促了。跟在两个穿着男女皆宜的雨披的学生后面走进教室时,我尽力屏住了呼吸。

教室不大。我前面的那两个人一跨过门就停了下来,把雨衣挂在了一长排钩子上。我也跟着她们那样做了。那是两个女孩子,一个是瓷白皮肤、金发碧眼，另一个皮肤也很苍白，一头浅褐发。起码，我的皮肤不会很显眼了。

我把纸片拿上去交给了老师，一个高个子、秃顶的男老师，他在讲台上放了一张名牌，写明自己是梅森先生。看到我的名字后，他呆呆地看着我——不是什么鼓励的反应——我自然唰的一下子红了脸，红得跟番茄似的。不过至少，他没有把我介绍给全班同学，而是直接把我打发到后面的一张空着的课桌上去了。坐在后面，增大了我的这班新同学盯着我看的难度，但是无论如何他们还是做到了。我一直低着头，看着老师发给我的阅读书目清单，都是相当基础的：勃朗特、莎士比亚、乔叟、福克纳。我全都读过了。这很令我欣慰……同时又让我觉得厌烦无聊。我不知道我妈妈会不会把我原来写的那一夹子论文给我寄过来，或者说不知道她会不会认为那是作弊。老师嗡嗡嗡地讲他的课时，我在脑子里跟我妈妈进行了各种各样的争论。

下课铃响了——发出一阵刺耳的嗡嗡声，一个瘦长瘦长、有皮肤病、头发黑得跟抹了发油似的男生从过道的另一边倾过身来跟我说话。

"你是伊莎贝拉·斯旺，对吧？"他看上去过分热情，像那种典型的象棋俱乐部的人。

"贝拉。"我纠正道。距我只有三张课桌之遥的同学，全都扭头看了我一眼。

"你下一节课在哪儿上？"他问。

我不得不在书包里查对了一下："嗯，政治课，有关杰弗逊政府的，在六号楼。"

往哪个方向看，都避不开好奇的眼神。

"我去四号楼，可以告诉你怎么走……"确实是过分热情，"我是埃里克。"他补充道。

我很勉强地笑了笑："谢谢。"

外面早就又下起雨来了，我们取了上衣，出来走进了雨中。我可以肯定，我们后面有好几个人跟得非常近，可以偷听到我们说的话。我希望自己不是在犯多疑症。

"这么说，这儿跟凤凰城很不一样喽？"他问。

"非常不一样。"

"那儿不怎么下雨，是不是？"

"一年三四次。"

"哇，那会是个什么样子？"他感到很惊讶。

"阳光灿烂。"我告诉他。

"可你晒得也不怎么黑呀？"

"我母亲是半个白化病患者。"

他担心地审视了一下我的脸，我叹了一口气。乌云跟幽默感似乎不相融。几个月下来，我就不会说挖苦话了。

我们绕着自助餐厅往回走，去往南边体育馆边上的教学楼。埃里克把我一直送到门口，尽管楼号标得清清楚楚。

"好了，祝你好运，"我拉门把手的时候他说，"说不定我们还会一起上别的课。"他说得满怀期待。

我给了他一个生硬的微笑，进了楼门。

这天上午余下的时间，基本上都是这样过去的。教我们三角的老师是瓦纳先生，不说别的，就因为他教的这门课，我无论如何都会很讨厌他的，他也是唯一一个要我站到全班面前做自我介绍的老师。我说话结结巴巴的，脸也红了，而且回到座位上去的时候还让自己的靴子给绊了一下。

两节课下来，每个班上我都已经认得好几张面孔了。总有某个胆子比其他同学都大一点儿的同学会向我做自我介绍，问我喜不喜欢福克斯。我试图回答得很圆滑，但绝大多数时候我不过是说了一大堆谎话。起码，我从来就没需要过那张校园地图。

有一个女同学上三角和西班牙语这两门课都坐在我的旁边，她还和我一起去自助餐厅吃午饭。她个头很小，比我五英尺四英寸的个头儿要矮好几英寸，但她那一头乱蓬蓬的黑鬈发把我们在身高上的差距缩小了不少。我记不住她的名字，所以她叽叽喳喳地谈论老师和同学时，我都会微笑和点头。我并不想听下去。

我们和她的几个朋友坐在一起，我和她坐在桌子的一头，她把这几个朋友都介绍给了我。他们的名字,她说完了我也就全忘了。他们似乎很钦佩她跟我说话的勇气。英语课上的那个男同学埃里克在餐厅的另一头冲我挥了挥手。

就是在那里,我坐在餐厅吃午饭,试图跟七个好奇的不认识的同学聊天的时候,我第一次见到了他们。

他们坐在自助餐厅的一个角落里,在这间长长的屋子里距我坐的位置最远的地方。他们一共五个人。他们没有说话,也没有吃东西,不过他们每人面前都有一盘没有动过的饭菜。他们没有呆呆地看着我,不像绝大多数同学那样,所以,盯着他们看很安全,无须担心和那些非常好奇的眼神接触。但吸引我注意的并不是这些,我开始留意他们。

他们丝毫没有相似之处。三个男孩子中,有一个块头很大,肌肉看上去像一个结结实实的举重运动员,一头黑色的鬈发。另外一个高一些,瘦一些,但也很强壮,一头蜂蜜色的金发。最后一个瘦长瘦长的,块儿头小一些,一头凌乱的古铜色头发。他比另外两个更孩子气一些,而其余两个看上去像大学生,甚至像这里的老师而不是学生。

暮色

两个女孩子截然相反。个头高的那一个体形犹如雕像般的匀称。她身材优美,就像《体育画报》泳装专刊封面上的那种,就像每个女孩子只要跟她待在同一间屋子里自尊心就会备受打击的那种。她有一头金色长发,飘逸地披在背后。矮个子女孩儿则像个小精灵,奇瘦,五官很小。她留着一头深黑色的爆炸式短发。

可是,他们又都有相似之处。他们每个人的皮肤都有一种近似病态的苍白,天底下所有的学生中最苍白的都生活在这个没有阳光的小镇,比我这个白化病患者还要苍白。尽管他们头发的色阶范围不一,可他们都有如同黑曜石般的眼眸,并且在他们的眼睛下都有深暗的阴影——瘀伤那样的紫色,好像都失眠了一宿似的,或者好像鼻子尚未痊愈似的。尽管他们的鼻子,也是他们的共同特征之一,全都是直直的无可挑剔的尖鼻子。

但所有这一切都不是我不能把目光移开的原因。

我之所以盯着他们瞧,是因为他们如此不同,又如此相似的脸都美极了，美到了人间无从寻觅的程度。这是一些或许只有在时装杂志的喷绘页上才有希望看到的脸，或者说是技术娴熟的画家描绘出的天使的脸。很难说谁最美——也许是那个无可挑剔的金发女孩儿，或者是那个古铜色头发的男孩子。

他们全都望着一边——没有看着对方，没有看着其他的同学，也没有看着我所知道的任何某样特别的东西。我注意到，小个子女孩儿端着盘子站起来了——苏打水原封未动，苹果一口没咬——用一种轻灵而优雅的、仅属于T型台走秀的步伐，大步走开了。我吃惊地看着她那柔软灵活的舞步，直到她把自己的盘子里的东西倒掉，然后悄悄地从后门溜了出去，速度快得超出了我的想象。我把目光迅速移回到其余的几个人身上，他们仍坐在那里，没有丝毫改变。

"他们是谁？"我问西班牙语课上的那个女孩儿，她的名字我记不起来了。

她抬起头来，想看看我所说的他们是谁——尽管可能早就从我的语气中听出来了——突然那个瘦一点儿的、孩子气重点儿的、可能也是他们中最小的那一个男孩儿转过来看着她。但他的视线只在她身上停留了不到一秒，然后他的黑眼睛就闪向了我。

他迅速把视线移开了，比我还要快，虽然我窘得立即低下了头。那匆匆的一瞥，他脸上没有任何感兴趣的表情——就仿佛她叫了他的名字，他本能地抬了一下头，心里早就决定了不理睬一样。

我旁边的女孩儿不好意思地咯咯直笑，和我一样看着桌子。

"那是爱德华·卡伦和埃美特·卡伦兄弟俩跟罗莎莉·黑尔和贾斯帕·黑尔姐弟俩。走了的那个是爱丽丝·卡伦；他们全都跟卡伦大夫夫妇住在一起。"她低声地说道。

我用眼角匆匆瞥了那个漂亮的男孩子一眼，只见他正看着盘子，用他白皙而修长的手指把面包圈撕成小块扔进嘴里。他的嘴动得非常快，两片完美的嘴唇之间仅仅露着一条缝。其余的三个依然望着一边，不过我感觉到他在悄悄地跟他们说着什么。

古怪的、少见的名字，我寻思着。爷爷奶奶们才用这种名字呀。不过，也许是这儿时兴呢——小镇上的名字？我终于想起来了，我旁边的女孩儿叫杰西卡,一个非常普通的名字。我家那边,历史课班上就有两个叫杰西卡的女孩儿。

"他们……长得很好看呢。"我努力用明显轻描淡写的语气掩饰自己心中的惊叹。

"对!"杰西卡又咯咯地笑起来表示认同,"只是,他们全都在一起——我是指,埃美特和罗莎莉,还有贾斯帕和爱丽丝。而且,他们还住在一起。"我苛刻地想,她的语调包含了小镇上所有人对此表示震惊和指责的心声。不过实话实说,我不得不承认,这样的事,就是放到凤凰城,也会引起风言风语的。

"哪几个是卡伦家的孩子?"我问,"他们看上去不像有血缘关系……"

"噢,他们不是卡伦家的孩子。卡伦大夫其实很年轻,才二十几岁或者三十出头。他们都是收养的。姓黑尔的两个是姐弟俩,双胞胎——金发的那两个——他们是领养的孩子。"

"作为领养的孩子,他们年龄偏大了一点儿吧。"

"贾斯帕和罗莎莉现在都是十八,可他俩八岁就跟卡伦太太在一起了。她是他俩的姑姑什么的。"

"他们真是心地善良的好人,这么年轻,就照看这么多的孩子。"

"我想也是。"杰西卡的回答有些勉强,而且我得出了这么个印象,觉得她出于某种原因,不太喜欢那个大夫和他妻子。从她看他们收养的那些孩子的眼神中,我推测这个原因就是嫉妒。"不过,我认为卡伦太太生不了孩子。"她补了一句,仿佛这样可以让他们的善良打点儿折扣似的。

整个交谈过程中,我不止一次地把目光移向那素昧平生的一家人坐的那张桌子。他们依然望着四壁,没有吃东西。

"他们一直住在福克斯吗?"我问。想必某一次来这儿过夏天的时候,我早就应该注意到他们了。

"不,"她说,听她的语气,好像含有一种即使对我这样初来乍到的人来说,答案也是明摆着的意思,"他们是两年前才从阿拉斯加的某个地方搬来的。"

我顿时涌起了一阵同情，也感到了一丝慰藉。同情，是因为尽管他们貌若天仙，却是外地来的，显然没有被当地人接纳。慰藉，是因为我不是这儿唯一新来的，而且无论按什么标准，我无疑也不是最令人关注的对象。

我打量他们的时候，最小的那个，卡伦兄妹中的一个，抬头和我的目光不期而遇，这一次，他的表情里充满了明显的好奇。我赶紧把目光移开了，在我看来，他的眼神里似乎有着某种未能得到满足的期待。

"古铜色头发的那个男孩子是谁？"我问。我拿眼角的余光瞟了他一眼，他还在盯着我看，但不是像今天其余的同学那样呆呆地看——他带着一丝灰心的表情。我再次低下了头。

"他是爱德华。当然啦，他绝对英俊潇洒，不过你可别浪费自己的时间，他不会跟人约会的。显然，这里的女孩子没有一个漂亮得能配得上他的。"她轻蔑地说道，明摆着是吃不到葡萄说葡萄酸。我想知道他是什么时候拒绝了她的。

我咬住嘴唇，藏起了微笑。然后，我又瞥了他一眼。他已经转过了脸，不过我觉得他的面颊好像上扬了一些，好像他也在微笑。

又过了几分钟，他们四个一起离开了桌子。他们个个都是那样风度翩翩、引人注目——就连那个块儿头很大、肌肉发达的也不例外。看一看就令人心神不宁。那个叫爱德华的再也没有看我一眼。

我跟杰西卡和她的那些朋友在饭桌上坐了很久，我一个人是坐不了这么久的。我开始担心别在我来学校的第一天就上课迟到。一个我新认识的同学，这个同学很体贴周到，怕我没记住，又告诉了我一遍她叫安吉拉，接下来的一节生物课她跟我同班。我们一起走着去上课，路上没有说话。她也很腼腆。

进了教室后，安吉拉坐到了一张黑漆桌面的实验桌旁，实验桌和我以前坐过的那些一模一样。她旁边已经有人了。实际上，所有的桌子都座无虚席了，就剩一张还有个空儿，紧挨着中间的过道，我认出了坐在那唯一的空座边上的是爱德华·卡伦，因为他的头发与众不同。

顺着过道去跟老师做自我介绍并让老师在我的纸片上签名的时

候，我一直在偷偷地注视着他。就在我从他身边经过时，他突然僵硬在那里一动不动。他又盯了我一眼，与我的眼神碰到一起时，只见他一脸怪得不能再怪的表情——敌意加狂暴。我将目光迅速移开了，心里非常震惊，脸又一下子红了。我让过道上的一本书给绊了一下，害得我只好抓紧桌边。坐在那张桌上的女生咯咯直笑。

我注意到他的眼睛很黑——煤炭一般的黑。

班纳先生在我的纸片上签了名，给我发了一本书，没说介绍之类的废话。我可以断定我们会合得来的。当然了，他别无选择，只能让我坐到教室中间的那个空座上去。我坐到他旁边去的时候，始终都垂着眼睛，他刚才那充满敌意的凝视让我不知所措。

把书放到桌上然后就座的时候，我没有抬眼，但我眼角的余光还是看到了他姿势的变化。他倾向远离我的那一侧，坐到了椅子的最边缘，脸也扭到了另一边，好像闻到了什么难闻的气味似的。我偷偷地闻了闻自己的头发。我的头发散发着草莓般的味道，是我最喜欢的香波的气味，完全不像是什么难闻的味道呀。我让头发自右肩垂下，在我俩之间形成了一挂黑色的帘子，然后试图注意听老师讲课。

不幸的是，课讲的是细胞解剖，我已经学过的东西。不管怎样，我还是认真地做了笔记，始终低着头。

我忍不住偶尔透过那层我用头发做的帘子，偷看我旁边那个奇怪的男孩子一眼。那堂课自始至终，他那僵硬的姿势一刻都没有松弛下来过，坐在椅子边上，能离我多远就坐多远。我可以看到他左腿上的那只手紧紧地攥成了拳头，他的肌腱绷在苍白的皮肤下清晰可见，他一直保持着肌肉紧绷的状态，从未放松下来。他把白衬衫长长的袖子卷到了胳膊肘，他手臂的皮肤光洁细腻，肌肉却惊人的结实强健。他远非坐在他高大结实的哥哥旁边时看上去那样的瘦弱。

这节课好像比别的课拖的时间都长。是因为这一天终于快熬出头了的缘故呢，还是因为我在等他那紧攥的拳头放松下来的缘故呢？他的拳头始终没放松下来；他依旧静静地坐着，静得好像他根本没有呼吸似的。他是不是有什么地方不对劲啦？他平时都是这样吗？我对自己今天吃午饭时杰西卡的那番刻薄话的判断产生了怀疑。说不定她不像我想象的那样喜欢怨恨别人。

这和我不可能有任何关系呀。之前他根本就不认识我。

我又抬头偷看了他一眼,马上就后悔了。没想到他又在瞪着我,两只黑色的眼睛里都充满了厌恶。我迅速把目光从他身上移开,吓得我胆怯地靠在椅背上。这时,我脑子里突然掠过了"要是目光能杀人"这句话。

正在这时,铃声大作,把我吓得跳了起来,爱德华·卡伦已经离开了椅子。他优美自然地站了起来——个头比我想象的要高很多——背对着我,别人都还没离座,他已经走出了门。

我僵坐在自己的座位上,茫然地目送着他的背影。他这个人也太讨厌了。这不公平。我开始慢慢地收拾自己的东西,竭力抑制着满腔的怒火,怕自己的眼睛泛起泪花。不知什么原因,我的情绪跟泪腺之间有固定的电子线路连接。我生气时通常都会哭,这是一个很丢人的秉性。

"你是伊莎贝拉·斯旺吧?"一个男声问道。

我抬眼一看,只见一张可爱的娃娃脸,正友好地冲着我微笑,他浅黄色的头发用发胶整整齐齐地定成了一簇一簇的。他显然不认为我的气味难闻。

"贝拉。"我微笑着纠正了他的说法。

"我是迈克。"

"你好,迈克。"

"你下一节课在哪儿上?需要我帮忙吗?"

"事实上,我要去体育馆。我想我能找到。"

"我下一节课也是。"他似乎很激动,尽管在这么小的一所学校里,这并不是什么大的巧合。

我们一起向上课的地方走去。他是个话匣子——主要是他讲我听,这让我感到很轻松。他十岁以前住在加利福尼亚,所以他能理解我对阳光的感受。后来才知道,他跟我英语课也是同班。他是我今天遇到的最好的人了。

不过,我们进体育馆的时候,他问了一句:"那你有没有用铅笔什么的刺了爱德华·卡伦一下？我从来没有见过他那样。"

我愣住了。这么说来，我不是唯一注意到了的人。而且，显然爱德华·卡伦平时也不是这样。我决定装傻充愣。

"你是说生物课坐我旁边的那个男生吗？"我问得很不艺术。

"对，"他说，"他看上去好像很苦恼或者有什么难言之隐似的。"

"我不知道，"我回答说，"我没跟他说过话。"

"他是个不可思议的家伙。"迈克在我边上耗着，迟迟不去更衣室，"要是我当时有幸坐在你旁边的话，我肯定就跟你说过话了。"

我冲他笑了笑，进了女更衣室。他很友好而且明显对我有好感，但这还不足以平息我的愤怒。

体育老师克拉普教练给我找了一件校服，但并没让我穿着上今天这节课。在我家那边，只要求上两年的体育课，而在这里，体育整个四年都是必修课。福克斯对我而言，简直就是一座人间地狱。

我观看了同时进行的四场排球赛。想起我曾经受过多少伤，遭受过多少痛苦，我就有点儿恶心。

最后的铃声终于响了。我慢慢地到行政办公室去交还我的纸片。雨已经飘到别的地方去了，但风很大，而且更冷了。我抱紧双臂，缩成了一团。

走进那暖和的办公室后，我差点儿转身就出来了。

爱德华·卡伦站在我面前的办公桌边，我又认出了那一头蓬乱的古铜色头发。他似乎没有注意到我进来的响声。我贴着后墙站着，等着负责接待的老师闲下来。

他正在用很有吸引力的声音低声同她理论，我很快就抓住了他们争论的要点。他想要从第六节开始把生物课调到别的时间——任何别的时间都行。

我怎么也不能相信这事和我有关。肯定是因为什么别的事情，发生在我进那间生物课教室之前的事情。他脸上的表情肯定百分之百和另外一件恼火的事情有关。他跟我素昧平生，绝对不可能突如其来地对我产生如此强烈的厌恶之情。

门又开了，冷风突然灌了进来，把桌上的报纸刮得沙沙作响，吹散了我的头发，纷乱地贴在我的脸上。进来的女生只不过是走到桌边，往铁筐里放了一张纸条就又出去了。可爱德华·卡伦的背都僵直了，接着他慢慢地扭过头来瞪了我一眼——他的脸漂亮得不可思议——锐利的目光里充满了仇恨。刹那间，我感到了一阵真正的恐惧，胳膊上的汗毛都竖起来了。他只瞪了我一秒钟，可这一瞪比刚才那阵刺骨的寒风还要令我感到寒冷。他把头又扭回去，面向接待员了。

"那么，没关系，"他用天鹅绒般柔和的声音匆匆说道，"我看得出来那是不可能的了。多谢您帮忙。"说完，他转身就走，没有再看我一眼，然后就消失在门外了。

我懦弱地来到了桌前，这一次脸不是变红了而是变白了，把签了名的纸片儿交给了她。

"你第一天过得怎样啊，宝贝？"接待老师慈母般地问道。

"挺好的。"我撒了个谎，声音有些发虚。她好像并不太相信。

我来到停车场的时候，几乎就剩下我的那辆车了。车似乎像一个避难所，已经是我在这个潮湿的绿洞里所拥有的最接近家那边的东西了。我在里边坐了一会儿，一脸茫然地盯着挡风玻璃外边，仅此而已。可是，很快我就被冻得需要打开空调，于是我钥匙一转，引擎咆哮着发动起来了。我驶上了回查理家的路，一路上都在竭力不让泪水掉下来。

打开的书

接下来的一天，好多了……也糟糕多了。

说好多了，是因为雨还没下起来，虽然云层又厚又暗。这一天也轻松多了，因为我知道自己这一天都要做些什么了。迈克上英语课的时候坐在了我旁边，而且还把我送到了下一节课的地点，也一直喋喋不休，"象棋俱乐部成员"埃里克一直都瞪大眼睛看着他。人们不像昨天那样老瞅我了。我跟一大群同学坐在一起吃午饭，其中包括迈克、埃里克、杰西卡等好几个现在我已经记住了名字和长相的同学。我开始感觉自己是在踩水，而不是在往下沉了。

说糟糕多了，是因为我很累；我依然睡不着觉，因为风声还在房子四周回荡着。说糟糕多了，还因为三角课上我没举手，瓦纳先生却要我起来回答问题，而我又偏偏答错了。这天更痛苦的，是因为我不得不打排球，有一次球来了，我战战兢兢没从来球路线上躲开，就一球砸到了我队友的头上。说糟糕多了，还因为爱德华·卡伦根本就没来上学。

一上午，我都在担心午饭时间的到来，怕见到他异乎寻常的目光。可另一方面，我又想跟他面对面，要他跟我说清楚是怎么回事儿。睁着眼睛躺在床上的那段时间，我甚至把要说的话都想好了。可是我太了解我自己了，根本就不相信自己真有那个胆子。我努力让自己这个胆小的狮子①看上去像魔鬼终结者。

不过，我和杰西卡走进自助餐厅的时候——虽然我竭力不让自己

---

① 胆小的狮子，典出美国儿童文学之父弗兰克·鲍姆的名著《绿野仙踪》(*The Wizard of Oz*)。

东张西望地去找他，但结果还是完全没能控制住——我看见他的四个兄弟姐妹，一起坐在同一张桌上，而他没跟他们在一块儿。

迈克拦住了我们，要我们坐到他那张桌子上去。杰西卡似乎让他的这番殷勤弄得心花怒放了，她的朋友很快也加入了我们。但在我努力去听他们无拘无束的闲聊时，心里却特别不自在，忐忑不安地等待着他来的那一刻。我希望他来了以后，根本不会注意到我，从而证明是我怀疑错了。

他没有来，而随着时间一分一秒地过去，我变得越来越紧张不安了。

去上生物课的时候，我心里踏实了许多，因为直到午餐结束，他依然没有露面。在去上课的路上，迈克忠诚地陪在我一旁，刚才他还在侃侃而谈金毛寻回犬的特性来着呢。到了门口的时候，我屏住了呼吸，可爱德华·卡伦也没在教室里。我松了一口气，向座位上走去。迈克跟在我后面，大谈特谈即将到来的去海滩旅行的事情。他在我的课桌旁一直赖到了打铃，这才依依不舍地冲我笑了笑，无可奈何地过去坐到了一个戴着牙套、顶着一头乱糟糟的烫发的女孩儿旁边。看来对于迈克，我得想点儿招数了，而这不会是一件轻而易举的事情。在这样一个小镇，大家低头不见抬头见，讲求策略是最要紧的。我从来都不是个很圆滑的人，对付过于殷勤的男孩子我还没经验。

我一个人坐着一张桌子，爱德华旷课，真是让我感到很宽慰。我一遍又一遍地这样想着。可我老是怀疑是因为我的缘故，他才没有来，这种怀疑搅得我心神不定。真是太可笑、太自以为了不起了吧，居然以为自己会对一个人产生这么大的影响。那是不可能的。可是，我还是忍不住担心那是真的。

终于挨到放学了，脸上打排球蹭红了的地方也不怎么红了，我飞快地换上了牛仔裤和深蓝色的毛线衫。匆匆地从女更衣室里出来，我愉快地发现，已经成功地将自己的那个寻回犬朋友暂时甩掉了。我快步朝停车场走去。停车场此刻已经挤满了飞奔的学生。我坐进车里，翻了一遍书包，看需要的东西是不是都带齐了。

昨天晚上，我发现查理除了会煎鸡蛋和培根肉外，不太会做饭。

于是我主动请缨，我住在这儿的这段时间，厨房的琐事全交给我好了。他自然是求之不得，毫不犹豫就交出了餐厅的钥匙。我还发现屋里没有吃的。于是列了个购物单，从那个贴着"伙食费"的橱柜里找到了查理放现金的罐子，拿了钱，所以现在我就出发去施利福特威超市[①]。

我发动了那震耳欲聋的发动机，没去理睬那些朝我望过来的同学，小心翼翼地倒进了排着队等着出停车场的车中。等着的时候，我努力装出一副若无其事的样子，仿佛那个雷鸣般的轰鸣声是别人的车子发出来的，这时，我看见埃美特·卡伦、爱丽丝·卡伦和姓黑尔的那对双胞胎正钻进他们的车子，就是那辆亮闪闪的新沃尔沃。当然，我以前没有注意过他们的衣着——他们的相貌太令我着迷了。这一看，我才发现他们显然都穿得特棒：衣服很简洁，却全都巧妙地显示出是出自设计师的手笔。凭这么出色的相貌，凭他们的风度，就是穿着洗碗布也同样会迷倒一大片。这似乎过于完美了，他们真是"财"貌双全。但就我所知，生活大多数时候就是这样。这些似乎并没有让他们在这里得到认可。

不，我并不完全相信是这样。肯定是他们自己不愿跟别人在一起的。我想象不出凭着这样的美，还会有哪扇门敲不开。

我从他们旁边经过时，他们看了我那辆轰隆隆的卡车一眼，就跟所有其他人一样。我两眼始终直视着前方，好不容易出了学校，这才舒了一口气。

施利福特威超市离学校不远，往南只隔几条街，就在公路边上。在超市里边待着真好，感觉很惬意。在那边的家里就是我负责采购，所以我很乐意重新负起这个责任。商店里面很大，听不见雨水滴在屋顶上的声音，可以暂时忘却自己身在何处。

到家后，我把所有的食品杂货都卸了下来，填满了我所能找到的

---

① 施利福特威（Thriftway），全名叫 Thriftway Washington's Food Store，一家创建于 1945 年的食品连锁超市。此处指附设在福克斯镇上的一家一站式购物中心——Forks Outfitters 里面的施利福特威超市。

空地。希望查理不会介意。我用食品包装箔包了一些土豆，放进了烤箱烤，用调味汁儿腌了一块牛排，然后平放在了冰箱里的一盒子鸡蛋上面。

做完这些，我拎着书包上楼了。做作业之前，我换了一套干爽的运动套装，把潮乎乎的头发扎成了一个马尾辫，还查了一下电子邮件，我来这里后还是第一次查收邮件，一共有三封。我妈妈写的——

贝拉：

　　一进门就要给我写信，告诉我你这一路飞行的情况。在下雨吗？我已经开始想你了。去佛罗里达的行李我已经收拾得差不多了，可我找不到我的那件粉色衬衫，你知道我放哪儿了吗？菲尔向你问好。

妈妈

我叹了口气接着看下一封，是距第一封八小时之后发出的。

贝拉：

　　怎么还不回复我的邮件？你在等什么？

妈

最后一封是今天上午发的。

伊莎贝拉：

　　要是我今天下午五点半以前收不到你的邮件，我就要给查理打电话了。

妈

我看了一下钟。还有一小时的时间，可我妈"提前抢跑"那是出了名的。

妈：

您冷静冷静。我这就写。别做任何鲁莽的事情。

贝拉

把这个发了，我接着又开始写。

妈：

一切都很好。当然在下雨喽。我在等可写的东西呀。学校还不错，就是课程上有点重复。我认识了几个很不错的同学，他们吃午饭时都坐在我旁边。

您的衬衫在干洗店里——应该星期五去取。

查理给我买了一辆卡车，您能相信吗？我很喜欢。是辆旧车，不过真的很结实，您知道，对我而言这是辆适合我的好车。

我也想您。我会很快再给您写信的，但是我不会每五分钟查一次电子邮件的。放轻松，深呼吸。我爱您。

贝拉

我决定读《呼啸山庄》——我们目前英语课正在学这本小说——不过也是为了轻松一下，查理回家时我正好在读。我把时间给忘了，于是赶紧下楼把土豆取了出来，把牛排放了进去。

"贝拉？"我父亲听见我下楼时喊了一声。

还能是谁呀？我心里想道。

"嘿，爸，欢迎回家。"

"谢谢。"我在厨房里忙活的时候，他把武装带挂起来了，也脱掉了靴子。据我所知，他出警时还从未开过枪。不过，枪还都是上了膛的。小时候我来他这里的时候，他总是一进门就把子弹给卸了。我猜想，他觉得现在我已经够大了，不至于玩枪走火发生意外，也没有抑郁到自杀的程度。

"晚饭吃什么？"他警惕地问道。我母亲是个想象力丰富的厨子，而她试出来的饭菜并不总是容易下咽的。我感到惊讶,也感到难过,都这么长时间了,他似乎对此还记忆犹新。

"土豆加牛排。"我回答说,他看上去放心了。

他似乎觉得什么也不做,就那么傻站在厨房里,看着我忙前忙后有些不好意思,于是笨拙地到起居室看电视去了。这样,我们都更自在。烤牛排的时候,我做了沙拉,摆好了桌子。

饭做好以后,我叫他进来,进来的时候,他拿鼻子闻了闻,看来很欣赏的样子。

"很香嘛,贝拉。"

"谢谢。"

我们默默地吃了几分钟,没有觉得不自在。我们谁都不会因为安静而心烦。从某些方面来说,我们很适合住在一起。

"哦,对了,你觉得学校怎样?交到了朋友没有?"他添菜的时候问道。

"噢,我和一个叫杰西卡的女孩儿有几门课同班。我和她的朋友们一块儿吃的午饭。还有一个男生,迈克,很友好。每个人似乎都非常不错。"只有一个,特别例外。

"肯定是迈克·牛顿。不错的孩子——家庭也不错。他爸爸开了一家体育用品商店,就在城外。靠着那些过往的背着背包徒步旅行的人,他可挣了不少钱啦。"

"您认识卡伦家的人吗?"我犹豫地问道。

"卡伦大夫的家人?当然认识。卡伦大夫是个很了不起的人。"

"他们……他家的那些孩子……有点儿不一样。他们在学校好像跟大家不太融洽。"

查理显得很生气,令我大吃了一惊。

"这个镇上的人啦,"他咕哝道,"卡伦大夫是个杰出的外科医生,可以到世界上任何一家医院去工作的,可以挣他在这儿拿的那点儿工资的十倍,"他继续说道,声音更大了,"有他这样的大夫是我们的福气,幸亏他太太想住在小城镇。他是社会的宝贵财富,而且那些孩子个个都规规矩矩,很懂礼貌。他们刚搬来的时候,我也像对待所有那些被人收养的十几岁的孩子一样,对他们产生过种种怀疑,满以为会给我们带来不少麻烦的。可是他们都非常成熟懂事——我还没看见他们中的任何一个惹过一点点麻烦。有些几辈人都生活在这个镇上的人家的孩子,跟他们简直没法比。而且他们很团结,就像一家人应该的那样——每两个周末就露营一次……就因为他们是新来的,所以人们免不了嚼舌头。"

这是我有生以来听到查理一口气说的最长的话了。他肯定是听到了什么议论,反应才这么强烈。

我马上改了口:"他们在我眼里似乎够不错的了。我只是注意到他们就自己几个人在一块儿。""他们都很有魅力。"我补了一句,想多夸他们一些。

"你应该去见见那个大夫,"查理大笑着说,"好的是他已经有了一个幸福的家庭啊。医院里的许多护士,只要他在边上,精力都很难集中啊。"

吃过晚饭后,我们又陷入了沉默。我收拾碟子的时候,他擦完了桌子,接着又去看电视了。我用手——没有洗碗机——洗完了碟子后,不情愿地上了楼,去做数学家庭作业。我能感到一个新的作息时间表正在形成。

那天夜里,终于静下来了。我很快就睡着了,实在是筋疲力尽了。

这个星期其余的几天都平平淡淡。我已经习惯了上课的路线。到星期五的时候,我已经几乎认识全校所有的学生了,甚至可能连名字都叫得上来了。上体育课时,我所在队的同学已经吸取了教训,不给我传球了,而且要是对方企图利用我这个弱点占便宜的话,队友会迅速跑位,抢到我的前面去。我会很高兴地给他们让出位置来,不挡他们的道。

爱德华·卡伦没有回来上学。

每天,我都会焦虑不安地注视着,直到看到他没跟他们中的其他几个进自助餐厅为止。然后我才能放下心来,加入午饭时间的闲聊。多数情况下,聊天的中心内容都是两周后到拉普西海洋公园去旅游的事,这是迈克最近一直在张罗的一件事情。我受到了邀请,而且我也答应去了，更多的是出于礼貌，而不是真心想去。海滩应该很热很干爽。

到星期五那天，走进生物教室时，我已经完全心安理得了，不再担心爱德华会在里面了。因为据我所知，他已经退学了。我竭力不去想他，可我还是不能完全抑制住内心的担心，担心是因为我他才连续旷课的，虽然这听起来似乎很可笑。

我在福克斯的第一个周末过得很平淡。查理不习惯待在这平常空无一人的房子里，周末大部分时间都在加班。我打扫了房子，做完了作业，还给我妈写了一封电子邮件，这一次我装得更高兴。我星期六的确开车去了图书馆，但是里面的藏书实在是少得太可怜了，我也就懒得费那个劲去办卡了；我可能得定个日子，过几天去参观参观奥林匹亚或西雅图并找一个好点儿的书店。我闲得无聊，想到了那辆卡车的油耗有多大……这一想，我感到不寒而栗。

周末雨一直不大，很安静，所以能够睡得很好。

星期一早上在停车场，人们纷纷跟我打招呼。我并不知道他们所有人的名字，但我还是微笑着冲每个人挥了挥手。今天早上更冷了，但令人高兴的是没有下雨。上英语课时，迈克习惯地坐在了我旁边的座位上。老师搞了一次突然袭击，就《呼啸山庄》给我们来了一次小测验。题目很简单，非常容易。

总的说来，到目前为止，我感觉比我想象的要舒服多了。在这儿的感觉，比我预料的要舒服一些。

我们下课出来时，只见漫天飞舞着一些白色的点点。我听见人们在兴奋地相互大喊大叫。风吹打着我的脸颊和鼻子。

"哇，"迈克叫道，"下雪喽。"

我看了看那些小小的棉花一样的雪团儿，它们在人行道上越积越厚，从我的脸前横扫而过，狂飞乱舞。

"噫。"雪，我的好日子就这么完了。

他显得很惊讶："你不喜欢下雪？"

"不喜欢。那意味着天冷得都不能下雨了，"显而易见，"而且，我还以为雪下来的时候，应该是一片片的雪花呢——你知道的，每一朵都很独特，等等。这些看上去就像棉签头儿似的。"

"你以前没见过雪？"他怀疑地问道。

"当然见过啦，"我顿了一下，"在电视上见过。"

迈克笑了起来。接着，一个湿漉漉的大雪球啪的一声砸在了他的后脑勺上。我俩都扭过头去，看是从哪里扔过来的。我怀疑是埃里克干的，他正走开，背对着我们，方向与他下一节课的方向相反。迈克显然也持相同的看法。他俯下身去，拢了一堆白色的雪块。

"我们吃午饭的时候见怎么样？"我边走边说，"人们只要一开始扔湿东西，我就往屋里钻。"

他只是点了点头，眼睛盯着埃里克远去的背影。

整个一上午，每个人都在兴高采烈地谈论下雪的事，显然这还是新的一年里的头一场雪。我没有开口。无疑，雪是比雨干一些——在你的袜子里化成水之前。

下了西班牙语课后，我和杰西卡一起去自助餐厅，一路上我都很警惕。到处都飞舞着软乎乎的雪球。我手里拿着一个活页夹，准备遇上情况就拿它当挡箭牌。杰西卡认为我很搞笑，但看了我的表情后，她放弃了扔我个雪球的念头。

迈克在我们进门时哈哈大笑地追上了我们，雪在他的发穗上慢慢化开。我们排队买饭的时候，他和杰西卡在绘声绘色地谈论打雪仗的情形。我习惯性地瞥了角落里的那张桌子一眼，然后就僵在那儿了。桌旁坐着五个人。

杰西卡拽了一下我的胳膊。

"喂？贝拉？你要点儿什么？"

我垂下头望着地上，双耳滚烫。我没有理由感到不好意思，我提醒自己，我没做错什么。

"贝拉怎么啦？"迈克问杰西卡。

"没事儿，"我回答，"今天我就要一杯苏打水。"我追上了队尾。

"你不饿？"杰西卡问。

"实际上，我有点儿不舒服。"我说，双眼依然望着地上。

我等候他们买好饭，然后跟着他们去了一张桌子，两眼看着自己的双脚。

我不紧不慢地啜饮自己的苏打水，胃里直翻腾。迈克问了两遍，问我感觉如何，瞎操心。我告诉他没事儿，可我心里在想，下节课我是不是应该装不舒服，逃到医务室去。

可笑，我凭什么非得逃跑啊？

我决定让自己再瞥爱德华他们几个坐的那张桌子一眼。要是他在瞪我的话，我就逃掉生物课了，就像从前一样，再当一回胆小鬼。

我没抬起头来，而是从睫毛下面往上瞥了一眼。他们谁都没望着这个方向。我稍微抬了抬头。

他们在哈哈大笑。爱德华、贾斯帕和埃美特的头发全都让融雪彻底浸透了。爱丽丝和罗莎莉正歪向一侧，因为埃美特在冲她俩使劲儿甩着滴水的头发。他们在尽情享受雪天的乐趣，就像所有其他人一样——只是他们比我们其余的人更像是某部电影里的一个镜头。

不过，除了笑声和顽皮之外，还是有一些不一样的地方，是什么地方不一样，我说不太准确。我对爱德华的观察最为仔细。他的皮肤没那么苍白了，我判定——或许是打雪仗打红了的——他眼睛下面的眼圈远没有前几天那样明显了，但还不止这些。我一边盯着瞧，一边回想，试图找出是哪里有了变化。

"贝拉，你在盯着瞧什么呀？"杰西卡扰乱了我的思路，她顺着我的目光看了过去。

就在那一刻，他的目光闪过来和我的碰了个正着。

我低下了头，让头发垂下来遮住了我的脸。虽然我们的目光只有那么一刹那的交会，然而，我可以有把握地说，他的目光不像上次我看到他时那么锐利和不友好了。他只是显得既很好奇，又有些不满。

"爱德华·卡伦在盯着你看呢。"杰西卡在我耳边咯咯地笑着说道。

"他看上去没有生气，对吧？"我禁不住问道。

"对，"她说，听上去好像让我给问糊涂了，"他应该生气吗？"

"我认为他不喜欢我。"我吐露了自己的想法。我还是感觉要吐，我把头放到了胳膊上。

"卡伦他们几个谁都不喜欢……嗯，他们对谁都不多瞅几眼，怎么会喜欢呢?不过他还在盯着你瞧呢。"

"别看他了。"我嘘声说道。

她发出了窃笑,但还是把目光移开了。我抬起头看了看她,以确认她没有继续在看爱德华,思量着要是她拒不服从,我就使用暴力。

这时,迈克打断了我们——他正在筹划放学后在停车场搞一次超大规模的雪仗,并且想要我们参加。杰西卡热烈响应,她看迈克的那副样子,叫人看了丝毫不会怀疑,迈克让她干什么她都会乖乖地去干。我保持沉默,我恐怕得躲在体育馆里,等停车场没人了再出来。

午饭剩下来的时间,我都非常小心地把目光一直放在自己桌上。我决定尊重我跟自己达成的那个协议。既然他看上去不生气,我就去上生物课。一想到又要坐到他的旁边,我的胃,的的确确吓得翻腾了几下。

我并不想像往常那样跟迈克一起去上课——他似乎是雪球狙击手们喜欢的目标——不过我们走到门口时,除了我以外,大家都不约而同地唉声叹气。天下雨了,把所有的积雪都冲刷一空,像一根明净、冰冷的缎带似的顺着人行道流走了。我把兜帽拉了上来,心中窃喜。下了体育课,我可以直接回家去喽。

迈克在去四号楼的路上一直抱怨个没完。

进了教室后,我看见我桌子还空着,舒了一口气。班纳先生正在教室里来回走动,在给每张桌子发一个显微镜和一盒玻璃片。课还没开始上,还要过几分钟,教室里嗡声一片。我克制着不往门口的方向看,漫不经心地在笔记本的封面上乱涂一气。

旁边的椅子挪动时,我听得非常真切,但我的目光依旧小心地集中在手头正在画的图案上。

"你好。"一个轻轻的、悦耳的声音说道。

我抬起了头,惊呆了,他在跟我说话。他坐得离我远远的,只差没坐到桌子外边去了,不过他椅子的一角冲着我。他的头发湿得滴水,凌乱得很——即使这样,他看上去也像刚刚拍完发胶广告似的。他那张光彩夺目的脸友好而又坦诚,完美无瑕的两片嘴唇上挂着一丝淡淡的笑意。不过他的目光里却充满了谨慎。

"我叫爱德华·卡伦，"他继续说道，"上个星期没机会向你做自我介绍。你肯定是贝拉·斯旺。"

我有点晕头转向了。难道整件事都是我凭空想出来的？此刻，他是礼貌得没法说了。我得说话，他在等待。但是我想不出任何的客套话。

"你……你是怎么知道我的名字的？"我结结巴巴地说道。

他露出一个温柔而又迷人的笑容。

"噢，我想每个人都知道你的名字。全镇的人都在盼着你的到来。"

我做了个鬼脸。我知道事实也差不多是这样子。

"不，"我傻傻地追问，"我的意思是说，你怎么叫我贝拉？"

他似乎被我问蒙了："你喜欢叫你伊莎贝拉？"

"不，我喜欢人家叫我贝拉，"我说，"不过我想查理——我是说我爸爸——肯定背着我叫我伊莎贝拉——这里的每个人似乎都知道我叫这个名字。"我试图解释，感觉自己像个十足的低能儿。

"哦。"他放下了这个话题。我尴尬地望到一边去了。

谢天谢地，就在这时，班纳先生开始上课了。我努力集中精力听他讲我们今天要做的实验。盒子里的玻璃片的顺序是打乱了的。作为实验伙伴，我们得把洋葱根尖细胞的玻璃片按照它们所代表的有丝分裂阶段分开，并把相应的阶段标出来。不允许我们看书。二十分钟后，他将来回检查，看谁做得正确。

"开始。"他吩咐道。

"搭档，女士优先？"爱德华问。我抬头看见他一脸坏笑，可笑的是那样的好看，害得我只能像个白痴似的盯着他瞅。

"要不我先来，如果你愿意的话。"笑意逐渐消失了，他显然是想知道我的智力是不是能够胜任这个问题。

"不，"我红着脸说道，"我先来。"

我这是在卖弄，不过也就一点点吧。我早就做过这个实验了，知道我要找的东西，应该很容易。我啪的一声把第一张玻璃片放到了显微镜下面适当的位置，并迅速调整到了四十倍物镜。我简短地看了一下玻璃片。

我对自己的估计很有信心："前期。"

"可以让我看一下吗？"我准备把玻璃片拿开时，他说了一句。说这话的时候，他的手抓住了我的手，不让我拿。他的五指冰凉，仿佛上课前一直插在雪堆里似的。但那还不是我把手猛一下子抽出来的原因。他碰我的时候，我的手像被扎了一下，似乎一股电流从我俩身上穿过去了。

"对不起。"他喃喃道，马上把手缩了回去。不过，他还是继续去够显微镜。他查看玻璃片的时候——时间比我的还要短——我看着他，心还在跳。

"是前期。"他同意我的判断，并在我们的记录单的第一个空白处工整地记下来了。他迅速将第一块玻璃片拿走，换上了第二块，然后粗略地瞅了一眼。

"后期。"他低声说道，边说边记了下来。

我尽力保持我的语调如常："我可以看一下吗？"

他得意地笑了一下，把显微镜推给了我。

我急切地把眼睛对准了目镜，结果很失望。该死，他没弄错。

"第三块呢？"我伸出了手，连看都没看他一眼。

他递给了我，看上去他好像很小心，生怕再一次碰到我的皮肤。

我以最快的速度看了一眼。

"间期。"他还没来得及要，我就把显微镜递给了他。他快速地扫了一眼，便记下了。他看的时候我本来可以记的，但他那一手秀丽、优美的字把我吓得不敢班门弄斧了。我不想我那笨拙不堪的字把记录单给毁了。

在所有的小组都还没头绪的时候，我们第一个完成了实验。我看见迈克和他的搭档拿着两块玻璃片在那里比来比去，另外一组则在桌子下面翻着书。

这让我无事可做了，唯一可做的就是努力不去看他……结果还是没忍住。我抬头瞥了一眼，而他正盯着我看，眼神还跟原来一样，充满了莫名其妙的挫败感。

"你戴了隐形眼镜？"我想都没想就冒出这么一句话。

他似乎让我这出乎意料的问题给问蒙了："没有。"

"噢，"我咕哝道，"我觉得你的眼睛有什么地方不一样了。"

他耸了耸肩，望到一边去了。

实际上，我敢肯定有什么地方变了。我清清楚楚地记得，上次他瞪我那一眼的时候，两眼是百分之百的黑色——和他苍白的皮肤及红褐色的头发形成了极为明显的反差。今天，他的双眼完全是不同的颜色：一种怪怪的浅橘黄色，比淡棕色要深一点儿，但却有着同样的金色调。我不明白这怎么可能，除非他出于某种原因，不承认自己戴了隐形眼镜。要不可能就是福克斯使得我成了真正的疯子了。

我垂下了头。他的双手又使劲地攥成了坚硬的拳头了。

这时，班纳先生过来了，来看我们为什么不做实验。他的目光越过我们的肩膀，瞅了一眼已经完成的实验，然后更加目不转睛地检查了我们的答案。

"看来，爱德华，你认为伊莎贝拉不应该有机会摸一摸显微镜喽？"班纳先生问道。

"是贝拉，"爱德华不假思索地予以纠正，"实际上，五个当中有三个是她找出来的。"

班纳这时把目光投向了我，一脸怀疑的表情。

"你以前做过这个实验？"他问。

我不好意思地笑了："不是用的洋葱。"

"是白鱼囊胚？"

"是呀。"

班纳先生点了点头："你在凤凰城学过大学先修课程[①]？"

[①] 一译"进阶先修课程项目"（Advanced Placement Program，简称 AP，中文简称"爱普"），20 世纪中叶以低姿态起步，现已发展成全美中学推进优质教育的首要项目。AP 课程项目鼓励高中毕业班学生选修独立研究课程和大学水平课程，并通过学习成绩考试使学生在进入大学时已预先取得大学学分。该项目为高中学生提供了严格的大学课程与考核，为 34 门课程设定了衡量学习成绩的标准。

"对。"

"哦，"过了一会儿，他说，"我想你们俩做实验搭档挺好。"他走开的时候嘴里还含混不清地说了点儿别的什么。他走开以后，我又开始在笔记本上乱涂起来。

"下雪不是太糟吧？"爱德华问。我有一种感觉，觉得他是在强迫自己跟我聊这些家长里短的话题。我又开始犯多疑症了。好像他听到了我跟杰西卡午饭时的谈话并试图证明我错了似的。

"不会吧。"我老老实实地回答，而不是像所有其他人那样假装正常。我还在试图把那愚蠢的疑神疑鬼的感觉撵走，所以集中不了注意力。

"你不喜欢冷。"这不是在问我。

"或者说湿。"

"福克斯这个地方，你肯定很难待下去。"他若有所思地说道。

"你根本不了解情况。"我不高兴地喃喃自语道。

他好像让我的话给迷住了，我想象不出是什么原因。他的脸色是那样地魂不守舍，弄得要不是出于必需的礼仪，我都不敢看了。

"那么，你干吗要来这里呢？"

没有一个人问过我这个问题——像他那么直截了当，完全是在盘问嘛。

"原……原因很复杂。"

"我想我能听下去。"他催促道。

我顿了好一会儿，然后犯了个错误，跟他凝视的目光碰到了一起。他那双深色的金眼睛让我犯晕了，我想都没想，就回答了。

"我母亲又嫁人了。"我说。

"这听上去不是很复杂嘛，"他表示了异议，但他突然很同情地问了一句，"什么时候的事儿？"

"去年九月份。"我的声音听上去很伤心，就连我自己听了都这么觉得。

"你不喜欢他？"爱德华猜测道，他的语气依然很友好。

"不，菲尔很不错。或许，太年轻了一点儿，但真的够好了。"

"你干吗不跟他们在一起呢？"

我捉摸不透他的兴趣所在，但他依旧用那双具有洞察力的眼睛在目不转睛地盯着我，好像我单调乏味的生活经历极其重要似的。

"菲尔老东奔西跑。他以打球为生。"我似笑非笑地说道。

"我听说过他吗？"他问，回了我一个微笑。

"很可能没有。他的球打得不好，严格说来还在小联盟[①]混。他老是在东奔西跑的。"

"所以你母亲就要你到这里来了，这样她就可以跟着到处跑了。"他又在主观臆断，而不是在问。

我稍稍仰起头："不，不是她要我来这里的，是我自己要来的。"

他的两簇眉毛挤到了一起。"我不明白。"他承认道，而且他似乎对这个事实感到很失望，其实大可不必。

我叹了一口气，我干吗要跟他说这些呢？他仍旧目不转睛地盯着我，眼里充满了明显的好奇。

"我妈妈一开始一直和我一起生活，但是她也想念菲尔，这让她并不快乐……所以我决定是该跟查理好好待一段时间了。"说完这句话的时候，我的声音已经有点儿凄凉了。

"可现在你不快乐。"他指出。

"然后呢？"我向他事事都擅自做判断提出挑战。

"这似乎不公平。"他耸了耸肩，但他的眼神并没轻松下来。

我哈哈一笑，一点儿都不幽默："难道没人告诉过你吗？生活本来就是不公平的。"

"我相信以前是在什么地方听说过。"他干巴巴地说道。

[①] 美国职业棒球分为"国家联盟"（National League）与"美国联盟"（American League）两大联赛，所谓联盟又分大联盟（Major League）和小联盟（Minor League）。小联盟球队一般都隶属于某个大联盟球队，每一个大联盟球队都有若干小联盟球队，作为旗下年轻球员、受伤或暂时下放的大联盟球员暂时栖身之处，为他们提供培养、训练、归队和比赛机会。小联盟球队依实力分为六个级别，由高到低依次是：3A（AAA）、2A（AA）、高阶1A（Advanced A）、1A（A）、短期1A（Short A）与新人联盟（Rookie）。不过也有少数小联盟球队是独立运作的，并不附属于大联盟母队。

"这不就结了嘛。"我坚持道,心里纳闷他干吗还是那样盯着我。

他的凝视变成了评判的眼神。"你的戏演得还真不错呢,"他一字一顿地说,"但是我倒很愿意打个赌,赌你内心的痛苦比你流露出来的要多。"

我冲他做了个鬼脸,忍住了像五岁的小孩子那样吐舌头的冲动,把脸扭向了一边。

"我说错了吗?"

我努力不去理他。

"我可不这么认为哟。"他自鸣得意地说。

"这关你什么事呢?"我生气地问道。我眼睛仍然望向一边,看着老师巡回检查。

"这个问题问得非常好。"他低声说道,声音小得我还以为他是在跟自己说话呢。不过,沉默了几秒钟之后,我确定那是我会得到的唯一答案了。

我叹了一口气,生气地瞪着黑板。

"是不是我惹你生气了?"他问。他听上去很开心。

我想都没想,就瞥了他一眼……并且又一次告诉了他实话:"不全是你惹的。我更生我自己的气。我这张脸太不争气了,太容易看透了——我母亲总说我是她的一本打开的书。"我皱起了眉头。

"恰恰相反,我发现你这本书太难读懂了。"尽管我什么都说了,他也什么都猜对了,但听他的口气,好像说的是真心话。

"那么,你肯定是个很会看书的人。"我回答说。

"八九不离十吧。"他咧嘴一笑,露出了一口完美无缺、超白的牙齿。

班纳先生这时让全班同学安静下来了,我舒了一口气,转过头来听讲。我简直不相信自己刚才把我枯燥无味的生活说给这个举止奇异、相貌英俊的男孩子听了,他可能会看不起我,也可能不会。我们聊天时他似乎全神贯注,可此刻,通过眼角的余光,我可以看见他又歪向一边去了,他的双手抓着桌子的边缘,显而易见,紧张得不行。

班纳先生用投影仪上的透明幻灯片讲解时,我努力摆出一副专心听讲的样子,虽然讲解的都是那些我用显微镜不费吹灰之力看到过的东西,可我的思绪却硬是不听使唤。

终于打下课铃了,只见爱德华和上个星期一一样,迅速而又优雅地冲出了教室。而且,同上个星期一一样,我也目瞪口呆地目送了他的背影。

迈克迅速地蹿到了我的旁边并帮我把书捡了起来。我想他简直在摇尾巴了。

"太难了,"他抱怨道,"看上去全都一模一样。你真走运,有爱德华做你的搭档。"

"看这个我倒没有什么问题,"我说,他的主观臆断我听了很不是滋味,可话一说出去,我马上就后悔了,"不过,我以前做过这个实验。"我趁他的感情还没受到伤害,赶紧补上了一句。

"卡伦今天似乎挺友好的嘛。"在我们套上雨衣的时候,他评论道。对此,他似乎不太高兴。

我努力装出一副不在乎的语气:"我不知道他上个星期一怎么了。"

去体育馆的路上,迈克唠叨个没完,我却老走神,没听进去多少,而且体育课也没强到哪里去,我同样也是老分心。今天迈克和我在一个队,他很有骑士风范,除了守自己的位以外,还守了我的位,所以,我的胡思乱想只是轮到我发球时才得以打断;每次我跳起来的时候,我们队都得小心翼翼地躲闪避让。

我去停车场时,雨已经只是一片雾雨了,但坐进了干爽的驾驶室后,我还是更为高兴一些。我打开了空调,一时也顾不得发动机那极度的轰隆声了。我拉开了上衣的拉链,把兜帽放了下来,抖开了湿气沉沉的头发,以便回家的路上空调可以把头发吹干。

我朝四周瞧了瞧,以确定周围没有东西。也就是在这时,我看见一个静止的白色身影。爱德华·卡伦斜靠在离我有三辆车远的沃尔沃的前门上,正目不转睛地盯着我这个方向。我迅速将视线移开并猛地倒起车来,匆忙之中,差点儿撞上了一辆破旧的丰田花冠。幸亏我及时猛踩了一脚刹车,那辆丰田才逃过一劫,而丰田车正好是撞上我的卡车就会碎成废铜烂铁的那种车。我长吸了一口气,眼睛依然看着车子另一边的外头，又小心地往后倒起来，这一次成功了。我从沃尔沃旁边经过时，眼睛盯着正前方，不过我还是用余光偷看了一眼，我敢发誓，他正在笑话我。

奇　迹

　　早上我睁开眼睛的时候，有什么地方不一样了。

　　是光线。虽然依旧是阴天森林里的那种灰绿色的光线，但不知怎么的，的确明亮一些了。我意识到是没有雾罩着我的窗户了。

　　我从床上跳下来，往外一看，不禁吓得哼了一声。

　　院子里覆盖了一层薄雪，我的车顶披上了银装，道路铺上了白色的地毯。但这还不是最糟糕的。昨天下的雨全都冻成了冰——给树上的针叶穿上奇异瑰丽的衣衫，将我们家的私人车道变成了一块滑溜溜的冰面。地面干燥时，我都要克服许多困难才不至于摔跤。此刻也许回到床上去睡觉对我更安全。

　　我还没下楼，查理就上班去了。从许多方面来说，跟查理住在一起就像有了我自己的空间一样，而且我发现，一个人待着的时候很陶醉，而不是孤独。

　　我三口两口灌下了一碗麦片粥和盒子里的一些橙汁。一想到上学我就兴奋，同时又令我害怕。我知道我期盼的不是什么刺激的学习环境，也不是见到我那一群新朋友。如果诚实地面对自己内心真正想法的话，我知道自己急着去学校是因为可以见到爱德华·卡伦。而这，真是非常非常的愚蠢。

　　在昨天那样不经大脑思考地、令人窘困地胡说一气之后，按说我本来应该躲着他才是，而且我对他一直心存疑虑：他为什么要在自己的眼睛这个问题上撒谎？我有时感到他身上散发着一种敌意，对这种敌意，我依然很害怕，而且每当我想象他那张完美无缺的脸时，我依然会张口结舌。我清楚地意识到，我和他不是一类人，我们之间不会有交集，所以今天完全不应该急切地想见他。

我集中了十二分的注意力才活着走完了那条冰砖似的私人车道。费了九牛二虎之力,好不容易到了车跟前时,我差点儿失去了重心,好在我设法紧紧抓住了倒车镜,才没有摔倒。显然,今天将是梦魇般的一天。

开车去学校的路上,我竭力去想迈克和埃里克,以及这里年轻男孩子对我的明显不同的反应,以此来分散注意力,使自己别老提心吊胆地怕摔倒和对爱德华·卡伦的那些没有用的胡乱推测。我非常清楚,我的样子跟在凤凰城时完全一样。也许只是我家那边的男孩子目睹了我度过自己那令人难堪的整个青春期的漫长过程,而且还在用老眼光看我罢了。也许是因为在这里我是初来乍到,大家觉得比较新奇,而这里这样的新奇并不多,而且十年八年都难得碰上一回。也说不定是大家觉得我笨手笨脚的,挺可爱而不是挺可怜,把我看成了一个需要保护的小姑娘。无论是出于什么原因,迈克小狗般的举止和埃里克明显地跟他较着劲儿弄得我很不安。我不知道自己是不是更喜欢被人忽略。

我的卡车似乎不怕路面上的那层黑冰。不过,我还是开得很慢,不想在主干道的车流中开出一条贯通的毁灭性小道。

到了学校从车上下来以后,我明白了自己几乎没有遇到任何麻烦的原因。一样银色的东西映入了我的眼帘,我走到后面——小心地抓着车身——去查看轮胎,只见上面十字交叉呈菱形地绑着细细的链条。不知道查理多早起床,给我的卡车上了防滑链。我的喉咙一下子发紧了。我不习惯有人照顾的滋味,查理默默的关心,着实让我受宠若惊了一把。

我靠着卡车的后角站着,竭力抑制住防滑链引起的那一阵突然的感动,这时,我听见了一个奇怪的声音。

是一阵尖锐的急刹车声,而且声音很快就大得惊人了。我抬头一看,一下子给惊呆了。

我眼前同时发生了好几件事情,哪一件都不像电影的慢动作那样缓慢。相反,这种快节奏带来的肾上腺素激增,似乎令我的大脑转得快了许多,我能够同时清晰地注意到好几件事情的细节。

爱德华·卡伦站在距我四辆车的位置，一脸惊恐地盯着我。他的脸格外醒目，虽然有无数张脸，组成了一片脸的汪洋，而且也全都呆若木鸡，面无表情。但是更迫在眉睫的还是那辆滑行的深蓝色客货两用车，轮胎锁死了，刹车吱吱地尖叫，在停车场的冰面上打滑，旋转着向我撞来。眼看就要撞到我卡车的后角了，而我正好站在它们之间。我连闭眼都来不及了。

就在我听到那辆客货两用车嘎吱一声撞上我卡车的底盘之前，什么东西撞击了我一下，很猛烈，但不是来自我以为的那个方向。我的头砰的一声磕在了冰冷的沥青路面上，感觉有某样硬而冷的东西把我压在了地上。我躺在一辆棕黄色的轿车后面的人行道上，我当时就把车停在这辆车的旁边。但是没有机会去注意别的任何东西了，因为那辆客货两用车还在往前来。它绕过了卡车的车尾，发出了刺耳的摩擦声，还在旋转，还在滑动，眼看又要和我撞上了。

一句低声的咒骂，让我意识到有人跟我在一起，那声音听着很熟悉，不可能辨认不出来。两只长长的白手，箭一般地伸到了我前面来保护我，客货两用车在距我的脸一英尺远的地方颤抖着停住了，说来凑巧，那双大手与客货两用车侧面的一道凹痕正好吻合。

他的双手移动得真快，快得都看不清了。一只手突然紧攥在客货两用车的车身下面，有什么东西在拽我，像拽布娃娃的腿那样，在拽我的双腿，直到我的腿抵着那辆棕黄色车的车胎为止。一个刺耳的声音砰的一下，把我的耳朵都震疼了，然后那辆客货两用车便停住了，玻璃砰砰几声全破碎了，落在了沥青上面———秒钟前我的双腿所在的位置。

死一般的寂静了一会儿之后，突然又响起了尖叫声。在这突如其来的喧闹声中，我听见不止一人在叫我的名字，但有一个声音比所有的尖叫声都要清晰，我听见爱德华·卡伦在耳边着急到几乎疯狂的哑着嗓子问道：

"贝拉？你没事吧？"

"我没事。"我的声音听起来怪怪的。我试图坐起来，这才意识到了他死死地将我搂在他身子的一侧。

"小心,"我挣扎着坐起来时,他提醒我,"我觉得你的头撞得很重。"

我开始觉得左耳上方有个地方,疼得跟抽筋似的。

"哎哟。"我又惊又疼地叫道。

"这正是我所想到的。"他的声音,很令人惊异,听上去好像他在强忍住笑似的。

"你怎么能在……"我说到一半,试图理一理思路,清醒一下头脑,"你过来得怎么这么快?"

"我就站在你的旁边呀,贝拉。"他说,语气又严肃起来了。

我准备坐起来,这一次他顺从了我,松开了我的腰,而且挪开了,挪到了这有限的空间所能允许的最远的地方。我瞅了一眼他那关切而又无辜的表情,又被他那双金色眼睛的力量弄得六神无主,不知所措了。我刚才在问他什么来着?

人们发现了我们,一群人泪流满面地互相叫喊着,也冲我们叫喊着。

"别动!"有人命令道。

"把泰勒从车上弄出来!"另一个人喊道。

我们周围一片慌乱。我试图站起来,可爱德华冰冷的手把我的肩膀按下了。

"请你暂时待着别动。"

"可是很冷。"我抱怨说。他压着嗓子暗笑,令我感到十分吃惊。他的声音尖得跟刀子似的。

"你刚才在那边,"我突然记起来了,他的笑声戛然而止了,"在你的车边上。"

他的表情一下子沉了下来:"不,我不在。"

"我看见你在。"我们周围一片嘈杂。我听见现场有了大人们粗哑的嗓门儿。可我还是固执地抓着我们的争论不放;我是对的,他眼看快要承认了。

"贝拉,我刚才是跟你站在一起,而且还把你拉开了。"他把那双眼睛的全部魅力都释放在我的身上了,好像试图跟我说某件至关重要的事情似的。

"不。"我噘起了嘴。

他金色的眼睛闪闪发亮:"求你了,贝拉。"

"为什么?"我问。

"相信我。"他央求道,声音温柔得无以名状。

这时我听见了救护车的警报声:"那你能保证以后把这一切给我解释清楚吗?"

"行。"他厉声说道,突然怒不可遏了。

"行。"我愤怒地重复道。

六个紧急医疗救护员和两名老师——瓦纳先生和克拉普教练——才把客货两用车从我们身边移开,移到了勉强能放进担架那么远的地方。爱德华坚决拒绝坐担架,我也试图拒绝,可那个叛徒出卖了我,跟他们说我撞了头,很可能撞成了脑震荡。他们给我上颈托儿时,我差点儿羞死了。好像全校的人都来了,肃穆地看着他们把我推上了救护车,爱德华坐到了前面。真是叫人受不了。

更为糟糕的是,斯旺警长在他们还没有把我安全地弄走之前赶到了。

"贝拉!"他认出了担架床上的我,惊慌失措地尖叫道。

"我很好,查——爸,"我叹息道,"我一点儿事儿都没有。"

他转向离他最近的一个紧急医疗救护员,向他询问对我受伤程度的判断。我把他放到了一边,去想那一堆杂乱无章地浮现在我脑子里的无法解释的画面。他们把我从车边上抬走的时候,我看见那辆车的保险杠上有一道深深的印痕——一道非常独特的印痕,与爱德华肩膀的轮廓正好吻合……好像是他用了很大的力,撑靠在车上把那个金属玩意儿给弄凹了……

接下来就是他的家人,远远地站在一边,表情各异,从反对到盛怒,但就是丝毫不见对他们这位兄弟安全的担心。

我试图想出一个合乎逻辑的答案,来解释我刚刚见到的这一切——来排除认为我神经不正常的臆断。

自然,救护车由一名警察护送到了县医院。他们把我从救护车上抬下来的整个这段时间,我都感到很可笑。更可气的是,爱德华却可以轻而易举地溜出病房,自由活动。我咬紧了牙齿。

他们把我放在急救室。急救室是一间狭长的屋子,里面摆放着一溜病床,床与床之间由一些蜡笔画图案的帘子隔开。一名护士在我胳膊上绑了一个血压袖带,在我舌头下面放了一个体温表。既然谁都懒得拉上帘子给我一点儿自己的空间,我想我也就没有义务戴那个傻乎乎的颈托儿了。护士走开后,我三下五除二,扯开了粘扣,把它扔到了床底下。

医护人员又是一阵慌乱,又一张担架床推到了挨着我的那张病床边上。我认出来是政治课班上的泰勒·克劳利,他头上紧紧缠着血迹斑斑的绷带。泰勒看上去比我原以为的要糟一百倍。可他还在焦急地盯着我。

"贝拉,我真是太抱歉了!"

"我很好,泰勒——你看上去不太好,你没事儿吧?"我们说话的时候,护士们开始拆他头上脏兮兮的绷带,只见他的整个额头和左边的脸颊都划上了无数道浅浅的伤痕。

他没理睬我的问话:"我当时以为会把你撞死呢!我开得太快了,又误撞到了冰上……"护士开始给他擦脸时,他疼得肌肉都抽搐了。

"别担心了,你没撞着我。"

"你怎么会躲得那么快?你当时站在那儿,眨眼就不见了……"

"嗯……爱德华把我拉开了。"

他一脸的茫然:"谁?"

"爱德华·卡伦——他当时站在我身边。"我总是不善于撒谎,听起来一点儿都不可信。

"卡伦?我没看见他呀……哦,我想可能实在是太快了。他没事儿吧?"

"应该没事。他就在这什么地方,但他们没有逼着他坐担架。"

我知道我没疯。发生过什么事情呢?没有办法能解释通我所见到的一切。

这时他们把我推走了,去给我的头部拍 X 光片。我告诉他们我什么问题都没有，结果还真让我说对了，连脑震荡都没有。我问我是不是可以走了，可护士说我得先找个大夫谈谈，于是我被关进了急救室等候着。泰勒没完没了地道歉，一遍遍地保证要弥补我受到的伤害，真让我听得心烦。无论我跟他说了多少次我没事，他还是一个劲儿地折磨自己。最后，我闭上眼睛，懒得理睬他了，他还在那里咕咕哝哝地悔恨不已。

"她睡着了吗？"一个音乐般好听的声音问道。我猛地睁开了眼睛。

爱德华站在我的床脚边，傻笑着。我瞪了他一眼，朝他瞪眼可不是件容易的事——或许抛个媚眼会来得更自然一些。

"嘿，爱德华，我真是抱歉……"泰勒又开腔了。

爱德华抬起了一只手让他别说话。

"不流血，就不犯规。"①他说，露了一下他那口闪亮的牙齿。他过去坐在了泰勒的床边上，脸对着我。他又开始露出那种傻笑。

"哦，诊断结果如何？"他问我。

"我一点儿问题没有，可他们不让我走，"我抱怨道，"你怎么没有像我们一样被绑在轮床上？"

"多亏你知道的那个人，"他回答说，"不过别着急，我是来保释你出院的。"

这时拐角来了一个大夫，我不由自主地张开了嘴。大夫很年轻，一头金发……比我见过的任何一个电影明星都要帅。不过，他皮肤苍白，显得很疲惫，眼睛下面有眼圈。按照查理的描述，这位肯定就是爱德华的父亲了。

"哦，斯旺小姐，"卡伦大夫说，声音极富魅力，"你感觉怎样？"

"很好。"我说，我希望这是最后一遍了。

他走到我头顶上方墙上的灯板前，打开了灯。

---

① 典出电影《篮球梦》(*Hoop Dreams*)，讲述的是在两个芝加哥贫民区的黑人少年威廉姆·盖茨（William Gates）和亚瑟·阿奇（Arthur Agee）为圆他们的 NBA 之梦而各自展现不同生活经历的故事，其中有一句经典台词："在这里，只要不流血就不算犯规。"Burden of a Day 乐队亦有一首同名歌曲。

"你的 X 光片看起来很好,"他说,"你的头疼吗?爱德华说你的头撞得不轻。"

"不疼。"我叹了口气答道,朝爱德华迅速地瞪了一眼。

大夫凉丝丝的手指在我的脑壳上轻轻地探了一圈。他注意到我抽搐了一下。

"痛吗?"他问。

"不是很痛。"我痛得更厉害了。

我听见了一声低笑,循声看去,只见爱德华一脸居功自傲的微笑。我眯起了眼睛。

"噢,你父亲在候诊室里——你可以跟他回家去了。但若是出现头晕目眩或者任何视力问题,务必回医院检查。"

"我不能回学校去上课吗?"我问,想象着查理极力表现关心的样子。

"或许今天你应该放松放松。"

我瞥了一眼爱德华:"那他可以去上学吗?"

"得有人把我们幸免于难的好消息传出去呀。"爱德华得意地说道。

"实际上,"卡伦大夫纠正道,"学校的绝大多数人似乎都在候诊室里。"

"哦,不会吧。"我悲叹道,双手蒙住了脸。

卡伦大夫抬了抬眉毛:"你想留下来吗?"

"不,不要!"我坚持道,说着将双腿甩到床边,噌的一下跳下了地。跳得太快了——差点儿一个趔趄,幸好卡伦大夫伸手接住了我。他看上去很担心。

"我没事儿。"我又跟他保证了一次。没必要告诉他我重心不稳的问题与撞了头丝毫没关系。

"吃几颗'泰诺'好止疼。"他一边稳住我一边建议道。

"没有疼到那种地步。"我坚持道。

"听上去你极幸运呢。"卡伦大夫一边说,一边笑着在我的表上用花体签了字。

"幸亏爱德华碰巧站在我旁边。"我嘴上这样说,眼睛却狠狠地瞅了我说到的那个人一眼,表示我心里并不这样认为。

"哦,嗯,对。"卡伦大夫赞同了我的说法,突然忙着看起前面的报纸来了。然后把头扭向泰勒,到下一张病床去了。我的直觉闪了一下:大夫熟悉内情。

"你恐怕就得跟我们稍微多待几天了。"他对泰勒说道,接着就开始检查起他的伤口来了。

大夫的背一转过去,我就挪到了爱德华的身边。

"我能跟你谈一会儿吗?"我压着嗓子嘘道。他朝后退了一步,下巴突然绷紧了。

"你父亲在等你呢。"他从牙齿缝里挤出了这几个字。

我瞅了卡伦大夫和泰勒一眼。

"我想跟你单独谈谈,如果你不介意的话。"我紧紧地逼着他。

他瞪了我一眼,然后转身顺着狭长的屋子大步走开了。我几乎得跑着才能跟上去。我们一拐进一个很短的过道,他便一个急转身面对着我了。

"你想知道什么?"他问,听上去有点儿火了,目光冷冷的。

他凶巴巴的样子把我吓坏了。我言辞的激烈程度也打了折扣。"你欠我一个解释。"我提醒他。

"我救了你的命——我什么也不欠你的。"

他语气里充满了愤懑,把我吓得一退:"你保证过的。"

"贝拉,你撞了头,不知道自己在说些什么。"他的腔调很刺人。

这时我的脾气也上来了,蔑视地盯着他:"我的脑子一点儿问题都没有。"

他对我也是怒目以对:"你想从我这儿得到什么,贝拉?"

"我想知道真相,"我说,"我想知道我干吗要替你撒谎。"

"那你*以为*发生了什么?"他厉声喝问。

我憋在心里的话像开了闸的水,一涌而出了。

"我就知道你当时根本就不在我身边——泰勒也没看见你,所以别跟我说什么我的头撞得很重。那辆客货两用车眼看就要把你我碾成肉饼了——结果呢,没有,你的双手在它的侧边留下了一道凹痕——

而且另一辆车上也留下了你的印痕，而你却毫发无损——客货两用车本可以把我的双腿碾得粉碎的，可你把它举起来了……"我自己听了似乎都觉得荒唐至极，没法往下说了。我气得不行，觉得眼泪都快出来了，我咬紧牙关竭力忍住了。

他以怀疑的目光盯着我，但他的脸色很紧张，急于为自己辩护。

"你认为我把一辆压着你的客货两用车举起来了？"他的语气是在怀疑我是否精神正常，但这只是令我更加怀疑了。他的话就像一个炉火纯青的演员背得滚瓜烂熟的一句台词。

我只点了一下头，下巴绷得紧紧的。

"谁也不会信的，你知道的哦。"这时他的话里带了一丝嘲弄。

"我不会告诉任何人的。"我一字一顿地说道，强按住心头的怒火。

他脸上掠过一丝惊讶："那你说说，这事儿干吗就这么要紧？"

"对我来说很要紧，"我坚持道，"我不喜欢撒谎——所以最好有个理由能解释我干吗在跟人家撒谎。"

"你就不能把这事儿忘了，谢我一声吗？"

"谢谢你。"我等候着，既怒气冲冲，又满怀期待。

"你不打算让这事儿过去算了，是不是？"

"没错。"

"那样的话……你就好好地等着失望吧。"

我们默默地怒视着对方。是我先开的口，目的是为了让自己精力集中，因为我的注意力时刻面临着被他那张气得发青，却又令人愉快的脸分散的危险。这情形就如同努力把一个催魂天使盯得不敢跟你对视一样。

"那你干吗还要费那个劲呢？"我冷冷地问道。

他顿了一会儿，然后有那么短暂的一瞬，他那张漂亮至极的脸，出人意料地闪现出一丝脆弱的神情。

"我不知道。"他低声说道。

然后他转过身去，走了。

我都气晕了，好几分钟不能动弹。可以动步以后，我慢吞吞地走到了过道尽头的出口。

候诊室比我担心的还要糟糕。似乎我在福克斯认识的每一张面孔都在那里，直盯盯地看着我。查理冲到了我身边。我举起了双手。

"我一点儿事儿也没有。"我绷着脸跟他说。我的火还没消，没有心情聊天。

"大夫怎么说？"

"卡伦大夫看的，他说我没事儿，可以回家。"我叹息道。迈克、杰西卡和埃里克都在，过来跟我们会合了。"咱们走吧。"我催促道。

查理把一只手臂放在了我的背后，没有完全碰到我的身体，引着我朝出口的玻璃门走去。我腼腆地朝朋友们挥了挥手，希望向他们传达不必再担心了的意思。坐进巡逻车真是一种巨大的安慰——我平生第一次有这样的感觉。

我们默默行驶着。我全神贯注地想着问题，几乎把身边的查理给忘了。我确信爱德华在过道里的辩护行为恰好证实了我目睹的那些不可思议的事情，虽然至今仍不敢相信。

我们到家时，查理终于开口了。

"嗯……你得给蕾妮去个电话。"他愧疚地垂下了头。

我吓坏了："你告诉妈了！"

"对不起。"

我从巡逻车下来后，砰的一声摔上了车门，力气稍稍使大了一点儿。

我妈自然是歇斯底里了。我起码得跟她说上三十遍我没事儿，她才会冷静下来。她恳求我回家去——忘掉家里暂时没人这件事——不过她的请求比我想象的要容易拒绝。我已经被爱德华带来的神秘弄得精疲力竭了，而且更有一点被他这个人给迷住了。愚蠢，愚蠢，愚蠢。我不渴望着逃离福克斯了，离开这个我本应该避而远之的地方，就像任何正常的神志清醒的人那样。

那天晚上，我决定不妨早点儿上床睡觉。查理依旧不安地看着我，看得我都有些发毛了。我去卧室的中途停了下来，从卫生间抓了三颗"泰诺"。还确实管用，很快就止疼了，我不知不觉就睡着了。

那是我第一夜梦见爱德华·卡伦。

邀　请

　　梦里很黑，唯一的一点儿昏暗的光，似乎是爱德华的皮肤发出来的。我看不见他的脸，只能看见他的背影，他正离我而去，把我留在了黑暗之中。不管我跑多快，总也追不上他；不管喊多大的声，他也不回头。我心里一急，在半夜的时候醒了，似乎有好长一段时间硬是再也睡不着。打这以后，差不多每天夜里他都会出现在我的梦里，但他总在我碰触不到的外围，永远都遥不可及。

　　接下来的一个月出现的事情很令人不安、紧张，尤其是尴尬。

　　令我感到郁闷的是，我发现自己成了后半周大家关注的中心。泰勒·克劳利真让人受不了，成天跟着我转，老想着怎么补偿我。我努力让他相信我最想要的就是，他把这件事统统忘掉——尤其是，实际上他根本就没给我带来任何伤害——可他就是一根筋地坚持。他课间跟着我，吃午饭也挤到我们现在已经很拥挤的桌子上来凑热闹。迈克和埃里克对他的敌意，甚至超过了他们彼此间的敌意，弄得我很担心自己又多了一个不受欢迎的粉丝。

　　似乎谁也不关心爱德华，尽管我一遍又一遍地解释说他是英雄——还解释了他把我拉开的过程以及差点儿让车给碾了的情形。我使尽了浑身解数，力图描述得可信一点。可杰西卡、迈克、埃里克以及其他所有人总是说他们在客货两用车被拉走之前，连看都没有看到他。

　　我暗自纳闷，为什么别人谁都没有看见在他突然难以置信地救了我的命之前，他站在那么老远的地方呢。我懊恼地意识到了一个可能的原因——别人谁都不像我那样总是在注意爱德华。别人谁都不曾像我那样注视过他，真是可怜啦！

爱德华身边从来没有好奇的旁观者围着，想听他的第一手描述。人们还是像往常一样对他敬而远之。卡伦兄妹仨和黑尔姐弟俩依旧坐在那张桌子上，不吃东西，只是他们几个之间相互聊天。他们谁都不瞟我这边一眼了，尤其是爱德华。

上课他坐在我旁边时，也是能离我多远就离多远，似乎根本就不知道我的存在。只是偶尔他突然攥紧拳头，青筋暴露，皮肤更白了的时候，我才会怀疑他是不是不像看上去的那样健忘。

他很后悔当初把我从泰勒的客货两用车前面拉开——除此，我得不出任何别的结论。

我很想跟他谈谈，而且事故发生的当天我就试过了。我最后一次见到他的时候，是在急救室的外面，我俩都是那样的愤怒。即使我一直说到做到，无可挑剔，可他还是不信任我，不告诉我真相，这一点我依然很生气。不过他确实救过我一条命，不管他是怎样救的。一夜过后，我的火气消了不说，还生出了肃然的感激之情。

我去上生物课的时候，他已经坐在座位上了，眼睛盯着正前方。我坐下了，希望他会转过脸来，可他丝毫没有流露出知道我在旁边的表情。

"喂，爱德华。"我和颜悦色地叫了他一声，想让他知道我心平气和了。

他的脸往我这边扭了一丁点儿，没有和我的目光相遇，点了一下头，然后又望到一边去了。

那便是我跟他的最后一次接触，虽然他每天都坐在我旁边，距我仅咫尺之遥。不过，有时在自助餐厅或停车场，我还是会情不自禁地从远处注视他。我注意到他金色的双眸明显地一天比一天暗了。但上课的时候，我也不太注意他的存在，他注意我多少，我就注意他多少，绝不比他多。我真是可怜，而梦仍在继续。

虽然我在电子邮件中写的全是彻头彻尾的谎话，但蕾妮还是从中隐约觉察出了我的消沉，她还来过几次电话，很是担心。我想了很多办法，力图让她相信，我情绪低落纯粹是天气造成的。

我和实验搭档之间明显的冷淡，至少令迈克很高兴。我看得出他一直担心爱德华的英勇相救可能会感动我，结果似乎适得其反，现在他放心了。他越来越自信了，生物课之前总要坐在我桌子边上聊，根本就不把爱德华放在眼里，就像他根本不把我们放在眼里一样。

自那个危险的冰天之后，雪彻底给冲没了。迈克很失望没能组织起他的那场雪仗，但他还是很高兴，因为很快就可以去海滩旅游了。不过雨依然很大，几周就这样过去了。

杰西卡让我了解到了另一个即将到来的活动——她在三月的第一个星期四打了个电话给我，请我允许她邀请迈克参加两周后的女生择伴春季舞会①。

"你肯定你不会介意吗……你不打算邀请他？"我告诉她我一点儿都不介意后，她追问了一句。

"不打算，杰西②，我不准备参加舞会。"我给她吃了一颗定心丸。我最不擅长的就是跳舞了。

"真的会很好玩儿的。"她并非真心实意地劝我。我怀疑杰西卡喜欢跟我在一起，更多的是喜欢我那莫名其妙的人气，而不是喜欢我这个人。

---

① 女生择伴舞会（The girls' choice dance）即"塞迪·霍金斯舞会"（The Sadie Hawkins dance），此外还有很多别称，如"优先舞会"（Preference）、"特沃普"（TWIRP，由 The Woman Is Required to Pay 的首字母组成，意即"由女士付费"）等。塞迪·霍金斯舞会是根据著名卡通画作家阿尔·卡普（Al Capp）笔下的人物塞迪·霍金斯命名的。塞迪·霍金斯是镇上最有钱有势人家的女儿，其腿长善跑，然长相奇丑无比，所有男人见了都避之不及，35岁了依然嫁不出去，于是她父亲利用手中的权力搞了一个所谓的塞迪·霍金斯节，将所有的单身汉召集起来赛跑：第一声枪响，所有单身汉起跑；第二声枪响，他女儿起跑，被他女儿追上抓住者就得乖乖地成为她的"俘虏"。于是就有了"塞迪·霍金斯节"，一个非官方的节日（11月9日或该日之后的第一个周六）。现在，这种舞会已演变成一种学校舞会，由女生主动邀请男生跳舞，换言之，请谁不请谁，女方说了算。这与班级舞会（prom）正好相反。美国许多中学每年都会举办三次舞会，还有一次叫"校友返校节舞会"（homecoming），是男方主动还是女方主动不限。当然也有些中学只举办常规的舞会，但放 Snowball 或 Sadie Hawkins 等歌曲时，女生可以主动选择自己喜欢的舞伴跳舞。

② 杰西（Jess），杰西卡（Jessica）的昵称。

"你跟迈克去好好玩儿吧。"我鼓励道。

第二天,我惊讶地发现,杰西卡上三角和西班牙语课时不像平时那样滔滔不绝了。她课间走在我旁边的时候一声没吭,我也没敢问她原因。要是迈克拒绝了她,她告诉谁也不会告诉我的。

我的担心进一步加剧了,因为吃午饭的时候,杰西卡尽可能地坐得离迈克远远的,跟埃里克聊得起劲得很。迈克则非同寻常的安静。

跟我一起去上课的路上,迈克依旧沉默寡言,他脸上不自在的表情可不是个好兆头。不过,直到我坐在了座位上,他坐在我的课桌上之前,他都只字未提那件事情。同往常一样,就像通了电似的,我知道爱德华就坐在伸手可及的地方,却又远得好像他只不过是我想象出来的一个人而已。

"嗯,"迈克眼睛看着地板说道,"杰西卡邀请我参加春季舞会了。"

"那是大好事儿呀。"我用喜气洋洋而又充满热情的声音说道,"你跟杰西卡在一起会很开心的。"

"嗯……"他一边仔细地审度着我的微笑,一边支吾道,显而易见,他对我的反应不是很高兴,"我告诉她我得想一想。"

"你干吗要那样呢?"我流露出了不悦,因为他没有完全回绝她,令我舒了一口气。

他又垂下了头,脸涨得通红。同情之心动摇了我的决心。

"我在想……嗯,在想你会不会打算邀请我。"

我愣了一会儿,恨自己刚才那一刹那的愧疚。不过,从眼角的余光中,我看到爱德华的头反射地朝我这边偏了偏。

"迈克,我认为你应该答应她的邀请。"我说。

"你是不是已经邀请谁了?"不知道爱德华有没有注意到,迈克的眼神向他坐的方向闪了闪。

"没有,"我给了他一颗定心丸,"我根本就没打算参加那个舞会。"

"干吗不呢?"迈克问。

我不想陷入舞会惹来的安全风险中,于是很快有了新的打算。

"那个周六我要去西雅图。"我解释说。我反正得出一趟城——这一下成了我出城的最佳时机。

"你不能在别的周末去吗?"

"对不起,不能,"我说,"所以你不应该让杰西再等了——很不礼貌的。"

"好的,你说得对。"他咕哝了一句,然后沮丧地转身回到自己的座位上去了。我闭上双眼,用指头按了按太阳穴,想把愧疚与同情从脑袋中挤出去。班纳先生开始说话了,我叹了口气,睁开了眼睛。

不想爱德华正好奇地盯着我,此时他黑色的眼睛里那熟悉的挫败感更为明显了。

我很惊讶,于是也盯着他,以为他会迅速把目光移开的。可是他并没有移开,而是继续以强烈的探询的眼神盯着我的眼睛。我没法把自己的目光移开,我的双手开始发抖了。

"卡伦先生?"老师叫他回答一个问题,是个什么问题我没听见。

"克雷布斯循环[1]。"爱德华答道,他扭过头去看班纳先生的时候,显得有些不太情愿。

他的目光一松劲,我就赶紧垂下眼睛看着书了,想找到讲到什么地方了。我还像以前一样胆小,把头发甩到了右肩,以便将脸遮起来。我不能相信刚才一下子,仅仅因为他六周以来第一次碰巧瞅了我一眼,感情居然就冲动得那么厉害。我不能让他对我有这么大的影响。这真可怜,还不止是可怜,简直是有病。

一节课接下来的时间里,我极力地不让自己注意到他的存在,但因为这是不可能的事,所以至少极力地不让他知道我在注意他的存在。下课铃终于响了,我转过身去,背对着他收拾东西,等着他像平常一样马上离开。

"贝拉?"对他的声音不应该这么熟悉的,好像我已经熟悉它一辈子了,而不只是短短的几周时间。

我慢慢地、很不情愿地转过身来。我不想心里又泛起自己很清楚的那种每当看到他那过于完美的脸庞时就会有的感觉。我终于转过身

---

[1] 生物化学术语,即柠檬酸循环(citric acid cycle),亦称三羧酸循环(tricarboxylic acid cycle,TCA)。

朝着他时，脸上的表情十分谨慎，而他的表情有点儿不可捉摸。他一句话也没有说。

"怎么？你又和我说话了吗？"我终于开口问道，声音里带着一丝并非有意的任性。

他的嘴唇动了动，努力挤出一丝笑容。"不，其实不是。"他承认道。

我闭上眼睛，鼻子慢慢地吸着气，意识到自己在咬牙切齿了。他在等着我开口。

"那么你想要怎样，爱德华？"我问道，眼睛依然闭着，这样更容易比较连贯地跟他说话。

"我很抱歉，"听起来还算诚恳，"我知道自己表现得比较粗鲁。可这样才会更好，真的。"

我睁开了眼睛。他一脸的严肃。

"我不明白你的意思。"我说道，声音十分警惕。

"如果我俩不做朋友会更好，"他解释道，"相信我。"

我把眼睛眯了起来，以前也听过这句话。

"之前你没有琢磨出这一点来，真是太不幸了，"我从牙缝里挤出这么一句来，"你本来可以完全用不着这样后悔的。"

"后悔？"这个词语，还有我的语气，显然让他不再满心戒备了，"后悔什么？"

"后悔没有让那辆愚蠢的货车把我压扁啊。"

他愣住了，一脸怀疑地盯着我。

等他终于开口讲话时，听起来几乎像是疯了一样："你认为我后悔救了你的命吗？"

"我知道你在后悔。"我的声音也大了起来。

"你什么都不知道。"毫无疑问，他都气疯了。

我猛地把头别到一边，咬紧了牙关，把一大堆本来想指责他的话都忍下了。我收起书本，然后站起身来，朝门口走去。我本来想大模大样地走出教室，可是一如既往地，我靴子的尖头绊到了门框边上，手里的书也掉到地上了。我在那里站了一会儿，想着就让这些书躺在那里得了。可接下来我还是叹了口气,弯腰把它们都捡了起来。他在那里,已经把书都码成了一摞。他把书递给我,一脸的冷淡。

"谢谢你。"我冷冷地说道。

他眯起了眼睛。

"不用客气。"他回了我一句。

我迅速站起身,再一次转过身子,大步朝体育馆走去,没再回头看一下。

体育课很残忍,我们改学篮球了。我的队友从没给我传过球,这还算不错,可我还是摔倒了很多次,有时还把别人也带倒了。今天我表现得比往常还要糟糕,因为我满脑子想的都是爱德华。我努力将注意力集中到自己的双脚上,但赶上我真正需要平衡的时候,他又总是潜回到我的脑海中来。

离开,正如往常一样,是一种解脱。我几乎是一路跑到了我的卡车边上,没想到有那么多的人让我想要避开。卡车在那次事故中只受到了很轻微的损坏。我得换尾灯,要是我真干过油漆工的话,我会把漆给补一下。泰勒的父母只好把他们的那辆客货两用车当废铜烂铁给卖掉了。

我拐过拐角处,见到一个高大的黑色身影靠在我的车上,吓得我几乎突发心脏病。后来,我认出来了不过是埃里克,我才又开始挪步。

"嘿,埃里克。"我招呼道。

"嗨,贝拉。"

"什么事儿?"我边开门边问。我没有注意到他语气中的不自在,所以他的下一句话令我大吃了一惊。

"呃,我只是在想……你愿不愿意跟我一起去参加春季舞会?"他说到最后一个字的时候都声如蚊蚋了。

"我想是女孩子说了算吧。"我惊讶得口不择言了。

"嗯,对。"他承认道,一脸的羞愧。

我恢复了镇静,想尽力笑得温暖一些:"谢谢你邀请我呀,可那天我打算去西雅图。"

"哦,"他说,"嗯,也许下次吧。"

"一定。"我同意道,然后咬住了嘴唇。我不希望他把我的话理解得太死了。

他垂头丧气地走开,回学校去了。我听见了一声咻咻的暗笑声。

爱德华正打我的车前经过,眼睛盯着正前方,抿着嘴。我猛一把拉开了车门,跳了上去,随手砰的一声又把车门带上了。我猛踩了一脚油门,轰得发动机山响,然后倒出来上了出口通道。爱德华已经上了车,距我两个车位,稳稳当当地将车溜到了我的前面,把我给挡住了。他停在了那里,等他们家的其他几个人。我看见他们四个正朝这边走来,但不过才到自助餐厅那里。我恨不得把他那辆亮闪闪的沃尔沃的屁股撞个稀巴烂,可惜边上的人太多了。我看了一眼后视镜,后面已经排起了长队。紧跟在我后面的是泰勒·克劳利,他坐在自己最近新买的一辆二手森特拉①上向我挥手。我当时正在气头上,全当没看见,没有理他。

我坐在车上等的时候,四下张望着,唯独就是没有看前面的那辆车,我听见有人敲了一下副驾驶那一侧的车窗,我一看,是泰勒。我又看了一眼后视镜,怔住了。他的车没熄火,开着车门。我侧着身子够过去,想把车窗摇下来。可是很紧,我摇了一半,就放弃了。

"对不起,泰勒,我卡在卡伦后面了。"我很烦——一看就知道,这堵车又不是我的错。

"噢,我知道——我不过是想趁我们堵在这儿的工夫,问你点儿事儿。"他露齿笑道。

这倒是有点儿出乎我的意料。

"你愿意请我参加春季舞会吗?"他继续说道。

"我那时不在城里,泰勒。"我的话听上去有些冲。我得记住这不是他的错,谁叫迈克和埃里克已经把我今天的耐心耗尽了呢。

"是,我听迈克说过了。"他承认道。

"那你干吗……"

---

① 森特拉(Sentra)即所谓的"美版阳光",是日产公司于1982年为打入北美市场而为Sunny(阳光)新起的名字。

他耸了耸肩:"我以为你只不过是在委婉地拒绝他。"

得了,这下就彻底是他的错了。

"对不起,泰勒,"我说,竭力掩饰住自己的愤怒,"我真的要出城去。"

"那好。我们还有班级舞会。"

我还没来得及回话,他已经在回自己车上去的路上了。我能感觉到我脸上的震惊。我盼着看到爱丽丝、罗莎莉、埃美特和贾斯帕全塞到沃尔沃里面去。爱德华在从后视镜里看我。无疑,他笑得浑身都在颤动了,给人的感觉是他听见了泰勒刚才说的每一个字。我的脚直痒痒,想踩一脚油门……稍微撞一下,伤不着他们,顶多也就是把那光亮夺目的银色漆蹭掉一块呗。我把发动机的转速提上来了。

可他们全都已经坐上去了,爱德华便飞速地把车开走了。我降低车速,小心地开回了家,一路上都在喃喃自语。

到家后,我决定晚饭做鸡肉馅玉米卷饼吃。这个要花很长的时间才能做好,而且不会让我闲着。当我炖洋葱和辣椒的时候,电话响了。我差点儿不敢接,不过也许是查理或妈妈打来的。

是杰西卡,而且她很兴高采烈,迈克放学后截住了她,接受了她的邀请。我一边搅着锅里的东西一边向她简短地表示了祝贺。她得挂断了,她想给安吉拉和劳伦打电话把这个消息告诉她们。我漫不经心地建议道,或许安吉拉,那个生物和我同班的腼腆女孩儿可以邀请埃里克。还有劳伦,那个有点冷淡、午餐桌上老不搭理我的女孩儿可以邀请泰勒,我听说他还没有受到邀请。杰西认为那是个极妙的主意。由于迈克已经十拿九稳了,所以她说到希望我去参加舞会时,说实在的,语气听上去很真诚。我以要去西雅图为借口搪塞过去了。

挂断电话后,我试图专心做晚饭——特别是切鸡丁,我不想第二次进急救室。可是我的脑袋在一个劲儿地转,试图把爱德华今天所说的每一个字都分析一遍。他究竟什么意思,倘若我们不是朋友更好?

领悟到了他肯定是指的什么后,我差点儿恶心得要吐了。他肯定以为我让他给弄得神魂颠倒了,他肯定不想引诱我……所以连朋友也不能做……因为他对我没有丝毫的意思。

没错，他对我是没意思，我生气地想道，双眼火辣辣的疼——对洋葱刺激的延迟反应。我没有**意思**，他有。有意思……才华横溢……神秘莫测……完美无缺……仪表堂堂……而且可能还能够单手举起大型①客货两用车。

哎，那很好，我可以不理会他。我还不**愿**意理会他呢。我将在这个炼狱里服完我自愿服的刑，然后西南部，或许是夏威夷的某个学校，很可能愿意给我提供奖学金。做完肉馅玉米卷饼，把它们放进烤箱的时候，我满脑子想着的都是阳光灿烂的海滩和棕榈树。

查理回来闻到了青椒味道时，似乎有些怀疑。这也不能怪他——可以吃到的墨西哥食物最近的很可能也在加利福尼亚南部。不过他是个警察，虽然只是一个小镇上的警察，所以吃第一口这点儿勇气他还是有的，他似乎还很喜欢吃。看到他慢慢开始信得过我下厨房的那点儿本事了，真是很有趣。

"爸？"他快吃完的时候我说道。

"贝拉，什么事儿？"

"嗯，我只是想跟您说一声，下个周六我打算去西雅图……如果可以的话？"我没想征得他的同意——开了一个不好的头——可觉得又太不像话了，于是在后面补了那半句。

"去那儿干吗？"他好像很惊讶，似乎他想象不出来有什么东西是福克斯所买不到的。

"噢，我想买几本新书——这儿的图书馆藏书很有限——也许还要看几件衣服。"我手上的钱多得都有些不习惯了，因为，多亏了查理，我没有非得自己掏钱买车不可。但这并不是说，这车加油少花了我的钱。

"那辆车油耗方面可能不是很好。"他跟我想到一块儿去了。

---

① 大型（Full-sized），在汽车行业中表示大型的，客货两用车（van）一般分为三种类型：微型（Mini）、标准型（Standard）、大型（Full-Sized）。除此，其他类汽车还可以分为：经济型（Economy）、混合型（Hybrid）、小型 / 紧凑型（Compact）、中型（Mid-Sized/ Intermediate）、高级型（Premium）及豪华型（Luxury）等。

"我知道，我会在蒙特萨诺①和奥林匹亚②停一停——如果必要的话，还会在塔科马③停一下。"

"你一个人去吗？"他问，我说不上来他是怀疑我偷偷谈了男朋友呢，还是只是担心车子出问题。

"对。"

"西雅图是个大城市——你弄不好**会**迷路的。"他有点儿发愁。

"爸，凤凰城有西雅图五个大——而且我会看地图，别担心那个。"

"要不要我跟你一起去？"

我一边掩饰我的恐惧，一边尽力花言巧语。

"好啊，爸，只是我很有可能整天待在试衣间里哟——很没劲的。"

"哦，那好。"一想到在女式服装店里一待就不知会有多久，他立刻就打退堂鼓了。

"谢谢。"我冲他笑了笑。

"你会赶回来参加**舞会**吗？"

真气人，也只有在这样的小镇，做**父亲**的才会连高中什么时候开舞会都知道。

"不——您啥时候见过我跳舞的，爸。"他应该比谁都明白，我平衡能力差可不是妈妈遗传的。

他倒也确实明白。"哦，也是。"他意识到了。

第二天早上，进了停车场以后，我故意把车停到了离那辆银色沃尔沃尽可能远的地方。我可不想自己找罪受，弄得手痒痒的，落个要赔人家一辆新车的下场。从驾驶室出来，我笨手笨脚地摸钥匙，不想它掉进了我脚下的一摊积水里。正当我弯腰去捡的时候，忽然闪出一只白净的手，先我一步捡到了手，我猛地直起了身子。爱德华·卡伦

---

① 蒙特萨诺（Montesano），华盛顿州格雷斯港县（Grays Harbor County）县城，西临太平洋。由此东行即可到达华盛顿州首府奥林匹亚。

② 奥林匹亚（Olympia），华盛顿州首府，位于该州西中部，普吉特海湾（Puget Sound）西南岸。

③ 塔科马（Tacoma），华盛顿州第三大城市，位于普吉特海湾南岸，由此北上即可到达位于普吉特海湾东岸的该州第一大城市西雅图。

就紧挨在我身边，漫不经心地靠在我车上。

"你怎么**做**到的？"我又惊又气地问道。

"做到什么？"他边说边把钥匙摊在了手上。我正要伸手去拿的时候，他一松手，让它掉进了我的手掌里。

"神出鬼没的，说冒出来就冒出来了。"

"贝拉，这可不能怪我哟，谁叫你这么不小心呢。"他的声音和平常一样轻——轻得像绒毛，好像没有出声似的。

我瞪眼怒视着他那完美无瑕的脸。今天他的眼睛又亮了，是一种很深的蜜褐色。然后我只好低下头，重新去捋一捋此时已经乱作一团的思路。

"昨晚塞车是怎么回事？"我问，依旧望着一边，"我看你是在装着没看见我在你后面，这没把我给气死。"

"那可是为了泰勒的缘故，不是为了我。我不得不给他一个机会。"他暗笑道。

"你……"我气哼哼地说道。我想不出可以形容他坏的词来了。我觉得我的怒火都可以把他烧冒烟了，可他似乎只是觉得更好笑了。

"我可没有装着不知道你在。"他继续道。

"这么说你**是**想把我活活气死？因为泰勒的车没把我撞死？"

他蜜褐色的眼睛里闪现了愤怒的神色，嘴巴咬得紧紧的，所有的幽默劲儿都不见了。

"贝拉，你真是荒唐至极。"他说道，低低的声音很冷淡。

我的双手都在发抖——恨不得揍什么东西几拳。我惊讶自己这是怎么啦，我平常可不是一个喜欢动粗的人。我背过身去走开了。

"等等。"他在后面叫我。我没有停，而是溅着泥水，在雨中继续往前走。可他又在我身边了，轻松地跟上了我的步伐。

"对不起，刚才我太粗鲁了。"他边走边说。我没有理睬他。"我不是在说那不是真的，"他继续道，"可不管怎样，那样说太难听了。"

"你干吗老缠着我不放啊？"我嘟囔道。

"我是想问你点儿事情，可你把我的思路给岔开了。"他嘿嘿笑道。他的幽默劲儿似乎又找回来了。

"你是不是有多重人格障碍呀？"我严肃地问道。

"你又来了。"

我叹了口气说道："那么好吧，你想要问什么？"

"我是在想，下个周六——你知道的，春季舞会那天……"

"你是想拿我寻**开心**？"我打断了他的话，同时冲着他转过身来。我抬起头瞅他的表情时，脸让雨淋了个透。

他的两眼里闪着顽皮的笑意："能不能请你让我把话说完？"

我咬住嘴唇，两手十指交叉抱在一起，以免做出鲁莽的事情来。

"我听说你那天打算去西雅图，我想知道你想不想搭便车？"

这倒是出乎我的意料。

"什么？"我拿不准他说这话是啥意思。

"你想不想搭便车去西雅图？"

"搭谁的？"我迷惑不解地问道。

"显然是搭我的。"他一字一顿说得清清楚楚的，仿佛是在跟某个弱智的人说话似的。

我还是有点儿晕乎："**为什么？**"

"噢，我计划接下来的几周去西雅图的，而且，说实话，我对你的车能不能跑到西雅图心里没谱。"

"我的车况好着呢，谢谢你的关心。"说完我又开始走起来，不过我太惊讶了，没有能保持住刚才那样的愤怒。

"可你的车一箱油能跑到吗？"他又跟上了我的步伐。

"我看不出这关你什么事儿。"蠢货，这个开闪亮的沃尔沃的家伙。

"浪费有限的资源，关每个人的事儿。"

"老实说，爱德华，"我说到他的名字时，觉得就像触了电一样，我讨厌这种感觉，"你的话我怎么听不明白呀，我还以为你不想做我的朋友呢。"

"我是说过倘若我们不做朋友会更好一些，但并不是我不想啊。"

"哦，谢谢，现在**一切**都清楚了。"天大的讽刺，我意识到自己又停下了脚步。这时我们已经在自助餐厅的屋檐下了，所以我看他的脸更容易了。当然，这对于理清我的思绪帮不了多少忙。

"你不做我的朋友会更……更**慎重**一些,"他解释说,"可是我已经厌倦了,不想再克制自己不跟你接近了,贝拉。"

他说最后那句话的时候,两眼充满了极大的热情,声音中流露出了难以抑制的感情。我都不记得怎样呼吸了。

"你愿意和我一起去西雅图吗?"他问,依然很热切。

我还说不出话来,所以只点了点头。

他笑了笑,紧接着脸色就严肃起来了。

"你真的应该离我远点儿的,"他警告说,"上课见。"

他突然转身往回走了。

晕　血

我晕晕乎乎地去了英语课教室，甚至都没有意识到自己进去的时候，已经开始上课了。

"感谢你加入我们啦，斯旺小姐。"梅森先生以轻蔑的语气说道。

我脸涨得通红，赶紧走到了自己的座位上。

直到下了课我才意识到，迈克没有像往常一样坐在我旁边的座位上，我觉得很内疚。不过他和埃里克还是像往常一样在门口跟我照了个面，所以我想，他俩也并非就完全不原谅我了。走了一段，迈克似乎情绪更正常了，他说起这个周末的天气预报时，开始兴奋起来了。天气预报说雨可能会停几天，所以他的海滩之行就不成问题了。我努力显出一副迫不及待的样子，因为昨天令他失望了，想弥补弥补。这次旅行可不轻松啊：下不下雨，运气好的话，顶多也就是个四十八九度①的样子。

这天上午剩下的时间稀里糊涂就过去了。很难相信爱德华的那番话、那种眼神是真的，而不是我想象出来的。也许，不过是我把一个可以乱真的梦当成现实了。这种可能性，无论从什么程度上讲，似乎都比我真的对他有吸引力来得更大。

所以，杰西卡和我走进自助餐厅的时候，我心里是既焦躁又害怕。我想看见他的脸，看他是不是又变回去了，变成了过去几周以来我所认识的那个冷漠无情的家伙。或者，是不是出现了奇迹，我认为自己早上听到的那些话是真的听到了，而不是想象出来的。杰西卡滔滔不绝地大谈特谈她的舞会计划——劳伦和安吉拉还邀请了别的男

---

① 这里的四十八九度是华氏度，大约相当于八九摄氏度。

生，他们全都会一起去——完全没有注意到我的漫不经心。

我把目光不偏不倚地投向他的桌子时，心底涌起了一片失望。其他四个都在，他却不在。莫非他回家去了？我跟着还在滔滔不绝的杰西卡穿过了长队，气都透不过来了。我已经没有了胃口——只买了一瓶柠檬水。我恨不得就地坐下喝起来。

"爱德华·卡伦又在盯着你瞧了，"杰西卡说到了他的名字，终于令我不再心不在焉了，"不知道他今天怎么一个人坐在一边。"

我的头猛地一下子就抬起来了。我顺着她的视线看见了爱德华，只见他狡黠地笑着，坐在餐厅那边他平时坐的那张桌子对面的一张空桌子上盯着我瞧。看到我的目光后，他举起了一只手，用食指示意我过去跟他坐到一起去。我将信将疑地盯着他时，他怔住了。

"难道他是让你过去？"杰西卡问道，惊讶的语气中带着侮辱的味道。

"也许他要人帮着做生物作业，"我怕她心里不好想，喃喃道，"嗯，我还是过去看看为好。"

我能感觉到我过去时，她一直盯着我的背影。

到了他的桌子跟前，我站在他对面的椅子后面，心里一点儿底都没有。

"你今天干吗不跟我坐一块儿？"他笑着问。

我机械地坐了下来，小心翼翼地看着他，他仍然在笑。很难相信居然真有这么美的人。我害怕他会突然像一缕青烟一样消失掉，而我就像做了一场梦一样。

他似乎在等我说些什么。

"今天是不一样。"我好不容易说出了这么一句。

"嗯……"他顿了一下，紧接着他坦白地一口气说出了下面这番话，"我想好了，反正是下地狱，我还不如来他个一不做二不休。"

我等着听他说些有意义的话。时间嘀嗒嘀嗒一秒一秒地过去了。

"你知道我一点儿都不明白你的意思。"我憋了半天还是说出来了。

"我知道。"他又笑了，然后换了个话题，"我想你的那些朋友，肯定很生气我把你给偷来了。"

"他们活得下去的。"我能感觉到他们的目光把我的脊梁骨都快盯穿了。

"不过,我也许不会把你还回去的。"他的眼里闪过一丝调皮的光芒。

我惊讶得倒吸了一口气。

他大笑道:"你好像很焦虑。"

"没有啊,"我说,但可笑的是,我的语调都很难保持正常,"实际上,我是感到意外……怎么会这样呢?"

"我跟你说过——我已经厌倦了,不想再努力跟你保持距离了。所以我打算放弃。"他依然微笑着,但他黄褐色的眼睛里却流露着严肃的神色。

"放弃?"我不解地跟着重复了一遍。

"对——放弃了,不想再为了坚持自己认为正确的方式而一直压抑内心真实的感觉了。现在我打算想干什么就干什么,不管后果如何了。"说着说着,他脸上的笑容渐渐消失了,声音也慢慢尖锐起来了。

"你又让我听不明白了。"

那激动人心的狡黠的微笑又回到了他的脸上。

"跟你在一起,我只要一开口,就总是管不住自己的嘴——这就是一个问题。"

"别担心——我啥也没听懂。"我挖苦道。

"我料想是这样。"

"那么,明说吧,咱俩现在是朋友吗?"

"朋友……"他陷入了沉思,态度很暧昧。

"还是不是。"我咕哝道。

他咧嘴一笑:"嗯,咱们可以努力嘛,我想。不过我要警告你的是,对你来说,我不是一个好朋友。"在他笑容的背后,看得出他的警告不是玩笑。

"你已经说过好多遍了。"我说,尽力不去理会胃里突如其来的难受,努力保持着声音的平静。

"对,因为你不听我的话嘛,我依然在等你相信我的话。你要是聪明的话，就应该躲着点儿我才是。"

"我想关于我的智力这个问题，你也把看法说得很清楚了。"我眯缝起了眼睛。

他歉意地笑了笑。

"这样说来，只要我……不聪明，咱俩就要努力才能成为朋友？"我力图对这番令人摸不着头脑的交谈做一个总结。

"基本上是这么回事儿。"

我低头看着自己握着柠檬水瓶子的双手，不知道此时该如何是好了。

"你在想什么？"他好奇地问道。

我抬起头看了看他深金色的眼睛，一下子乱了方寸，同以往一样，脱口就说出了实话。

"我在试图琢磨出你是什么来路。"

他的下巴绷紧了，但他却依然强作笑颜。

"那你碰到了点儿运气没有？"他以不假思索的语气问道。

"不太多。"我承认道。

他嘿嘿笑道："你的推测是什么？"

我的脸唰的一下子红了。上个月，我一直认为他不是蝙蝠侠布鲁斯·韦恩，就是蜘蛛侠彼得·帕克，老在这俩人中犹豫不决。我要坦白地承认，那是绝对不可能的。

"你不愿意告诉我？"他问，脑袋歪到了一边，面带微笑，这种微笑具有惊人的诱惑力。

我摇了摇头："太不好意思了。"

"那**真是**叫人失望了，你知道。"他抱怨道。

"不，"我马上表示了异议，眯缝起眼睛，"我丝毫**想象**不出这干吗会叫人失望——仅仅因为人家不愿告诉你他们的想法，就算他们一直在卖点儿小关子，说些含义隐晦的话，专门让你夜里琢磨得睡不着觉……请问，你凭什么说这会叫人失望呢？"

他做了个怪相。

"或者这样说吧，"我继续道，把刚才一直强憋着的恼怒，痛快地发泄出来了,"有些人也做过五花八门的怪事——从某天在不可能的情况下救了你的命到第二天像对待贱民一样对待你,更有甚者,还从来不做任何解释,而且还是自己亲口答应过的。这,不是也让人**非常失望**吗?"

"你还真有点儿脾气呢,对不对?"

"我不喜欢某人对别人一套,对自己又是另一套。"

我俩你盯着我,我盯着你,谁都没有笑。

他目光越过我的肩头,朝前方瞥了一眼,然后出人意料地窃笑起来。

"你笑什么?"

"你男朋友似乎认为我在惹你不高兴——他在盘算着来不来劝架呢。"他又是一阵窃笑。

"我不知道你说的是谁,"我冷冷地说道,"不过我可以肯定地告诉你,你错了。"

"我没错,我跟你说过,大多数人心里是怎么想的,都很容易看出来。"

"我同意,不过是除我之外。"

"对,除了你之外,"他的情绪突然变了,他的眼神变得闷闷不乐了,"我想知道你为什么是例外。"

他灼热的目光使我不得不把头扭向了一边。我把注意力都放到了拧开柠檬水的瓶盖儿上。我喝了一大口,眼睛虽然盯着桌子,却连桌子是个什么样子都没看见。

"你不饿?"他问道,一脸的困惑。

"不饿。"我不想说我的肚子里已经满了——满得反胃了,"你呢?"我看了看他面前的空桌子。

"不,我不饿。"我看不懂他的表情——好像是在品味某个只能私下里偷偷讲的笑话。

"你能帮我一个忙吗?"我犹豫了片刻后问他。

他突然警惕起来了:"那得看是什么忙。"

"不是太大的忙。"我让他放了心。

他等着下文,戒备的同时又很好奇。

"我只是想知道……下一次你决定为了我好而不理我之前,能否提前给我打个预防针。这样我才好有个准备。"我边说边瞅着柠檬水瓶子,用小手指摸着瓶口的纹路。

"这听起来合情合理。"我抬头一看,只见他紧咬着双唇,憋着笑。

"谢谢。"

"那么作为回报,你能不能回答我一个问题呢?"他问。

"就一个。"

"告诉我你对我的**一个推测**。"

天哪,"不能是这个。"

"你刚才可没限定,你只答应了回答一个问题。"他提醒我说。

"你自己还不是食言过。"我也提醒提醒他。

"就一个推测——我不会笑的。"

"不行,你会笑的。"这一点,我心里还是有数的。

他垂下了头,然后透过他那又长又黑的睫毛往上瞥了一眼,他黄褐色的眼睛发出了灼人的光芒。

"求你了。"他低声说道,身子朝我这边斜过来。

我眨了眨眼睛,脑子里面一片空白。天啊,他怎么**这样**啊?

"呃,什么?"我呆头呆脑地问。

"求你了,就告诉我一个小推测。"他盯着我,眼睛里依然流露出难以抑制的感情。

"哦,嗯,被一只放射性的蜘蛛叮过?"莫非他是个催眠师?还是我是个无可救药的喜欢喝迷魂汤的人?

"这没多大的创意。"他嘲笑道。

"很抱歉,这就是我所想到的。"我有些不悦。

"你连边儿都没沾着。"他挑逗道。

"与蜘蛛无关?"

"无关。"

"那与放射性也没关系?"

"一点儿关系没有。"

"该死。"我叹息道。

"超人惧怕的氪石①也奈何我不得。"他嘿嘿笑道。

"你是不应该笑的,记得吗?"

他竭力收起了笑容。

"我最终会猜出来的。"我警告他说。

"我希望你别动那番脑筋。"他又严肃起来了。

"理由?"

"要是我不是超级英雄呢?要是我是个大坏蛋呢?"他顽皮地笑道,但他的眼神让人捉摸不透。

"噢,"他暗示过的好几件事情我一下子都清楚了,于是我说道,"我明白了。"

"是吗?"他的脸色突然紧张起来了,好像担心自己一不小心说了很多不该说的似的。

"你很危险?"我猜道,我凭直觉意识到自己说了实话时脉搏跳动都加快了。他刚才就是很危险,已经在想把一切都告诉我了。

他只是瞅了瞅我,两眼充满了某种我理解不了的情感。

"不过还不坏,"我低声说了一句,直摇头,"不,我认为你不坏。"

"你错了。"他的声音几乎听不见。他低下头,把我的瓶盖儿摸走了,接着在手里转了起来。我盯着他,纳闷自己为什么没感到害怕。他说的是真话——这很明显。可我只觉得焦急、紧张……而最多的还是:神魂颠倒,同我每次在他身边时的感觉一样。

沉默一直持续到我发现餐厅几乎没人了时为止。

我一跃而起:"咱们要迟到了。"

---

① 氪石(Kryptonite):超人的故乡氪星(Krypton)星球爆炸后的残留物,一共有绿、红、金、蓝、白五种,其中前三种对超人有毒。超人若是碰到了绿色氪石甚至可能丧命;红色氪石虽不会造成致命伤害,但也会令其染上各种不可预料的怪症,如可以将超人一分为二而成为一对双胞胎,或者把他变成一个婴儿或是一只巨蚁;金色氪石可以令超人失去超人的能力。不过,这些氪石只对超人或者氪星的幸存者,如超女(Supergirl)、超狗氪里普托(Superdog Krypto)、超猴贝珀(Supermonkey Beppo)等有毒。若非特别指明颜色,该词一般都指绿色的氪石。

"我今天不去上课。"他说，手里飞快地转着瓶盖儿，快得都看不清了。

"为什么不去？"

"偶尔逃逃课有好处啊。"他抬头冲我笑了笑，但他的眼神依然很不安。

"好了，我要走了。"我对他说。我是个大大的胆小鬼，绝对不敢冒险让老师逮住的。

他的注意力又回到了他临时弄到手的瓶盖儿上："那么，待会儿见。"

我迟疑了一下，有些不安，可这时预备铃响了，催着我匆匆地出了门，出门前我瞥了他最后一眼，只见他纹丝未动。

我在去上课的路上一路小跑着，脑袋转得比那个瓶盖儿还快。老问题没几个得到了回答，倒是又冒出了这么多的新问题。至少，雨已经停了。

运气很好，我到教室的时候班纳先生还没来。我迅速地坐到了自己的座位上，注意到迈克和安吉拉都在盯着我。迈克脸上写着不满，安吉拉脸上写着惊讶，而且还有些许的惊叹。

这时班纳先生进了教室，让大家安静。他手里抓着几个小纸盒子，他把盒子放在了迈克的桌上，让他传给全班同学。

"好啦，诸位，我想要你们大家都从每个盒子里拿一样东西出来。"他一边从实验服的口袋里掏出一副橡胶手套戴在了手上一边说道。他戴手套时，手套与手腕摩擦，发出了刺耳的声音，似乎对我而言有点不祥。"第一样应该是一张指示卡，"他继续说道，手里抓起一张上面涂有四个方块儿的白色卡片，展示给我们看，"第二样是一个四齿涂抹器——"他举起了一样看上去像一把几乎没有齿的直板梳模样的东西，"第三样是一把消过毒的小柳叶刀。"他举起了一小块蓝色塑料并把它撕开了。撕开后留下的钩状边儿，这么远的距离看不见，但我的胃里还是扑腾了一下。

"待会儿我会用滴管依次往你们的指示卡上滴水，滴了才算准备好了，所以请等我转到你那儿之后再开始。"他又从迈克的桌子开始，小心翼翼地朝四个方块儿上各滴了一滴水，"然后我希望你们用柳叶刀小心地扎一下自己的手指头……"他抓起迈克的手，把刀尖扎进了迈克中指的指尖。哎呀，我的额头上冒出了黏糊糊的冷汗。

"往每个齿上滴一滴血。"他示范道，直挤到迈克的指头流血才松手。我都快憋得惊厥过去了，胃里一阵翻涌，直想吐。

"然后再把它涂到指示卡上。"说完，举起那张滴着鲜血的卡片让我们看。我闭上了眼睛，想克服嗡嗡的耳鸣声带来的干扰，努力去听老师在说什么。

"红十字会下个周末将在天使港搞一个献血活动，所以我想你们都应该知道自己的血型。"他说话的语气听上去好像很自豪，"还没满十八岁的，需要征得家长的同意——我桌上准备了字条。"

他拿着滴管继续在教室里滴来滴去，我把脸贴在了冰凉的黑色桌面上，竭力让自己的神志保持清醒。我听见四周的同学在戳自己的指头时，尖叫声、抱怨声和咯咯的笑声响成了一片。我的嘴一张一合地缓慢地呼吸着。

"贝拉，你没事吧？"班纳先生问。他的声音距我的头很近，听上去好像很惊恐。

"我已经知道我的血型了，班纳先生。"我声音微弱地说道。我不敢抬头。

"你是不是感觉头晕？"

"是的，老师。"我喃喃道，内心里恨不能踢自己几脚，明明有机会逃课却没有逃。

"请问，有谁能把贝拉送去卫生室吗？"他喊道。

我不用抬头，就知道自告奋勇的会是迈克。

"你能走吗？"班纳先生问道。

"能。"我轻声说道。只要让我从这里出去，我想，我爬都要爬出去。

迈克用胳膊搂着我的腰，又把我的胳膊拉过去搭在他肩头时，心情似乎很热切。从教室里出去的路上，我沉沉地靠在了他身上。

迈克搀扶着我慢慢地横穿过校园。我们到了自助餐厅的边上，已经出了四号楼的视线，就算班纳先生想看也看不见了，于是我停了下来。

"请你让我坐一会儿行吗？"我恳求道。

他扶着我坐在了人行道边上。

"还有，无论你做什么，请你把手放在你兜里。"我警告说。我还是很有些头晕目眩。我颓然歪向一侧，把脸贴在人行道冰冷潮湿的水泥地上，闭上了双眼。这似乎有些用处。

"哇，你脸色发青了，贝拉。"迈克紧张地说道。

"贝拉？"远处传来了一个不一样的声音。

不！但愿我是在想象那熟悉得可怕的声音吧。

"怎么啦——她受伤了？"他的声音这时近多了，而且他的语气听上去好像挺心烦意乱的，我不是在想象。我紧紧闭住双眼，希望一死了之，或者至少——别呕吐。

迈克显得很紧张："我想她是晕过去了，我不知道是怎么啦，她连指头都没扎呢。"

"贝拉。"爱德华的声音就在我的身边，听得出来，他的心此时已经踏实下来了，"你能听见我说话吗？"

"听不见，"我呻吟道，"滚开。"

他嘿嘿笑了几声。

"我本来要带她去卫生室的，"迈克以一副辩护的口吻解释道，"可她一步也不愿走了。"

"我来带她去，"爱德华说，我听得出他的声音里依然含着笑意，"你可以回去上课去了。"

"不，"迈克抗议道，"这事儿应该是我来做。"

突然人行道在我的下面消失了，我惊讶地睁开了眼睛。爱德华已经轻而易举地把我抱起来了，就像我只有十磅重而不是一百一十磅重似的。

"把我放下来！"千万——千万别让我吐在他身上了。我话还没说完，他已经走起来了。

"嘿！"迈克喊道，已经在我们身后十步开外了。

爱德华没有理睬他。"你脸色真吓人。"他咧开嘴笑着跟我说。

"把我放回人行道上去。"我呻吟道。他走路的晃动没有缓解我的头晕。他小心翼翼地把我从他的身上松开，用两只胳膊就把我的全部重量托起来了——似乎根本就不费劲。

"这么说，你看到血就发晕？"他问。这似乎令他很开心。

我没有回答，我又闭上了双眼，咬紧双唇，用尽全身力气抑制恶心的感觉。

"就连见你自己的血也晕。"他继续道，开心着呢。

我至今也不知道他是怎么开的门，他当时双手托着我啊，可是突然暖和起来了，所以我知道我们进屋了。

"哦，天哪。"我听见一个女性的声音气喘吁吁地说道。

"她上生物课时晕倒了。"爱德华解释说。

我睁开了双眼，看见自己在办公室里，爱德华正穿过前台朝卫生室门口大步走去。柯普女士，那个红头发的行政办公室的接待员，抢前一步把门推开了。正在看小说的老奶奶似的护士把头抬了起来，眼前的情景让她惊呆了，只见爱德华把我拎进屋子，然后直奔帆布床而去，轻轻地将我放在了盖在棕色塑料垫子上面的那张一碰就噼啪作响的纸上。然后他就走到了这间狭窄的屋子里最远的地方，靠墙站着了。他的目光炯炯有神，非常兴奋。

"她只是轻微有点儿晕，"他安慰吓坏了的护士道，"他们生物课上在验血型。"

护士点了点头，一副颇有见识的样子："总会有一个的。"

他蒙住脸偷偷地笑了。

"好好躺一会儿，宝贝儿，一会儿就没事儿了。"

"知道了。"我叹了一口气，已经不怎么恶心了。

"经常这样吗？"她问。

"有时候吧。"我承认道。爱德华咳嗽了几声，又一次掩饰住了大笑。

"你现在可以回去上课去了。"她对他说。

"我得陪着她。"他说这话的时候底气十足——尽管护士噘了嘴，但没再跟他理论。

"我去**取**点儿冰块儿来敷敷你的额头,宝贝儿。"她对我说,然后就匆忙地出去了。

"你说得对。"我呻吟道,闭上了双眼。

"我基本上就没有错过——对了,这一次我是怎么说的来着?"

"逃课**是**有好处的。"我练习着均匀呼吸。

"你在那儿可把我吓坏了好一会儿,"他愣了一阵承认道,他的语气听着好像在承认一个丢人的弱点似的,"我还以为牛顿拖着你的尸体,要把你埋到树林里去呢。"

"哈哈。"我的眼睛依然闭着,但是我的感觉每一刻都在好转。

"我当时一心想做的,就是我可能得报复杀害你的凶手。"

"可怜的迈克!我敢打赌他是疯了。"

"他绝对恨死我了。"爱德华兴致勃勃地说。

"你不可能知道他恨不恨你。"我争辩道,但接着我突然又产生了怀疑。

"我看见了他的脸色——我看得出来。"

"你怎么看见我的?我还以为你在逃课呢。"我此刻差不多已经好了,可要是我午饭吃了点儿什么的话,可能会好得更快一些的。但从另一方面讲,也许幸好我的肚子里什么也没有。

"我待在车里听CD。"如此正常的一个回答——实在让我感到意外。

我听见了开门的声音,睁开了眼睛,只见护士手里拿着一块冷敷布。

"宝贝儿,来,我给你敷上。"她把冷敷布放在了我额头上,"你气色好一些了。"她补充了一句。

"我想我没事儿了。"我说着坐了起来。就是还有些耳鸣,头不晕,目也不眩了,薄荷绿的墙壁该在哪里就在哪里了。

我看见她打算又让我躺下去,可就在这时门开了,柯普女士探了个头进来。

"又来了一个。"她通报说。

我跳了下来,把床腾给了新来的病号。

我把冷敷布还给了护士:"给,我不需要这个了。"

这时迈克摇摇晃晃地进了门,这次搀着的是一个面如菜色的叫李·斯蒂芬斯的男生,也是我们生物课班上的。爱德华和我退到了墙根上,给他们腾出地方。

"哎呀,"爱德华喃喃道,"到外面办公室去,贝拉。"

我抬眼看了看他,莫名其妙。

"相信我——快去。"

我转身抓住了还没来得及关上的门,冲出了医务室。我感觉得到爱德华就在我后面一步。

"你真的听我的了。"他感到大为震惊。

"我闻到了血味儿。"我皱着鼻子说道。和我不一样,李不是看了别人而恶心的。

"人闻不到血味儿。"他跟我抬杠。

"哦,我闻得到——所以我才感到恶心。血闻起来就像锈……和盐。"

他在用一种深奥莫测的表情盯着我。

"怎么啦?"我问。

"没什么。"

这时迈克从门里出来了,瞥了我一眼,然后又瞥了爱德华一眼。从他看爱德华的眼神可以看出,爱德华说他恨他,看来果然是言中了。他回头又瞅了瞅我,眼神很阴郁。

"你脸色好些了。"他好像有点儿责备的意思。

"请把你的手放在兜里。"我又警告了他一次。

"课堂上没血了,"他喃喃道,"你回去上课吗?"

"你在开玩笑吧?我恐怕只得扭头又回来。"

"是,我猜也是……那么这个周末你去吗?海滩?"他说这话的时候,又瞪了爱德华一眼,而爱德华此时正靠着乱糟糟的台子站着,像尊雕塑似的,一动不动,两眼凝视着空中。

我努力装出尽可能亲切的腔调说:"当然,我说过算我一个的。"

"我们十点钟在我爸的店门口集合。"他又瞟了一眼爱德华,担心自己是不是透露了太多的信息。他的肢体语言表明这次海滩之行不是谁都能受到邀请的。

"我会去的。"我保证道。

"那么，体育馆见。"说着，他犹犹豫豫地朝门口走去。

"回见。"我回道。他又看了我一眼，他圆乎乎的脸略微有些绷，然后他垂着肩膀，慢吞吞地从门里出去了。一股怜悯之情从我的心底油然而生。我回想了一下，见过一次他失望的脸色了，那次是……在体育馆。

"体育馆。"我呻吟道。

"我可以搞定。"我没注意到爱德华来到了我身边，可此时他却是对着我的耳朵在说话。"去往地上一坐，装出一副苍白的脸色。"他低声说道。

那不是什么难事，我一直就很苍白，何况刚才的晕厥又在我的脸上留下了淡淡的一层汗水。我坐在一把嘎嘎作响的折叠椅上，双目紧闭地把头靠在墙上。每次犯晕都会把我搞得筋疲力尽。

我听见爱德华在台子前轻声说话。

"柯普女士？"

"什么事？"我没听见柯普女士回到自己的办公桌旁。

"贝拉下节课是体育课，我认为她还恢复得不够。实际上，我在想我应该送她回家去。您能不能允许她不上课？"他的声音甜得跟蜂蜜似的。我可以想象出他眼神的杀伤力不知还要比这大多少。

"你也需要准假吗，爱德华？"柯普女士的心都在怦怦直跳了，凭什么我就不能跳呢？

"不用，我有高孚夫人的课，她不会介意的。"

"好啦，一切都办妥了。你感觉好些了，贝拉。"她喊着对我说。我有气无力地点了点头，演得稍微有些过火了。

"你能走吗？还是要我再抱你？"他背对着接待员，摇身一变，成了挖苦的表情了。

"我愿意走。"

我小心地站了起来，感觉一切还好。他替我撑着门，脸上的微笑还算礼貌,但目光里却满是嘲弄。我走出房间,走进了冷冷的蒙蒙雨雾之中,雨才刚刚开始下,给人的感觉很好——这是我第一次享受这自天而降的绵绵细雨——它将我脸上黏糊糊的汗水洗刷得干干净净了。

"谢谢,"他跟着我出来时,我说,"能逃过体育课,生病了也很值得。"

"不用客气。"他两眼直视前方,眯起眼睛看着细雨。

"你去吗?这个周六,我是说……"我希望他会去,尽管看起来可能性不大。我想象不出他跟学校的其他同学挤在一辆车上的情形,他跟他们完全不是一类人。但仅仅也就希望了这么一下,就对我这次郊游的热情浇了第一瓢冷水。

"确切地告诉我,你们都要去哪儿呀?"他依然面无表情地看着前方。

"去拉普西,去第一滩。"我仔细看了看他的脸色,想看透他的心思。他的眼睛似乎眯缝到了无穷小。

他用眼角的余光向下瞥了我一眼,苦笑道:"我真的认为我没有得到邀请。"

我叹了口气:"我刚刚才邀请了你的呀。"

"你我这周就别再为难可怜的迈克了,咱们不希望他兔子急了咬人。"他的目光跳跃着,他正过分地陶醉于自己的这一想法。

"管他怎么样呢。"我喃喃自语道,满脑子里想着的都是他刚才说"你我"的情形。**我**过分喜欢这种说法了。

此时我们已经快到停车场了,我转向了左边,朝我的卡车走去。什么东西把我的衣服挂住了,把我往回拽了一下。

"你认为你要去哪里呀?"他怒气冲冲地问道,他正扯着我的衣服。

我糊涂了:"我要回家去呀。"

"你没听见我答应要把你安全送到家去吗?你以为你这个样子我会让你开车吗?"他的语气仍然很愤慨。

"什么样子?再说我的车怎么办?"我抱怨道。

"我会让爱丽丝放学后晚点儿走的。"他揪着我的衣服,拖着我朝他的车走去。我所能做的就是让自己别往后倒下去。如果我倒下了,他很可能也会照拖不误的。

"放手!"我还在坚持,他没有理睬我。我侧着身子摇摇晃晃地跟着他过了潮湿的人行道,直到我们到了沃尔沃跟前,他这才终于松了手——我一个踉跄,靠在了副驾驶一侧的车门上。

"你可太**积极**了!"我嘟囔道。

"门开了。"这就是他的回应。他从驾驶员座位一侧上了车。

"我完全能够自己开车回家!"我站在车边上气冲冲地说道。此刻,雨下得更大了,而我一直没把兜帽拉上来,所以我的头发在顺着后背滴水了。

他放下了自动车窗,探着身子对我说:"上来,贝拉。"

我没回答。我脑子里在盘算他追上我之前,到达卡车的可能性有多大。我不得不承认,这种可能性不大。

"那我就把你抓回来。"他威胁道,猜中了我的心事。

我上他车的时候,想尽力保持我还能保持的那一点儿尊严,但不是很成功——我的样子看上去就像一只淹得半死的猫,靴子嘎吱嘎吱直响。

"这完全是不必要的。"我生硬地说道。

他没回答。他摆弄着调控器,把空调调高了,把音乐调低了。他开出了停车场后,我准备跟他来个一声不吭——紧绷着脸——可接着我就听出了播放的音乐,而我的好奇心又战胜了意志力。

"《月光》[①]?"我惊讶地问道。

"你知道德彪西[②]?"他听上去也有点儿惊讶。

---

① 《月光》(法文:*Clair de Lune*),世界经典名曲,是钢琴组曲《贝加摩组曲》(*Suite Bergamasque*)中的第三曲。旋律委婉,如同月光荡漾,流畅而舒展。

② 阿希尔-克洛德·德彪西(Achille-Claude Debussy,1862—1918),19世纪末20世纪初法国著名的作曲家,印象派音乐的创始人(不过他本人特别讨厌别人把他的作品归入印象派),是欧洲音乐历史转折关头(由晚期浪漫音乐转向20世纪的现代音乐)的重要人物,在作曲技法上他打破传统调性的束缚,而采用了一种调性模糊的音乐语言。他所代表的风格成为连接传统和未来的纽带。

"不是很多，"我承认道，"我母亲在家里放一大堆古典音乐唱片——我只知道我最喜欢的一些。"

"这首也是我最喜欢的曲子之一。"他透过绵密的雨丝，出神地凝视着远方。

我听着音乐，放松地靠在浅灰色真皮座椅上。对于这样一首熟悉的令人心旷神怡的曲子无动于衷，那是不可能的事情。雨水把窗外的一切都变成了灰一块绿一块的烟雾。我开始意识到我们的车速非常快。不过，车子跑得却是如此平稳，要不是那一闪而过的城镇，我根本没觉得有多快。

"你母亲是个什么样的人？"他突然问我。

我瞥了他一眼，看到他正用好奇的目光端详着我。

"我长得很像她，但她更漂亮一些，"我说，他抬起了眉毛，"我的性格太像查理了。我妈比我开朗，也比我勇敢。她没有责任感而且有些古怪，还有，她做饭根本就没谱。她是我最好的朋友。"我停住了，说起她来，我就沮丧。

"你多大了，贝拉？"他的语气听起来很失望，是什么原因我想象不出来。他已经把车停住了，我这才意识到我们已经到查理的家了。雨下得很大，我勉勉强强才能看到一点儿房子的影子，就像一辆半截泡在河水里的小汽车。

"十七。"我回答说，有些不明所以。

"你看着可不像十七岁。"

他的语气有些责备的味道，把我逗笑了。

"怎么啦？"他问，又有些好奇。

"我妈老说我生下来就三十五岁了，而且每年都在往中年靠近。"我先是大笑，接着就是一声叹息，"唉，有的人不得不成年长大呀。"我停顿了片刻，"你自己看上去还不是不大像高中三年级学生？"我说。

他做了一个鬼脸，换了个话题。

"那你母亲为什么要嫁给菲尔？"

我惊讶他居然记得这个名字，我只提到过一次，差不多是两个月前的事情了。我想了一会儿才回答。

"我母亲……她很显年轻。我想菲尔让她感觉更年轻了。不管怎样，她对他很着迷。"我摇了摇头。菲尔为什么对她有那么大的吸引力，对我来说是个谜。

"你同意吗？"他问。

"我同不同意有关系吗？"我反问道，"我希望她幸福……而他是她想要的人。"

"真是很慷慨……我想。"他陷入了沉思。

"想什么？"

"你认为她也会给你这样的恩准吗？无论你选择的是谁？"他突然目光专注地查看起我的眼色来了。

"我——我认为会的，"我结结巴巴地说道，"不过她毕竟是大人，是有点儿区别的。"

"看来在你眼里，谁都不是太可怕喽。"他取笑道。

我咧着嘴笑了："你所说的可怕指的是什么？是指满脸扎洞和遍体文身吗？"

"那是一种解释，我想。"

"那你的解释呢？"

他没理睬我的问题，而是问了我另一个问题："你认为我会很可怕吗？"他扬起了一条眉毛，一丝淡淡的笑意，令他的脸色晴朗了许多。

我想了一会儿，不知道是说实话好呢还是说谎话好。我决定还是说实话："嗯哼，嗯哼……我认为你*会*，如果你想的话。"

"那你现在怕我吗？"笑容消失了，他天神般的脸忽然严肃起来了。

"不怕。"我回答得太快了，笑容又回来了。

"那么，现在你可以跟我说说你的家庭吗？"我问了他一个问题，以便分散他的注意力，"肯定比我的家庭情况有趣多了。"

他立刻变得很谨慎了："你想知道什么？"

"卡伦夫妇收养了你？"我想证实一下。

"对。"

我犹豫了一会儿:"你的父母怎么啦?"

"他们好多年前就去世了。"他的语调很平淡。

"对不起。"我小声说道。

"我真的记不太清楚了。卡莱尔和埃斯梅已经做我的父母好久了。"

"你很爱他们。"我不是在问他,从他说话的口气就能听出来。

"对,"他笑了,"我想象不出比他俩还好的人了。"

"你真是很幸运。"

"我知道我很幸运。"

"那你的哥哥和妹妹呢?"

他瞥了下仪表盘上面的钟。

"我的哥哥和妹妹,还有贾斯帕和爱丽丝,要是让他们在雨中等我的话,他们会很不高兴的。"

"哎呀,对不起,我想你得走了。"我不太想下车。

"你大概希望见到你的车在斯旺警长到家之前开回来吧,这样你就不必告诉他生物课上的事了。"他咧着嘴冲我笑道。

"我敢肯定他已经听说了。在福克斯这个地方,根本就没有秘密可言。"我叹息道。

他笑了,笑声很尖锐。

"祝你海滩之行玩得愉快……天气晴朗,能晒日光浴。"他瞅了瞅外面的瓢泼大雨。

"明天见不着你吗?"

"见不着。埃美特和我打算提前过周末。"

"你们打算干什么?"做朋友的问问这个没问题,对吧?我希望他失望的语气不要太明显。

"我们打算去山羊岩荒野保护区[①]徒步旅行,就在雷尼尔山南边。"

我记起了查理曾经说过卡伦一家经常野营。

"哦,好啊,玩得愉快。"我想显得很热情,不过,我没觉得自己

[①] 山羊岩荒野保护区(Goat Rocks Wilderness)位于华盛顿州西南的雷尼尔山和亚当斯山之间,由美国国会于1964年命名,现有总面积107018公顷。

骗了他。他的唇边泛着微笑。

"这个周末你愿意为我做件事吗？"他扭过头来直直地看着我的脸，他那炽热的金色眼睛的所有力量全都用上了。

我不由自主地点了点头。

"你可别不高兴，我觉得你似乎是那种就像磁铁一样，对事故特别有吸引力的人。所以……尽量别掉到海里去了，或者往车轮下面钻什么的，好吗？"他狡黠地笑道。

他说这话的时候，刚才我那不能自已的状态渐渐消失了，我怒视着他。

"我倒要看看我能怎么样。"我一边跳下车钻入雨中一边气冲冲地说道。我使足了劲儿，砰的一声甩上了车门。

他开走的时候，依然在微笑。

恐怖故事

我坐在房间里,想集中精力看《麦克白》的第三幕,可实际上我竖着耳朵,在等着听我的车开回来的声音。我本来想着,雨声再大,也能够听到发动机的隆隆响声的。可等我再次往窗帘外一瞅时,车子突然就停在那里了。

我并没有盼着星期五的到来,而且还不只是不期待的问题。无疑,已经隐隐约约有些风言风语了,尤其是杰西卡,似乎想从那件事中找些乐子。所幸的是,迈克守口如瓶,似乎谁都不知道爱德华卷进来了。不过,她对于午餐的事情的确有一大堆疑问。

"昨天爱德华·卡伦要你过去干什么?"三角课上杰西卡问我。

"我不清楚,"我实事求是地回答道,"他根本没有真正谈到正题。"

"你当时看上去好像有点儿冒火。"她试探地说道。

"是吗?"我面无表情地问道。

"你知道,我从没见他和任何外人坐在一起过,真是不可思议。"

"是不可思议。"我表示同意。她似乎有些不悦,不耐烦地用手拍了拍自己深色的鬈发——我猜她一直希望听到些什么,编成一个段子,到处去讲。

星期五最糟糕的就是,虽然我知道他不会在那里,可我依然希望他在。我和杰西卡、迈克走进自助餐厅的时候,忍不住朝他的桌子望了望,只见罗莎莉、爱丽丝和贾斯帕坐在那里,脑袋挨脑袋地在谈着什么。想到自己不知道还要等多久才能再见到他,笼罩在我心头的阴霾怎么都挥之不去。

大家围坐在我们经常坐的餐桌旁,每个人心里对我们明天的计划都有一脑瓜子的想法。迈克又来劲了,对那个说明天艳阳高照的本地气象预报员充满了信任。换了我，就得眼见为实。不过今天确实暖和了一点儿——几乎到了六十华氏度①，也许明天的出游并不完全那么糟糕。

吃饭的时候我好几次看到劳伦很不友好地往我这边瞥了几眼，直到大家一起走出房间的时候，我才弄明白是怎么回事。当时我正走在她身后，离她那光亮顺滑的浅金发仅一步之遥，而她显然没有注意到这些。

"……不知道为什么贝拉，"她带着讥笑的语气说出了我的名字"从现在开始不和卡伦一家坐在一块儿了。"我听到她跟迈克嘀咕道。我以前从没有注意过她说话带着如此令人讨厌的鼻音，同时也被她话里所带有的恶意惊呆了。我对她根本没什么了解，肯定还没有熟悉到令她恨我的程度——或者说我以前一直是这么认为的。

"她是我的朋友，她和我们坐一块儿。"迈克诚恳地小声回答道，话语中也带着点维护的语气。我停下脚步，让杰西和安吉拉从我面前走过去，我再也不想多听一句了。

那天晚上吃晚饭时，查理似乎对我第二天早上去拉普西的旅行很是热心，我想他是在因为周末把我一个人扔在家里而感到内疚，但他这个习惯已经养成了多年，现在也无法一下子改掉。当然他知道所有同去的同学的姓名，以及他们家长的姓名，也许还包括他们的祖父母的姓名，他似乎很赞成。我不知道他是否也赞成我和爱德华·卡伦一起开车去西雅图的计划。不过这个我是不会告诉他的。

"爸，你知道一个叫山羊岩或类似名字的地方吗？我想是在雷尼尔山南边。"我随意地问道。

"知道——怎么了？"

我耸了耸肩："有些同学在讨论去那里露营。"

"那里不是很适合露营，"他似乎有点惊讶，"那里熊太多，大部分人都是在狩猎季节才去那儿。"

"哦，"我低声道，"可能我把名字弄错了。"

---

① 约合16摄氏度。

我本来想睡个懒觉的,可是一道不同寻常的亮光把我给刺醒了。我睁开眼睛,看见一束明亮的黄色光线打窗户外射了进来。我简直不敢相信,连忙跑到窗边去确认,这下肯定了,太阳出来了。天空中太阳的位置不大对,太低了点儿,而且似乎不如它应处的位置那样近,但肯定是太阳没错。云朵包围着地平线,但还是能看见中间部位的那一大片蔚蓝。我站在窗边尽量耗着,生怕自己一走,这片蔚蓝又会消失掉。

牛顿奥林匹克户外运动用品商店就在小镇的北边。我见过那个小店,但从来没有在那里停留过——因为我对长期户外活动所要求的装备没有多少需求。在停车场我认出了迈克的萨伯曼[①]和泰勒的森特拉。当我把车停到他们的车旁时,看见那群人已经围着站在萨伯曼的前头。埃里克来了,带着另外两个和我一起上过课的男孩儿,我能肯定他们的名字叫本和康纳。杰西也来了,被安吉拉和劳伦夹在中间。另外还有三个女孩子也跟她们站在一起,其中包括那个我记得星期五在体育馆摔倒了的女孩儿。我从车上下来时,那个摔倒过的女孩儿给我摆了个臭脸,跟劳伦嘀咕了句什么。劳伦甩了甩她那穗丝般的头发,轻蔑地看了我一眼。

看来今天又和以前那些日子没什么不同。

至少迈克看见我还是挺高兴的。

"你来了!"他兴奋地喊道,"我说过今天会出太阳的,没错吧?"

"我说过我会来的。"我提醒他道。

"我们在等李和萨曼莎……除非你还邀请了别人。"迈克补充道。

"没有,"我轻松地撒了个谎,希望不会被别人看出来,但心里又盼望着能够发生奇迹,盼望着爱德华会出现。

迈克看上去很心满意足。

"你坐我的车吗?就是那辆,要不就坐李的妈妈的那辆小型客货两用车。"

"当然坐你的啦。"

[①] 萨伯曼(Suburban),美国通用汽车公司雪佛兰部生产的汽车。

他开心地笑了。讨迈克高兴，真是太容易了。

"可以让你坐副驾。"他保证道。我掩饰着自己的尴尬，要同时讨迈克和杰西卡俩人高兴，可就不那么简单了，我能看到杰西卡正冲着这边怒目而视。

不过最后的人数正合我意。李多带了两个人，这样，突然间一个座位都不多余了。我成功地让杰西挤到了萨伯曼的前座，坐在迈克和我中间。迈克不是很乐意，但至少杰西似乎满足了。

从福克斯到拉普西只有十五英里路，其中大部分路段，两旁都为十分漂亮的、郁郁葱葱的森林所覆盖，宽广的魁雷约特河①两次从下面蛇行穿过。我十分高兴坐在了车窗边。我们重新把车窗放了下来——萨伯曼里面坐了九个人，感觉有点憋闷——我想尽可能多晒点儿太阳。

以前在福克斯度暑假时，我和查理去过好几次拉普西附近的海滩，因此对于一英里长的新月形的第一滩十分熟悉，不过这次依然让我兴奋。水是深灰色的，即便在阳光的照耀下也是如此，泛着白沫，拍向灰色的岩石岸边。岛屿就从深灰色的港口水域中耸立起来，周围都是悬崖峭壁，一直伸向起伏不平的顶端，峰顶则长着苍翠高耸的冷杉。整个沙滩只是在水边才有很窄的一条真正的沙带，再往边上就都是成千上万的光滑的大岩石，从远处看去，清一色地呈灰色，但走近去看，每块石头又都显出浓淡不同的色调：赤土色、海绿色、淡紫色、青灰色、暗黄色。潮水退去的地方到处躺着巨大的浮木，在咸水中被泡成了骨白色，有些堆在了一起，挡在了森林的边缘，有些则孤零零地躺在海浪冲洗不到的地方。

海浪带来一阵冷风，阴冷且带着咸味。起伏的海面上，浮着一些鹈鹕，还有一些海鸥和一只孤独的老鹰在它们的上空盘旋着。乌云在头顶上的天空周围形成了一个包围圈，随时都有进犯的可能，但眼下

---

① 魁雷约特河（Quillayute River），位于福克斯附近的一条河流，由支流索尔达克河（the Sol Duc，当地土语，意为"闪光之水"）、博格切尔河（Bogachiel，当地土语，意为"雨后多泥"）汇合而成，全长不足六英里，是华盛顿州最短的河流之一，也是真正的雨林河，入海口在拉普什，由此注入太平洋。

说来，太阳依然勇敢地在蔚蓝天空里的光晕中照耀着。

我们选择好了攀下海岸岩石去沙滩的路线，迈克领头把大家带到一个浮木围成的圆圈边，显然这是此前像我们一样来开派对的人用过的。那里已经用石头围好了一个生火的圆圈，里面满是黑灰。埃里克和那个我认为叫本的男孩儿从森林边上稍微干燥一点儿的浮木堆里捡来了些断枝，很快就在原来的灰堆上搭起了一个圆锥形的木柴堆。

"你见过浮木火堆吗？"迈克问我。我坐在一条骨白色的浮木长凳上；在我的另一边，其他的女孩子们围在一起，兴奋地聊着天。迈克跪在火堆旁，用打火机点燃了一块小一点儿的木块。

"没见过。"我回答说。他将那根熊熊燃烧的小树枝小心翼翼地放在了圆锥形木柴堆上。

"那你一定会喜欢这个的——注意看颜色。"他又点着了一根小枝丫，把它放在刚才那根的旁边，干燥的木柴很快蹿起了火苗。

"蓝色的。"我惊讶地说道。

"这是因为里面含有盐分。很漂亮，是吧？"他又点着了一根，放在还没有点着的木柴旁，然后坐到了我的身边。谢天谢地，杰西刚好在他的另一边。她转向他，吸引了他的注意。我看着那些奇怪的蓝绿相间的火焰噼噼啪啪地直往上蹿。

闲聊了半小时后，一些男孩子想要去附近的潮汐池看看，这对我是个难题。一方面，我喜欢看潮汐池，从小我就对它们很着迷，不得不来福克斯的时候，我唯一期盼的就是这些潮汐池了；而另一方面，我掉进去过好多次。当你七岁而且又和爸爸在一起的时候，掉进去不会有什么事的。它让我想起了爱德华的要求——要我别掉进海里。

劳伦替我做了决定，她不想去那么远的地方，而且穿的鞋子也绝对不适合走那么远的路。安吉拉和杰西卡以及其他大部分女孩子也都决定待在沙滩上。等到泰勒和埃里克也答应留下来时，我一言不发地站起身来，加入到了支持出发的队伍中。迈克看到我的加入，冲我夸张地笑了笑。

路途并不是很远，虽然我讨厌在森林中看不见天空。森林中的绿光与孩子们的欢声笑语显得出奇的不协调，因为绿光显得阴暗而不吉利，与我身边轻快的欢笑很不和谐。我不得不小心翼翼地迈出每一步，防着脚下的树根和头顶的树枝，很快就落在了后边。最终我走出了这片翠绿森林的包围，又看到了满是岩石的海岸。潮水很低，一条潮汐河流过我们身旁，汇入大海。沿着布满鹅卵石的河岸，是一个个从来没有完全干涸过的浅水湾，里面充满了生机。

我非常小心，身子不敢在这个小小的潮汐池边倾斜得太厉害。其他人倒是无所畏惧，在岩石上跳来跳去，摇摇晃晃地站在石头边上。我在一个最大的潮汐池边找到一块看起来非常稳固的石头，小心地坐了下来，被身下这自然形成的潮汐池迷住了。漂亮的海葵的花束在察觉不到的水流里不停地摆动着，螺旋形的贝壳沿着水边移动着，贝壳内掩藏着小螃蟹，海星贴在岩石上或彼此之间贴着一动不动，一条黑色的带着白色斑马纹的小鳗鱼游动着穿过亮绿色的海草，等待着海潮回来。我完全着迷了，只有一小部分心思还在想着爱德华此刻在干什么，还在努力想象如果他在我身边的话，会说些什么。

最后男孩子们都饿了，我僵硬地站起身来，跟着他们往回走。这次穿过树林时，我尽量跟得紧一点儿了，自然难免摔倒了好几次，手掌被擦破了一点点皮，牛仔裤的膝盖部位也沾上了绿颜色，不过这已经算好的了。

我们回到第一滩时，发现留守的队伍又壮大了些。走近一点儿后，我们可以看得见新加入的成员们乌黑发亮的直发和铜色的皮肤，都是从当地居留地过来玩耍的十多岁的孩子。大家已经开始分吃的了，男孩子们忙跑过去要吃的，我们都走进浮木围成的圆圈时，埃里克按顺序进行介绍。安吉拉和我落在最后，埃里克介绍我们的名字时，我注意到坐在火堆边的石头上的一个年轻一点儿的男孩子饶有兴趣地抬头看了我一眼。我挨着安吉拉坐下，迈克给我们拿来了三明治和一些苏打水让我们挑选，一个看起来似乎在来客中年龄最大的男孩子急促地说了一遍自己和其他七个人的名字。我唯一听清楚了的就是女孩儿中也有一个名叫杰西卡，而那个注意我的男孩子名叫雅各布。

和安吉拉坐在一起是件很轻松的事情，她属于那种在一起时比较安静的人——她不觉得有必要用喋喋不休来填满相处时的每一寸静默。我们吃东西时她就不打搅我，任由我去胡思乱想。我在想，在福克斯，日子似乎过得有些杂乱无章，有时就在浑浑噩噩中过去了，只留下一些比其他的更加清晰的单个画面。而在另一些时候，每一秒钟又都是那么的重要，蚀刻着我的大脑。我十分清楚产生这种差别的原因所在，而这使我不安起来。

午餐的时候，云彩开始移动，溜过蔚蓝的天空，很快地飞到太阳前边，在沙滩上拉下长长的影子，使海浪的颜色变得暗淡起来。大家吃完了东西，开始三三两两地散开了。有些人走到海浪旁边，试图踩着石头跳过波浪起伏的水面。另一些人则聚到一起，准备第二次前往潮汐池探险。迈克朝着村里的一家小店走去——杰西卡在后面悄悄地跟着。本地的一些小孩子也跟在他们后边，其他一些则一起去远足探险。大家都散开的时候，我正独自一人坐在浮木上，劳伦和泰勒正听着谁带来的CD播放器，来自当地的三个少年围成了一圈，其中包括那个叫雅各布的男孩儿和那个发言的最年长的男孩儿。

安吉拉和那些去远足的人离开几分钟后，雅各布慢吞吞地走到我旁边，坐到了安吉拉原来的位置上。他看起来十四岁的样子，也说不准有十五岁，一头长发乌黑发亮，在脖子后面的位置用橡皮带扎在了一起。他的皮肤很好看，光滑，带着黄褐色；高高的颧骨上方是深邃的黑眼睛，下巴处还留有一点点婴儿肥的痕迹。总之，这是一张非常漂亮的脸。不过，他一开口说话，就把他的容貌给我留下的好印象给破坏了。

"你是伊莎贝拉，对吧？"

好像又回到了上学的第一天。

"贝拉。"我叹了口气。

"我是雅各布·布莱克，"他友好地伸出了手，"你的车是从我爸手里买的。"

"哦，"我说道，心里舒服了点儿，握了握他那光滑的手，"你是比利的儿子啊，也许我应该记得你的。"

"不，我是家里最小的——你应该记得我的几个姐姐。"

"雷切尔和丽贝卡。"我突然间记起来了。我以前来这里时，查理和比利经常把我和她们丢在一起玩,他们则去钓鱼。我们都太害羞,所以也没有因为太多的交往而成为好朋友。当然,我满十一岁前,也耍过不少小性子来结束这种钓鱼旅行。

"她们也来了吗?"我看着海边的女孩子们,不知道自己现在还能否认出她们来。

"没来,"雅各布摇了摇头,"雷切尔拿到了一笔奖学金,去华盛顿州立大学了,丽贝卡嫁给了一个萨摩亚人①,是个冲浪运动员——她现在住在夏威夷。"

"都结婚了,哇。"我感到很惊讶。这对双胞胎仅仅比我大一岁多一点儿而已。

"你喜欢那辆卡车吗?"他问道。

"喜欢,车子跑得挺好。"

"是的,只是跑得很慢,"他笑道,"查理买下它的时候,我就松了一口气。如果我们手里有一辆非常好的车,我爸是不会让我再去组装一辆的。"

"也不是很慢啦。"我反对道。

"你试没试过开到六十迈以上?"

"没有。"我承认道。

"那就好,别超过六十。"他咧嘴笑了笑。

我忍不住也咧嘴对他笑了笑。"这家伙在撞车的时候表现不错。"我为自己的卡车辩护着。

"我估计连坦克都拿那老怪物没有办法的。"他又笑了,表示赞同我的话。

"你说你自己组装小汽车?"我颇有兴趣地问道。

---

① 萨摩亚人(Samoan),属波利尼西亚人种,有自己的语言萨摩亚语,但多数人都会英语。萨摩亚人居住在太平洋中部萨摩亚群岛,萨摩亚又分为东萨摩亚和西萨摩亚,东萨摩亚归美国统治,西萨摩亚则于1960年通过了独立国宪法,并于1962年1月1日正式独立,1970年8月成为英联邦的成员国。1997年7月,西萨摩亚独立国更名为"萨摩亚独立国"(The Independent State of Samoa),简称"萨摩亚"。

"有空的时候就干,也只是动动其中的部分零件。你不会碰巧知道我从哪儿可以搞到一九八六年产的'大众兔子'系列车的主汽缸吧?"他开玩笑地补充道。他的声音听起来很舒服,有点沙哑。

"对不起,"我笑了,"最近我没有见到,不过我会替你留心的。"其实我根本不知道那是什么玩意儿。和他聊天是件很轻松的事情。

他脸上闪过一丝灿烂的笑容,赞赏地看着我,我还理解不了他看我的这种方式。我并不是唯一注意到了这点的人。

"你认识贝拉吗,雅各布?"劳伦在火堆的另一边问道——带着那种我认为很傲慢的语气。

"从我出生以来,我们就差不多认识了。"他笑道,又冲我笑了笑。

"真是不错。"她的话听起来根本就不像是她真的认为不错,她那暗淡无神的眼睛眯缝着。

"贝拉,"她又叫了我一声,仔细地盯着我的脸,"我刚才还和泰勒说,今天卡伦一家一个都没来,真是太不巧了。难道没有人想到要邀请他们吗?"她那表示关心的表情都让人觉得怀疑。

"你是说卡莱尔·卡伦医生一家吗?"那个高个的年长一点儿的男孩子抢在我的前头问道,让劳伦有些恼火。其实他更像是一个男人而不是男孩儿,声音也很低沉。

"是的,你认识他们?"她转向他,傲慢地问道。

"卡伦一家不会来这里的。"他以结束这个话题的语气说道,没有理睬她的问题。

泰勒试图重新吸引劳伦的注意力,问她觉得自己手中的 CD 怎么样,劳伦的注意力被转移开了。

我盯着那个声音低沉的男孩子,感到有点吃惊,可他只顾看着我们身后黑暗的森林。他说卡伦一家不会来这里,可他的语气却暗示了更多的东西——就是说,不允许卡伦一家来这里,禁止他们来这里。他的举止给我留下了一个奇怪的印象,我试图懒得去管它,却没做到。

"福克斯是不是还在令你精神错乱?"雅各布打断了我的思绪。

"哦，我得说这还是说轻了的。"我做了个鬼脸。他理解地咧嘴笑了笑。

我还在琢磨那句关于卡伦一家的简短的评论，突然来了灵感。虽然是个很愚蠢的计划，不过我也没有更好的主意了。我希望小雅各布对付女孩子还没有什么经验，这样他就看不穿我装出的那种"楚楚可怜"的挑逗企图了。

"你能陪我到沙滩去走走吗？"我问道，尽力模仿着爱德华的那种从睫毛下抬起眼睛往上看的样子。我相信肯定达不到完全一样的效果，不过雅各布还是欣然站起了身。

我们朝北越过五颜六色的石头走向浮木海堤时，天上的云朵最终连成了一片，海面阴暗下来，气温也骤然降低了。我把双手深深地插进了外套口袋里。

"嗯，你多大？十六岁？"我问道，学着电视上见过的女孩子们那样眨着眼睛，尽量使自己看起来不像个白痴。

"我刚满十五岁。"他承认道，心里乐滋滋的。

"是吗？"我装出了一脸惊讶的表情，"我还以为你更大一点儿呢。"

"对我这个年龄来说，个头算很高的。"他解释说。

"你常来福克斯吗？"我调皮地问道，装作渴望得到肯定回答的样子。我自己听起来都觉得有点白痴，担心他突然厌恶起我来，说我骗人，但是他依然显得非常高兴。

"不是经常来，"他皱了皱眉头，说道，"不过等我搞定了我的车子，就什么时候想来都可以了——当然，是在我拿到驾照以后。"他补充道。

"在和劳伦聊天的那个男孩儿是谁啊？他跟我们一起玩，似乎显得年龄偏大了一点儿。"我故意把自己归入年轻人一类，努力表明自己更喜欢跟雅各布在一起。

"他叫山姆，十九岁了。"他告诉我。

"他说到的关于医生一家的事，是怎么回事？"我天真地问道。

"你是说卡伦一家吗？哦，他们不能到咱们居留地来的。"他的回答证实了我对山姆语气的判断是正确的。他把脸转过去，望着远处的詹姆斯岛[1]。

"为什么不能呢？"

他回瞅了我一眼，咬着嘴唇："哎哟，这个我一个字也不能说的。"

"哦，我不会告诉任何人的，只是有点儿好奇。"我努力使自己的笑容显得迷人些，不知道是否笑得有点过了。

不过他也冲我笑了笑，看起来是让我打动了。他扬起了一边的眉毛，声音比先前更加沙哑了。

"你喜欢听恐怖故事吗？"他问道，我感到有点不祥。

"**太喜欢**听了。"我兴致勃勃地说道，同时努力压抑对他的不满。

雅各布向附近的一根浮木走过去，浮木张牙舞爪的根，就像一只白森森的大蜘蛛那一条条细腿一样。这些树根盘根错节，他轻轻地坐在了其中的一根上，而我则坐在他下面的树干上。他盯着下面的岩石，厚厚的嘴唇边挂着一丝微笑。我看得出来，他想尽力讲得引人入胜一些，我则竭力让自己始终流露出来感到兴趣盎然的眼神。

"你听说过我们的古老传说吗，我们的祖先——我是指奎鲁特人[2]？"他开始了。

"没怎么听说过。"我承认道。

"嗯，有很多很多的传说，其中一些甚至可以追溯到大洪水时代——据说，古时候的奎鲁特人把他们的小舟系到山上最高的树顶，像诺亚与他的方舟一样幸存了下来。"他笑了笑，向我表明自己根本就不相信这些传说，"另外一个传说则称我们起源于狼——并且说狼现在还是我们的兄弟，杀死它们是违反部落法律的。"

---

[1] 詹姆斯岛（James Island），位于魁雷约特河入海口拉普什的奎鲁特村庄以西，是世界上最大的浪蚀岩柱（sea stack）群，以前并不是一个岛屿，是因为魁雷约特河改道以后才与奎鲁特村隔开而成为岛屿。当地人管它叫"阿卡-拉特"（Aka-lat，意为"在山顶上"）。小岛十分陡峭，呈马蹄形，上面长满了冷杉。

[2] 奎鲁特人（Quileutes），拉普什的一个古老的部族。据传说，该部族是由一个高人（a supernatural transformer）用狼变出来的。据说该部族早在冰川纪就已经存在了，因而可能是西北太平洋上最早的居民。现在，拉普什有奎鲁特人保留地。奎鲁特人的语言非常独特，与世界上现有的任何语言都没有丝毫关系，是世界上仅有的五种没有鼻音的语言中的一种。

"接下来就是关于那些**冷血生灵**的故事了。"他把声音压低了一点儿。

"冷血生灵？"我问道，这次的兴趣不是装出来的。

"对。有一些和狼的传说一样久远的关于冷血生灵的故事，也有一些时间更近一些的。据传说，我的亲生曾祖父认识他们中的一些。是他制定了那条协约，让他们远离这片土地。"他滴溜溜地转着眼睛。

"你的曾祖父？"我鼓励道。

"他是部落中的长老，和我父亲一样。你知道，冷血生灵是狼的天敌——嗯，其实也不是真狼，而是变成了人的狼，就像我们的祖先一样，你可以叫他们狼人。"

"狼人有敌人吗？"

"只有一种敌人。"

我一脸诚恳地望着他，希望能掩饰自己的不耐烦而装出仰慕的样子。

"听我说，"雅各布接着说道，"自古以来冷血生灵就是我们的敌人。但是我曾祖父时代闯入我们领域的这一群有点不同，他们不像其他同类那样去捕猎——他们应该不会对部落构成什么威胁。所以我曾祖父就和他们达成了一个休战协定，只要他们保证远离我们的领土，我们就不会揭露他们丑陋的本性。"他向我眨了眨眼。

"既然他们没有威胁，那为什么还……"我试图理解他的话，尽量不让他看出我对他的恐怖故事是不是很信以为真。

"对于人类来说，和冷血生灵相处总是有危险的，即便他们有着像上面提到的那一群那样的文明程度。你永远不会知道他们什么时候会因为饥饿难忍而抵制不住诱惑。"他故意在语气中加入了很强的恐怖气息。

"你说的'文明程度'是什么意思？"

"他们保证说不会猎杀人类，他们应该可以退而去捕杀动物的。"

我尽力使自己的声音显得随意一些："那么这和卡伦一家又有什么关系呢？难道他们很像你曾祖父遇到的冷血生灵？"

"不是很像，"他特意顿了顿，"他们就是**同类**。"

他肯定已经料到，我的恐惧神情是听了他的故事后的反应，于是笑了一下，十分满足，接着说了下去。

"他们现在数量又多了些，新添了一男一女，不过其他的还是没变。在我曾祖父时期，他们就已经对他们的头儿卡莱尔有所耳闻了。在**你们**这拨儿人来这里之前，他就已经来过，并且走了。"他挤出了一丝微笑。

"他们到底是什么？"我最终问道，"那些冷血生灵**究竟是**什么呢？"

他神秘地笑了笑。

"吸血者，"他的声音令人感到一阵寒意，"你们管他们叫吸血鬼。"

听到他的回答，我望着远处起伏不断的海浪，不知道自己脸上是什么样的表情。

"你起了鸡皮疙瘩。"他开心地笑了起来。

"你真会讲故事。"我恭维了他一句，眼睛依然盯着海浪。

"听起来有点荒唐，对吧？也难怪我爸不要我们跟别人提起这些。"

我还是无法完全控制自己看他时的神情："不用担心，我不会出卖你的。"

"我想我刚才就违反了那个约定。"他笑道。

"我会把这个秘密带进坟墓的。"我保证道，说完身子不由得一颤。

"不过说真的，不要对查理说任何事情。他听说自从卡伦医生来了以后，我们中间有人就不去医院看病了，很生我爸的气。"

"我不会说的，当然不会。"

"那么你会不会觉得我们是一群迷信的土老帽儿什么的？"他以玩笑的口吻问道，但听得出来他也有点儿担心。我依然望着远处的海面。

于是我回过头来，尽量正常地对他笑了笑。

"不会，不过我觉得你真的很会讲故事。我身上的鸡皮疙瘩还没消呢，看见没有？"我抬起胳膊。

"那就好。"他笑了。

这时传来沙滩上的石头相互碰撞的声音，我们知道有人过来了。

我俩同时猛地抬起头，看见迈克和杰西卡正在五十码开外的地方朝我们走来。

"贝拉，你在这儿呀。"迈克欣慰地喊道，手臂举过头顶挥舞着。

"那是你男朋友吗？"雅各布问道，显然对迈克声音里所带的妒忌十分敏感。我很惊讶他居然表现得这么明显。

"不，当然不是。"我小声道。我内心非常感激雅各布，也很想尽可能地让他开心。我小心地躲开迈克的脸，向他眨了眨眼。他笑了，对我笨拙的调情感到十分得意。

"那等我拿到驾照……"他说。

"你应该来福克斯看我，我们以后就可以一起玩了。"说这些话的时候，我感到十分内疚，心里明白自己在利用他。但是我真的很喜欢雅各布，他是那种很轻松就能成为朋友的人。

迈克此时已经走到了我们身边，杰西卡稍稍晚了几步。我能看到他在用眼光打量着雅各布，见他明显不成熟的样子，感到十分得意。

"你刚才去哪儿了？"他问道，尽管答案就摆在眼前。

"雅各布刚才在给我讲一些本地的故事，"我主动回答道，"很有意思的故事。"

我对雅各布温情地笑着，他也对我咧嘴笑了笑。

"好啦，"迈克顿了顿，看到我俩之间的友情，重新仔细地审视了一下眼前的形势，"咱们要收拾东西了——看起来好像快要下雨了。"

我们都抬头望了望阴沉沉的天空，的确看起来要下雨了。

"好的，"我站起身来，"我这就来。"

"非常高兴能**再次**见到你。"雅各布说，我看得出他话语中带着一点儿对迈克的奚落。

"我也很高兴，下次查理来看比利的时候，我也会来的。"我保证道。

他笑得嘴都合不拢了："那样就太好了。"

"同时也谢谢你。"我真心实意地补了一句。

我们穿过岩石走向停车场时，我拉起了兜帽。已经开始掉雨点了，掉在石头上，立刻形成一些黑点。我们赶到萨伯曼旁边时，其他人已经开始在往车里装东西了。我爬过车后座的安吉拉和泰勒旁边，声明该轮到我坐副驾位置了。安吉拉正看着车窗外越来越大的暴风雨，而劳伦则坐在中间扭来扭去地想吸引泰勒的注意，这样我就可以把头往后靠着座椅，闭上眼睛，努力地什么都不去想。

噩　梦

　　我告诉查理说手头有一大堆家庭作业要做，并且什么都不想吃。电视里正放着令他兴奋不已的篮球赛，当然啦，我丝毫也看不出那究竟有什么可看的，所以他没有觉察到我脸上或者说话的语气有什么异样。

　　一进房间，我就把门锁上了。我在书桌抽屉里翻了半天，找出以前用过的耳机，插到我那个小巧的 CD 机上。我挑出菲尔作为圣诞礼物送给我的一张 CD，这是他最喜欢的乐队之一，不过在我看来，他们的音乐中掺进了太多的低音和尖叫。我把 CD 塞进机器，躺到床上，戴上耳机，按下播放键，然后把音量开大，直到震得耳朵难受。我闭上眼睛，可是外面的光线依然很刺眼，于是干脆用枕头盖住了上半边脸。

　　我全神贯注地听着音乐，试图去理解歌词，辨别其中复杂的鼓点节奏。整张 CD 听到第三遍时，我至少听懂了合唱部分的所有单词。我惊讶地发现，一旦把这刺耳的噪声忽略，自己居然还挺喜欢这个乐队的。我还得再感谢菲尔一下。

　　还真有效，震耳欲聋的鼓点让我无法思考——这也正是我这么做的目的。我一遍又一遍地听着 CD，直到自己能跟着唱完所有的歌曲，直到自己最终睡着。

　　我睁开眼睛，发现自己到了一个熟悉的地方。在我意识的某个角落，我感觉到自己在做梦，我认出了森林的绿光，我能够听到附近某个地方传来的海浪拍打着岩石的声音，知道如果我找到大海，就能看见太阳。我想循着声音过去，结果发现雅各布·布莱克站在那里，他拉着我的手，用力地朝着森林最黑暗的地方往回拖。

"雅各布，你这是怎么啦？"我问道。他不顾我的反抗，用尽全身的力气去拉我，脸上露出恐惧的神情，我不想到黑暗的地方去。

"快跑，贝拉，你得快跑！"他小声说道，声音里充满了恐惧。

"到这边来，贝拉！"我听到黑暗的树林深处传来迈克的喊声，可我看不到他。

"为什么？"我问道，依然与雅各布反抗着，不顾一切地想要去找到太阳。

这时雅各布放开了我的手，尖叫着，突然浑身颤抖，倒在森林阴暗的地面上。他躺在地上抽搐着，我恐惧地看着他。

"雅各布！"我叫了起来，可他不见了。在他的位置出现了一只巨大的有着黑眼珠的棕红色的狼。狼的脸背着我，对着海岸，后颈上的毛发竖立着，从露出的尖牙间发出低沉的嗥叫声。

"贝拉，快跑！"迈克在我身后又喊了起来，但我没动。我在望着前面的一点儿光亮，正从沙滩那边朝我移过来。

这时爱德华从树林间走了出来，他的皮肤微微地发出光亮，眼睛黑亮而凶险。他朝我伸出了一只手，示意我过去，那匹狼就在我脚边嗥叫着。

我朝爱德华迈了一步，这时他笑了，露出尖锐锋利的牙齿。

"相信我。"他喉咙里发出低沉的声音。

我又朝他迈了一步。

只见狼纵身跃过我和吸血鬼之间的距离，锋利的牙齿瞄着他的喉咙。

"不！"我尖叫一声，猛地从床上坐了起来。

我这突然一动，耳机把 CD 机从床边的书桌上带了下来，摔到了木地板上。

房里的灯还开着，我衣鞋未脱地坐在床上。我迷迷糊糊地看了一眼梳妆台上的时钟，才凌晨五点半。

我哼了一声，往后倒下了，我翻过身来趴着，踢掉了靴子，可总觉得不舒服，怎么也睡不着了，于是又翻过身来，解开牛仔裤，因为尽力保持着平躺的姿势，所以只能笨拙地脱掉裤子。我能感觉得到头上的扎发带顶着我的后脑勺，顶得我很不舒服，于是侧过身子，把扎发带扯了下来，很快地用手指理了理辫子，然后又拉过枕头蒙上了眼睛。

当然这些都毫无帮助，潜意识总是把我拼命想要回避的画面十分清晰地带到我的眼前，现在我不得不正视它们了。

我坐了起来，体内的血液往下沉，脑袋晕了一会儿。我心想，目前最重要的，就是努力尽可能长时间地摆脱这些想法，我抓起了沐浴袋。

可是洗澡花的时间也没有我所希望的那样长，甚至算上我吹干头发的时间，我还是很快就洗完了。我裹着浴巾回到房间，不知道查理是在睡觉，还是已经走了。我走到窗边往外一看，他的那辆巡逻车已经不见了，他又去钓鱼了。

我慢吞吞地穿上自己最舒服的运动衫，然后把床整理好——以前可从没这么干过。我再也忍不住了，于是走到书桌旁，打开了我的旧电脑。

我很不喜欢在这里上网。调制解调器旧得目不忍睹，免费的上网服务也不达标，光拨号就花了很长时间，以致我在等待的时候决定先去弄一碗麦片粥来吃。

我慢吞吞地吃着，每一口都细细地咀嚼着。吃完后，又把碗和勺子洗干净，擦干放好。爬上楼梯时，我感到双腿沉沉的。首先走到CD机旁，把它从地上捡了起来，放到桌子正中间，拔出耳机，收进书桌的抽屉里，然后打开了听过的那盘CD，把音量调到刚好作为背景音的位置。

我又叹了口气，然后转身坐到电脑前。屏幕上自然又铺满了弹出来的广告页面。我坐到硬硬的折叠椅上，开始一个一个地关掉那些小广告窗口，终于我打开了自己常用的搜索引擎，又关掉一些新弹出的广告页面后，我输入了一个单词：

吸血鬼

当然，又让人心急火燎地等了很长一段时间，搜索结果出来了，有很多条搜索结果——什么都有，从电影和电视剧到角色扮演类的游戏，到地下金属，以及哥特式的化妆品公司，等等。

接着我找到了一个看起来颇有希望的网址——吸血鬼资料大全。我不耐烦地等着页面慢慢地打开，迅速地关掉弹出来的每一页广告。终于屏幕上干净了——只留下简单的白色背景和黑色文字，看上去学术味儿挺浓的。首页上出现了两段引文：

> 在整个妖魔与鬼怪的黑暗世界里，没有任何一种生物比吸血鬼更加可怕，更加令人恐惧和憎恶，而又如此充满可怕的魅力。吸血鬼本身，既不是鬼怪，也不是妖魔，却拥有黑暗的本性，且兼有二者身上神秘而又恐怖的特征。
> ——蒙塔古·萨默斯教士

> 如果这个世界上有业经充分证明的记载的话，那就是关于吸血鬼的故事。证据一应俱全：官方的报告，名人、外科医生、牧师以及地方官员的书面陈述；法律上的证明尤为完整。有了这一切，还有谁会不相信吸血鬼的存在呢？
> ——卢梭

这个网站上其他的内容，就是按照字母顺序排列的世界各地关于吸血鬼的种种神话。我首先点开了**丹拿**[①]，这是一种菲律宾的吸血鬼，据说很早以前是他首先在这片土地上栽种芋头的。传说中，丹拿与人类一起生活了很多年，然而有一天，一名妇女切伤了自己的手指，**丹拿**吮吸了一下她的伤口，结果很喜欢那种味道，于是她体内的血被完全吸干了，从此他与人类的伙伴关系就破裂了。

我仔细地浏览着这些文字，搜寻着一切似曾相识的信息，也不管它们是不是有道理。似乎大多数关于吸血鬼的传说中，都是以漂亮女

---

① 丹拿，Danag。

人为魔鬼、以小孩为受害者的；还有一点，这些传说似乎都是创造出一些形象，用以解释年幼儿童的高死亡率，同时给男人提供一个不忠的借口。很多故事讲的都是没有形态的幽灵和对不当丧葬的警示，没有多少内容像我在电影里看到的那样，另外还有少数的一些，例如希伯来的**艾斯提瑞**①和波兰的**乌皮尔**②，甚至只是一心想着吸血。

只有三条信息真正吸引了我的注意：罗马尼亚的**维拉可拉斯**③，一种很厉害的不死生物，能够幻化成漂亮的有着苍白肤色的人形。还有斯洛伐克的**耐拉斯**④，一种强大迅捷的生物，午夜之后能够在短短一个小时之内屠杀整个村庄。还有一个就是**斯特岗尼亚**⑤。

关于这最后一种，只有简短的一句话：

> 斯特岗尼亚：一种意大利的吸血鬼，据说本性善良，是所有邪恶吸血鬼的死敌。

我松了一口气，就凭着这样一条不起眼的信息，凭着这个在成千上万种传说中表明还有善良吸血鬼存在的传说。

不过总体而言，几乎没有哪条与雅各布给我讲的故事或是我自己观察到的现象完全吻合。我在浏览时，心中编了一个小目录，仔细地拿它与各个传说进行了一下比较。速度、力量、漂亮的外表、苍白的

---

① 艾斯提瑞（Estrie），是貌似吸血鬼的恶灵，据说他常常化装成普通人类的样子，寄居在人类家庭之中。

② 乌皮尔（Upier），据说乌皮尔的舌头上面有尖刺，并且总是于中午就开始出外活动觅食，到了夜晚才回家睡觉。

③ 维拉可拉斯（Varacolaci），据说维拉可拉斯威力相当强大，可以造成日食、月食。这样他外出觅食时就不会有人见到他，因为大地都已经一片漆黑了。他每次都是以脸色苍白、皮肤干燥的年轻人形象出现。

④ 耐拉斯（Nelapsi），据说耐拉斯神通广大，可以用眼神杀人，只要一个眼神，看了一眼，人就必死无疑。

⑤ 斯特岗尼亚（Stregoni benefici），在意大利语中是"有益的吸血鬼"的意思，据说他会保护意大利人免受其他邪恶吸血鬼的迫害，其外貌与凡人无异，因此有时候斯特岗尼亚会将自己装扮成普通人类，等待其他吸血鬼以为逮到猎物的时候，出手拯救人类。

肤色、能够变换颜色的眼睛；接着是雅各布的标准：吸血者、狼人的敌人、肌肤冰凉、永生不死。哪怕是与其中的一项相符的传说几乎都是绝无仅有。

接下来又有一个问题，就是通过我看过的为数不多的几部恐怖电影，且后来又在阅读中得到了进一步证实的留在脑海中的印象——吸血鬼白天是不能出来的，否则太阳会把他们烧成灰烬。他们白天都躺在棺材里，只有到了晚上才出来。

我有点懊恼，等不及正常关机，就啪的一声关掉了电脑的主电源。在愤怒中，我又感到十分尴尬。这一切都太愚蠢了，我坐在房间里，搜索着关于吸血鬼的东西。我这是怎么了？我觉得这一切主要都应归咎于福克斯镇——除此之外，还有整个被雨水浸透了的奥林匹克半岛。

我得出去走走，可是在我想去的地方中，没有一个不需要三天车程的。顾不上许多，我穿上了靴子，也不知道自己要去哪里，就这样下了楼，也不管外面的天气怎样，穿上雨衣就噔噔噔地出了门。

天上乌云密布，但还没有下雨。我没开车，徒步往东一拐，绕过查理的院子，向永远都在不断扩张的森林里走去。没走多久就钻进去很深了，已经看不到房子和外边的马路了，耳边就只剩下了脚踩在潮湿泥土上的嘎吱声和有时突然响起的鸟鸣声。

有一条丝带般的小路穿过这片森林，不然我自己是不会像这样贸然跑到这里来的。我没有什么方向感，如果周围的环境不是这样好辨认的话，我就可能迷路。小路向着森林深处蜿蜒而去，就我所能辨别的范围来看，这条路大致是往东的，穿梭在西特加云杉①和铁杉树、紫杉和枫树之间，蛇行向前。我只能大概叫出周围树木的名字，而我所知道的也都是以前坐在查理的巡逻车里时，他从车窗里指给我看

---

① 西特加云杉（Sitka spruce），亦译"西岸云杉""西加云杉""西特卡云杉""西德加云杉"等，英文别名亦很多（如 Western spruce, Silver spruce, West coast spruce 等），分布于阿拉斯加南部至加州西北部之太平洋沿岸、俄勒冈州、华盛顿州等西部地区。由于其共鸣性能好，所以特别适合做吉他面板和钢琴响板。

的。还有很多我叫不上名字，也有一些我不能确定的，因为它们都被绿色的藤蔓盖得很严实。

在内心中一股怒气的驱使下，我沿着小路一直向前。随着怒气渐渐消去，我的速度也放慢了下来。几滴水珠从我头上的树顶滴下来，我不能确定是不是已经开始下雨了，或者仅仅是昨天留下的水珠托在头顶高高的树叶上，慢慢地又滴回到了地面。一棵倒下不久的树——我知道它才倒下不久，是因为它还没有完全被青苔覆盖——就躺在它同类的躯干旁，形成了一个有顶棚的小凳子，离小路只有几步的安全距离。我踩着蕨草走过去，小心地坐了下来，把自己的外套垫在潮湿的座椅和挨着座椅的衣服之间，头顶着兜帽，往后靠在一棵活着的树干上。

我不该来这个地方的。这一点我应该知道的，可不来这里又能去哪里呢？整个森林一片苍翠，实在太像昨晚梦里的场景了，根本让我心里静不下来。因为没有了我脚踩在湿地上的声音，四周显得格外宁静。鸟儿们也都安静下来了，水珠却滴得更勤了，看来上面一定是在下雨了。因为我坐着，所以蕨草比我的头还高，我知道可能会有人从三英尺旁的小路上走过却根本看不到我。

在这片树林里，相信那些在家里时令我尴尬的荒谬场景要容易多了。千百年来这片森林里都没有什么改变，比起在我那轮廓分明的卧房来，那上百个不同地方的神话和传说在这片苍翠的朦胧中显得真实多了。

我强迫自己把精力集中到两个必须回答的重要问题上，虽然心里很不情愿。

首先，我必须确定雅各布所说的关于卡伦一家的事有没有可能是真的。

我心里立刻极力反驳起来。拿这种荒谬的想法寻开心，纯属闲得无聊，是心理不健康的表现。可不这样又如何呢？我心里问道。对于此时我怎么还活着这个问题，我找不到合理的解释。我再一次在心里列出了自己所观察到的一切：不可能的速度和力量，从黑色变成金色又变回黑色的眼睛，非人所能具有的漂亮外表，苍白而又冰冷的皮肤。还有——一些慢慢记起来的小细节——他们似乎从来不吃东西，以及他们的一举一动中那种令人不安的优雅。还有他有时候说话的方式，说话时那种陌生的抑扬顿挫和措辞，更适合于世纪之交的小说，而不是二十一世纪的课堂风格。我们验血的那天他逃课了。他一开始并没有拒绝海滩之行，而是听说了我们打算去的地方之后才说不去的。他似乎知道自己周围所有人的想法……除了我以外。他曾告诉过我他是个坏蛋，十分危险……

卡伦一家会是吸血鬼吗？

咳，他们是**有些不同寻常**，一些超出正常理解范围的事情在我充满怀疑的眼前发生着。不管是雅各布提到的**冷血生灵**，还是我自己推测的超级英雄，总之，爱德华·卡伦不是……人，他有过人之处。

那么——也许吧，这就是我目前所能想到的答案了。

接下来是所有问题中最重要的那个了——如果这一切是真的，我该怎么办？

如果爱德华是个吸血鬼——我几乎都不敢去想这个词——那么我该怎么办？再把别人扯进来是根本不可能的。我连自己都不敢相信，别人听了肯定会认为我疯了。

似乎只有两个可行的选择，第一个就是听从他的建议：聪明点，尽可能地避开他。取消我们的计划，又像从前一样尽可能地对他不理不睬，在课堂上我们被迫坐在一起，也要假装我俩之间隔着厚厚的一堵不可穿透的玻璃墙，告诉他让他离我远点儿——而且这次是动真格的。

想到这里时，我突然感到一阵绝望的痛苦。我的内心排斥着这种痛苦，很快就跳到了第二个选择。

我也可以不必表现出任何异常来，毕竟，如果他是凶恶的……什么的话，至今他还没有做出伤害我的事来。事实上，要不是他反应那么快，我早就撞到泰勒车子的挡泥板上了。如此之快，我自忖道，几乎是纯粹的条件反射。但如果他的反射是出于救人的目的，那他又能坏到哪里去呢？我心里反驳着。我的脑子就围着这毫无答案的圈子绕来绕去。

如果说我能确定什么的话，那么有一件事我是可以确定的。昨天晚上我梦到的那个模糊的爱德华仅仅是雅各布提到的那个词给我带来了恐惧而形成的一种印象，而不是爱德华本人。即便如此，当我看到狼人跃起时恐惧地叫出声来，也不是因为害怕狼而喊出"不"的，而是因为担心**他**会受到伤害，即使他对我说话时能看到他锋利的长牙，我还是为**他**担心。

我清楚答案就在这里了。事实上我不知道是否还存在着别的选择，我已经陷得太深了。现在我明白——要是我明白的话——我对于自己心中那恐怖的秘密无能为力。因为只要想起他的样子、他的声音、他那摄人心魄的眼睛，还有他性格中充满磁性的魅力，我就只想不顾一切地马上和他在一起。甚至即使……但我不能想下去，至少不是在这里、孤身一人待在阴暗的森林里的时候，不是在当雨点像暮色一样让树顶下变得一片朦胧、像脚步一样踏过杂草丛生的泥土地面的这个时候。我哆嗦了一下，连忙从隐身的地方站了起来，生怕小路会在雨雾中消失。

还好，路还在那里，完好而清晰，从这雨点不断的绿色迷宫中蜿蜒而出。我匆忙沿着小路向前走去，兜帽都差点盖到脸上了，我几乎是跑着在森林里穿行时，才惊讶地发现原来自己已经走了这么远。我开始担心自己是否在往外走，还是在沿着小路往森林的更深处去了。不过在自己还没有太过于心慌之前，我开始能透过层层叠叠的树枝望到一些开阔的地方了。这时我听到一辆车从马路上开过，我自由了，查理的草坪展现在我眼前，房子在向我招手，让我看到了温暖的房间和干净的袜子。

我进屋的时候正好是中午。我上了楼，换上白天的衣服——牛仔裤和T恤衫，因为一整天我都会待在屋子里。没费多大劲，我就把精力集中到当天的作业上了：写一篇关于《麦克白》的论文，要求星期三交。我静下心来开始认真地拟提纲打草稿，心中感到自从……嗯，自从星期四的下午以来所未有过的平静，如果要我说实话的话。

不过我一贯都是如此，做决定对于我来说是非常痛苦的，让我受尽折磨，但一旦做出了决定，我就会坚持到底——通常心里会为做出了决定而感到一阵轻松。有时这种轻松也会带点失望，比如我来福克斯的这个决定，不过这还是要比在选择中纠缠不清好得多。

接受这个决定简直轻松得出奇，轻松得危险。

于是这一天过得很平静，也很有成果——八点钟以前我就完成了论文。查理回家时也带来了很大的收获，我在心里记着下周去西雅图时要挑一本做鱼的烹饪菜谱。我想到那个旅行时后背都会感到一阵发冷，和我与雅各布·布莱克一起散步前的感觉并无两样。应该感觉不一样的，我想。我应该感到害怕——我知道我应该如此，可就是感觉不到这种恐惧。

那天晚上我睡得很踏实，没有做梦，因为起得太早，加上前一晚又睡得不好，所以觉得十分疲倦。醒来时，我又看到了晴天里明亮金黄的阳光，这是自从来到福克斯后的第二次了。我跳到窗前，惊讶地发现天上几乎没有一片乌云，只有一些小朵的蓬松的云彩，它们是不可能带来一滴雨的。我推开窗户——奇怪的是虽然不知道多少年没有开过了，可打开时还是悄无声息，没有一点儿阻力——呼吸着相对干燥一点儿的空气。外面几乎可以说是暖和的，而且几乎没有一点儿风，我体内的血液都兴奋起来了。

我走下楼梯时，查理已经吃完早饭了，并且立刻注意到了我不错的心情。

"是个适合出门的好天气。"他说道。

"是的。"我笑了笑，表示同意。

他也向我笑了笑，褐色的眼睛都眯了起来。看到查理微笑时的样子，就更容易理解为什么他和我妈妈当初那么快就结婚了。早在我知道他以前，随着他那头褐色的鬈发——颜色和我的一模一样，或许连手感都相同——逐渐减少，光亮的前额慢慢露得越来越多，他年轻时的风流倜傥劲儿就已经所剩无几了。但当他微笑时，我还是能够看出那个当年与蕾妮私奔的男人的一点点影子，当时的蕾妮仅仅比现在的我大两岁。

我高兴地吃完了早饭，眼睛盯着从后窗透进来的阳光里飞扬的尘土。查理喊了声再见，然后就听见巡逻车开走了。出门前，我一只手放在雨衣上，犹豫不决。把雨衣扔在家里有点冒险，最终我还是叹了口气，把雨衣叠好拿起来，出了门，走到了几个月来见到的最明亮的阳光底下。

我用了好大力气，终于把卡车两边车窗的玻璃几乎完全摇了下来。我是最早到学校的学生之一，因为出门走得急，甚至都没有看表。我停好车，走到自助餐厅南边少有人坐的野餐用的户外凳子旁。凳子仍然有点湿，于是我拿雨衣垫在了下面，很高兴它派上了用场。我的家庭作业已经做完了——节奏缓慢的社会生活的产物——但还有几道三角题，我不能确定是否做对了。我拿出了作业本，勤奋地复查起来。可第一道题才复查到了一半，就开始心不在焉了，眼睛盯到红树皮的树上跳跃的阳光上面去了。我漫不经心地在作业本边上瞎画。过了几分钟，我突然发现自己居然画了五双黑色的眼睛，从本子上瞪着我，我忙用橡皮把它们擦掉了。

"贝拉！"我听到有人叫我，听声音像是迈克。我四周瞧了瞧，这才发现自己坐在这里心不在焉的时候，学校里已经来了不少人了。虽然气温不超过六十华氏度，大家却都穿着T恤衫，有的甚至穿着短裤。迈克穿着卡其布的短裤和带条纹的橄榄球衫，挥着手朝我走过来。

"嗨，迈克。"我喊道，也向他挥了挥手，在这样的早晨，我实在无法不充满热情。

他走过来，挨着我坐下，他整洁的头发发尖儿在阳光下闪着金光，脸上挂满了笑容。他看见我时非常开心，这让我不禁感到一丝得意。

"我以前从没注意过——你的头发居然带点儿红色。"他说道，边用手去抓一根在微风中飘过他指缝间的头发。

"只有在阳光下才这样。"

他帮我把一绺头发拢到耳后，我只感到有一点点的不舒服。

"天气不错，不是吗？"

"是我喜欢的天气。"我表示同意。

"你昨天干了些什么？"他的语气听起来管得有点太宽了。

"大部分时间都在写论文。"我没有说自己已经写完了——没有必要让人听起来感觉我是在自鸣得意。

他用手掌根部敲了敲额头:"哦,对了——得星期四交,是吧?"

"嗯,我记得是星期三。"

"星期三?"他皱起了眉头,"那可糟了……你是从哪方面写的?"

"莎士比亚对女性角色是否持厌恶态度。"

他看着我,好像我刚才是在颠三倒四说隐语①似的。

"看来今天晚上我得赶紧写了,"他泄气地说道,"我本来还想约你出去呢。"

"哦。"他的话搞得我有些猝不及防。为什么我就不能和迈克轻松愉快地交谈而不感到尴尬呢?

"嗯,我们可以一起吃个晚饭或干点别的……作业我可以晚点再写。"他满怀期望地看着我。

"迈克……"我讨厌被逼到这样的处境,"我觉得这不是最好的主意。"

他的脸沉了下去。"为什么?"他问我,眼神很警惕。我的脑子里想到了爱德华,不知道他是否也想到了。

"我觉得……要是你敢把我说的话泄露出去,我会很乐意揍死你的,"我威胁他,"可是我想,那样会伤了杰西卡的心。"

他一脸的不解,显然根本没有朝**那**方面去想:"杰西卡?"

"说真的,迈克,你是**瞎子**呀?"

"噢。"他吐了一口气——显然感到有点茫然。我利用这个机会逃之夭夭了。

---

① 隐语(Pig Latin),20世纪初流行开来的一种儿童文字游戏,即把单词的第一个辅音字母移至词尾并加上音节-ay而成的一种"隐语"或"黑话",如:以辅音字母开头的puzzle,将字母p移至词尾,再加上ay,形成的uzzlepay;以元音字母开头的词,则直接在词尾加ay或way,如egg变成eggway。其中,一个典型的例子是ixnay,由nix转变而来,表示"不,不要"。在英国,只需颠倒英语字母的顺序即可,如yob,代表boy。现在这种"黑话"已不局限于儿童使用了,在成年人中也非常流行。

"上课了，我可不能再迟到了。"我收起书本，塞进了书包。

我们默默地向三号楼走去，他一脸魂不守舍的表情。我心里希望不管他在想什么，都在引导着他往正确的方向去想。

我在三角课上看到杰西卡时，她正兴致勃勃地在滔滔不绝地说着什么来着。她、安吉拉还有劳伦打算今晚去天使港逛服装店，买参加舞会的连衣裙，而且她希望我也去，哪怕我不用买。我有些犹豫不决。和一些女孩子一起出城当然很好，可是劳伦也要一起去。谁知道我今晚会做什么呢……但是很明显的，我这么做是引导自己的思绪在错误的轨迹上迷失下去。当然有阳光我很高兴，可这不是我心情愉快的根本原因，甚至连边都沾不上。

于是我给了个不确定的回答，告诉她我得先和查理商量一下。

在去西班牙语课的路上，杰西卡一个劲儿地在说舞会的事。今天的西班牙语课，老师拖堂五分钟，在我们去吃午饭的路上，她又继续滔滔不绝起来，好像那一节课又五分钟的时间也没能打断她一样。我过于沉浸在焦躁不安的期待之中，根本没有注意到她说了些什么。我急不可耐地想见到的不单单是爱德华，还有他的一家——好将他们与折磨得我头疼的新的猜疑比较一番。我走进自助餐厅的门口时，第一次感觉到了什么叫真正的恐惧，我的脊梁骨都凉了，一直凉到胃。他们能知道我在想什么吗？接着又有一种不同的感觉涌遍我的全身——爱德华又会在等着和我坐到一起吗？

和往常一样，我首先朝卡伦一家的桌子那边望了一眼。看到他们的座位上空无一人时，我一阵恐慌，心里都在颤抖了。怀着越来越渺茫的希望，我的眼睛搜索着餐厅里的其他位置，希望能够看到他独自一人在等我。餐厅几乎挤满了人——西班牙语课拖堂让我们来晚了——根本找不到爱德华或他家人的任何踪迹。我突然一下子感到伤心透了。

我拖着双腿跟在杰西卡后边，不用再去操心要装作听她说话了。

我们来得太晚，所有人都已经坐到了桌子前。我避开迈克身边的空座位，坐到了安吉拉旁边。我隐约注意到迈克礼貌地为杰西卡拉开了椅子，而她的脸上也回以开心的微笑。

安吉拉悄悄地问了我几个关于《麦克白》论文的问题，虽然我的心情在痛苦的旋涡中不断下沉，还是尽可能自然地做了回答。她也邀请我晚上和她们一块儿去，此时我要抓住任何可以让我转移注意力的东西，于是答应了她。

走进生物课教室时，我发现自己还抱着最后一线希望，但看到他的座位空空如也时，心里不禁又感到一阵失望。

这一天接下来的时间过得很慢，也很失落。在体育馆，我们上了一会儿关于羽毛球规则的课，这是他们给我准备的又一次折磨。但至少这意味着我可以坐下来听讲，而不用在球场中跌跌撞撞。最幸运的是直到下课，规则指导都没有讲完，因此明天我又能轻松一天。不用担心第二天他们会让我拿着球拍，对班上其他人进行发泄。

走出校园时我很高兴，这样在晚上与杰西卡和其他女孩子一起出去以前，我可以独自一人生会儿闷气，发泄一下而不被打搅。可我刚刚走进查理的家门，杰西卡就打来电话取消了计划。迈克邀请她出去吃晚饭，听了这个消息，我尽量让自己高兴起来——他似乎终于明白了，我真的感到一块石头落了地——可我的这种高兴在自己的耳朵里听来都显得有些假。她把我们逛街的计划改到了明天晚上。

而这对于我想转移注意力根本起不到什么作用了。我把鱼肉泡在了调味汁里，以便晚餐时用，此外还有前一天晚上剩下的沙拉和面包，因此手头也没有什么事可做。我集中精力做了半小时的功课，可作业也做完了。我查了一下电子邮件，阅读积压下来的妈妈的邮件，发现越是近日的邮件，内容越是零散。我叹了口气，很快地敲了一封回信。

妈：
　　抱歉，我出门了，和一些朋友去了海滩，而且还得赶一篇论文。

这些借口都十分牵强，我只得放弃。

> 今天外面天气很好——我知道，我也感到很惊讶——因此我准备出去尽可能地多吸收一些维生素 D。我爱你。
>
> 贝拉

我决定读一些和学习无关的东西，消磨掉一个小时。我来福克斯时随身带了收藏的几本书，其中最旧的一本是简·奥斯丁的作品集。我挑出了那本，走到后院，下楼时顺手从楼梯顶端的日用织品柜里拿出了一床旧被子。

在查理那小小的四方院里，我将被子对折起来，铺到厚草地上没有树荫的地方。不管太阳照了多久，草地总是有点儿潮湿。我俯身躺下，双脚交叉地举在空中，翻了翻书里的几篇小说，想找一篇最能完全吸引我注意力的。我最喜欢的就是《傲慢与偏见》和《理智与情感》。最近刚读过前一篇，因此我开始读《理智与情感》，却在开始读到第三章时，发现故事的主人公恰好也叫**爱德华**，我恼火地换到《曼斯菲尔德庄园》，结果这篇的主人公叫**埃德蒙**，这个名字也很相似。难道在十八世纪晚期就没有别的名字了吗？我心烦意乱地啪的一声合上了书，翻过身子仰面躺着。我把袖子捋得老高老高，捋到了不能再捋的位置，然后闭上眼睛。除了我的体温，我再也不想其他的任何东西，我郑重地对自己说道。风依然很轻，吹得我的发梢在脸上拂来拂去，感觉痒痒的。我把所有的头发拢到脑袋顶上，散开在被子上，重新又把注意力集中到那丝暖意上来，它拂过我的眼睑、脸颊、鼻子、嘴唇、前臂、脖子，直渗入我浅色的衬衫……

再后来，我就听到了查理的巡逻车拐到车道地砖上的声音。我惊讶地坐起身来，发现天色已经暗了，太阳也已经躲到树林后边去了，我刚才睡着了。我往四周看了看，脑子还是一片混乱，突然感觉身边有人。

"是查理吗？"我问道，但我能听到房子前门砰的一声关上了。

我跳了起来，有点不知所措，连忙收起已经有点潮湿的被子和书本。我跑进房间，想点上炉子把油烧热，意识到晚饭要晚了。我进门时，查理正在挂他的武装带和脱靴子。

"对不起，爸，晚饭还没有做好——我在外面睡着了。"我打了个呵欠。

"别担心，"他说，"反正我要去看看比赛的得分情况。"

吃过晚饭，我和查理一起看电视，给自己找些事做。电视上没有我想看的节目，他也知道我不喜欢看棒球比赛，于是把频道换到一个不怎么费脑子但俩人都不喜欢看的连续剧上。不过，能和我一起做些事，他似乎感到很高兴，而能让他开心，我也感到高兴，虽然有点郁闷。

"爸，"电视上放广告的时候我说话了，"杰西卡和安吉拉打算明晚去天使港看看参加舞会穿的衣服，她们想让我帮忙挑一下……你介意我跟她们一起去吗？"

"杰西卡·斯坦利？"他问道。

"还有安吉拉·韦伯。"我告诉他这些细节的时候，叹了口气。

"可你不打算去参加舞会的，对吗？"他有点疑惑不解。

"是的，爸，不过我是去帮**她们**挑衣服——你知道的，就是给她们提一些建设性的意见。"要是面前是个女人的话，我根本用不着解释这么多。

"那好吧，"他似乎明白自己理解不了女孩子们的那些事情，"不过这可还是上学日的晚上哟。"

"我们一放学就去，这样就可以早点回来。晚饭你没有问题吧？"

"贝儿，你来这里以前，我自食其力了十七年。"他提醒我道。

"我不知道你是怎么活下来的，"我咕哝道，接着又清楚地加了一句，"我会在冰箱里放些东西，方便你做冷盘三明治，好吧？就放到上边那层。"

早上，又是一个晴天。我带着重新燃起的希望醒来，心中却又坚决地努力要把它压制下去。外面天气比昨天更加暖和，我穿上一件深蓝色V字领的宽松短衫——我在凤凰城的隆冬季节都会穿这种衣服。

我计算好了到达学校的时间，这样刚好能够准时赶上第一堂课。我的心情异常低落，开车绕着已没有空位的停车场寻找着停车的位置，同时也在寻找着那辆银色的沃尔沃，显然它没在这里。我把车停到了最后一排，然后连忙向英语课教室跑去，终于在上课铃之前赶到了，虽然上气不接下气，不过还是被我控制住了。

  一切又和昨天一样——我心中克制不住地萌生出丝丝希望，却在徒劳地搜寻一遍后不得不痛苦地把希望压制下去，我坐到了自己空荡荡的生物课桌旁边。

  今晚去天使港的计划又有人提了出来，而且劳伦因为有别的事不能去，整个计划对我更有吸引力了。我急于想离开小镇，这样就可以不再忍不住地往背后看，希望看到他和以往一样突然地出现。我暗中发誓今晚一定要有个好心情，不要破坏安吉拉和杰西卡挑选衣服的快乐情绪，同时我自己也许还能挑几件衣服。我努力不去想这个周末自己可能会独自一人在西雅图逛街，不再对此前的安排有任何兴趣。当然他至少不会连说都不说一声就取消了计划。

  放学后，杰西卡开着她那辆白色的旧水星[①]汽车跟着我回到家，这样我就可以不带书，也不用开我的卡车了。出门前，我迅速地梳了下头发，想到要离开福克斯时心里感到有一点儿兴奋。我在餐桌上给查理留了张字条，又解释了一遍晚饭放在哪里，从书包里拿出不大干净的钱包，放进平时很少用的提包里，跑了出去，和杰西卡一起出发了。接着我们来到安吉拉家里，她正在等我们。随着我们开着车子真正地驶出小镇，我内心的兴奋也一下子升到了顶点。

---

① 水星（Mercury），美国福特汽车公司林肯水星部生产的一种汽车。水星一直是创新和富于个性的美国车的代表，其图案是在一个圆圈中有三颗行星运行的轨迹。

惊　魂

杰西的车开得比警长还要快,还不到四点钟我们就已经到了天使港。自从我上次和女孩子们晚上出门以来已经有些日子了,大家坐在车上都十分兴奋。我们边放着嗡嗡的摇滚歌曲,边听杰西卡喋喋不休地谈论着和我们泡在一起的那些男孩子。杰西卡和迈克的晚餐吃得很开心,她希望这周六的晚上和他之间的关系可以进一步发展到初吻的阶段。我暗地里笑了笑,感到十分高兴。安吉拉对于要去参加舞会却不是十分开心,她对埃里克并不是特别感冒。杰西试图让她承认自己心仪的对象,这时我问了个关于衣服的问题,打断了她的问话,把安吉拉给救了,安吉拉感激地看了我一眼。

天使港是个漂亮的专宰游客的小地方,比福克斯要光鲜别致得多。不过杰西卡和安吉拉对这里很熟,所以她们没有打算在海湾边别致的木板铺成的人行大道上浪费时间。杰西直接把车开到了城里的一家大百货商店,距对游客友善的海湾地区很近,只隔几条街道。

海报上说这次舞会是半正式的,我们谁都不能确定那是什么意思。听说我在凤凰城从没参加过舞会时,杰西卡和安吉拉似乎都很惊讶,几乎不敢相信。

"你从来没有跟男朋友什么的去过?"我们走进商店的前门时,杰西不大相信地问我。

"真的,"我努力想说服她,不想坦白自己不善跳舞的问题,"我从没有交过什么男朋友或类似关系的朋友,我不常出门。"

"为什么呢?"杰西卡问道。

"没人约我啊。"我老实交代。

她看起来不大相信。"可这里有人约你呀,"她提醒我,"而你拒绝了他们。"我们往年轻人服装区走去，寻找着挂正装的衣架。

"嗯，除了泰勒。"安吉拉平静地补充道。

"什么？"我倒抽了一口凉气，"你刚才说什么？"

"泰勒对每个人都说他要带你去参加舞会。"杰西卡带着狐疑的眼神告诉我。

"他说什么？"我说出这句话时像是被噎住了一样。

"我跟你说过这不是真的。"安吉拉向杰西卡嘀咕道。

我没说话，依然惊诧不已，很快这种惊诧变成了愤怒。不过这时我们找到了挂正装的衣架，大家有事干了。

"这就是为什么劳伦不喜欢你的原因。"我们翻看衣服时，杰西卡笑道。

我咬紧了牙齿："你说我要是开着我那辆卡车从他身上碾过去——他是不是就不会对那次车祸感到内疚了？这样他就不会老想着要补偿我，觉得和我扯平了？"

"也许吧，"杰西窃笑道，"**如果**他是因为那个才这么做的话。"

连衣裙的款式不是很多，不过她俩都找到了几条去试穿。我坐在试衣间里面三面试衣镜旁边的小矮凳上，努力压制着心里的火气。

杰西拿着两条犹豫不决——一条比较长，没有吊带，基本上是黑色的，另一条齐膝长，铁蓝色的，带着细肩带。我建议她拿那条蓝色的，为什么不挑一条和自己的眼睛搭配得上的呢？安吉拉则挑了一条浅粉色的，垂着褶裥，穿在身上，与她高挑的身材恰到好处，把她淡褐色头发中的蜜黄色调衬托出来了。我尽情地把她俩夸了一番，帮着把不要的裙子挂回衣架。比起我在家陪蕾妮同样逛街的情形，整个过程要短得多，也轻松得多。我觉得这也应感谢这里的款式不是很多。

接着我们直奔鞋和饰物区而去。她们试鞋的时候，我只是在一旁看着，给些评价，并没有心情给自己买点什么，尽管我确实需要一双新鞋。因为对泰勒的不满，女孩儿之夜的高兴心情渐渐消退，心里又重新让抑郁的情绪占据了。

"安吉拉？"我吞吞吐吐地开口说道，她正在试一双粉红色带襻儿的高跟鞋——她的约会对象个头很高，完全可以让她穿高跟鞋，这一点让她高兴不已。杰西卡已经逛到了首饰柜台,把我俩丢在了后边。

"什么事儿?"她伸出腿,摆动着脚踝,想更好地看一看鞋的效果。

我有点发虚了:"我喜欢这双鞋。"

"我想就是这双了——虽然除了这条连衣裙外,和什么都不匹配。"她若有所思地说道。

"哦,那就买了吧——正打折呢。"我鼓励道。她笑了笑,将一个鞋盒的盖子合上了,其实那个盒子里面装着一双看起来更加实用的米色鞋。

我又鼓起了勇气:"嗯,安吉拉……"她好奇地抬起了头。

"是常事吗……卡伦家的那几个孩子,"我眼睛盯着鞋子,"经常缺课?"我竭力让自己听起来显得漠不关心,结果却是欲盖弥彰。

"是的,天气好的时候,整个时间他们都会出门徒步旅行——甚至包括那个医生。他们都很喜欢户外活动。"她一边平静地告诉我,一边检查着自己的新鞋。她连问都没问,换了杰西卡,肯定会一下子问上几百个问题的,我真的开始喜欢上安吉拉了。

"哦。"我放下了这个话题,这时杰西卡已经转了回来,向我们炫耀她刚买到的配她那双银色鞋的莱茵石①首饰。

我们原本打算去木板人行大道上一家小意大利餐馆吃晚饭的,可是逛商场根本没有花上我们计划的那么多时间。杰西和安吉拉准备把衣服放回车里,然后走到海湾那边去。我告诉她们一个小时后到餐馆那边会合——我想找一家书店逛逛。她们都表示愿意陪我一起去,可我一个劲儿地劝她们自己去找些乐子——她们不知道我坐在书堆里时会是怎样的全神贯注,这是我更愿意一个人做的事。她们朝停车的地方走去,高兴地聊着,我则朝着杰西指给我的方向走去。

没费多大劲,我就找到了那家书店,可发现并不是我想找的那

---

① 莱茵石(rhinestone),实际上是一种闪闪发亮的无色仿制钻石,一般是用玻璃或透明的石头做的。

种。橱窗里摆满了水晶、捕梦网[1]以及关于精神疗法方面的书籍,我甚至连门都没进。透过玻璃,我能看到一位五十上下的女人,花白的直发长长地披到了背上,身上穿着一件六十年代的衣服,在柜台后面,露出欢迎的微笑。我觉得连问一声都没有必要,城里一定还有正规些的书店。

我漫无目的地穿过街道,正是下班时的交通高峰时间,路上挤满了车。我希望自己是在往市区的方向走去。对于自己在朝哪个方向走,我并没有加以足够的注意,我的心里在与绝望进行着抗争。我一直在努力地不去想他,不去想安吉拉说过的话……全心地去想一些能够把对星期六的期望压制下去的事情,怕会引起心里更加痛苦的失望,而当我抬头看见停在路边的一辆银色沃尔沃时,失落的心情又一次涌上了心头。愚蠢的、靠不住的吸血鬼,我心里咒道。

我大步朝着南边几家装有玻璃的店面走去,这几家店铺看起来还有点希望。可当我走近再看,却发现原来不过是一家修理店和一片空地。距离和杰西与安吉拉碰面的时间还早,而我在重新见到她们之前绝对需要调整好情绪。走到一个拐弯处时,我停下来用手指梳了几下头发,深呼吸了几下。

当我穿过另一条马路时,开始意识到自己走错了方向。我之前见到的窄小的步行道是通向北方的,这边的建筑看起来大多是仓库。我决定到下个转弯儿的地方往东拐,然后绕过几条街,走到另一条街上去碰碰运气,看能否回到海湾边的木板人行道上去。

---

[1] 捕梦网(dream-catchers),北美印第安人的一种工艺品,也是印第安人最迷人的传统之一。奥吉布瓦人(the Ojibwa,印第安人的一支)最初是想用它来传授大自然的智慧。捕梦网一般由细枝、树筋和羽毛编织而成。爷爷奶奶为初降人世的孙子孙女亲手编织捕梦网,挂在婴儿的摇篮上方,为他们挡住噩梦的同时,也让他们拥有甜美的夜晚。印第安人相信夜晚的空气里充满了梦幻,但梦幻也有善恶之分。捕梦网将它们过滤,只有好梦才能通过圆洞,顺着羽毛进入梦乡,而噩梦都会被困在网中,并随着次日清晨的第一缕阳光而灰飞烟灭。据说最好的捕梦网所用的细枝取自一种传说中百年开花一次的植物,羽毛则是来自印第安人视为神灵的鹞鹰,珠子是用贝壳打磨出来的。

我正朝转弯儿的地方走去，四个人从那边转了过来。他们穿得很随便，不像是下班回家的人，身上脏兮兮的，也一点儿不像游客。他们走近了点时，我才发现他们比我大不了多少。他们大声地开着玩笑，放肆地笑着，相互捶着对方的胳膊。我连忙尽可能地闪到人行道里边，给他们让路，快步走了过去，眼睛望着他们身后的那个拐角处。

"嘿，你好！"他们走过去时，其中的一个打了声招呼，他一定是在和我说话，因为周围再没别人。我不由自主地抬起头看了一眼。其中两人停了下来，另外两个也放慢了脚步。那个离我最近、身材矮壮、头发乌黑的二十二三岁的男子，似乎是刚才说话的那个，一件法兰绒衬衫套在脏兮兮的T恤衫外面，敞开着，下面是一条剪掉了裤管的牛仔短裤，脚上穿着拖鞋，他向我迈了半步。

"你好。"我条件反射般地小声回答道，然后忙把头扭开，加快了脚步向转弯儿的地方走去。我能听到他们在身后肆无忌惮地放声大笑起来。

"嘿，等等！"他们中有人又朝我喊了一声，我低着头，转过了弯，嘘了一口气，依然听得到他们在后边得意的笑声。

我发现自己来到了从一排昏暗的仓库后面穿过的人行道上，每个仓库都有卸货卡车进出的开间大门，晚上卡车就停放在里面。街道南边没有人行道，只有一排铁丝网栅栏，栅栏顶端布满了有刺的铁丝网，保护着像是存放发动机零件的院子。作为游客，我已经远远超出了天使港中游人想逛的范围了。天色慢慢暗了下来，空中的云朵终于又回来了，堆积到了西边的天际，让今天的日落来得早了些。东边的天空依然很清澈，但也在变暗，布满了粉红色和橘黄色的条纹。我把外套落在了车里，突然一阵寒意，让我不由得抱紧了双臂。一辆客货两用车从我边上驶过，然后路上又是一片空旷。

天色突然更暗了些，我回过头去看那片讨厌的云朵时，吃惊地发现身后二十英尺的地方悄无声息地跟着两个人。

他们正是我刚才在转弯处碰到的那群人里的两个，不过和我说话的较黑的那个不在里边。我赶紧回过头来，加快了步伐。一阵与天气无关的寒意，令我不由得又哆嗦了一下。我的提包有肩带，于是我将它斜背在身上，就是让人无法抢走的那种背法。我非常清楚自己把辣椒喷雾剂放在了哪里——还放在床底下的行李袋里，没有打开过。我身上没带多少钱，只有一张二十的和几张一块的，所以我想到了"无意中"把包掉下然后脱身，但是我内心深处一个很小却又害怕的声音提醒了我，说他们可能比贼还要坏。

我全神贯注地听着他们静悄悄的脚步声，和先前他们吵闹的声音相比，简直太安静了，而且听起来他们也没有加快脚步，或者说离我更近了。吸气，我不得不提醒自己，你根本不知道他们在你后边。我继续尽可能地快步走着，并没有跑起来，一心注意着右手边离我现在的位置只有几码远的拐角处。我听得见他们的声音，离我还和刚才一样远。一辆蓝色的汽车从南边拐上马路，飞快地驶过我身旁。我想过跳到车子前边，但有点犹豫了，有点胆怯，不敢确定自己是否真的被人跟踪了，等我回过神来，已经来不及了。

我来到了拐角处，迅速瞥了一眼，却发现只有一条通往另一座建筑后面的死路。我忙提前中途半转过身，只得赶紧纠正，冲过这条狭窄的车行道，回到人行道上去。街道在下一个拐角处就到头了，那里立着一个"停"字警示牌。我全神贯注地听着身后若有若无的脚步声，心里犹豫着到底要不要跑起来。虽然脚步声听起来离我更远了，但我清楚无论怎样，他们都能跑过我的。我很清楚自己要是走得更快点，肯定会摔倒，只能往前爬了。身后的脚步声无疑落得更远了，我冒险地飞快回头瞅了一眼，他们现在离我大概有四十英尺的距离，松了一口气。可他俩的眼睛都直直地盯着我。

走到拐角处，似乎花了我很长时间，我尽量稳住自己的步子，我每前进一步，身后的人就落得更远一点儿了。也许他们意识到自己吓着了我，而感到内疚了吧。我看到两辆汽车往北穿过了自己正要去的那个十字路口，松了口气。只要我离开这条街道，那边人应该多一些。我赶忙拐过弯，松了一口气。

然后猛地停了下来。

街道两边都是光秃秃、没有门窗的墙壁。我能看得见远处距离两个十字路口的地方的街灯、汽车和更多的行人,可这一切都太远了,因为在街道的中段位置,那伙人中的另外两个,正懒洋洋地倚在西侧的建筑上,他们看着我,脸上带着兴奋的笑容。我呆呆地站在人行道上,一动不动。我立刻意识到了,他们根本就不是在跟踪我。

他们是在围堵我。

我只停顿了一秒钟,却感觉像是过了很长一段时间。然后转过身,飞快地向马路的另一边跑去。我心里一沉,感到这种努力只是徒劳而已,我身后的脚步声也大了起来。

"你来了!"那个矮壮的黑发男子突然大声喊道,打破了异样的寂静,吓了我一跳。在一片越来越浓的夜色里,他似乎并不是在看我,而是看着我的身后。

"来了,"我正想快步沿着马路走下去,身后的人大声地回答道,又吓了我一跳,"我们刚才绕了点路。"

这时我不得不放慢脚步。我和那两个闲荡的人之间的距离缩短得太快了。我扯着嗓子尖叫声音还是挺大的,于是吸了吸气,准备喊一嗓子,可是喉咙太干,我不能确定声音到底能有多大。我飞快地把提包从头顶取了下来,一手抓着肩带,准备应急时交出来或者当武器使。

我警惕地停下脚步,那个矮壮的男子耸了耸肩,离开了墙壁,不紧不慢地走到了街道中间。

"离我远点。"我警告他,声音本来想大而无畏的,可我没有想错,我的喉咙很干——声音根本就没多大。

"别这样,甜妞儿。"他叫道,我身后又响起了一阵粗犷的笑声。

我强打起精神,双腿叉开站住,惊慌之中试图回忆起自己知道的那一点点少得可怜的防身术。掌根猛地朝上一推,有可能会打破对方的鼻子或者把它打塌。手指插进对方的眼眶——尽量钩住,能把眼珠挖出来。当然还有标准的抬膝猛撞腹股沟。这时我脑子里又响起了一个悲观的声音,提醒着自己可能没有和他们任何一个对抗的机会,而他们有四个人。闭嘴!在被恐慌击垮之前,我对脑子里的那个声音命令道。我并不是一个人出来的,我试着咽了咽口水,以便能够大声地叫出来。

突然有车灯晃过那个拐角处,小汽车差点撞到了那个矮壮的男人身上,迫使他向后朝人行道上跳去。我冲到路中间——**这辆**车子要么停下来,要么就得把我撞了。银色的小车竟然出乎意料地摆动了一下,在离我几英尺的地方刹住了,副驾驶那边的车门已经打开了。

"上车。"一个愤怒的声音命令道。

奇怪的是,令人窒息的那种恐惧转瞬间消失了,同时一种安全感突然包围了我——甚至在我双脚还没有离开街道之前——我一听到他的声音就有了安全感。我跳上车,用力带上了车门。

车里很暗,门缝里也没多少光线进来,凭借着仪表盘上发出的微光,我根本无法看清他的脸。只听轮胎刺啦一声,车头一个急转弯就冲着了正北,他猛地加速,朝路中间那几个目瞪口呆的人冲去。我们直直地冲过去,然后往码头飞驰而去的时候,我瞥见他们纷纷向人行道扑去。

"系上安全带。"他命令道,我这才意识到自己双手正紧紧地抓着座位。我赶紧照办了,安全带扣上时那啪的一声,在黑暗中听起来很响。他猛地往左一拐,继续向前飞奔,连续冲过好几个停车标志牌都没有停一下。

不过我感到彻底安全了,一时间根本不在乎我们在往哪个方向开。我盯着他的脸,心里一阵彻底的轻松,这种轻松远远超过了我突然获救时所感到的那种轻松。在微弱的光线中我仔细看着他那完美无瑕的脸庞,等待着自己的呼吸正常起来,直到我意识到他的表情带着凶神恶煞的怒气。

"你还好吗?"我问道,惊讶地发现自己的声音竟然变得嘶哑了。

"不好。"他简单地回答道,语气中带着恼怒。

我静静地坐着,盯着他的脸,他那喷火的眼睛直勾勾地盯着前面,直到车子突然停了下来。我往四周看了看,可天太黑,除了簇拥在路边的黑黢黢的树木的模糊轮廓外,什么都看不见。我们已经出了城了。

"贝拉?"他问道,声音很不自然,很克制。

"嗯?"我的声音依然嘶哑。我试着悄悄地清了清嗓子。

"你没事吧?"他依然没有看我,可脸上的愤怒却昭然若揭。

"没事。"我嘶哑地小声说道。

"请你说点儿什么,分散一下我的注意力。"他命令道。

"对不起,你说什么?"

他急促地呼了口气。

"说点儿无关紧要的事情,让我平静下来。"他解释道,闭上眼睛,用拇指和食指挤按着鼻梁。

"嗯,"我绞尽脑汁地想着细小的琐事,"明天上课前我要开车从泰勒·克劳利身上碾过去?"

他依然紧闭着双眼,但嘴角动了动。

"为什么?"

"他逮谁就对谁说他要带我去参加舞会——他如果不是疯了,就是还在因为上次差点撞死我而想方设法弥补……嗯,你也记得的,他觉得**参加舞会**怎么着也是一个不错的弥补方式。所以我想如果我也威胁一次他的性命,这样就扯平了,他就不能老想着去补偿我了。我不需要敌人,要是他能放开我不管的话,那么也许劳伦就不会那样对我了。不过,我也许会毁了他那辆森特拉的,要是他没有车的话,就没法带别人去参加舞会了……"我喋喋不休地说了一通。

"我听说过了。"他听起来显得平静了一些。

"你也听说了?"我不敢相信地问道,先前的怒火又冒了起来,"要是他脖子以下都瘫痪了的话,也就参加不了舞会了。"我嘟哝着,还在琢磨自己的计划。

爱德华叹了口气,终于睁开了眼睛。

"你好点儿了吧?"

"没好多少。"

我还在等他说下去,可他再也没有话了。他把头往后靠在座椅靠背上,眼睛盯着汽车篷顶。他的脸有一点儿僵硬。

"你怎么了?"我的声音很小。

"有时候我控制不住自己的脾气,贝拉。"他的声音也很小,说话时望着窗外,眼睛眯成了一条缝,"不过也**起不了**多大作用,就算我掉头去追那几个……"他话没说完,掉头看到一边去了,经过了好一会儿的努力,才重新把怒火压了下去。"至少,"他接着说道,"我是这样努力说服自己的。"

"哦。"这个字似乎显得不够,可我实在想不出一个更好的回答了。

我们又这么沉默地坐着。我看了看仪表盘上的时间,已经过了六点半了。

"杰西卡和安吉拉会担心的,"我小声说道,"我说好和她们会合的。"

他没多说一句话,发动了汽车,平稳地掉了个头,加速往回城的方向驶去。一会儿工夫,我们就到了有街灯的地方,车速依然飞快,轻松地在木板路上缓慢行驶的车流中穿来穿去。他把车贴着路边的人行道停下了,在我看来,停车的地方太小,沃尔沃停不进去,可他没作任何尝试,只一次就轻而易举地滑进了车位。我透过车窗往外看去,看到了贝拉意大利[①]餐馆里的灯光,还看到杰西和安吉拉正要起身离开,焦急地朝我们相反的方向而去。

"你怎么知道我们在哪里?"我开口道,但随着摇了摇头。我听到车门打开的声音,扭头一看,他正从车子里钻出来。

"你要干吗?"我问道。

"带你去吃晚饭啊。"他淡淡地笑着说道,但眼神有点冷冷的。他下了车,关上车门。我笨手笨脚地解开安全带,赶忙也从车里钻了出来,他已经在人行道上等着了。

我还没来得及开口,他已经说话了:"赶快去拦住杰西卡和安吉拉,不然我又要到处去找她们。要是又碰到你的其他朋友的话,我可不信自己能够管得住我的脾气。"

我听出了他话里的威胁意味,吓得一哆嗦。

[①] 贝拉意大利(La Bella Italia),餐馆名,意为"美丽的意大利",在意大利语中,bella 是"美丽的""美女"的意思。此处似有暗示本书女主人公贝拉是美女的意思。

"杰西！安吉拉！"我追上去喊道，她们转过头来，我挥了挥手。她们连忙转身向我跑来，当她们看清站在我身边的人时，俩人脸上明显的轻松立刻变成了惊愕。她们在离我们几英尺远的地方站住了，有点犹豫。

"你去哪儿了？"杰西卡的声音充满了怀疑。

"我迷路了，"我有点不好意思地承认道，"然后就碰到了爱德华。"我指了指他。

"我和你们一起，可以吗？"他问道，声音温柔得让人无法抗拒。从她们惊讶不已的表情，我就能看出她们以前还从来没有领教过他的这个本事。

"呃……当然可以。"杰西卡吸了口气。

"嗯，事实上，贝拉，我们等你的时候已经吃过了——不好意思。"安吉拉坦白道。

"没事的——我也不饿。"我耸了耸肩。

"我觉得你该吃点东西，"爱德华的声音很小，但充满了威严，他抬头看了看杰西卡，声音稍微提高了点，"你们介意我开车送贝拉回家吗？那样的话你们就不用在她吃饭的时候还要干等着了。"

"呃，我觉得没有问题……"她咬着嘴唇，尽力想从我的脸上猜出我是不是愿意。我冲她使了个眼色，我只想和我永远的救世主单独待在一起，其他什么都不要。我有太多的问题要问，我俩不单独在一块儿，就没有机会了。

"好吧，"安吉拉的反应比杰西卡快，"那就明天再见，贝拉……爱德华。"她抓起杰西卡的手就往车子那边拽，我能看到车子就停在不远处的第一街那边。她们上车时，杰西回过身来挥了挥手，一脸急于想知道真相的表情。我朝她们挥了挥手，直到她们的车开远了，才转过脸去对着他。

"说实话，我真不饿。"我坚持道，抬头仔细看着他的脸。他脸上的表情令人难以捉摸。

"你就迁就一下我吧。"

他走到餐馆门口，用手把门拉开，一脸的固执。显然，再没有争论的余地了，我顺从地叹了口气，从他面前走了进去。

餐馆里人不多——现在正是天使港的旅游淡季。老板是个女的，我很清楚她打量爱德华时的那种眼神，她对他的态度有点儿过于热情。我很奇怪这居然让我感到十分不快。她个头比我高几英寸，一头很不自然的金发。

"有两个人的位子吗？"他的声音充满诱惑，不管他是有意还是无意的。我看到她的眼睛往我这边扫了一下，然后移开了，见我长得普普通通，而爱德华和我之间又小心地保持着距离，脸上露出十分得意的表情。她把我们领到就餐区人最多的中心区域，找了一张坐得下四个人的桌子。

我正要坐下，爱德华冲我摇了摇头。

"也许能找个更清静点儿的地方吧？"他平静地向老板坚持道。我不能确定，但好像是他十分老到地给她塞了些小费。除了在老电影里，我还从未见过谁拒绝过一张桌子。

"当然。"她听起来和我一样的惊讶，她转过身，领着我们绕过一堵隔墙，来到围成一个小圈的一排房间前——都是空着的，"这个地方怎么样？"

"相当不错。"他脸上闪过一丝淡淡的微笑，让她一阵眩晕。

"嗯，"她摇了摇头，眨着眼睛，"您的服务员马上过来。"她有点儿摇摇晃晃地走开了。

"你真不该对人家这样，"我批评他，"这很不公平。"

"对人家怎样？"

"像那样对她们放电——她估计现在正在厨房里兴奋得直大口喘气呢。"

他一脸的不解。

"哦，拜托，"我半信半疑地说道，"你**得**知道自己对别人会有什么影响。"

他歪着脑袋，眼睛满是好奇："我放电？"

"难道你没注意到？难道你认为每个人都能够这么轻易地做到随心所欲？"

他没回答我的问题:"那我有没有对你放电过?"

"经常。"我承认道。

这时服务员过来了,满脸带着期待的表情。老板娘肯定在后边偷偷地和她说了,而这个刚过来的女孩儿似乎也没有失望。她把一绺短短的黑头发拢到一只耳朵后边,露出过分热情的笑容。

"您好,我叫安博尔,是今晚负责您这桌的服务员。您需要喝点什么吗?"我没有听错,她就是只对着他一个人说的。

他看了看我。

"我来杯可乐吧。"我的语气听上去像是在征求意见。

"那就来两杯可乐。"他说。

"很快就给您拿来。"她向他保证道,脸上又漾起了根本没有必要的微笑,但他看都没看一眼,他一直在看着我。

"怎么了?"服务员离开后,我问他。

他的眼睛盯着我的脸:"你感觉怎么样?"

"我很好。"我回答说,对他的紧张感到很惊讶。

"难道你没觉得头晕、恶心、寒冷?"

"我应该吗?"

听到我疑惑不解的语气,他咻咻地笑了起来。

"嗯,其实我是在等着看你吓坏了的样子。"他的脸上露出了那迷人的狡黠的微笑。

"我觉得我不会,"等到自己能重新呼吸后,我才说道,"我向来善于克制不开心的事。"

"我也一样,如果你吸收一点儿糖分,吃点东西,我会感觉好一点儿的。"

正在这个时候,服务员端着我们点的饮料和一篮子面包棍过来了。她将这些东西放到桌子上面时,一直背对着我。

"您可以点餐了吗?"她问爱德华。

"贝拉,你来点吧?"他问我。她很不情愿地转向我。

我挑了菜单上第一眼看到的一道菜:"嗯……我要蘑菇馅的意大利馄饨。"

"您呢?"她微笑着又转向了他。

"我什么都不要。"他说道,当然不要了。

"您要改变了主意就告诉我一声吧。"服务员脸上依然带着卖弄风情的笑容,不过见他根本没正眼瞧她一下,只好悻悻地走开了。

"喝点东西吧。"他命令我。

我听话地吸了口可乐,接着又猛吸了几口,很奇怪自己居然这么口渴。他把自己的玻璃杯推到我面前,我才发现自己的居然喝光了。

"谢谢。"我小声说道,还是觉得渴。加了冰块的汽水的凉意一直穿透我的胸口,我不禁打了个冷战。

"冷吗?"

"是可乐太凉。"我解释说,又打了个冷战。

"你没带外套?"他的声音带着责备的语气。

"我带了,"我看了看旁边的空椅子,"哦——落在杰西卡的车里了。"我恍然大悟。

爱德华耸着肩膀,把他的外套脱了下来。我突然意识到自己从来没有注意过他的穿着——从来都没有过,不只是今晚,我的眼睛似乎总无法从他的脸上挪开,而现在我迫使自己注意去看他的穿着。他正脱下一件米黄色的皮夹克;里面穿着一件象牙色的圆领毛衣,看起来很贴身,更加突出了他那肌肉结实的胸膛。

他把夹克递给我,打断了我目不转睛的眼神。

"谢谢。"我又说了一遍,把手臂套进了他的夹克。有点凉——就像早上刚拿起一直挂在通风走廊里的外套时那种冰凉的感觉。我又哆嗦了一下。衣服的香味太好闻了,我用力吸着,试图辨认出这种好闻的香味,闻起来不像是古龙水。袖子太长,我干脆把它们甩到后面,这样双手就自由了。

"这种蓝色衬着你的皮肤太好看了。"他看着我说。我吃了一惊,低下了头,当然,脸也红了。

他把装面包的篮子往我这边推了推。

"我是说真的,我不会被吓着的。"我抗议道。

"你应该被吓着才对——**正常人都会**,你看起来都没哆嗦一下。"

他似乎有点不甘。他盯着我的眼睛，我能看到他的眼睛是多么的明亮，比我以前看到的都要明亮，就像金黄色的奶油糖果一样。

"和你在一起，我觉得特别安全。"我承认道，又像着了魔一般，说出了真话。

这句话让他有点不高兴了，他那浅黄色的眉毛蹙成一团，他皱着眉，摇了摇头。

"这比我计划的要复杂得多。"他自言自语道。

我拿起一根面包棍，对着一端开始咬了起来，观察着他的神情。我在想着什么时候才方便开始问他问题。

"通常你的眼睛这么明亮时，你的心情就会更好。"我说道，试图分散他的注意力，不让他去想所有那些让他锁着眉头、闷闷不乐的事情。

他盯着我，有点惊讶："你说什么？"

"你的眼睛是黑色的时候，你总是要烦躁一些——我料到了的，"我接着说，"对此，我有个猜测。"

他的眼睛眯了起来："还有猜测？"

"嗯哼。"我咬了一小口面包，放在嘴里嚼着，尽量装出满不在乎的样子。

"我希望这次你能有点新意……不会又是从漫画书里抄来的吧？"他脸上带着淡淡的嘲笑，眼睛依然紧紧地盯着我。

"嗯，不，不是从漫画书里看来的，不过也不是我自己想出来的。"我承认道。

"那是哪儿来的？"他催问道。

但这时服务员端着我点的餐大步走到隔墙这边来了，我才意识到我俩都无意中将身子倾到了桌子上方，因为服务员过来时我们都往回坐直了身子。她把盘子放到我前面——菜看起来很不错——然后马上转向了爱德华。

"您改变主意了吗？"她问道，"您还有什么需要吗？"我都能想象出她话里的第二层含义来。

"不用，谢谢你，不过再来点可乐吧。"他用他那修长白皙的手指了指我面前的空杯子。

"没问题。"她端起空杯子,走开了。

"接着说?"他问道。

"我到车里再告诉你,只要……"我止住了话头。

"还有条件?"他扬起一边眉毛,听声音他感到有点不对劲。

"当然,我真有一些问题要问。"

"当然可以。"

服务员又端来了两杯可乐,这次一句话也没说,放下杯子就走了。

我吸了一口。

"好了,问吧。"他催促道,语气依然有点硬。

我从最简单的问题开始。或者是我认为最简单的。

"你怎么会在天使港?"

他低下头,两只大手握在一起,慢慢地放到了桌子上。他的眼睛在睫毛下面忽闪忽闪地看着我,脸上露出了一丝傻笑。

"下一个问题。"

"可这个问题最简单。"我反驳道。

"下一个。"他又说了一遍。

我低下头,有点沮丧。我打开银餐具,拿起叉子,小心地叉起了一个馄饨。我慢慢地把馄饨放进嘴里,依然低着头,边嚼边想着。蘑菇味道不错,我咽了下去,又呷了口可乐,然后抬起了头。

"那好吧,"我望着他,慢慢地说道,"如果,当然是假设,如果说……有人……能够知道别人在想什么,能够看透别人的心思,你知道的——当然也有少数例外。"

"只有**一个**例外,"他纠正我说,"我是说假设。"

"好吧,那就一个例外吧。"他居然配合起来了,我感到十分激动,但还是尽量装作毫不在意的样子,"怎么做到的?有什么样的局限?怎么可能……有些人……可以在不早不晚的时间找到别人呢?他怎么知道她遇到了麻烦呢?"我不知道这个绕来绕去的问题问得是不是有意义。

"是假设吗?"他问道。

"当然。"

"嗯，如果……有人……"

"我们暂且叫他'乔'吧。"我建议道。

他挖苦地笑了一下："乔就乔吧。如果乔一直在注意的话，那他出现的时机就根本用不着那么精确。"他摇摇头，眼珠子转了转，"只有你才会在这么小的一个城市里遇到麻烦。你知道吗，你本来会打破他们十年来的犯罪率统计数据的。"

"我们是在探讨一个假设的案例。"我冷冷地提醒他。

他朝我笑了笑，满眼的温柔。

"是的，没错，"他同意道，"那我们把你叫作'简'吧？"

"你怎么知道的？"我问道。抑制不住自己的激动，我发现自己的身子又在往他那边靠了。

他似乎在犹豫着，被内心某种苦衷折磨着。他的目光和我的紧紧地交织在一起，我猜这个时候他正在决定是不是要完全告诉我真相。

"你可以信任我的，你知道。"我小声说道。我什么都没想，伸出手去握了他握着的双手，但他的手稍稍往边上移了移，我把手缩了回来。

"我不知道还能不能再给我一个选择，"他的声音几乎像是在说悄悄话，"我以前想错了——你比我想象的要敏锐得多。"

"我以前一直觉得你都是对的。"

"以前是。"他又摇了摇头，"关于你，还有一件事我也错了。你不是一个只吸引事故的人——这个范围还不够宽，你是一个吸引**麻烦**的人。只要方圆十英里的范围内有任何危险，肯定就能找到你。"

"你把你自己也是归入那个范围里边的吧？"我猜测道。

他的脸变得冷淡起来，毫无表情："当然是的。"

我又把手伸过桌子——不管他又微微地往回缩了缩——我害羞地用指尖碰了碰他的手背。他的皮肤冰冷，而且很硬，就像一块石头。

"谢谢你，"我热切地说道，声音里充满了感激，"现在，已经是第二次了。"

他的脸色缓和了下来："我们不要再试第三次，好吗？"

我皱着眉头，但还是点了点头。他把手从我的手下面抽了回去，放到了桌子下边，但他的身子往我这边倾了倾。

"我跟随着你来到了天使港，"他飞快地承认道，"我以前从来没有试图去救某一个人，而这比我先前想象的要麻烦得多，但也许仅仅因为是你的缘故。普通人似乎一天里没有这么多灾多难的。"他停住了。我不知道是不是应该反感他跟踪我，相反，一种奇怪的满足感涌上心头。他盯着我，也许在奇怪为什么我的嘴唇翘了起来，不经意间竟然在笑。

"你有没有想过，第一次被货车撞了的时候，也许是我劫数难逃，而你是在和命运抗争呢？"我推测着，使自己感到有点困惑不解。

"那还不是第一次。"他说道，声音小得几乎听不见。我吃惊地望着他，但他低着头，"我第一次遇见你的时候你就劫数难逃。"

听到他的话，我脑子里立刻涌现出第一天见面时他那冒火的眼神，我感到一阵恐惧……但是在他身边时我所感觉到的一种涌遍全身的安全感占了上风。等到他抬起头看着我的眼睛时，我眼里已经没有了害怕的痕迹。

"你还记得吗？"他问我，天使般的脸上神情庄重。

"记得。"我很平静。

"可是现在你还坐在这儿。"他的声音里带着一丝狐疑，他扬起了一边的眉毛。

"是的，我还坐在这儿……因为你，"我顿了顿，"因为今天不管怎样你知道如何找到我？"我提醒他道。

他紧闭着嘴唇，眯缝着眼睛看着我，又在下决心。他的眼睛往下扫了一下我面前堆满食物的盘子，然后又回到了我的身上。

"你吃饭，我来说。"他和我商量着。

我连忙又挑起一个馄饨，放到嘴里，快速地嚼着。

"比一般情况要更难一些——我是指要找到你。通常我能非常轻松地找到一个人，只要我之前听到了他们的想法。"他焦急地看着我，我才意识到自己停住了。我把馄饨吞了下去，又挑起一个，塞到嘴里。

"我一直跟踪着杰西卡,不是很专心——我说过的,只有你才会在天使港遇到麻烦——刚开始当你自己一个人走时,我并没有注意到。接着,当我意识到你再也没有跟她们在一起的时候,就到从她脑海中看到的那家书店里去找你。我能知道你没有进去,而是往南去了……而且知道你很快又会回来的。于是我就在那里等你,随意地搜索着街上行人的想法——看看是不是有人之前注意到了你,这样我就会知道你在哪儿了。我没有理由担心的……但是很奇怪我还是很着急……"他陷入了沉思,眼睛望着我的身后,看到了我想象不出来的画面。

"我开始开着车兜圈子,依旧……在听着。最后太阳也下山了,我正准备下车,步行去找你,这时……"他止住了话,突然愤怒地咬紧了牙关,他费了很大劲才让自己平静了下来。

"这时怎么了?"我小声问道。他依旧盯着我的头上方。

"我听到了他们在想什么,"他低声怒道,上嘴唇微微翘起,露出一点点牙齿,"我在他脑子里看到了你的脸。"他突然往前靠了过来,一只胳膊抬到了桌子上,手捂着眼睛,动作很快,吓了我一跳。

"真的很……难——你都想象不出来有多难——要我仅仅把你带走,而留下他们的……活口,"他的声音被胳膊压下去了,"我本来可以让你和杰西卡与安吉拉一起走的,可我又担心如果你把我一个人留下,我会回去找他们算账。"他小声地承认道。

我一言不发地坐着,脑子有点茫然,思绪也一片混乱。双手交叉着放在腿上,身子无力地靠着椅背。他依然用手捂着脸,身子一动不动,像一尊用他肌肤颜色的石头雕刻出来的塑像一般。

终于他抬起了头,看着我的眼睛,眼里充满了疑问。

"可以回家了吗?"他问道。

"可以走了。"我说道。我对于我们能有一个多小时一起开车回家,心里感到无比兴奋,我还没准备好跟他说再见呢。

服务员像是有人叫了她一样走了过来,或者她一直在看着我们。

"您吃得开心吗?"她问爱德华。

"我们准备结账,谢谢你。"他的声音很平静,却不像刚才那样客气了,依然带着我们谈话时的那种口吻。她似乎没有听明白他的话。他抬起头,等着她的反应。

"当……当然,"她说话有点不大利索,"这是账单。"她从身上的黑色围裙前面的口袋里掏出一个小皮夹子,递给了他。

他手里已经拿着一张钞票,塞到皮夹子里,递还给她。

"不用找了。"他笑了笑,说着站起身来,我也连忙笨拙地站了起来。

她又冲他迷人地笑了笑:"祝您晚安。"

他向她道谢时眼睛一直看着我,我忍住了没笑出来。

他紧紧地挨着我向门边走去,依旧很小心,生怕碰到我。我记起杰西卡曾经说过她与迈克之间的关系,说他们差不多已经到了初吻的阶段了。我叹了口气,爱德华似乎听到了,奇怪地低头看了看我。我看着人行道,心想幸好他似乎无法看出我在想什么。

他拉开副驾驶这边的车门,扶着,让我坐了进去,然后轻轻地关上。我看着他从车前头绕到另一边,再一次地被他的优雅惊呆了。也许这时我应该已经习惯了的——可事实上没有。我有种感觉,觉得爱德华不是那种任何人都可以习惯的人。

一坐进车里,他就打着了车,把暖气开到最大。天气已经很凉了,我猜想好天气已经到头了。不过穿着他的夹克,我感到很暖和,心想他看不见,就一个劲儿地吸着他衣服上的香味。

爱德华把车从车堆里开了出去,显然连看都没怎么看,掉了个头,径直往高速公路开去。

"现在,"他意味深长地说道,"轮到你了。"

推　　测

"我能再问一个问题吗，就一个？"我恳求道。爱德华开着车沿着安静的街道不断加速，有点儿太快了，他似乎没怎么注意看着路。

他叹了口气。

"就一个。"他同意了，双唇紧紧抿成了一条线，透着些谨慎。

"嗯……你刚才说我没进那家书店，而是往南走了，我只想知道你是怎么知道的。"

他眼睛望到一边去了，思考着。

"我还以为我们都不再掖着藏着了呢。"我嘟哝道。

他几乎笑了起来。

"那好吧，我跟踪着你的气味。"他眼睛盯着前面的马路，给了我让脸色平静下来的时间。我一时想不出合适的话来回应他，但还是认真地把这句话记在了心里，打算日后仔细琢磨。我试图重新回到刚才的话题，既然他终于开口了，我就不打算让他就此打住。

"你还没有回答我第一次问到的一个问题……"我顿了顿。

他不以为意地看了我一眼："哪个问题？"

"那是怎么回事——我是说看透人的心思？你能在任何地方看透任何人的心思吗？你怎么做到的？你家里其他人也能……"我觉得自己非常愚蠢，一个劲儿地要他对这种虚幻的事情进行解释。

"你问的可不止一个问题。"他指了出来。我只是绕着手指头，眼睛盯着他，等着他的回答。

"不，只有我会。我也不能在任何地方听得到任何人的心思，必须离得很近。越是熟悉某人的……'声音'，能听到他们的距离也就越远，但即便这样，也不会超过几英里，"他若有所思地顿了一下，

"这有点像在一个很大的厅里挤满了人,好多人同时在说话,而那只是嘈杂声——背景里的杂音。如果我集中精力去听其中某一个声音,我就能明白他们在想什么了。"

"大部分时候我都会屏蔽掉所有声音——不然会很容易让人分神。那样就更容易显得**正常**了,"他说出这个词时皱了一下眉头,"当我不是在无意中回答别人的想法,而是在回答他们说的话的时候。"

"为什么你认为自己不能够听到我的心思?"我好奇地问。

他看了看我,眼神有点让我难以捉摸。

"我也不知道,"他小声说道,"我唯一的猜测就是可能你的脑子的工作方式和别人的不同,就好比你的念头是调幅范围的信号,而我只能收到调频的。"他冲我咧了咧嘴,突然笑了起来。

"我脑子不正常?我是个怪物?"他的话让我有点过于恼火了——也许是因为他的推断击中了要害。我以前就有这样的怀疑,而此时得到证实,让我感到十分尴尬。

"我听到我脑子里的声音说你担心**自己**是个怪物,"他笑了,"别担心,这只是个猜测……"他绷紧了脸,"这不,说着说着又说到你了。"

我叹了口气,怎么开口呢?

"我们现在不是都不再掖着藏着了吗?"他柔声地提醒我道。

我这才开始把目光从他脸上挪开,努力地想找点儿话说,这时碰巧看到了时速表。

"天哪!"我叫了起来,"开慢点!"

"怎么了?"他吓了一跳,可车并没有慢下来。

"时速都超过了一百英里!"我还在大声地叫着。我惊慌地往窗外望了一眼,外面太黑,什么也看不到。只有在车灯照出的长条蓝色光带下才看得见路面。公路两边的树林像是一堵黑色的墙——坚硬得像是铜墙铁壁,如果按这个速度翻了车的话……

"放松点,贝拉。"他眼睛转了转,依然没有减速。

"你想让我俩找死吗?"我问他。

"不会撞车的。"

我极力控制着自己的声音："你为什么要开这么快？"

"我一直都这样。"他转向我，狡黠地笑了笑。

"注意看着前面的路！"

"我从来没有出过事故，贝拉——连罚单都没接到过，"他拍拍额头笑着说，"内置雷达探测器。"

"真可笑，"我有点恼火，"查理就是个警察，记得吗？我从小就受到要遵守交通法规的教育。再说了，你要是撞到树上把咱俩变成沃尔沃卷饼的话，你很可能一走了之。"

"也许吧，"他同意道，发出了短促而生硬的笑声，"可是你就不行了。"他叹了口气。我看到指针慢慢地回到了八十的位置，松了口气，"高兴吗？"

"差不多吧。"

"我不喜欢开慢车。"他小声道。

"这还叫慢？"

"别老拿我开车说事儿了，"他厉声说道，"我还在等着听你最新的推测呢。"

我咬紧了嘴唇。他低下头看了我一眼，蜜黄色的眼中竟带着一丝意想不到的温柔。

"我不会笑你的。"他保证道。

"我更担心你会生我的气。"

"有那么严重？"

"嗯，差不多。"

他等着我说下去。我低下头看着双手，这样就看不见他的表情了。

"说吧。"他的声音非常平静。

"我不知道该怎么说。"我承认。

"为什么不从最开始说起呢……你说过不是你自己琢磨出来的。"

"是的。"

"那是从哪里来的——书上，还是电影里？"他问道。

"不是……是星期六，在海滩的时候。"我冒险瞅了一眼他的脸，他看起来一脸疑惑。

"我碰巧见到了一个我们家的老朋友——雅各布·布莱克,"我继续说了下去,"从我生下来,他父亲和查理就是朋友了。"

他依然一脸不解。

"他父亲是奎鲁特人中的一个长老,"我小心地看着他,他迷惑的神情僵在了脸上,"我们一起散了会儿步……"我把那个故事修修剪剪,心里打着腹稿,"然后他就告诉了我一些古老的传说——我觉得他是想吓唬我,他给我讲了一个……"我有点犹豫了。

"接着说。"他说。

"关于吸血鬼的故事。"我感到自己的声音压得很低。我看不到他的表情,但能看到他把着方向盘的手关节猛地握紧了。

"然后你就马上想到了我?"他依然非常平静。

"没有,他……提到了你的家人。"

他沉默了,眼睛盯着前面。

突然我感到有点担心了,担心该如何去保护雅各布。

"他只是认为那是一个愚蠢的迷信而已,"我连忙说,"他没料到我会多想什么。"这么说似乎还不够,我不得不承认,"都是我不好,是我逼他说的。"

"为什么?"

"劳伦提到过一些关于你的事——她只是想惹我生气。部落里一个年龄稍大点儿的男孩儿说你的家人不会来保留区,只是听起来好像有点弦外之音,所以我就单独和雅各布待在一起,哄他说了这些。"我低下头,承认道。

他笑了起来,让我吃了一惊。我抬头懊恼地看着他,他还在笑,但眼神却让人有点害怕,直勾勾地盯着前面。

"怎么哄他的?"他问我。

"我试着和他调情——比我想象的效果要好一些。"想起这些来,我的语气中不免有点怀疑。

"我要是看到就好了,"他阴险地暗笑道,"你还说我迷惑人家呢——可怜的雅各布·布莱克。"

我脸红了,别过脸去看着窗外的夜色。

"接着你做了些什么呢?"过了一会儿,他又问道。

"我上网搜了一下。"

"然后你就相信了?"他的声音听起来似乎满不在乎,双手却紧紧地把住了方向盘。

"没有,没有任何相符的信息,大部分都有点无聊,然后……"我止住了话头。

"然后怎么了?"

"我认定这一切都无所谓。"我小声说道。

"无**所谓**?"他的语气让我抬起了头——我终于打破了他脸上小心翼翼镇定下来的神情,他一脸疑惑,带着一丝我刚才还在担心的怒气。

"对,"我温柔地说道,"你是什么,我都无所谓。"

他说话时多了一丝冷酷的嘲讽的语气:"即使我是个怪物,你也无所谓?即使我不是**人类**?"

"对。"

他沉默了,眼睛重新回到路上,一脸的阴沉和冷淡。

"你生气了,"我叹息道,"我不该说这些的。"

"没有,"他说,可他的语气和他的脸色一样冷淡,"我宁愿知道你是怎么想的——就算你的想法很愚蠢。"

"看来我又错了?"我问道。

"我不是指这个,'这无所谓'!"他学着我的话,咬紧了牙齿。

"那么我说对了?"我急切地问道。

"这**有所谓**吗?"

我深深地吸了口气。

"其实也没什么,"我顿了一下,"不过我**很**好奇。"至少我的声音还很镇定。

他突然不再坚持了:"你很好奇什么?"

"你多大了?"

"十七。"他脱口而出。

"满十七岁有多久了?"

他眼睛盯着路面，嘴唇动了动。"有一段时间了。"终于他还是承认了。

"那就好。"我笑了，十分满意他对我仍然还很诚恳。他低下头小心地看着我，就像之前他担心我会大吃一惊时一样。为了鼓励他，我笑得更狠了，他皱起了眉头。

"你不要笑我——不过你怎么敢在大白天出门呢？"

他还是笑了起来："鬼话。"

"被太阳烧伤？"

"鬼话。"

"睡在棺材里？"

"鬼话。"他顿了一会儿，然后用一种特别的语气说道，"我不用睡觉。"

过了好一会儿我才明白他的意思："完全不睡？"

"从来不睡。"他说，声音小得几乎听不见。他转过头来，满脸愁容地看着我，金黄色的眼睛紧紧地盯住我的眼睛，我的思路完全被打断了。我盯着他，直到他转过脸去。

"你还没有问我一个最重要的问题。"他的语气又生硬起来了，等他再看着我时，目光也很冷淡了。

我眨了眨眼，还没回过神来："什么问题？"

"难道你不关心我的饮食？"他挖苦地问道。

"哦，"我小声说道，"这个啊。"

"对，就是这个，"他的声音十分冷淡，"难道你不想知道我是不是吸血？"

我有点儿顾虑了："嗯，雅各布提到过一点儿。"

"雅各布怎么说的？"他平淡地问道。

"他说你们不……猎杀人类。他说你们家族按理说应该没有危险，因为你们只猎杀动物。"

"他说我们没有危险？"他的声音中带着深深的怀疑。

"也不完全是。他说你们**按理说应该**没有什么危险。不过奎鲁特人还是不愿让你们待在他们的地盘上，以防万一。"

他看着前面，我也不知道他到底有没有在看路。

"那他说得对吗？关于你们不猎杀人类的说法？"我尽量让自己的声音保持平稳。

"奎鲁特人记性真好。"他小声说道。

我把这当成了他的默认。

"不过你别因为这个而得意，"他警告我道，"他们和我们保持距离是对的，我们仍然是有危险的。"

"我不明白。"

"我们在努力，"他慢慢地解释道，"我们通常非常清楚自己的所作所为。有时候我们会犯些错误，拿我来说吧，我让自己和你单独在一起。"

"这是个错误？"我感觉到了自己声音中带有的一丝悲伤，只是不知道他是不是也能感觉得到。

"是个非常危险的错误。"他咕哝道。

接下来我俩都沉默了。我看着前面车灯随着公路的蜿蜒而扭动着。那些弯道移动得太快，看起来不像真的，而像是电脑游戏。我感到时间在飞快地流逝，一如我们车下漆黑的马路，我有点沮丧，担心自己再也没有机会像这样和他在一起——这样敞开心扉，隔在我们之间的墙一时无影无踪。他的话暗示着一个结束，这个我连想都不愿多想，我不能浪费和他在一起的每一分钟。

"再给我讲讲吧。"我不顾一切地说道，我不关心他说了些什么，只是很想再听到他的声音。

他飞快地扫了我一眼，对我声音的变化感到有点惊讶："你还想知道些什么？"

"给我讲讲为什么你猎杀动物而不猎杀人类。"我提议道，声音里依然带着一丝绝望。我感觉到自己的眼睛已经湿润了，尽力压制着涌上心头的悲伤。

"我**不想**成为一个恶魔。"他的声音很小。

"可是光猎杀动物是不是不够？"

他顿了一下。"我不能确定，当然，不过我可以把这种方式和光靠吃豆腐和豆奶过日子的方式作比较，我们把自己称作素食主义者，这是我们内部之间的一个小玩笑。这并不能完全填饱我们的肚子——准确点说，应该是饥渴，不过这已足够让我们克制住了。大多数时候是这样的，"他的语气有点不对劲了，"有时候却更难一些。"

"现在你觉得很难吗？"我问道。

他叹了口气："没错。"

"可你现在并不饿啊。"我蛮有自信地说——我只是在说，而不是在问他什么。

"为什么你会这么想？"

"你的眼睛。我跟你说过，我有一套理论。我注意过人们——尤其是男人——饥饿时会很暴躁。"

他嘿嘿地笑了起来："你观察力还真的很敏锐，我没说错吧？"

我没有回答，只是听着他的笑声，把这笑声记在心里。

"这周末你和埃美特一起去打猎吗？"等我俩又都沉默了下来时，我问他。

"对。"他顿了一下，似乎在犹豫要不要说些什么，"我本来不想离开，可不去又不行。我不渴的时候，跟你在一起才更轻松一些。"

"你为什么不想离开呢？"

"离开你……让我……很担心。"他的眼神很温柔，也很认真，似乎让我的骨头都酥了，"上周四的时候我告诉你别掉进海里或者被车撞到，不是在开玩笑。整个周末我的精神都无法集中，一直担心着你。经过今晚所发生的事情后，我很惊讶你整个周末居然没有受伤。"他摇了摇头，然后似乎想起了什么，"嗯，也不是完全没有受伤。"

"什么？"

"你的双手。"他提醒我。我低头看了一下自己的两个手掌，看着自己双手根部几乎愈合了的擦伤，什么都逃不过他的眼睛。

"我摔了一跤。"我叹了口气。

"我也是这么想的，"他的嘴角往上翘了翘，"我猜想，作为你来说，情况本来会糟糕得多——而这种可能性在我离开的整个时间里都折磨着我，那是漫长的三天。埃美特都被我烦死了。"他面带懊悔，冲我苦笑道。

"三天？你们不是昨天才回来的吗？"

"不是，我们星期天就回来了。"

"那为什么你们没一个人来学校？"我心里一沉，想到见不到他自己多么失望的时候，几乎有点生气了。

"嗯，你问过我太阳是不是会烧伤我，那倒不会。可是我不能在阳光下出门——至少，不能到谁都能看得见的地方去。"

"为什么？"

"将来哪一天，我会让你见识见识的。"他保证道。

我想了一会儿。

"你本来可以给我打电话的。"我说道。

他一脸的不解："可是我知道你很安全啊。"

"可**我**不知道**你**在哪里啊，我……"我停住了，垂下眼睛。

"你什么？"他温柔的声音催问着我。

"我不喜欢这样见不到你，这样也让我很着急。"大声说出这些话时，我感到脸有点红。

他沉默了。我有点不安地抬起眼睛，看到了他痛苦的表情。

"啊，"他轻声地叹道，"这就不对了。"

我没明白他的话："我说什么了？"

"难道你没看出来吗，贝拉？我让自己很痛苦是一码事，可让你也这么牵肠挂肚完全又是一码事。"他突然把痛苦的眼神转到前面的路上，这些话如此飞快地从他嘴里说出来，几乎让我一下子转不过弯来了。"我不想听到你有那样的感觉，"他的声音很小，但很急切，他的话刺痛了我，"这样不对，不安全。我很危险，贝拉——求求你，相信我的话吧。"

"不。"我费了很大劲，使自己看起来不像是个生气的小孩子。

"我是认真的。"他咆哮道。

"我也是认真的。我告诉你，你是什么都无所谓，太迟了。"

他突然厉声说道："千万别这么说。"声音很低但很严厉。

我咬紧了嘴唇，暗自庆幸他不知道自己的话伤我伤得多深，我盯着马路。我们现在一定快到了,他开得太快了。

"你在想什么?"他问我,语气依然很生硬。我只是摇了摇头,不确定自己是否还能说话。我能感觉得到他在盯着我的脸,但我依然目不转睛地看着前面。

"你哭了?"他听起来很吃惊。我还没意识到眼泪已夺眶而出,我忙用手擦了一下脸颊,很明显,不争气的眼泪已经出来了,让我暴露无遗。

"没有。"我说道,可我的声音有点哽咽。

我看到他犹豫不决地将右手伸了过来,可伸了一半又停下了,缓缓地放回到了方向盘上。

"对不起。"他的声音充满了悔恨。我知道他不只是在为刚才说了那番让我心烦的话而道歉。

黑暗无声地从我们身边滑过。

"跟我讲点什么吧。"过了一会儿,他开口道,我听得出来他在尽量使自己的语气轻松一点儿。

"什么?"

"今晚你在想些什么,就在我赶到那个拐弯的地方之前?我不明白你当时的表情——你看上去好像没吓得不行,倒像是在全神贯注地在拼命想着什么。"

"我在极力回忆着怎样对付袭击自己的人——你知道的,就是自卫。我打算一拳把他的鼻子打得陷进脑袋里去。"我想到了那个黑头发的男人,心里一阵憎恶。

"你打算跟他们拼了?"我的话让他有点不安了,"难道你就没想过要跑?"

"我跑的时候经常摔倒。"我坦白道。

"那想过喊人吗?"

"我正准备要这样做的。"

他摇摇头:"你是对的——为了让你活着,我毫无疑问是在和命运抗争。"

我叹了口气。车子速度慢了下来,已经进了福克斯的边界,才花了不到二十分钟。

"明天能见到你吗?"我问道。

"能——我也要交一篇论文,"他笑了,"午餐的时候我给你留一个座位。"

在经历了今晚发生的种种事情之后,这个小小的承诺令我如此心潮起伏,说不出话来,想来真是愚蠢。

我们到了查理的房子前,里面亮着灯,我的车停在自己的位置上,一切都完全正常,我好像刚从梦中醒来一样。他停了车,可我却一动没动。

"你**保证**明天会去吗?"

"我保证。"

我把他的话想了一会儿,然后点了点头。我脱下他的夹克,又最后吸了一口上面的味道。

"你拿着吧——明天你没有外套穿。"他提醒我道。

我把衣服递还给他:"我可不想非得跟查理解释不可。"

"哦,那好吧。"他咧嘴笑了笑。

我迟疑着,手放在车门把手上,想多拖延一会儿。

"贝拉?"他用了一种异样的语气叫我——有点严肃,又有点犹疑。

"嗯?"我有点迫不及待地转过脸去。

"你能答应我一件事吗?"

"当然,"我说,马上又有点后悔自己就这样毫无条件地答应了他。倘若他叫我离他远点儿,那可怎么办?我可不能遵守那样的承诺。

"别再一个人跑到森林里去了。"

我一脸茫然地看着他:"为什么?"

他皱起了眉头,眼睛紧紧地盯着我身后的窗外。

"在那里,并不总是我才是最危险的,这个我们就别再说什么了吧。"

对他声音里突然的冷漠,我微微哆嗦了一下,但心却放了下来。这,至少,还是一个很容易遵守的承诺。"你怎么说都行。"

"明天见。"他叹了口气,我知道他在催我走。

"那明天见。"我不情愿地打开了车门。

"贝拉？"我转过头，他身子朝我倾了过来，那苍白而美丽的脸庞离我的脸只有几英寸的距离，我的心脏停止了跳动。

"睡个好觉。"他说。他的气息拂到了我的脸上，令我感到一阵眩晕。那气息就是他外套上那种奇妙的香味，但却更加浓烈。我眨了眨眼，完全迷住了。他把身子缩回去了。

我一时愣在了那里，直到脑子重新清醒过来。然后尴尬地下了车，还不得不扶住车门。我想自己听到了他吓吓的笑声，可是声音太小，我不能肯定。

他一直等到我摇摇晃晃地走到了前门，然后我就听到了他车子发动机轻轻的加速声。我转过身，看着银色的车消失在拐弯处，我发现天气很冷。

我机械地伸手取下钥匙，打开房门，走了进去。

查理的声音从起居室里传了过来："是贝拉吗？"

"对，爸，是我。"我走进起居室去看他。他正在看一场棒球赛。

"你回来得很早嘛。"

"是吗？"我有点惊讶。

"现在还不到八点呢，"他告诉我，"你们几个女孩儿玩得开心吗？"

"对——玩得非常开心。"我的脑子飞快地转着，想把我计划的女孩儿们的聚会从头回忆一遍，"她俩都买到了衣服。"

"你还好吧？"

"就是有点累了，我走了很远的路。"

"哦，也许你应该去躺一下。"听起来他很关心。我不知道自己的脸色看起来怎样。

"我先去给杰西卡打个电话。"

"你刚才不是和她在一起吗？"他惊讶地问道。

"是的——可是我把外套落在她的车里了。我想确定一下，让她明天带给我。"

"哦，先让她**到**家再说吧。"

"好的。"我同意道。

我走进厨房，疲惫不堪地倒在了椅子上，现在真的感到有点头晕了。我不知道自己究竟会不会休克，咬牙坚持住，我对自己说。

电话铃突然响了，把我吓了一跳，我赶紧摘下了听筒。

"你好？"我屏住了呼吸。

"贝拉？"

"嘿，杰西，我正想给你打电话呢。"

"你到家了？"她的声音轻松了下来……接着就是惊讶。

"是的，我的外套落在你的车里了——你能明天带给我吗？"

"当然可以，不过你要告诉我发生的一切！"她要求道。

"嗯，明天吧——三角课上再说，好吗？"

她马上明白了："哦，你爸在旁边吧？"

"对，没错。"

"那好吧，那我明天再找你，再见！"我听得出她声音里的迫切。

"再见，杰西。"

我慢慢地走上楼梯，脑子里一片恍惚。我做着上床睡觉前的一切准备工作，却根本没有注意自己在干什么。直到洗澡时，我才反应过来——水温太高，都烫着自己了——才意识到自己都快冻僵了。我身子剧烈地哆嗦了好一阵儿，直到最终喷出来的热气腾腾的水流让我僵硬的肌肉放松下来。接着我站在喷头下，太累了，都不想动了，直到热水快用完了为止。

我跌跌撞撞地走出浴室，用浴巾严严实实地裹着身子，想把洗澡水的热气裹在里面，免得身子又会痛苦地哆嗦起来。我飞快地穿上睡衣，爬进被窝，蜷成一团，抱着身子保暖，身上还是轻微地颤抖了几下。

我的脑子还在晕晕乎乎地转着，满脑子都是我所不能理解的场景，也有一些我极力想压制下去的场景。一开始似乎都不清晰，可当我慢慢失去意识时，一些很肯定的东西却变得清晰起来。

有三件事我是可以肯定的：第一，爱德华是一个吸血鬼；第二，在他身体内有一部分——我不知道那一部分起到多大作用——非常渴望我的鲜血；第三，我毫无条件地、不可救药地爱上了他。

问　　答

　　早上醒来，在我内心的某处，肯定地认为昨晚的一切只是一场梦，而我又很难说服自己它不是，逻辑并没有站在我这边，常识也没有。我坚信自己从来都想象不出来的那些东西的真实存在——比如他的气味。我确信光凭自己是永远也想象不出来的。

　　窗外雾很大，阴沉沉的，绝对是再好不过的天气，今天他可没有理由不去学校了。我穿上厚厚的衣服，才记起自己没有外套，这又一次证明了自己的记忆是真实的。

　　我下楼时，查理又已经走了——等我意识到时，已经有点晚了。我拿起一条麦片点心，三口就咬完了，咽了下去，端起牛奶纸盒就喝，把点心顺了下去，然后匆匆忙忙出了门。看来在见到杰西卡之前还不会下雨。

　　雾蒙蒙的，超乎寻常，空气中几乎到处都是烟雾。雾气飘到我露在外边的脸和脖子上，冰凉冰凉的，我迫不及待地想把车上的空调打开。雾太大，直到顺着车道往前开出了几英尺远时，我才发现前面停着一辆车：一辆银色的小车。我的心咯噔一下，停了下来，接着又加倍地跳了起来。

　　我不知道他是从哪个地方冒出来的，但突然间他就站在了那里，替我拉开了车门。

　　"今天想坐我的车吗？"他问道，看到自己又一次的出其不意给我带来的表情时乐了。他的语气不是很有把握，他是真的在让我选择——我有拒绝的自由，而他其实心里也有点儿希望我拒绝。可这希望落空了。

　　"想啊，谢谢你。"我说道，尽量让自己的声音保持平静。我坐进车里时，注意到他那件棕褐色的夹克就搭在副驾驶座的靠背上。他在我身后关上车门，然后以超乎寻常的速度飞快地坐到了我旁边，发动了汽车。

"我把夹克给你带来了，我可不想让你得病或什么的。"他的声音里透着小心。我注意到他自己没有穿外套，只有一件浅灰色的针织V字领的长袖衫。和上次一样，衣服紧紧地贴着他完美的胸肌。他的脸把我的目光从他的身体上吸引了过去，可见他的脸有多大的魅力。

"我可没有那么娇气。"我说道，但还是把夹克拉到了自己腿上，双手伸进两只有点长的袖子里，心里很想知道上面的气味是不是和我记忆中的一样好闻，没想到是有过之而无不及。

"是吗？"他反问道，声音很小，我都怀疑他是不是真想让我听见。

我们开车穿过雾气弥漫的街道，速度还是太快，让人感到很不放心，至少我这么觉得。昨天晚上，我们之间所有的隔墙都推倒了……几乎是所有的，我不知道今天我们是不是还能一样的坦率。我一时间无话可说，等着他先开口。

他把脸转向我，傻笑着："怎么，今天不玩《猜猜二十问》①的游戏了？"

"我的问题让你觉得不舒服了吗？"我问道，心里放松了一些。

"你的反应倒是让我更不舒服。"他看上去像是在开玩笑，但我不敢确定。

我皱起了眉头："我的反应很差劲吗？"

"没有，这才是问题所在。你很冷静地对待所有的一切——这是不自然的，这让我不知道你的真实想法是什么。"

"我一直都在告诉你我的真实想法啊。"

"你加工过了。"他指责道。

"也没有加工很多。"

---

① 《猜猜二十问》(Twenty Questions) 是一种非常流行的游戏，是在口头室内猜谜游戏 (the spoken parlor game) 的基础上发展起来的智力游戏，这种游戏可以锻炼演绎推理的能力和创造力。

"已经足以让我发疯了。"

"你不是真想听吧。"我咕哝道，几乎是在说悄悄话。话一出口，我又有点后悔。我的声音里带着一点点的痛苦，只能希望他没有注意到这些。

他没有说话，我有点担心自己是不是破坏了大家的情绪。我们的车开进了学校的停车场，他脸上的表情让人难以捉摸。这时我才想起了什么，虽然有点迟了。

"你家里其他人呢？"我问道——能和他单独待在一起当然再开心不过，可是我记得他的车通常都是坐满了人的。

"他们都坐罗莎莉的车。"他耸了耸肩，把车停到一辆拉上了车篷的红得发亮的敞篷轿车旁边，"这车很惹眼，对吧？"

"嗯，哇，"我吸了一口气，"既然她有**车**，为什么还要坐你的呢？"

"就像我说过的，太惹眼，我们想**尽力**和大家保持一致。"

"你可没做到。"下车时我笑道，摇了摇头。这下我不会迟到了，他疯狂的车速让我很早就到了学校，"那既然这么扎眼，为什么罗莎莉今天还要开车呢？"

"难道你没有看出来吗？我现在在打破**所有的**规则。"他走到车子前面迎上我，我俩走在校园里的时候，他就走在我的身边，离得很近。我想拉近我们之间的那一点距离，伸出手去接触到他的身体，但又怕他不喜欢我这样。

"你们为什么都要买那样的车呢？"我大声地问道，"既然你们都不想那么招摇？"

"一种嗜好，"他顽皮地笑着承认道，"我们都喜欢开快车。"

"都很有个性啊。"我低声嘀咕道。

杰西卡正站在自助餐厅屋顶突出来的天棚下面等着，眼珠都要从眼眶里掉出来了。她手臂上，呵呵，搭着的正是我的外套。

"嘿，杰西卡，"只有几英尺远的时候，我喊道，"谢谢你记住了。"她一言不发地把外套递给我。

"早上好，杰西卡。"爱德华礼貌地说道。他的声音如此让人难以抗拒，这不是他的错。他眼睛的魔力也是如此。

"呃……嗨。"她把睁得大大的眼睛转向了我，努力梳理着自己混乱的思绪，"我看我们还是在三角课上再见吧。"她递给我一个意味深长的眼神，我忍住了没有叹气，我到底要告诉她什么呢？

"好的，那我们待会儿见。"

她走开了，中途还停下来两次，扭过头来偷偷看了看我俩。

"你打算告诉她些什么？"爱德华喃喃道。

"嘿，我还以为你猜不出我的心思呢！"我嘘声说道。

"我是猜不出来，"他说，先是一愣，然后眼睛一亮，明白过来了，"不过，我能猜出她的啊——她会在课堂上等着打你的埋伏的。"

我叹了口气，脱下他的夹克递给他，换上自己的外套。他把衣服折起来搭到手臂上。

"那么你打算告诉她些什么？"

"能帮点小忙吗？"我恳求道，"她想知道些什么？"

他摇了摇头，狡黠地笑了："那不公平。"

"不对，你不告诉我你所知道的——那才叫不公平呢。"

我俩往前走着，他想了一会儿。在我第一堂课的教室门外，我们站住了。

"她想知道我们是不是在偷偷约会，她还想知道你对我的感觉。"他终于说了出来。

"呀，那我该怎么说啊？"我尽量让自己的表情看起来不知所措。去上课的人们从我们身边走过，也许都在看我俩，可我几乎没有注意到他们。

"嗯。"他停了下来，替我把一绺逸出的散发重新整理回颈后的发夹去，我的心剧烈地怦怦乱跳起来，"我想你可以肯定地回答第一个问题……如果你不介意的话——这样要比任何其他的解释都容易一些。"

"我不介意。"我小声地说道。

"至于她的另一个问题……嗯，我会自己去听答案的。"他翘起了一边的嘴角，那是我最喜欢的那种歪着嘴的微笑。我一时停止了呼吸，根本来不及回答，他转身走了。

"午饭时再见。"他回头喊道。三个正迈步进教室的人停下来盯了我一眼。

我忙跑进教室，满脸通红，而且有点懊恼，他真耍赖。现在我更加担心该怎么跟杰西卡说了。我坐到自己平时的位置上，恼怒地把书包重重摔到了桌子上。

"早上好，贝拉。"迈克在我旁边的座位上向我打招呼。我抬起头，看着他脸上奇怪的、几乎是已经毫不介意的表情，"在天使港玩得怎么样？"

"在天使港……"我实在没法如实地给他简单描述一遍，"我们玩得挺开心，"我拙劣地补完了那句话，"杰西卡买了条很漂亮的连衣裙。"

"她有没有说过任何关于星期一晚上的事？"他问我道，眼睛都在放光。看到话题转移开了，我笑了笑。

"她说她过得很愉快。"我十分肯定地告诉他。

"她真这么说了？"他急切地问道。

"绝对没错。"

这时梅森先生要课堂安静下来，让我们把论文交上去。英语课和政治课都在浑浑噩噩中过去了，因为我一直在担心该怎么向杰西卡解释，同时又很苦恼，不知道爱德华会不会真的通过杰西的心思偷听我说的话。他的这点儿小本事带来多大的不便啊——当它不是用来救我的命的时候。

第二节课快要结束的时候，雾差不多已经散了，但天色依然阴沉，低低地飘着让人感到压抑的乌云。我仰起头，冲着天空笑了起来。

爱德华当然没有说错，当我走进三角课的教室时，杰西卡坐在最后一排，兴奋得差点儿从座位上跳了起来。我很不情愿地走过去，在她身边坐了下来，竭力劝说自己长痛不如短痛。

"告诉我所有的一切！"我还没坐下，她就命令道。

"你想知道些什么？"我闪烁其词地问道。

"昨晚都发生了什么事？"

"他请我吃了晚饭，然后开车送我回家了。"

她眼睛瞪着我，一脸不相信的表情："你怎么会那么快就到家了？"

"他开车像个疯子,吓死人了。"我希望他能听到这句话。

"是在约会吗——你是不是要他在那里等你来着?"

我事先没有料到这个问题:"没有——我看到他在那里时也感到非常惊讶。"

听到我声音里显而易见的诚恳,她失望地嘟起了嘴巴。

"可是他今天开车接你来上学了啊?"她问道。

"没错——这也让我很惊讶。他昨晚注意到了我没穿外套。"我解释道。

"那么你俩还会一起出去吗?"

"他提出周六要开车带我去西雅图,因为他觉得我的卡车开不到那儿——这个算吗?"

"算。"她点头道。

"嗯,那么,就还会一起出去。"

"哇哎,"她夸张地把一个字的音节拖成了两个,"爱德华·卡伦。"

"我知道。"我同意地说。"哇哎"甚至还表达不出来其中的含义。

"等一下!"她突然抬起手,手掌冲着我,像是在拦车一样,"他有没有吻你?"

"没有,"我小声道,"不像你想的那样。"

她看起来很失望。我相信自己的表情也是一样。

"你觉得星期六……"她扬起了眉毛。

"我真的很怀疑。"我没能掩饰好声音里的不满。

"你们都聊了些什么?"她小声地继续盘问着更多的信息。已经开始上课了,可瓦纳先生并没有十分注意,课堂上除了我俩还有不少人仍在说话。

"我不知道,杰西,聊了很多东西,"我小声地回答她,"我们谈了一点儿关于英语课论文的事。"其实只聊了很少很少的一点儿,我想他还是顺便提到的。

"求求你了,贝拉,"她请求道,"透露一点儿细节吧。"

"嗯……好吧,我想起了一件事。你真应该看看那个冲他调情的女服务员——完全超乎寻常地热情,可他根本就没看她。"让他自己尽情地遐想去吧。

"那是个好现象，"她点头道，"她长得漂亮吗？"

"相当漂亮——大概十九或二十岁吧。"

"那更好了，他肯定是喜欢你。"

"我也**这么觉得**，但是还很难说，他总是那么模棱两可的。"我叹了口气，故意加上这么一句，好让他明白。

"我不知道你是怎么有那么大胆子敢单独和他在一起的。"她低声道。

"为什么？"我吃了一惊，但她没有明白我的反应。

"他太……有压迫感。要是我就不知道该对他说些什么。"她做了个鬼脸，大概回想起了今天早上或昨天晚上，他把那无法抗拒的眼睛挪到她身上时的情形。

"我和他在一起的时候，确实遇到很多麻烦，经常前言不搭后语。"我承认道。

"哦，不过，他**简直**帅得让人难以置信。"杰西卡耸了耸肩，似乎这个理由就掩盖了他所有的缺点。在她的想法里，也许是这样的。

"比起这个来，还有更多特别的地方。"

"真的吗？比如说？"

我真想就此打住，差不多就好像我在希望他之前是在开玩笑说要偷听一样。

"我也说不清楚……可他隐藏在那张脸后边的甚至更加令人难以置信。"这个希望做个好人的吸血鬼——一个四处奔走、挽救别人生命从而不愿被人当成恶魔的人……我眼睛盯着教室前面。

"那**可能**吗？"她呵呵地笑了起来。

我没有理她，尽量装作在听瓦纳先生讲课的样子。

"那么你很喜欢他喽？"她并不打算就此罢休。

"对。"我简短地回答道。

"我是说，你**真的**喜欢他吗？"她追问道。

"真的。"我重复了一遍，脸也红了。我希望她没有注意到这个细节。

她得到这个简单的答复就已经心满意足了:"有**多**喜欢?"

"太喜欢了,"我小声地回答她,"比他喜欢我还多,但我不知道怎样才能克制得住。"我叹了口气,脸上一阵阵地发烧。

这时,谢天谢地,瓦纳先生叫到了杰西卡的名字,要她回答问题。

整堂课上,她再也没有机会重新扯到这上面来,等下课铃一响,我就岔开了话题。

"英语课上,迈克问我你有没有说些什么关于星期一晚上的事。"我告诉她。

"你在开玩笑吧!你都说什么了?!"她猛地倒吸了一口气,注意力完全转移到这件事情上来了。

"我告诉他你说玩得很开心——他看上去很高兴。"

"讲讲他到底怎么说的,还有你到底是怎么回答的!"

接下来的一段路上,我俩把分析句子结构和西班牙语课之间的大部分时间都用在了详细地描述迈克当时的表情上。要不是担心话题又扯到自己身上来,我才不会花这么多时间给她一五一十地讲出来呢。

这时午餐的铃声响了,我从座椅上跳了起来,把书往书包里胡乱一塞,脸上兴奋的表情肯定让杰西卡看出了什么。

"今天你不和我们坐一块儿,对吗?"她猜测道。

"我可不这么**认为**。"我不敢确定他是不是又会令人恼火地消失了。

但就在西班牙语课教室的门外,爱德华正靠墙站着——看起来比任何有资格的人都更像一个希腊天神——他在等我。杰西卡看了一眼,眼睛骨碌碌地转了转,走开了。

"一会儿见,贝拉。"她的声音满含深意,看来我得堵住她的嘴了。

"你好。"他的声音带着笑意,同时又有点懊恼,很显然,他一直在偷听。

"嗨。"

我再也找不到别的话了,他也没说话——他在等待时机,我想——于是去往自助餐厅时,一路上大家都没有说话。和爱德华一同穿过午餐高峰时的人流,很像我刚到这儿的第一天,大家都在盯着我俩看。

他领着我站到队伍里,依旧一言不发,不过隔不了几秒钟,他的眼睛就会回到我的脸上,充满疑惑。在我看来,他脸上的表情还是懊恼多过了开心。我有点紧张,不安地拨弄着外套上的拉链。

他走到食物台前,装了满满一盘东西。

"你这是干吗?"我抗议道,"这些东西不是都给我一个人的吧?"

他摇了摇头,走上前去付钱。

"当然,一半是给我自己的。"

我扬起了一边的眉毛。

他领着我走到以前我俩曾经坐过的地方,长长的餐桌的另一端,几个高年级的同学惊讶地看着我们面对面地坐了下来。爱德华似乎丝毫没有觉察到这些。

"喜欢什么随便挑。"他说着,把盘子往我这边一推。

"我很好奇,"我说道,挑了一个苹果,拿在手里转来转去,"要是有人打赌让你吃东西,你会怎么办?"

"你总是很好奇。"他做了个鬼脸,摇了摇头。他瞪着我,眼睛一动不动,从盘子里拿起一块比萨饼,故意咬了一大口,很快地嚼了几下,然后咽了下去。我看着他,眼都睁圆了。

"要是有人打赌让你吃土,你也会吃的,对不对?"他得意地问道。

我皱了皱鼻子,"我干过一次……在打赌的时候,"我承认道,"味道还不错。"

他笑了:"我想我不会感到惊讶的。"我背后似乎有什么吸引了他的注意。

"杰西卡正在分析我的每一个举动——她待会儿就会和你细细品评的。"他把剩下的比萨推到我面前。他提到杰西卡时,脸上又露出了刚才的那一丝懊恼。

我放下苹果,咬了一口比萨,眼睛却望着别处,我知道他要开口了。

"你说那个服务员很漂亮,是吗?"他不经意地问道。

"你真没注意到?"

"没有,我根本就没注意,我脑子里想的事情太多。"

"可怜的女孩儿。"现在我可以表现得大度一点儿了。

"你对杰西卡说的有些东西……嗯,让我有点不安。"他不想扯远了。他的声音沙哑,抬起头,睫毛下一双不安的眼睛看着我。

"我丝毫不奇怪你听到了一些不喜欢听的东西,你知道人们怎么说偷听者的。"我提醒他道。

"我告诉过你我会听的。"

"我也告诉过你,你不会想知道我心里想的一切。"

"你是说过,"他承认道,不过声音还是很粗,"可是你并不完全对。我想知道你在想什么——所有的一切,我只是希望……有些事情你不会想。"

我皱起了眉头:"这二者之间的差别可是很大的。"

"但现在问题不在这里。"

"那在哪里?"此时我俩身子都越过了餐桌,靠向对方。他那白皙的大手交叉顶着自己的下巴;我向前倾着,右手托着脑袋。我不得不提醒自己,我们这是在一个人很多的餐厅里,也许周围很多双好奇的眼睛正在盯着我俩。我俩都太容易沉浸到两人之间的紧张的幻想小世界里了。

"你是真的相信你喜欢我要比我喜欢你多一点儿吗?"他小声道,说话的时候身子也朝我更靠拢了,带着怒气的金黄色眼睛十分锐利。

我想记起是怎么呼吸的,而在想起来以前,我的眼睛只得望着别处。

"你又这样了。"我小声说道。

他睁大了眼睛,一脸惊讶:"又怎样了?"

"对我放电。"我承认道,眼睛回到他的脸上,试图集中精神。

"哦。"他皱起了眉头。

"这也不能怪你,"我叹气说,"你忍不住。"

"你打算回答我的问题吗?"

我低下了头:"嗯。"

"你是说你打算回答这个问题,还是说你真的那么认为?"他又生气了。

"对，我真的那么认为。"我的眼睛一直盯着桌子，循着印在薄板子上的假木纹图案的纹路，我俩就一直这样沉默着。这一次我坚决不想先开口，克制着想要偷偷瞥一眼他的脸色的欲望。

终于他说话了，声音非常柔和："你错了。"

我抬起头，只见他的眼里充满了温柔。

"你不会知道的。"我很小声地反驳道。我怀疑地摇摇头，虽然他说话时我的心怦怦在跳，而且内心里很想相信他的话。

"是什么让你这么想的呢？"他那清澈的黄褐色的眼睛非常锐利——想直接套到我心里的真实想法，没门儿，我想。

我也用眼睛盯着他，竭力想排除他的脸带给我的干扰，头脑清醒地想出一种解释方式。我正在绞尽脑汁的时候，看到他有点不耐烦了，我的沉默让他感到很沮丧，他开始皱起了眉头。我把手从脖子上拿下来，伸出了一根手指头。

"让我想想。"我坚持着。他的脸一下子放松了，因为他很高兴我准备回答他的问题。我把手放到了桌上，左手也伸了过去，两只手握在一起。我盯着自己的手，手指头一会儿缠在一起，一会儿又松开，终于还是开口了。

"嗯，除了那些显而易见的以外，有时候……"我犹豫了一下，"我也不能确定——**我**不懂得猜别人的心思——但有的时候，当你说些别的东西的时候，却好像是想要说再见。"这些算是我所能想到的、用来概括他的话有时在我内心激起的痛苦感觉的最好的话了。

"真敏感。"他小声说道。当他肯定了我那种担心的时候，我的心里又是一阵痛苦，"不过，这正是你错了的原因，"他开始解释道，眼睛眯了起来，"你说的'显而易见'的东西是指什么？"

"嗯，看看我，"我说，虽然他一直在看着我，毫无必要说这么一句，"我是极其普通的一个人——当然，除了那些差点没了命的经历，还有自己太笨差点残废这些不好的事情以外，再看看你。"我用手指了指他，指着他那让人头晕目眩的完美无瑕的外表。

他的眉毛生气地挤到了一块，接着又舒展开来，眼中露出一丝明白了的神情。"你知道吗，你对自己了解得并不是很透彻。我承认关于那些不好的事情你说得很对，"他狡黠地笑着说，"但你不知道你第一天来的时候，学校里所有的男生是怎么看你的。"

我眨了眨眼，十分惊讶。"我不相信……"我喃喃自语道。

"就相信我一次吧——恰恰相反，你并不普通。"

看到他说这些话的时候眼里流露出的神情，我心里的尴尬多过了开心，我连忙提醒他回到我最初的话题。

"可是我并不是在说要再见啊。"我指出来。

"难道你没看出来吗？那正好证明我是对的。我最在乎你，因为如果我能做到，"他摇了摇头，似乎在跟自己的想法做斗争，"如果离开是正确的选择，那我宁可伤害我自己，而不让你受到任何伤害，保护你的安全。"

我瞪了他一眼："难道你认为我没有这样想吗？"

"你从来都不用做这样的选择。"

突然，他那不可预料的心情又有了变化，一丝顽皮的、嘲弄的微笑又漾在了他的脸上："当然，保护你的安全现在开始感觉像一份全职工作了，需要我经常出现在你身边。"

"今天可没有人想要对付我。"我提醒他道，心里挺感激他找到了这个轻松点的话题，我再也不想让他去谈什么再见的事了。如果迫不得已，我想我可以有意让自己处于危险之中，从而把他留在我的身边……没等他敏锐的眼睛从我脸上看出自己的想法，我赶紧不再多想了，这个想法肯定会给我带来麻烦的。

"到现在为止。"他补充道。

"到现在为止。"我同意道。我本来会和他争论的，可现在我希望他盼望着麻烦的降临。

"我还有一个问题要问你。"他脸上依然是那种不经意的神情。

"问吧。"

"这个星期六你是真的需要去西雅图吗？还是只是个借口，**免得**要不停地拒绝自己的仰慕者们？"

想到这件事，我做了个鬼脸。"你知道，关于泰勒的那件事，到现在我还没有原谅你，"我警告他，"这都是你的错，让他以为我会和他一起参加舞会。"

"哦，即使没有我，他也会找个机会邀请你的——我只不过真的想看看你的表情。"他笑了起来。要不是他的笑声有这么迷人，我会更加生气。"要是我邀请了你，你会拒绝我吗？"他问道，还在笑。

"也许不会，"我承认道，"不过，过后我会变卦的——假装生病或者脚崴了。"

他一脸的迷惑："你为什么会那样做？"

我郁闷地摇了摇头："我猜你从来没有见过我在体育馆里的表现，不过我早就应该想到你会知道的。"

"你是在说，在平平坦坦、纹丝不动的平地上，你都会被什么东西绊倒？"

"显然啊。"

"那也不是问题，"他非常自信，"全看谁带你跳了。"他看到我要反驳，打断了我，"可你从来没有告诉过我——你是已经决定了要去西雅图吗？或者介不介意咱俩做点别的？"

只要提到"咱俩"这个字眼，我根本不会在乎其他任何事情。

"我很乐意有新的选择，"我表示同意，"不过我的确有个要求。"

他显得非常谨慎，就像我以前问他一个开放式问题时的表情一样："什么要求？"

"可以让我开车吗？"

他皱了皱眉："为什么？"

"嗯，主要是因为我告诉查理要去西雅图时，他特别地问到是不是我自己一个人去，而当时也确实只有我一个人。要是他再问一次，也许我不会撒谎，不过我想他**不会**再问了，而我要是把卡车扔在家里的话，只会又多余地扯到这个话题上来，而且，也因为你开车让我着实害怕。"

他眼睛转了转，"我那么多可以让你害怕的事情你都不怕，却偏偏怕我开车。"他不满地摇了摇头，不过马上他的眼神又认真起来了，"难道你不愿告诉你爸说你和我在一起吗？"他的问话里隐藏着一点我不理解的含义。

"在查理面前，说得越少越好，"我很肯定地说道，"不管怎样，我们打算去哪儿？"

"那天天气会很好，所以我打算远离大家的视线……如果你愿意，你可以和我待在一起。"他又一次给我留了个选择，让我决定。

"你会让我见识见识你说过的，关于太阳的事？"我问道，想到要解开又一个谜团了，心里一阵激动。

"对，"他笑道，然后顿了顿，"不过如果你不想……和我在一起，我还是不希望你独自一人去西雅图。我一想到你在那种规模的城市里可能碰到的麻烦，心里就直哆嗦。"

我生气了："凤凰城有西雅图三个大——只是就人口而言，如果讲到地理面积……"

"但是很明显，"他打断了我，"在凤凰城你的劫数还没到，所以我宁愿你离我近一点儿。"他的眼睛里又流露出了那种不公平的郁闷神态。

我无法争辩，无论是就眼神而言还是就动机而论，不管怎样，这是个没有定论的问题。"碰巧了，我丝毫不介意和你单独在一起。"

"我知道，"他叹了口气，想了一会儿，"不过你还是应该告诉查理一声。"

"我到底为什么要告诉他？"

他的眼神突然变得很凶："为了给我一点儿把你带回来的小小动力。"

我一下子哽住了，不过想了一会儿后，我决定了："我想我还是要碰碰运气。"

他生气地大出了一口气，看到一边去了。

"我们谈点儿别的吧。"我建议道。

"你想谈点儿什么？"他问。仍然在生气。

我扫了一眼四周，想看看有没有人在听我们说话。我的眼睛扫过周围时，碰到了他妹妹爱丽丝的眼睛，她正在盯着我们看，其他人则在望着爱德华。我忙把眼睛移开，回到他身上，然后问了一个脑子里最先想到的问题。

"上周末你们为什么要去山羊岩……捕猎？查理说那里不是个远足的好地方，因为有熊。"

他盯着我，好像我忽视了很显然的东西似的。

"熊？"我倒抽了一口凉气，而他却笑了，"你知道的，还不到允许猎熊的时候。"我不服输地补充道，以此来掩饰自己的惊讶。

"你去仔细看看，法律只限制使用武器捕猎的行为。"他告诉我。

他开心地看着我慢慢明白过来时的表情。

"熊？"我有点吃力地重复道。

"灰熊是埃美特的最爱。"他的回答依然不假思索，但眼睛紧盯着我的反应。我试图让自己重新缓过劲儿来。

"嗯。"我说道，吃了一口比萨，好找个由头把头低了下去。我慢慢地嚼着，然后头也不抬地吸了一大会儿可乐。

"那么，"过了一会儿，我说道，终于抬头迎着他急切的目光，"你的最爱是什么？"

他扬起了一边的眉毛，不以为意地往下撇了撇嘴角："美洲狮。"

"啊。"我回了一句，带着一种礼貌而毫无兴趣的语气，又低头去找我的可乐。

"当然，"他说，模仿着我的语气，"我们不得不小心，以免因为滥捕滥杀而破坏了环境。我们尽量集中在食肉动物过多的地方捕猎——我们需要多远就跑多远。那里经常有很多的梅花鹿和驼鹿，这些动物也可以，可是这些动物哪有什么乐趣？"他笑着揶揄道。

"确实没有什么乐趣。"我小声说道，又吃了一口比萨。

"早春季节是埃美特最喜欢的猎熊季节——熊刚从冬眠中醒来，更容易被激怒。"他想起了以前的一个什么玩笑，笑了起来。

"没有什么能比一头被激怒了的灰熊更有意思的了。"我点点头道。

他摇着头笑了笑："求求你，告诉我你现在实际上在想什么。"

"我试图想象这种场面——可我想象不出来，"我承认道，"你们不带武器，是怎样捕猎的？"

"哦，我们有武器。"他向我秀了秀洁亮的牙齿，脸上很快地闪过一丝吓人的笑容，我控制着自己，没让身子哆嗦起来，"只不过不是他们制定狩猎法规时考虑到的那种武器。你要是在电视里见过熊攻击时的画面,你应该能够想象得出埃美特捕猎时的场景。"

我再也忍不住,一阵战栗从上到下袭遍了我的脊梁。我偷偷地看着坐在餐厅那边的埃美特,幸好他没有朝我这边看。不知怎么的,他手臂和身上鼓起的一块块肌肉现在更加让人害怕。

爱德华顺着我的眼光看过去,咻咻地笑了。我看着他,心里有点紧张。

"你也像一头熊吗?"我低声问道。

"更像狮子,他们这样告诉我的,"他轻松地说道,"也许我们的偏好有不同的含义。"

我努力地笑了一下。"也许吧。"我重复了一句。但是我的脑子里充满了各种迥然不同的画面,根本无法把它们合到一起,"可不可以让我见识见识?"

"绝对不行!"他的脸变得比平常更白了,眼睛也突然冒出了怒火。我往后一靠,吃了一惊,而且——虽然我永远不会向他承认这一点——让他的反应吓坏了。他也往后靠了靠,双手抱在了胸前。

"对我来说太恐怖了?"等我能够重新控制住自己的声音时,我问。

"要真是这样的话,我今晚就会带你出去,"他说,声音依然很严厉,"你**需要**正常的恐惧感,没有什么能比这个对你更有益的了。"

"那到底是为什么呢?"我追问道,尽量不去理会他脸上愤怒的表情。

他盯着我看了好一会儿。

"以后再说吧,"他最后说道,"我们该迟到了。"

我看了一眼四周,惊讶地发现他没说错,餐厅里几乎没有人了。我和他待在一起的时候,时间和空间总是混乱一团,模糊不清,对二者我完全毫无知觉。我跳了起来,从座位靠背上抓起了书包。

"那以后再说吧。"我同意了,我不会忘记的。

纠　葛

我俩一起朝实验室的座位上走去时,大家都在看我们。我注意到他再也不那样把椅子转过去,尽可能地远离我坐到课桌那头了。相反,他坐得离我很近,我们的胳膊都快碰到一起了。

这时班纳先生倒退着进了教室——这个人真是守时——只见他拉着一个装着轮子的高大金属架,上面放着一台看起来很沉的老式电视机和一台录像机。今天上课看电影——教室里兴奋的气氛几乎都能摸得着了。

班纳先生费力地把录像带塞进录像机,然后走到墙边把灯关掉。

这时,教室里一片漆黑时,我突然无比敏锐地感觉到爱德华坐在离我不到一英寸的地方。一阵出乎意料的电流传遍全身,我吃了一惊,没想到自己还能比先前**更强烈地**感觉得到他的存在。我心中突然涌起一股疯狂的冲动,想要趁黑伸手去摸摸他,摸摸他那完美无瑕的脸庞,哪怕就一下。我紧紧地将双臂抱在胸前,双手都攥成了拳头,我都控制不住自己了。

电影序幕已经开始了,房间里有了一点儿微弱的亮光。我情不自禁地朝他那边瞥了一眼。只见他也保持着和我一样的姿势,抱着胳膊,双手在下面也攥成了拳头,眼睛斜瞅着我,我害羞地笑了。他也冲我笑了笑,两眼不知怎的,流露出了极力克制的表情,即使在这片黑暗当中也看得见。在我换气过度之前,连忙把眼睛挪开了。要是我觉得头晕目眩的话,那就真的糟大了。

这一个小时似乎过得很慢,我无法聚精会神地去看电影,甚至不知道里面讲了些什么。我试图放松下来,却总是做不到,那股似乎从他身体内某个地方发出来的电流丝毫没有减弱。我偶尔也朝他那边飞快地瞥上一眼，而他似乎也一直没能放松。我心里那股无法抗拒的想要摸他一下的渴望也依然没有减弱，我紧紧地把拳头压在自己的肋骨上，直到手指因为太用力开始疼了起来。

直到下课的时候班纳先生把灯重新打开，我才嘘了一口气，心里一轻，向前伸出胳膊，活动了一下已经僵硬的手指。爱德华在一边哧哧地笑了起来。

"嗯，挺有意思的。"他小声说道。他的声音很小，眼睛里透着小心。

"嗯。"我能回答的也只有这个了。

"我们走吧？"他说道，动作优雅地站了起来。

我差点痛苦地哼了出来，又是上体育课的时间了。我小心地站起身，生怕我俩之间这种奇怪的新的热情会让自己站立不稳。

他一言不发地陪着我走到第二节课的教室前，在门口停下，我转过身想和他说再见。他脸上的表情让我吃了一惊——不安，几乎是痛苦，如此的漂亮，使得我心里想要去摸他一下的渴望又和先前一般热烈地燃烧起来，要说的再见也堵在了嗓子眼里。

他抬起一只手，有点犹豫，满眼带着矛盾的神情，用手指头很快地拂过我整个脸颊。他的肌肤还是那样冰凉，可他的触摸却是火热的。好像我已经被烧伤了，但却没觉得疼。

他一句话没说，转过身去，大步流星地走了。

我走进体育馆，有点头晕，摇摇晃晃。我随着大家走进更衣室，神情恍惚地换着衣服，只模模糊糊地感到周围还有别人。直到别人递给我一只球拍，我才完全回到现实中来。球拍很轻，可我拿在手里却感觉很不安全。我看到课堂上其他学生中有几个在偷偷地看我。克拉普教练命令大家分成两人一组。

所幸的是，迈克的仗义还在，他走过来，和我站在了一起。

"你想和我一组吗？"

"谢谢你，迈克——你知道吗，你不用这么做的。"我带着歉意地冲他做了个鬼脸。

"别担心，我不会影响你的。"他笑道。有时候要喜欢上迈克真的很容易。

练习进行得不算顺利,我在挥拍子的时候不知怎么的打中了自己的脑袋,同时也打到了迈克的肩膀。这节课接下来的时间里,我就站在球场后面的角落里,手中稳稳地握着球拍,背在身后。虽然迈克被我拖了后腿,但他的表现还是很棒,他单枪匹马,居然打了个四场三胜。当最后教练吹哨下课时,他让我不劳而获地赚到了五分的好成绩。

"那么……"我们走下球场时他对我说道。

"那么什么?"

"你和卡伦,哈?"他问道,带着一种不屑的语气。我之前对他的好感一下子烟消云散。

"这不关你的事,迈克。"我警告他,心里诅咒着杰西卡。

"我不喜欢。"他还是小声说道。

"用不着你喜欢。"我呵斥他。

"他看你时的样子就像……就像把你当成点心一样。"他没有理睬我,继续说道。

我把要爆发出来的歇斯底里生生地咽了回去,但还是挤**出来**了几声轻轻的冷笑。他瞪了我一眼,我挥挥手,忙向更衣室逃去。

我飞快地换上衣服,心里好像有一头小鹿在不管不顾地撞来撞去,自己与迈克之间的争论已经被抛到了九霄云外。我不知道爱德华是不是在外边等我,还是我应该到他的车旁边去找他。要是他的家人也在那里该怎么办?我感到一阵真正的恐惧涌了上来。他们会晓得我已经知道了吗?我应该表现出来已经知道他们晓得我知道了吗,还是不应该呢?

我没走出体育馆的时候,几乎已经下定了决心看都不看停车场一眼,就直接走路回家。可是我的一切担心都是多余的,爱德华在等我,他将身子随意地靠在体育馆的墙上,那张勾魂夺魄的脸也已经平静下来了。我走到他的身边,心里奇怪地感到一阵轻松。

"嗨。"我开口道,脸上挂满了灿烂的笑容。

"你好,"他回给我一个迷人的微笑,"体育课上得怎么样?"

我的脸稍稍沉了一下。"挺好。"我撒了个谎。

"真的吗?"他有点不信。他的眼睛微微变了个方向,朝我的身后看去,眯了起来。我回头望了一眼,刚好看到迈克走开时的背影。

"怎么了?"我问道。

他的眼睛又回到我身上来,依然很紧张:"牛顿让我感到有点不安。"

"你不会又在偷听吧?"我吓了一跳。先前突然涌起的好心情一下子消失得无影无踪。

"你的头没事吧?"他没事般地问我。

"你真是让人难以置信!"我转过身,朝着停车场的大致方向噔噔噔地走去,但我还没取消走路回家的念头。

他很快就追上了我。

"是你说过我从没见过你在体育馆时的样子的——你的话让我很好奇。"他一点儿都不知悔改,我也就没有理他。

我们就这样一句话不说地走着——对我,这是一种愤怒而又尴尬的沉默——朝他的车子走去。但还有几步的距离时我不得不停了下来——他的车子前面围了一大堆人,都是男生。这时我发现他们并不是在围着沃尔沃,而是围着罗莎莉的红色敞篷轿车,所有人的眼睛里都流露出明显的羡慕表情。爱德华从他们中间挤了过去,打开车门的时候,他们甚至都没抬眼瞧一下。我连忙坐进副驾驶的位置,大家同样没有注意我。

"太招摇了。"他小声说道。

"那是辆什么车?"我问他。

"M3。"

"我不懂《名车志》①上面的术语。"

"是一辆宝马。"他眼睛转了一下,没有看我,想在不轧到那群车迷的情况下把车倒出去。

---

① 《名车志》(*Car and Driver*),世界著名汽车杂志,1955 年创刊于美国,最初的名字是:Sports Cars Illustrated,1961 年正式改为现在的名字。

我点了点头——听说过那种车。

"你还在生气？"他一边问我，一边小心翼翼地倒着车。

"当然。"

他叹了口气："要是我道歉的话，你会不会原谅我呢？"

"也许吧……如果你是真心的话，**不过你要保证以后再也不这样了**。"我毫不让步。

他突然露出了精明的眼神："要是我是真心的，**而且还答应周六让你开车呢**？"他没理会我提出的条件。

我想了一下，觉得这大概是能得到的最好的条件了。"成交。"我同意了。

"那么我很抱歉让你心烦了。"很长一段时间里，他的眼中充满着真诚——搅得我心里七上八下——接着又变得顽皮起来，"那我星期六一大早就到你家门口等你。"

"嗯，这没有一点儿好处，要是车道上毫无理由地停着一辆沃尔沃的话，查理还是会起疑心的。"

这时他脸上的笑有点得意了："我又没说要开车去。"

"那你怎么……"

他打断了我："不用担心，我会在那儿等你，不开车。"

我也不再问了，还有一个更急迫的问题。

"现在算晚些时候了吗？"我意味深长地问道。

他皱起了眉头："我想算吧。"

我带着礼貌的表情等着他接下去。

他停下了车，我抬头一看，十分惊讶——我们已经到了查理的房前了，就停在卡车的后面。每次坐他的车，只有等到了目的地我再往外边看，心里才会觉得轻松一点儿。我转过头看着他，他正盯着我，眼神犹豫不定。

"你还是想知道为什么不能来看我们捕猎？"他显得很严肃，但我觉得在他眼睛深处看到了一丝嘲弄。

"嗯，"我解释道，"我更想知道你的反应。"

"我有没有吓着你？"没错，他眼睛里绝对带着嘲弄。

"没有。"我撒了个谎,他不以为然。

"吓着你了,我很抱歉,"他脸上依然带着一丝微笑,但接着所有嘲弄的神情不见了,"只是一想到你也在场……在我们捕猎的时候。"他咬紧了牙。

"那样很不好吗?"

从他紧咬着的牙齿缝里挤出几个字来:"相当不好。"

"因为……"

他深深地吸了口气,眼睛透过挡风玻璃盯着天边厚厚的、翻滚着的云朵,它们似乎要压下来,差点儿触手可及了。

"我们捕猎的时候,"他缓缓地、极不情愿地说道,"我们会完全去凭感觉……而很少受意识的支配,尤其是靠我们的嗅觉。当我像那样失去控制的时候,如果你在我身边的任何地方……"他摇了摇头,依然沉着脸盯着厚厚的云朵。

我稳稳地控制着自己的表情,等着他的眼睛飞快地扫过我刚听到这些话时的反应。我的表情掩饰得很好。

但是我俩就这么一直盯着对方,沉默变得越来越深——然后起了一点点变化。下午他持续不断地盯着我的眼睛时我感觉到的那种电流改变了气氛,直到我的脑子开始旋转,我才意识到自己一直没有呼吸,我用力地吸了一口气,他闭上了眼睛。

"贝拉,我想你现在该进去了。"他的声音很小,也很硬,眼睛又在盯着那些云朵。

我打开车门,突然进入车里的冷空气让我脑袋清醒了些。我有点担心在这种晕晕乎乎的状态下我会摔倒,于是小心翼翼地下了车,随手关上了车门,连头都没回。电动车窗打开的声音让我回过了头去。

"哦,贝拉?"他在我身后喊道,声音也平和了点。他身子往开着的车窗这边倾过来,嘴角上带着一丝浅浅的微笑。

"怎么了?"

"明天该轮到我了。"他说道。

"轮到你干吗?"

他更乐了,露出发亮的牙齿:"提问呀。"

我还没明白过来，他就走了，车子加速开上马路，消失在拐弯处。我微笑着走进房门，如果没别的事，很显然他已决定明天要见我。

那天晚上和往常一样，爱德华依然是我梦里的主角，不过，在我毫无意识的梦里气氛有点不同了。那股电了我一下午的电流让我的梦也跟着兴奋地颤抖起来，我在床上翻来覆去，不时地醒过来。只有到了凌晨时，我才终于疲倦地睡了过去，没再做梦。

醒来时，我依然感到很疲倦，而且也很烦躁。我穿上那件褐色的高领毛衣，还有那条必不可少的牛仔裤，我叹了口气，心里梦想着吊带和短裤。早餐还是和往常一样，是我预料中的老花样。查理给自己煎了几个鸡蛋，我则吃着自己的麦片粥。我不知道他是不是已经忘了这个星期六的事。他站起身把盘子拿到洗碗池那边时，不等我问就开口了。

"关于这个星期六……"他开始了，一边走到厨房那边，打开了水龙头。

我愣了一下："怎么了，爸？"

"你还是打算去西雅图吗？"他问我。

"这是计划好了的。"我做了个鬼脸，暗地里希望他别扯到这个话题上来，这样我就不用编一些半真半假的借口了。

他往盘子里挤了一些洗涤液，用刷子转着刷了起来："你确定赶不回来参加舞会了？"

"我不去参加舞会，爸。"我瞪了他一眼。

"没有人邀请你吗？"他问道，专注地洗着盘子，尽量掩饰着自己的关心。

我绕开了这个雷区："是女孩儿择伴舞会。"

"哦。"他擦干盘子的时候，皱了一下眉头。

我有点同情他了。当父亲肯定也不是件容易事儿，总是担心自己的女儿会遇上一个她喜欢的男孩儿，可要没有遇上也要担心。这该有多可怕，我想着，身子一震，要是查理哪怕是知道了一点点我**真正喜欢的人**，那该怎么办。

接下来查理走了,朝我挥了挥手,我上楼刷完了牙,把书收好。我听到巡逻车开走的声音时,再也等不及了,跑到窗户边往外看。银色的小车已经停在那里了,就在车道里查理停车的地方等着。我三两步跳下楼梯,跑出前门,想着这种奇怪的每日例行公事还会持续多久,真希望永远不会结束。

他就在车里等着,似乎没有注意到我随手把门带上了,连锁都没锁。我走到车子边,害羞地停了一下,才打开车门,坐了进去。他也笑着,一脸轻松——还是和以往一样,近乎完美无瑕,帅得无以复加。

"早上好,"他的声音很温柔,"今天感觉怎么样?"他的眼睛在我脸上扫来扫去,似乎这个问题不仅仅是一句简单的礼貌问候。

"很好,谢谢。"我总是感觉很好——比很好还要好——只要是和他在一起。

他的眼睛停在了我眼睛下边的黑眼圈上:"你看起来很疲倦。"

"我没睡着。"我承认道,情不自禁地甩了一下肩膀上的头发,好掩饰一下。

"我也是。"他笑着说,发动了引擎。我已经习惯了这种引擎发出的轻轻的声音。我敢肯定,要是我再去开我那辆卡车的话,肯定会被它轰隆隆的声音吓着的。

我笑了:"我猜也是,我估计我比你睡得稍微多一点点。"

"一点儿不错。"

"那你昨晚都干什么了?"我问道。

他咻咻地笑了:"你没有提问的机会,今天该我了。"

"哦,没错。你想知道些什么?"我皱了一下额头。我实在想象不出来关于我,到底有什么让他感兴趣的问题。

"你最喜欢的颜色是什么?"他问道,一脸的严肃。

我眼睛转了转:"每天都不一样。"

"那你今天最喜欢什么颜色呢?"他还是那么严肃。

"大概是褐色吧。"我经常是根据心情来穿衣服的。

他哼哧了一下,脸上严肃的表情不见了。"褐色?"他有点不相信地问我。

"是的，褐色是温暖的，我**怀念**褐色。一切本应该是褐色的东西——树干啊、岩石啊、泥巴啊——在这里却都被又湿又软的绿色的东西给盖住了。"我埋怨道。

他似乎被我这小小的抱怨吸引住了，他盯着我，想了一会儿。

"你说得没错，"他肯定了，又是一脸严肃，"褐色是温暖的。"他伸出手，很快，但不知怎么的还是有点犹豫，帮我把头发理到肩后。

我们到学校了，他把车开进停车位时，转过头来向着我。

"你的 CD 播放器里现在放着什么音乐？"他问我，脸上很严肃，像是在要人承认一宗谋杀案一样。

我意识到自己从来没有换掉过菲尔送给我的那张 CD，当我说出那个乐队的名字时，他不自然地笑了，眼里流露出一种少见的神情。他按开了车载 CD 播放器下面的一个盒子，小小的盒子里塞满了三十多张 CD，抽出一张，递给了我。

"德彪西专辑？"他扬起了一边的眉毛。

和我那张一模一样，我低下头，看着封面上熟悉的图案。

这一天剩下的时间里一直都是这样。他陪我走着去上英语课时，我上完西班牙语课他来接我时，一直到整个午饭的时间里，他都在不停地盘问我一些关于我生活中每一个无足轻重的细节。我喜欢和不喜欢的电影啦，我去过的为数不多的几个地方和我想去的地方啦，还有我读的书——无休无止地问着关于书的问题。

我记不起来最后一次说这么多话是什么时候的事了，很多次我都很自觉，想着自己肯定让他觉得烦了。可是他满脸的专注，还有他无休止的问题，都迫使着我继续说下去。他提的大部分问题都很简单，只有少数那么几个让我容易发红的脸烧了起来。可是我一脸红，又会招来一轮新的问题。

例如他问我最喜欢什么样的宝石的时候，我想都没想，脱口就说是黄宝石。他一个接一个地向我提问，速度之快令我感觉自己就像是在参加一场精神治疗实验测试，要求答出最先想到的词。要不是我脸红，我相信不管他是在按照什么样的顺序，都会这样一直问下去。我之所以脸红，是因为自己最喜欢的宝石实际上是石榴石。当我迎着他那双黄褐色的眼睛望去时，不可能想不起自己这样更改答案的原因。很自然地，除非我承认自己尴尬的原因，否则他又不会善罢甘休。

"告诉我。"他见说服不了我，干脆命令我——之所以说服不了，唯一的原因就是因为我小心地没去看他的脸。

"今天你眼睛的颜色就是黄褐色的，"我叹了口气，投降了，低下头去，手上拿着自己的一绺头发拨弄着，"我猜要是过两个星期你再问我这个问题，我会说是玛瑙色的。"我虽然不很情愿，但一下子坦白得太多，有点担心又会引发那股莫名的怒火，就像任何时候我犯了错误而把自己有多烦表现得太明显时一样。

但是他只是稍稍顿了一下。

"你最喜欢什么花？"他问道。

我松了一口气，继续进行着这种心理测试。

上生物课又是件麻烦的事。爱德华还在继续不停地发问，直到班纳先生又拖着那个视频架子走进教室。当老师走过去关灯时，我注意到爱德华把自己的椅子稍稍挪开了一点儿，这也没有用的。教室里一暗下来，我又感觉到了同样的电流，心里涌起了同样的想要摸他冰冷肌肤一下的渴望，完全和昨天一样。

我往前靠着桌子，胳膊压胳膊地放在上面，胳膊垫着下巴，暗地里用手指紧紧地抓住桌子边缘，尽力地去压制住那股让我不安的愚蠢的欲望。我没有朝他那边看，担心要是他也在看我，只会更难控制自己。我是真的想去看电影，可是到了下课时我还是不知道电影讲了些什么。班纳先生打开灯时，我心里一轻，又松了一口气，终于瞥了爱德华一眼：他也在看我，眼神有点摇摆不定。

他默默地站起身来，静静地站着，在等我。我们一言不发地向体育馆走去，像昨天一样。同样，像昨天一样，他没说一句话，摸了一下我的脸——这次用的是冰凉的手背，从鬓角一直摸到下巴，然后转身走开了。

体育课过得很快，都是我在看着迈克进行个人羽毛球表演。他今天没有和我说一句话，要么是因为我脸上没有任何表情，要么是因为他还在为我们昨天的争论生气。在我内心的某个角落，我对此感觉很不好，但是我还是无法把精神集中到他身上。

一上完课我就赶忙去换衣服，心里很紧张，想着我动作越快，也就越早能和爱德华在一起。这个压力令我变得比平时更加笨拙起来，不过最终我还是出了更衣室，当我看到他站在那里时，心里又是一阵同样的轻松，一阵灿烂的笑容在我脸上荡漾开来。他在开始新的提问以前，也冲我笑了笑。

不过接下来他的问题有点不同了，不是那么容易回答。他想知道我想念家里的什么东西，坚持要我描述任何他不熟悉的东西。我们在查理的房前坐了好几个小时，天色暗了下来，雨点突然间倾泻了下来，打在我们周围。

我努力地描述着一些不可能形容的东西，比如像杂酚的气味——有点刺鼻，带点树脂味，不过还是很好闻——七月间知了高亢而有点刺耳的叫声，长着羽毛一样的不结果子的树，无垠的天空，天际与天际之间白色到蓝色的渐变，从来不会被那些布满紫色火山岩的小山搅乱。最难解释的就是为什么我觉得那很漂亮——要说出一种东西漂亮的理由，而这种漂亮和那些经常看起来半死不活的、稀稀疏疏的、浑身是刺的植物没有多大关系，而和裸露的大地的形状，和陡峭如削的山间狭窄的谷地，还有这些谷地牢牢把住太阳的方式有着更大的关联。我发现自己向他描述时，不得不开始手舞足蹈了。

他那些平静的、刨根问底的问题让我无拘无束地说着，在这风暴的朦胧亮光中，都忘记了因为整个谈话中都是自己一个人在滔滔不绝地说而觉得有任何尴尬。最后，当我仔细地描述完自己家里乱糟糟的房间时，他打住了，没有再提出新的问题。

"你问完了吗？"我松了一口气，问他。

"早着呢——不过你爸快要回来了。"

"查理！"我突然想到了还有他的存在，叹了口气。我探头看了看雨雾迷漫、阴沉晦暗的天空，却一点儿也看不出什么。"现在有多晚了？"我大声地问道，看了一眼时钟。看到时间我感到有点惊讶——这个时候查理应该开车回家了。

"已经是傍晚了。"爱德华小声道,看着西边的天际,乌云密布,一片朦胧。他的声音里还带着沉思的味道,似乎他的思绪还在很远的某个地方。我看看他,他正透过挡风玻璃毫无目的地盯着外面。

我还在盯着他看,这时他的眼睛突然收了回来,看着我。

"这是一天中对我们最安全的时刻,"他说道,回答了我眼中还没说出来的疑问,"最轻松的时刻,在某种程度上,却也是最伤感的……又一天的结束,夜晚的回归,黑暗总是如期而至,你不这样觉得吗?"他忧郁地笑道。

"我喜欢夜晚。没有黑夜,我们就永远看不见星星,"我皱了一下眉头,"但这里很少见。"

他笑了,心情一下子好了起来。

"再过几分钟查理就要到了。那么,除非你想要告诉他星期六你会和我在一起……"他扬起了一边的眉毛。

"谢谢,不过我的回答是不,谢谢。"我收起书本,才发现自己因为一动不动地坐了这么久,身子有点僵,"那明天又轮到我了吧?"

"想得美!"他一脸的愤愤不平,带着点挑逗的味道,"我说过我还没问完,不是吗?"

"还有什么问题?"

"明天你就知道了。"他把手伸了过来,替我打开了车门,突然间他靠得这么近,一下子让我的心狂跳起来。

可是他的手却停在了门把上。

"不好。"他小声说道。

"怎么了?"我很吃惊,只见他牙关紧闭,眼神有点慌乱。

他飞快地看了我一眼。"又一个麻烦。"他闷闷不乐地说道。

他猛地一下把门打开,然后迅速从我身边移开了,几乎是往后缩了回去。

这时我看到大雨中一束车灯的亮光照了过来,一辆黑色的汽车停到了路边距离我们只有几英尺的地方,车头冲着这边。

"查理就在拐角的地方。"他警告我说,盯着瓢泼大雨里的另一辆汽车。

我忙跳出车子，虽然心里充满了困惑和好奇。雨点打在我的外套上，发出很大的声音。

我想看清楚那辆车的前座上坐着的是谁，可是天太黑了。我能看到新来的那辆车的灯光照到了爱德华。他还在盯着前面，眼睛定在了某个我看不见的物体或者人的身上，脸上带着一种奇怪的同时包含了沮丧和蔑视的神情。

然后他发动了引擎，轮胎在打湿了的人行道上擦出一阵尖叫。很快，沃尔沃汽车就消失得无影无踪了。

"嘿，贝拉。"一个熟悉而又沙哑的声音从那辆黑色小汽车的驾驶员位置传了过来。

"雅各布？"我问道，眯着眼睛透过暴雨看着那边。就在这时，查理的巡逻车也从拐角的地方拐了过来，车灯照在了在我前面这辆车里坐着的人身上。

雅各布这时已经下来了，虽然天色很黑，可还是看得见他脸上灿烂的笑容。在副驾驶的位置上坐着一个年纪挺大的男人，身材魁梧，长着一张让人过目难忘的脸——脸盘有点太大，脸颊都挨着肩膀了，黄褐色的皮肤上满是皱纹，就像是一件旧皮夹克一般。一双令人惊讶的熟悉的眼睛，黑色的眼睛，相对这张大脸来说显得既年轻却又很年老。雅各布的父亲，比利·布莱克。我立刻认出了他，虽然有五年多没见过他了，而且我到这里的第一天查理提到他的时候，我还忘了他的名字。他正盯着我，眼睛在我脸上扫来扫去，于是我试探性地冲他笑了笑。他的眼睛睁得很大，好像很惊讶或者被吓住了一样，鼻孔也张得很大。我脸上的笑容一点一点地退了下去。

又一个麻烦，爱德华说过。

比利依然看着我，目光很强烈而又透着担心。我暗地里嘟哝了一声。比利那么轻易地就认出了爱德华吗？他是否真的相信他儿子不屑一顾的那些不可能的传说呢？

比利眼里的答案很清楚，没错。没错，他相信。

平　衡

"比利！"查理一下车，就喊了起来。

我转过身朝家里走去，弯腰飞快地穿过门廊时向雅各布招了招手。我听到查理在身后大声地和他们打着招呼。

"我会装作没看到你在开车的，杰克①。"他不以为然地说道。

"我们在保留区早就拿到了驾照。"我打开门锁，轻轻按开门廊里的电灯时，雅各布说。

"你当然拿到了。"查理笑了。

"不管怎样，我得到处跑跑。"虽然过了多年，我还是能轻易地听出比利洪亮的声音。他的声音突然让我觉得自己变年轻了，回到了孩提时代。

我走进屋，让身后的门开着，不等把外套挂起来，先打开了电灯。然后站在门口，担心地看着查理和雅各布俩人帮忙把比利从车里抱下来，放进他的轮椅里。

我往后让出路，他们三个赶忙进了屋，甩着身上的雨水。

"真是惊喜。"查理说道。

"时间隔得太久了，"比利回答道，"希望我们来得是时候。"他黑色的眼睛又扫到了我的身上，带着让人不解的眼神。

"你们来得正好，希望你们能够待在这儿看球赛。"

雅各布笑了："我觉得这倒不错——我们的电视机上个礼拜就坏了。"

比利朝他儿子做了个鬼脸。"当然，雅各布也很想再见到贝拉。"他补充了一句。我满脸同情地朝雅各布看过去，他皱了一下眉头，把

---

① 杰克（Jake），雅各布（Jacob）的昵称。

头埋了下去。也许在海滩的时候我表演得太好了。

"你们饿了吗？"我问他们，转身往厨房走去。我急着想躲开比利锐利的眼光。

"不饿，我们来之前刚吃过。"雅各布回答说。

"那你呢，查理？"我逃也似的走到房间的角落时，回头问道。

"当然饿了。"他回答说，听声音他正往起居室电视机的方向走去。我能听到比利的轮椅也跟在他后面。

烤好了的奶酪三明治就在煎锅里，我正在切西红柿的时候，觉得身后有人。

"嗯，你最近怎么样？"雅各布问道。

"挺好的。"我笑了一下，他的热情总是很难抗拒，"你呢？你的车子装好了没有？"

"没呢，"他皱起了眉头，"还差一些零件。那辆是我们借的。"他伸出拇指，朝前院指了指。

"对不起，我没有见过什么……你要找什么来着？"

"主汽缸，"他笑了，"那辆卡车没出什么毛病吧？"他突然补了一句。

"没有。"

"哦，我还正怀疑呢，只是因为看到你没开那辆车。"

我低下头看着锅，翻起一个三明治的一边看了看下面："我搭了一个朋友的便车。"

"车子不错。"雅各布的声音有点羡慕，"不过我没认出那个开车的人是谁。我想我认识这儿附近大部分的孩子。"

我一句话没说，只是点了点头，眼睛看着锅里，把三明治都翻了过来。

"我爸好像有点认识。"

"雅各布，能帮忙递些盘子给我吗？就在洗碗池上面的碗柜里。"

"当然。"

他拿来了盘子，一句话没说。我暗地里希望他不再说这个了。

"那他是谁呢？"他问道，把两个盘子放到我旁边的台子上。

我无奈地叹了口气："爱德华·卡伦。"

让我惊讶的是，他居然笑了起来。我抬眼看了一下他，他有点不好意思了。

"那就难怪了，"他说，"我还在想为什么我爸反应那么奇怪呢？"

"没错，"我装出一副一无所知的样子，"他不喜欢卡伦一家子。"

"迷信的老人。"雅各布压低了声音说。

"你觉得他会跟查理说什么吗？"我实在忍不住了，脱口而出地小声问道。

雅各布盯着我看了一会儿，我看不出来他黑色的眼睛里是什么表情。"我有点怀疑，"终于他回答说，"我想上次查理把他骂得够呛。俩人打那以后就没怎么说过话——今晚差不多算是一次重聚，我想。我觉得他不会又扯到这个上面来的。"

"哦。"我说道，尽量使自己的声音听起来满不在乎的样子。

我把晚饭给查理端过去后，就一直待在客厅里，雅各布和我说话时，假装在看着比赛。其实我是在听大人们的谈话，注意着是不是有任何比利要告发我的迹象，绞尽脑汁地想着要是他开口该如何去阻止他。

晚上的时间显得很漫长，我手头还有一大堆家庭作业没做，可又不敢让比利单独和查理待在一起。终于，球赛完了。

"你和你的朋友们近期还会再来海滩玩吗？"雅各布一边把他父亲推到门槛的台阶上边，一边问我。

"我还不能确定。"我模糊地回答说。

"今晚过得很开心，查理。"比利说。

"下场比赛的时候还来啊。"查理邀请他。

"当然，当然，"比利说，"我们会来的，再见。"他的眼睛移到了我的身上，脸上的笑容不见了。"你自己保重，贝拉。"他严肃地补充道。

"谢谢您。"我小声回答，眼睛望着别处。

查理站在门口挥手时，我朝楼梯口走了过去。

"等等，贝拉。"他说。

我往后缩了一下，难道在我去客厅和他们待在一起之前，比利已经和他说过什么了？

但是查理显得很轻松，还在为这次不期而至的来访开心不已。

"今晚我都没机会和你说句话，你今天过得怎么样？"

"挺好的，"我犹豫了一下，一只脚已经踏在了第一级楼梯上，心里回忆着可以告诉他的一些不用顾忌的细节，"我在的羽毛球组四场比赛全赢了。"

"哇，我还不知道你会打羽毛球呢。"

"嗯，事实上我不会，不过我的搭档打得很棒。"我承认道。

"你的搭档是谁？"他象征性地问道。

"嗯……是迈克·牛顿。"我不情愿地告诉他。

"哦，没错——你说过和牛顿家的孩子是好朋友来着，"他来了精神，"那一家子不错。"他想了一会儿，"你为什么不约他这个周末去参加舞会呢？"

"爸！"我哼唧了一声，"他和我的朋友杰西卡差不多在约会呢，而且，你也知道的，我不会跳舞。"

"哦，是的。"他小声道。接着又冲我抱歉地笑了笑，"这样的话，我想星期六你出门也挺好的……我已经计划好要和所里的几个朋友去钓鱼了。天气应该很暖和，不过你要是想推迟你的出行计划，等着有人和你一起去的话，我会待在家里的，我知道把你一个人丢在家里的时候太多了。"

"爸，你做得很好，"我笑了，希望心里的轻松没有表露出来，"我从没介意过一个人在家——我和你太像了。"我冲他眨了眨眼，他也笑得眼角皱了起来。

晚上我睡得比以往更踏实，太累了，没有再做梦。早上醒来，看到灰蓝色的天空时，我心里甭提多高兴了。昨晚比利和雅各布在这里时虽然很紧张，不过现在似乎还没有带来任何不利的影响，我决定彻底把它忘掉。我把前面的头发拢回去用发卡夹上时，发现自己居然吹起了口哨，接着在跳着跑下楼梯时发现自己又吹了起来。查理也注意到了。

"今天早上你情绪不错嘛。"他吃早饭的时候说道。

我耸了耸肩:"今天是星期五啊。"

我加快了速度,这样查理一走我就可以马上出门。我整理好了书包,穿上鞋,刷了牙,可是即便是我一断定查理已经走了就马上冲出家门,爱德华还是比我快了一点儿。他正坐在他那辆闪闪发亮的车子里等我,车窗开着,引擎也关了。

这次我没有再犹豫,飞快地爬到副驾驶的座位上,急着想早点看到他的脸。他冲我狡黠地笑着,我不由得停住了呼吸,心跳也停了。我实在想象不出来一个天使怎么可能比他更加迷人,他已经是漂亮得无以复加了。

"你睡得好吗?"他问道。我不清楚他是不是知道自己的声音多么有磁性。

"很好。你昨晚过得怎么样?"

"很开心。"他笑得十分开心。我感觉好像错过了他们自家人说的某个笑话似的。

"我能问问你昨晚都干了些什么吗?"我问他。

"不行,"他笑道,"今天还是**我问你**。"

今天他想知道关于一些人的信息:更多的是关于蕾妮的,她的爱好,我们有空时在一起做些什么。接下来是我认识的一个奶奶,我在学校里交的为数不多的几个朋友——当他问到我以前约会过的男生时,我都有点不好意思了。我从来没有真正意义上和任何人约会过,这令我感到很宽慰,因为这样一来,关于这个话题也就说不了多长时间了。对于我没有任何浪漫的经历,他似乎和杰西卡和安吉拉一样感到惊讶不已。

"这么说你是没有遇到过你中意的人喽?"他问道,语气很严肃,弄得我不知道他到底在想什么。

我不情愿地老实承认:"在凤凰城是没有。"

他的嘴唇紧紧地抿成了一条线。

这时我们正坐在自助餐厅里。这一天很快就在懵懵懂懂中过去了,这种懵懂也正在很快地成为每天的惯例。趁着他短暂的停顿,我赶忙咬了一口面包圈。

"今天我应该让你自己开车来的。"我正吃着的时候,他突然说道。

"为什么?"我问他。

"吃过午饭我要和爱丽丝出去一趟。"

"哦,"我眨了眨眼,有点困惑,也有点失望,"那也没关系,走回家也不是很远。"

他不耐烦地冲我皱了一下眉头:"我不会让你走回去的,我们去把你的卡车开过来,给你放在这儿。"

"可我没带车钥匙,"我叹了口气,"我真的不介意走路回去。"我介意的是没有了和他在一起的时间。

他摇了摇头。"我会帮你把车子开来,把钥匙留在点火开关上——除非你担心别人会偷走。"他想到这里,笑了起来。

"好吧。"我噘着嘴巴同意了。我很肯定钥匙就放在星期三穿过的那条牛仔裤的裤兜里,压在洗衣间的一堆衣服下面。即使他破门而入,或者不管他用什么方法进去,他也找不到钥匙的。他似乎从我表示同意的语气里听出了问题的难度,他得意地笑了,显得有点过于自信。

"那你们要去哪儿呢?"我尽可能地装作不经意地问道。

"捕猎,"他冷冷地回答道,"如果明天要和你单独在一起,我得尽可能地做好一切保险措施。"他的脸色变得有点郁郁寡欢起来……同时也有点恳求的表情,"你知道的,你可以随时变卦。"

我低下头去,害怕看到他那有着强大说服力的眼神。我不想轻易就让他说服了而去怕他,不管这种危险有多么的真实。**无所谓**,我心里再一次地说道。

"不,"我小声说道,眼睛回到他的脸上,"我不会变卦的。"

"也许你是对的。"他凄凉地小声说道。我朝他看过去时,他眼睛的颜色似乎变暗了。

我换了个话题。"我们明天什么时候碰面?"我问他,想到他现在就要走,感到有点失落。

"看情况吧……是星期六呀,难道你不想睡个懒觉吗?"他提议道。

"不想。"我回答得快了点,他忍住了没笑。

"那就和平时一样的时间吧,"他决定了,"查理会在家吗?"

"不会,他明天要去钓鱼。"想到这一切是如何顺利地解决的,我不由得有点儿得意。

他的声音变得有点儿尖了:"要是你不回家,他会怎么想?"

"我不知道,"我平静地回答,"他知道我打算洗衣服的,也许他会觉得我掉进洗衣机里了吧。"

他冲我一瞪眼,我也朝他瞪了回去。他的愤怒远比我的更加让人生畏。

"你们今晚去猎些什么呢?"我确定自己在这场瞪眼比赛中落了下风,于是问他。

"公园里的什么都行,我们不会走太远。"看到我这样满不在乎地提到他那些隐秘的事,他有点疑惑。

"你为什么要和爱丽丝一起去呢?"我问道。

"爱丽丝最……支持我。"他说话时皱了一下眉头。

"其他人呢?"我有点担心地问道,"他们怎么看?"

他皱了一会儿眉头:"很大程度上都持怀疑态度。"

我飞快地回过头朝他的家人那边瞥了一眼。他们坐在一起,各自看着不同的方向,完全和我第一次见他们时一样。只不过现在他们是四个人,他们这个迷人的有着古铜色头发的兄弟正坐在我的对面,金黄色的眼睛满是不安。

"他们不喜欢我。"我猜测道。

"不是这样的,"他反驳道,可是他的眼睛显得太天真了,"他们不能理解为什么我不能对你放手不管。"

我做了个鬼脸:"我也不能理解。"

爱德华慢慢地摇了摇头,眼睛望着天花板,然后又迎着我的眼睛望了过来:"我告诉过你的——你对自己根本就了解得不透彻,你和我认识的其他任何人都不一样,你让我着迷。"

我瞪了他一眼,确信他是在逗我玩儿。

他边笑边判断着我脸上的表情。"我有优势，"他小声说道，小心地摸了摸自己的额头，"我比一般人更了解人类的本性。别人做事都是意料之中的，可你……你做事永远都出乎我的意料，你总是让我大吃一惊。"

我把头转了开去，眼睛又回到他的家人那边，心里觉得有点不好意思，又有点不大满意。他的话让我觉得像是一项科学实验。要是期待别的事情的话，我都想笑自己。

"那些都还很好解释，"他继续说道，我感觉到他的眼睛盯在我的脸上，可我还是无法去看他，担心他会看出我眼里的懊恼，"可是还有一些……很难用语言来解释……"

他说这些话的时候，我的眼睛依然在盯着卡伦一家子。突然，罗莎莉，他那一头金发、相貌惊人的妹妹转过头来朝我看了一眼。不，不是看——是瞪，用她那黑色的、冰冷的眼睛。我想要挪开视线，可是她的眼神紧紧套住了我，直到爱德华说到一半的时候突然打住话头，小声地发出愤怒的声音，他几乎是嘘了一声。

罗莎莉把头转了过去，我一下子得救了。我回过头看着爱德华——我知道他能看到我睁得大大的眼睛里充满困惑和恐惧。

他紧绷着脸向我解释："很抱歉。她只是有点担心。你知道的……这样是很危险的，不只是对于我一个人，如果，在我和你如此公开地在一起待了这么长时间之后……"他低下了头。

"如果？"

"如果这一切的结局……很糟糕的话。"他把头埋进两只手掌中，就像在天使港的那个晚上一样。他的痛苦十分明显，我很想安慰他，可是一时间不知道怎么去安慰。我不自觉地伸出手去，不过很快地，我又放到了桌子上，担心我要是摸他的话只会让情况变得更糟。慢慢地我意识到自己应该对他的话感到害怕才对。我等待着那种恐惧的降临，可是似乎我所能感觉得到的只有因为他的痛苦而带来的心痛。

还有失落——因为罗莎莉刚才打断了他正准备和我所说的内容。我不知道该如何重新回到这个话题上来。他依然把头埋在手掌中。

我试图用正常的声音和他说话："你现在是不是该走了？"

"是的。"他抬起了头,他的脸色严肃了一会儿,继而心情好了些,露出了笑容,"也许这样最好。生物课上那部无聊的电影还有十五分钟没看完——我不想再看了。"

我突然一惊。爱丽丝——她那乌黑的短发直戳戳地散在那张精致的精灵般的脸庞周围——突然站在了他的身旁。她的身材十分苗条,甚至一动不动时都显得那么优雅。

他冲她打了声招呼,眼睛却依然看着我:"爱丽丝。"

"爱德华。"她回答道,她那女高音般的声音几乎和他的一样充满魅力。

"爱丽丝,这位是贝拉;贝拉,这位是爱丽丝。"他介绍着我们,用手朝我俩随意地指了一下,脸上带着一丝怪怪的笑容。

"你好,贝拉。"她那黑亮迷人的眼睛让人捉摸不透,不过她的笑容倒是很友好,"好高兴终于见到了你。"

爱德华连忙生气地瞥了她一眼。

"你好,爱丽丝。"我害羞地小声说道。

"你准备好了吗?"她问他。

他的声音有点冷淡:"差不多了,你到车里等着我吧。"

她没多说一句话,走开了,她走路的姿势十分优雅,十分柔美,让我不由得感到一阵妒忌。

"我是不是该说'祝你开心',还是这种表达不太恰当?"我问道,回过头来瞅着他。

"不,'祝你开心'对任何情况都很适用。"他笑了。

"那么,祝你开心。"我努力使自己的语气听起来十分诚恳。当然,我也没有骗他。

"我会尽量的,"他依然在笑,"请你尽量别出事。"

"别在福克斯出事——真是个挑战啊。"

"对你来说这**是**个挑战,"他咬了咬牙,"答应我。"

"我答应你尽量不出事,"我重复了一遍,"今晚我会洗衣服——那应该是充满危险的。"

"别掉进去了。"他模仿我道。

"我会尽力的。"

这时他站了起来，我也跟着站了起来。

"明天再见。"我叹了口气。

"对你来说，好像是很长的一段时间，对不对？"他想了想。

我闷闷不乐地点了点头。

"明天早上我会到那里等你的。"他保证道，面带他那狡黠的笑容。他的手伸过桌子，又轻轻地摸了一下我的脸颊，然后转身走了。我目送着他，直到再也看不见。

我很想下午逃课，至少逃掉体育课，可是内心一种警告的本能阻止了我。我知道如果我现在就走的话，迈克和其他人都会以为我是和爱德华在一起。而爱德华又很担心我俩公开待在一起的时间太长……如果一切的结局很糟糕的话。于是我不再去多想刚才那个念头，而是集中心思去想怎样让一切对他更安全。

直觉告诉我——而且我感到他也很清楚——明天将是很关键的一天。我俩之间的关系不会像过去一样继续在刀口上保持着平衡，我们不从刀刃这边掉下去，就会从那边掉下去，完全取决于他的决定，或者他的本能。我已经做出了决定，在自己有意识地选择之前就已经定了，而且我会尽全力将它进行到底。因为对我来说，再没有什么能比离开他这个想法更加可怕、更加痛苦的了，这是绝不可能的事。

我向教室走去，心里充满了一种责任感。老实讲，我不知道生物课上讲了些什么，我满脑子都在想着明天的事。在体育馆，迈克又开始和我说话了，他祝我在西雅图玩得开心。我小心地跟他解释说已经取消了旅行计划，因为担心自己的卡车出问题。

"你会和卡伦一起去参加舞会吗？"他问我，突然沉下脸来。

"不，我根本没想参加舞会。"

"那你打算做什么？"他问道，显得有点过于操心。

我本能地想要他少管闲事，不过，我还是聪明地撒了个谎。

"洗衣服，然后我得学习，准备三角课的考试，不然会不及格的。"

"卡伦会去辅导你学习吗？"

"**爱德华**，"我强调了一下，"不会辅导我学习。这个周末他会去别的地方。"我很惊讶地发现,自己现在撒起谎来比以往更加自然一些了。

"哦,"他又来劲儿了,"你知道吗,不管怎样,你还可以和我们一群人一起去参加舞会的——那样就太好了。我们大家都会和你跳舞的。"他保证道。

我脑子里闪出杰西卡的脸庞,使得我的声音过于尖了点。

"我是**不会**去参加舞会的,迈克,行了吗?"

"好吧,"他的脸又沉了下去,"我只不过是在邀请你而已。"

终于到了放学的时候,我朝停车场走去,丝毫提不起情绪。我并没有特别想要走路回家,不过我不知道他会怎样把我的车开过来。又一次,我开始相信没有他办不到的事了。事实证明我的这个直觉完全正确——我的卡车恰好就停在他的沃尔沃早上停着的位置上。我打开没锁的车门,看见钥匙插在点火开关上,我摇了摇头,有点不敢相信。

在我的车座上放着一张折起来的白纸片儿。我上了车,关上车门,打开纸片。上面写着四个字,是他潇洒的笔迹:

平平安安

卡车发动时轰隆隆的声音让我都感到有点儿害怕,我不由得笑了笑自己。

我回到家,发现门把手是锁着的,插销没锁,和我早上出门时一模一样。进了屋,我径直走到洗衣间,一切也和我离开时没有两样。我翻找着自己的牛仔裤,找到后摸了摸裤兜,空的。也许我最后把钥匙挂起来了,我想着,摇了摇头。

出于促使我向迈克撒谎的同样的本能,我给杰西卡打了个电话,借口祝她舞会上好运。当她同样祝我明天和爱德华好运时,我告诉她计划已经取消了。作为一个旁观者,她表现得有点过于失望,之后我赶忙说了声再见。

吃晚饭时查理有点心不在焉,大概在操心着工作上的什么事,我猜测着,也许是在操心一场篮球比赛,或者也许他只不过是真的喜欢吃意大利千层面——查理的心思是很难看透的。

"你知道吗,爸……"我开口了,打断了他的思绪。

"怎么了,贝儿?"

"我想你说的关于西雅图的话是对的,我觉得我还是等杰西卡或者别人能够和我一起去的时候再说。"

"哦,"他有点惊讶,"哦,那好吧,那你需要我留在家里吗?"

"不,爸,别改变你的计划。我有一大堆的事要做……作业、洗衣服……我还得去趟图书馆和百货店。整天我都会进进出出的……你只管去玩得开心点。"

"你确定?"

"当然确定,爸。而且,家里冰箱里的鱼少得可怜——只够吃两三年了。"

"你绝对是个容易一起过日子的人,贝拉。"他笑了。

"我可以说,你也一样。"我笑着说。我笑起来的时候声音有点怪怪的,不过他似乎没有注意。我心底里对于欺骗他感到很过意不去,差点儿就听了爱德华的建议而告诉他我会去哪里,就差一点儿。

吃过晚饭,我叠好了衣服,又把另外一筐衣服放进干衣机。可不幸的是,这种活儿只能让手头不闲着,我的脑子绝对有太多的空闲时间,慢慢地有点不受控制了。我在强烈得近乎成了一种痛苦的期待和不时动摇我的决心的隐伏的恐惧之间摇摆不定。我只得不停地提醒自己这是我自己做出的选择,我不会背弃这个决定。我频频地从口袋里掏出他写的字条,远远超过了要理解他写的那四个小字所需要看的次数。他希望我平平安安,我一遍又一遍地告诉自己。我只会坚持一个信念,那就是,最终,欲望将会战胜一切。那我的另一个选择是什么呢——让他淡出我的生活?这是不能忍受的。而且,自从我来到福克斯以来,的确好像我的生活就是**围着他在转**。

可是我内心深处一个微弱的声音又有点担心,担心会不会将他伤得太深……如果这一切的结局很糟糕的话。

等到晚得可以上床睡觉的时候,我终于松了一口气。我知道自己过于紧张，一时根本睡不着，于是做了以前从未做过的事。我故意吃了一点儿感冒药——就是那种可以让我踏踏实实睡上八个钟头的药。做了这样的事情，放在平常，我是不会原谅自己的，可是明天撇开其他一切不说，光是做到不因为失眠而头脑昏昏沉沉就够困难的。在等着药片起作用的同时，我吹干了洗干净的头发，直到把它完全拉直，心里还琢磨着明天该穿什么样的衣服。

等到明天早上的准备工作一切就绪，我才终于钻进了被窝。我感到异常兴奋，兴奋得忍不住直发抖。我爬了起来，在装着 CD 的鞋盒子里找了半天，终于找着了一张肖邦的小夜曲集。我放起了 CD，声音调得很低，然后又躺回到床上，集中精神放松着身体的各个部位。在进行这种放松练习时，感冒药起作用了，我很容易就睡了过去。

早上我醒得很早，因为无端吃了感冒药，昨晚睡得很香，没有做梦。虽然休息得很好，但我还是又回到了昨晚那种兴奋异常的状态。我匆匆穿好衣服，正了正衣领，不停地拉扯着那件褐色的毛衣，直到它正好盖到我的牛仔裤外面。我飞快地往窗外偷偷看了一眼，发现查理已经走了。一层棉花一样的薄云遮着天空，不过看起来不会持续太久。

早餐我食不知味，一吃完，赶忙就收拾干净了。我又往窗外瞥了一眼，没有什么变化。我刚刷完牙，正回头往楼梯那边走过去时，听到一下轻轻的敲门声，我的心在胸腔里怦地跳了一下。

我飞快地跑到门口，我本来不大会开这种简单的插销，不过终于还是猛地把门拉开了，他正站在门口。我一看到他的脸，所有的激动马上烟消云散了，取而代之的是一种平静。我轻松地嘘了一口气——看到他在这里，昨天的担心似乎是那样的愚蠢。

开始他并没有在笑——他的脸色很阴郁。不过当他上下把我打量了一番后，脸上的表情放松了，他笑了。

"早上好。"他咻咻地笑道。

"怎么啦？"我低头看了看，确认自己没有落下什么重要的东西，比如鞋子、裤子。

"我们穿的还真配。"他又笑了起来。我才意识到他穿着一件浅褐色的长毛衣，翻出里面白色的衣领，下面穿着蓝色牛仔裤。我也跟着他笑了，掩饰着心底里涌起来的一阵遗憾——为什么他看上去不像个时装模特儿都不行，而我想像个时装模特儿却不能？

他朝卡车走了过去，我锁上了房门。他站在副驾驶门边等着，满脸的痛苦，让人一眼就能看得出来。

"我们说好了的。"我扬扬得意地提醒他，爬进驾驶室，侧过身子帮他把车门打开。

"去哪儿？"我问道。

"系上安全带——我已经有点紧张了。"

我拉长了脸，但还是照着他的话去做了。

"去哪儿？"我叹了口气，又问道。

"沿着101道往北开。"他命令道。

感觉到他在盯着我的脸时，我发现极难聚精会神地去看前面的路。于是，穿过还在沉睡中的小镇时，我只好开得比以往更加小心。

"你打算在傍晚以前开出福克斯吗？"

"这辆卡车有年头了，都可以当你那辆车的爷爷了——尊重它一点儿。"我反驳道。

很快我们就开出了小镇的边界线，虽然他很不以为然。密密的林下矮树丛和绿葱葱的大树取代了草坪和房屋。

"右转上110道。"我正准备问，他就下命令了。我照做了，一句话没说。

"现在往前开，一直到路的尽头。"我听得出来他的声音里含着笑，但是很担心自己会把车开出公路而证明他的正确性，因而没敢去看他确认一下。

"路的尽头是什么？"我问道。

"一条小路。"

"我们徒步旅行吗？"我问道，有点担心。谢天谢地，我穿了双网球鞋。

"有什么问题吗？"听起来他似乎已经完全料到了我的想法。

"没有。"我尽量让自己的谎话显得自信点，不过要是他想到我的车子很慢的话……

"别担心，只有大概五英里的路程，用不着赶时间。"

五英里，我没有说话，怕他听到我因为恐慌而失去控制的声音。五英里的小路，到处都是不牢靠的树根和松动的石头，会扭伤我的脚踝或者让我受伤变残，这可是件丢脸的事。

我俩没说一句话，开了好一会儿，我心里想着即将到来的恐怖路程。

"你在想什么？"过了一会儿，他没耐心了，问我道。

我又撒了个谎："就想着我们这是去哪儿。"

"是一个天气好的时候我很喜欢去的地方。"他说完这句话，我俩都往窗外看了看在慢慢变薄的云层。

"查理说过今天会很暖和的。"

"你有没有告诉他你去干什么？"他问道。

"没有。"

"可是杰西卡以为我们要一起去西雅图吧？"他似乎对这个说法感到颇为满意。

"没有，我告诉她你取消了——我没骗她。"

"没人知道你是和我在一起？"他这时有点生气了。

"这得看情况……我想你跟爱丽丝说了吧？"

"那会很有用的，贝拉。"他大声说道。

我装作没听见。

"是不是福克斯让你感到这么消沉，让你来自取灭亡啊？"见我没有理他，他问我道。

"你说过这样会给你带来麻烦的……我俩公开地待在一起。"我提醒他道。

"那么你也担心这样会给**我**带来麻烦喽——**要是你没有回家**的话？"他依然很生气，不客气地挖苦道。

我点了点头，眼睛依然盯着公路。

他小声地说了些什么，说得太快，我没听清楚。

接下来的一段路程里，我俩都没再说话。我能感觉得到他心里很不以为然的阵阵怒气，一时也不知道该说什么。

这时路已经到了尽头，取而代之的是一条狭窄的人行小道，旁边立着一块小小的指示木牌。我把车子停到路边，下了车，心里有点不安，因为他仍然在生我的气，而我又没有了自己在开车而不去看他的借口。天气已经很暖和了，要比我来到福克斯以来的任何一天都要暖和，在这云层下面几乎都有点闷热了。我脱下毛衣，把它围着扎在腰上，很高兴自己还穿了一件浅色的无袖衫——尤其是想到前面还有五英里的步行路程要走。

我听到他砰的一声关上了车门，朝他那边看去，只见他也把毛衣脱下来了。他的脸背对着我，望着卡车旁的那片还没有开发的森林。

"这边。"他说道，回头看了看我，眼里依然带着生气的神情。他迈步向阴暗的森林里走去。

"要走小路吗？"我的声音明显带着一阵慌乱，忙绕过卡车，跟上了他。

"我说过路的尽头有一条小路，可没说我们要走这条小路啊。"

"不走小路？"我有点绝望地问他。

"我不会让你走丢了的。"他转过身来，脸上带着一丝讥笑，我一时停止了喘息。他穿着一件白色的无袖衫，敞开着，喉咙上光滑的白色肌肤一直毫无遮拦地延伸到花岗岩般结实的胸膛，完美的肌肉不再只是遮在衣服下面若隐若现了。他太完美了，我感到一阵痛苦的绝望，他这种天神般的人是不可能属于我的。

他盯着我，对我痛苦的表情疑惑不解。

"你想回家了？"他静静地说，声音里充满了一种和我不一样的痛苦。

"没有。"我走上前去，站到了他的身边，生怕浪费了可能和他在一起的一分一秒。

"你怎么了？"他问我，声音很温柔。

"我徒步旅行可不在行，"我阴着脸回答道，"你得很有耐心才行。"

"我可以有耐心——只要我尽力。"他笑道，看着我的眼睛，试图要让我从刚才突然的、莫名其妙的沮丧中摆脱出来。

我努力冲他笑了笑，但是笑得很勉强，他看着我的脸。

"我会把你带回家的。"他保证道。我不知道他的这个承诺是毫无条件的，还是仅仅是指我们马上离开。我知道他以为我是因为害怕才这样的，不由得又一次暗暗庆幸自己是唯一他听不到想法的人。

"如果你想要我在太阳下山前走完五英里的路，穿过这片林子的话，你最好现在就去带路。"我刻薄地说。他冲我皱了皱眉，努力地去理解我的语气和表情。

盯了一会儿，他终于放弃了，领着我走进了森林里。

一切并没有我担心的那么难。路还算平坦，他也总是替我把潮湿的蕨草和一片片的苔藓拨到一边。每当需要跨过倒下的树木或者大石头时，他会帮我一把，用肘部把我举起来，等我一过去又会马上放下。他冰凉的肌肤每碰到我的身体，我的心都会怦地一跳。有两次这样的时候，我看到了他脸上的表情，更让我确定他能听得到我的心跳。

我尽可能地不去看他那张完美的脸，可是还经常扫过。每次看他一眼，他的美丽都会让我感到一阵伤心的刺痛。

大部分时间里，我俩都一言不发地走着。有时候，他会随便问一两个前两天没有问到的问题。他问了问我的生日、我小学的老师、我小时候的宠物——我只好承认，在连续养死三条鱼以后，我就彻底放弃了这种习惯。听到这些，他笑了起来，声音比我习惯了的还要大——清脆的声音在空旷的树林里回响着。

这一走就耗去了大半个上午，但是他没有表现出丝毫的不耐烦。整个森林在我们周围展开来，像是一个由古老的大树形成的无边无际的迷宫，我开始有点担心我们再也走不出去了。他倒是一点儿都不担心，在这苍翠的迷宫里显得安然自若，似乎丝毫不怀疑我们的方向是否正确。

走了几个小时，透过树顶漏下来的亮光变了，慢慢地从晦暗的橄榄色变成了明亮的翠绿色。天空已经晴朗起来了，和他之前预测的一样。从我们走进林子以来，我第一次开始感到了一阵兴奋——很快又变成了一种不耐烦。

"我们到了吗？"我奚落道，假装一脸的不高兴。

"快了。"看到我的心情好了起来，他也笑了，"你看到前面的亮光了吗？"

我透过密密的树林看过去："嗯，有吗？"

他笑了："大概对**你**的视力来说还早了点。"

"我该去找验光的医生看看了。"我嘟哝了一句。他笑得更大声了。

可就在一会儿以后，又走了一百来码的距离，我清清楚楚地看到了前面树林里的一丝亮光，那是一丝黄色的而不是绿色的亮光。我加快了步伐，每走一步，心里的急切就增加一分。现在他让我走在了前头，悄无声息地跟在我的后边。

我走到那片亮光边缘，穿过最后一片蕨草丛，走进我见过的最美丽的地方。草地不大，呈非常规则的圆形，上面长满了野花——紫色的、黄色的、柔白色的。在附近的某个地方，传来小溪潺潺的流水声。太阳就在头顶，黄油般的一圈阳光笼罩着这块圆形的草地。我满怀敬畏，慢慢地走进这片柔软的草地，穿过翩跹起舞的野花，还有暖融融的、镀了金的空气。半途我转过身去，希望能和他一起分享这一切，可是他不在我觉得他应该站着的地方。我心里猛地一阵惊慌，转了一圈，寻找着他的身影。终于我看到他了，还站在这片草地边的树荫底下，满眼小心地看着我。直到这时，我才想起这片美丽的草地让我忘记了什么——那就是爱德华和这阳光的谜，这是他曾答应过今天要让我见识见识的。

我朝他退了一步，眼睛里充满了好奇。他的眼睛却很小心，有点勉强。我冲他鼓励地笑了笑，招了招手，又朝他退了一步。他向我警告地举起一只手，我犹豫了一下，停下脚步转过了身子。

爱德华似乎深深吸了一口气，然后终于走了出来，来到了这片明媚的正午的阳光底下。

表　白

　　爱德华在阳光下的样子令人震惊，虽然整个下午我都在盯着他看，但还是看不习惯。虽然昨天打猎回来后稍微有些发红，但他的皮肤依然很白净，简直熠熠生辉，好像镶嵌了无数颗小小的钻石。他一动不动地躺在草地上，敞开着衬衣，裸露出健康、光洁的胸部和白皙的胳膊。他那闪闪发光的淡紫色眼睑紧闭着，尽管他并没有睡着，躺在那里，像一尊用大理石一样光滑、水晶般透亮的无名石头铸成的雕像。

　　他的嘴唇不时地在动，动得很快，看上去就像在颤抖似的。可我问他时，他说自己在哼歌，声音轻得我根本就听不清。

　　我也尽情地晒着太阳，虽然空气并没有像我喜欢的那样干爽。我本想像他那样躺下来，让太阳温暖我的脸庞，但我却一直蜷曲着身子，下巴搁在膝盖上，两眼不停地注视着他。微风拂过，吹乱了我的头发和他静止身躯周围的绿草。

　　这草地一开始对我来说非常迷人，但现在和他相比却要略逊一筹了。

　　我很犹豫，即使到了现在，我始终都怕他像海市蜃楼一样从我面前消失：他太美了，美得叫人不敢相信是真的……我犹豫地伸出了一根手指，摸了一下他那只炫眼的手背，它就放在我伸手可及的地方。他的肌肤很完美，摸上去像缎子一般光滑，如石头一般凉爽，令我再次感到惊异。等我重新抬起头来时，只见他的眼睛睁开了，在看着我。今天，他的眼睛呈淡棕色，打过猎之后，颜色变得浅一些、温暖一些了。他冲我迅速地一笑，笑得他无瑕的唇角都翘起来了。

　　"我没吓着你吧？"他用嬉戏的口气问道，但从他温柔的声音里，我听出了实实在在的好奇。

"和平时差不多。"

他笑得更得意了,洁白的牙齿在阳光下闪闪发亮。

我稍稍往前凑了凑,伸出了整只手,用指尖顺着他前臂的轮廓抚摸着。我看见自己的手指在不停地颤抖,而且我知道,这是逃不过他的眼睛的。

"你介意吗?"因为他又闭上了眼睛,所以我问道。

"不,"他说道,没有睁开眼睛,"你很难想象这是一种什么感觉。"他叹了一口气。

我的手顺着他胳膊肘上微微发蓝的静脉,轻轻地抚摸着那完美的肌肤,另一只手伸出去想把他的手翻过来。他猜出了我的心思,用他那令人瞠目结舌、迅雷不及掩耳的动作一下子把手心翻了过来。这回真吓了我一跳,手指不觉在他的胳膊上停滞了片刻。

"对不起。"他的声音很轻。我抬起头来,正好看到他又闭上了那双金黄色的眼睛,"跟你在一起这么容易,我倒觉得有些不自在了。"

我将他的手抬起来,翻过来翻过去地看太阳在他手掌上发出的光亮。我把他的手又往上抬了抬,想看清他皮肤里藏着的东西。

"告诉我你在想什么,"他轻声说道,我看见他的双眼正盯着我看,神情突然变得很专注了,"我还是觉得很奇怪,真不知道是为什么。"

"你是知道的,我们大伙儿也一直都有这样的感觉。"

"在一起相处的日子不好过啊。"他的语气中带有的一丝悔恨难道是我的想象?"可你没告诉过我。"

"我**原本**希望我能知道你一直在想什么……"我犹豫了。

"噢?"

"我原本希望我能相信你是真的,希望我不感到害怕。"

"我并不想让你感到害怕。"他的声音轻得跟喃喃似的。我听出了他无法真实表白的意思——我没有必要害怕,也没有什么可以怕的。

"其实,那并不是我所指的那种害怕,尽管那无疑是要考虑的事情。"

还没等我来得及反应,他已经半坐了起来,用右手支撑着自己的身体,左手仍被我握着。他天使般的脸庞离我很近,只有几英寸的距离。对于他突然挨近这么近,我本来——也应该——向后躲闪的,可我就是僵在那里动弹不了,他那双金黄色的眼睛把我迷住了。

"那你到底害怕什么呢?"他轻声追问道,语气很急切。

可我答不上来。就像以前有过的一次那样,我闻到了他扑面而来的凉飕飕的呼吸,甜甜的、令人陶醉的香气馋得我几乎快要流出口水来了,这种香味儿跟其他任何东西都不一样。我本能地、不假思索地靠过去,呼吸着那股香气。

霎时间,他不见了,他的手已经从我的手里抽出去了。等我定睛一看,他已经在二十英尺开外,站在那块小草坪的边上、一棵大冷杉的浓浓阴影之下了。

他站在那里注视着我,眼睛在阴影里显得格外灰暗,表情令人难以揣测。

我能感觉到我的脸上充满了伤害和震惊的表情,我空空的双手觉得钻心的疼。

"对……对不起,爱德华。"我轻声地道歉说。我知道他能听见我说话。

"给我一会儿时间。"他喊道,声音不大不小,刚好能让我不那么敏锐的耳朵听见。我坐在那里一动不动。

经过了那漫长得令人难以置信的十秒钟后,他走了回来。对他来说,算是慢吞吞的了。他在离我仍有几英尺远的地方停下来,优雅地坐回到地上,双腿盘曲,两眼一刻也没有离开我的双眼。他深深地吸了两口气,而后冲我歉意地笑了笑。

"实在很抱歉,"他犹豫了一下说道,"要是我说我只是一个正常的人,你能理解我想说的意思吗?"

我点了一下头,但没能因为他的笑话而发笑。感觉到危险慢慢降临,我的肾上腺激素水平都提高了,他在自己所坐的地方就可以闻到。此时,他的微笑变成了嘲讽。

"我是世界上最棒的食肉动物,对不对?我身上的一切都能让你上钩——我的声音、我的脸,甚至包括我身上的**气味**,好像我没有那些东西不行似的!"突然间,他跳起来,从我眼前消失了,然后又出现在刚才那棵大树下,半秒钟内他居然围着草坪转了一圈。

"好像你能随时摆脱我似的。"他大声笑着说道,笑声中带着一丝苦涩。

他伸出一只手,随着一声震耳欲聋的咔嚓声,毫不费力地从树干上折下了一根两英尺粗的树枝。他将树枝托稳,然后以闪电般的速度扔向另一棵大树,那棵树在猛烈的撞击下不停地颤抖着。

此刻,他又站到了我的面前,离我只有两英尺远,像一尊石雕一样一动不动。

"好像你可以把我打跑似的。"他温柔地说道。

我坐在那里纹丝不动,我以前从来没有像现在这么怕过他。他也从来没有这么放肆地摘下过他那张精心粉饰的面具,从来没有露出过他非同常人的那一面,或者说他从来没有像现在这么俊美——死灰色的脸,两只睁得圆圆的眼睛。我仍坐在那里,好像一只受惊的鸟,面对着毒蛇虎视眈眈的眼睛动弹不得。

他那双可爱的眼睛发出兴奋的光芒,几秒钟过后又渐渐地暗淡下来,他脸上的表情也慢慢地复原,罩上了他惯有的那副伤感面具。

"别怕。"他轻声说道,温柔的口气中无意略带一丝勾引,"我保证……"他犹豫了一下,"**我发誓**不会伤害你。"他似乎更关心的是说服他自己而不是我。

"别怕,"他又轻声说道,故意放慢脚步向我靠近。他缓慢地坐下,我们脸对脸,中间仅一尺之隔。

"请原谅我,"他的口气很正式,"**我能**控制住自己的。刚才你有点儿让我措手不及了,可现在我已经好了。"

他等着我开口,可我依然开不了口。

"我今天不渴,真的。"他冲我挤了一下眼睛。

这次我禁不住笑了出来,可我的声音还是有点颤抖、急促。

"你觉得好点了吗?"他温柔地问道。说着,他将大理石般的手伸出来,小心翼翼地放回到了我的手里。

我看了看他光滑、冰凉的手,然后又看了看他的双眼,只见它们温柔而又充满了悔恨。我的目光又重新回到了他的手上,故意像刚才那样用指尖顺着他手上弯曲的静脉抚摸着,然后,抬起头,冲他腼腆地笑了笑。

他回了一笑,笑得灿烂夺目。

"刚才我失态之前,我们在说什么来着?"他用上个世纪般的说话方式问我。

"我真的不记得了。"

他笑了,但还是满脸的惭愧:"我觉得我们当时在说你害怕的原因,显而易见的原因之外的原因。"

"噢,没错。"

"那我们……"

我低头看着他的手,漫不经心地在他那光滑、灿烂的手心里画圈,时间一秒一秒地过去了。

"我很容易发脾气。"他叹了一口气说。我注视着他的眼睛,突然感悟到这一切对他和我来说都是从来没有经历过的。对于有着多年深不可测的经历的他,那就更不容易了。想到这些,我突然有了勇气。

"我害怕是因为……因为……原因是,其实很明显,我不能和你在一起。我还怕自己克制不住,想和你在一起。"说话的时候我两眼还一直盯着他的手,我想尽力把自己的声音再提高一些,可太难了。

"是的,"他慢声慢气地说,"那的确让人害怕,想和我在一起,确实对你没有好处。"

我紧锁眉头。

"我早就该离开这里了,"他又叹了一口气,"我现在就该走了,可我不知道能不能做到。"

"我不想让你走。"我可怜地小声求他,目光低垂。

"这正是我该走的原因,不过你放心好了,从本质上讲,我是一个自私的家伙,我太渴望你做伴了,该做的事我也不会做的。"

"我真高兴。"

"千万别。"他抽回了自己的手,这回动作比以前轻缓得多,但他的声音比往常要严厉。对他是严厉，但对我来说比任何正常人的声音都要美妙悦耳得多。他多变的情绪总是让我觉得跟不上，觉得有些茫然。

"我希望的不仅仅是有你做伴儿，永远不要忘记**这一点**。永远不要忘记我对你要比对任何人更危险。"他停住了，两眼茫然地凝视着远处的树林。

我想了一会儿。

"我可能没听懂你说的到底是什么意思，特别是最后那点。"

他回头看着我，笑了笑，他的情绪又有了变化。

"我怎么对你解释，又不再让你受怕呢……唔。"他陷入了沉思。他不假思索地把自己的手又放回到我的手里，我紧紧地握住了它。

他看着我们握在一起的手说："真是特别舒服，这种温暖。"

不一会儿，他醒过神来，继续说道，"你知道每个人都有自己喜欢的口味。有的人喜欢巧克力冰激凌，而有的人却喜欢草莓的。"

我点了点头。

"对不起，我用食物打这比方。我不知道用什么别的方法跟你解释。"

我笑了，他也苦笑了一下。

"你知道，每个人的气味不同，有其独特的芳香。如果你把一个嗜酒如命的人关在一个堆满变了味的啤酒的屋子里，他一定会很情愿地去喝它。可如果他希望早日戒酒，他也能克制住自己不喝。再比方说，如果在屋子里换上一杯百年陈酿，难得的珍品白兰地，香气四溢，你觉得那个人又会怎样呢？"

我们静静地坐着，注视着对方的眼睛，揣度着对方的心思。

他首先打破了沉默。

"可能这个比喻不太恰当。克制住不喝白兰地可能很容易做到，或许我应该把那个酒鬼换成一个瘾君子。"

"你是不是在说我对你有致命的吸引力？"我故意揶揄他，尽力让心情放轻松。

他微微笑了笑，似乎在鼓励我做出的努力："是的，你**正是我喜欢**

的那种人。"

"那种事儿经常发生吗?"我问。

他仰望着树梢,思考着如何回答我。

"我和我的弟弟们谈过这件事,"他仍然望着远处,"对贾斯帕来说,你们每个人都一样,没有什么区别。他是我们家最后加入的一个成员,对他来说,要他滴酒不沾非常难。他还没有学会区别不同的气味和味道。"他匆匆看了我一眼,表情还是有些不好意思。

"对不起。"他说。

"没关系,我并不介意。请不必担心会让我讨厌或让我害怕的。你怎么想的我能理解,或者说我会尽量去理解。你只要尽力给我解释清楚就是了。"

他深深地吸了一口气,目光又注视着天空。

"所以,贾斯帕很难确定他有没有遇到过像你这样的人,"——他犹豫了一下,寻找最恰当的词来表达自己的意思,——"像你**吸引**我一样吸引他的人。埃美特,打个比方说吧,戒酒的时间长一些,他就能理解我的意思。他说两次,对他而言,一次比另一次感觉更为强烈。"

"那对你呢?"

"从来没有。"

他的话在暖风中回荡。

"埃美特到底干了些什么?"我打断了沉默。

我真是不该问这个问题,他的脸一下子阴沉下来,他的手紧紧地攥成了拳头,头转向一边。我等了片刻,但他一直没有回答。

"我想我知道。"最后我来了个自问自答。

他睁开了眼睛,露出渴望和哀求的神情。

"即使我们中间意志最为坚强的也会有克制不住的时候,是不是?"

"你在等什么?需要我的允许吗?"我的声音很尖,可我实在是无意的,我只是想使自己的声音听起来更温柔些——我能料到他对我如此坦诚需要付出何等的代价。"我是说,一点儿希望都没有了吗?"

都快死到临头了，我居然这么冷静！

"不，不！"他突然醒悟过来，"当然有希望！我是说我当然不会……"他没有把话说完，眼睛又盯着我了，"我们之间和他们不一样。埃美特并不认识那些人，那是很久以前的事，当时他也没有什么经验，也不太小心，可他现在和以前大不相同了。"

他突然不说话了，只是默默地注视着我，而我也陷入了沉思，思考着他刚才说的话。

"那假如我们……嗯在一条漆黑的巷子里碰上了会怎么样……"我声音降低了。

"我曾经有机会扑向一群无辜的小孩，可我尽力克制住了——"他突然停了下来，转过头去，"你每次走过的时候，我都可以得手，完全可以毁掉卡莱尔为我们所做的一切。假如我在过去的好几年里没能忍住饥渴的话，我现在也不可能克制住自己！"他停下来，冲着那片树林大声吼叫。

他凄惨地朝我看了一眼，我们俩可能都在回忆着当时的情景："你一定以为我着魔了。"

"我也不明白是什么原因，你怎么会这么快就恨上我……"

"对我来说，你好像一个魔鬼，从我自己的地狱里来，目的就是为了毁掉我。你的肌肤发出的芳香……我以为我第一天就会克制不住。在那一个小时里，我想出了上百种办法，想把你引到一个没有其他人的地方，可我还是忍住了。想想我的全家，如果我这么做了，他们会怎么样。我只好跑出去，在我花言巧语把你引诱出去之前赶紧离开那里……"

他往上看了看，然后又看着我脸上错愕的表情。我试着去感受他那些痛苦的回忆。他眉睫下那双金黄色的眼睛是那样的炙热、迷人，也很致命。

"那时你肯定会跟我走的。"他很有把握地说。

"毫无疑问。"我尽量保持着平静。

他皱起眉头，看着我的手，然后慢慢地将目光移开："打那以后，我想调整我的课表，尽量地回避你，可也是徒然。当时你就在——那间温暖的小屋子里,身上散发出令人发疯的香气。我差一点儿对你下了手,旁边只有另外一个人——那是很容易对付的。"

我站在温和的阳光里,禁不住浑身颤抖。从他的眼睛里我看到了当时发生的一幕幕,这才明白自己当时面临着多大的危险。可怜的柯普女士!一想到当时我差点儿要为她的死负不可推卸的责任,我的身体不禁颤抖了一下。

"可我克制住了,我也不知道是怎么回事儿。我强迫自己不要等你,从学校出来时**不要**跟着你。一旦出了学校,闻不到你的气味就好多了。同时,我尽力保持头脑冷静,不要做出错误的决定。快到家的时候,我独自离开了——我没有勇气告诉他们自己是多么的脆弱。他们只知道我很不对劲儿——我径直去医院找到了卡莱尔,告诉他我要走了。"

我吃惊地瞪着他。

"我和他换了一辆车,他的车油箱很满。我中途不想停下,我不敢回家去面对埃斯梅。她也不会轻易让我走,不然会跟我大吵大闹,她一定会劝说我没必要⋯⋯"

"第二天早上我到了阿拉斯加,"他的声音里满含着羞愧,好像在责备自己是个胆小鬼,"我在那里住了两天,和以前认识的朋友一起,可最终我还是想家了。我恨自己,因为我知道埃斯梅,还有其他人,这个收养我的家,他们都在为我着急。在那空气清纯的大山里,我真的很难想象你居然会具有这么大的诱惑力。我想好了,逃避是一种懦弱的行为。我以前曾遇到过这种诱惑,但和这次无法相提并论,不过我很坚强。你是谁?不就是一个不起眼的小女孩儿嘛,"——他突然咧嘴笑了笑——"哪能让你把我从我喜欢待的地方赶走呢?所以,我就回来了⋯⋯"他凝视着远处。

我无言以对。

"我采用了各种办法,去打猎,喝足了再来见你。我相信,我一定有足够坚强的毅力像对待任何其他人一样对待你,对此,我深信不疑。"

"还有一件让我头痛的事,我就是猜不出你的心思,所以也无从知道你会对我做出什么反应。我从来没有为达到目的而借助别人的习惯,我通过杰西卡的头脑去偷听你的话……她根本没有自己的想法,所以什么也没有听到,我只好放弃,这让我特别恼火。所以我也不可能知道你所说的是不是真话。所有这一切都让我很伤脑筋。"他回忆着,不禁皱了一下眉头。

"后来,我尽可能想让你忘了第一天所发生的事,所以我又开始正常和你讲话。其实,我特别希望能猜透你的心思,但你又让我特别感兴趣,我不觉陷入你各种各样的表情里不能自拔。你不时地用你的手或头发搅乱我的情绪,你身上的气味又让我不能自已了……

"那天,就在我的眼皮底下你差一点儿被车轧死。后来,我想出了一个绝妙的理由来解释我当时为什么要救你——假如我没有救你,你在我眼前被撞得鲜血满地,我可能就会暴露我们的真相,不过,这个理由是我后来才想出来的。当时,我只有一个念头:'绝不该是她。'"

他闭上了眼睛,陷入了痛苦的忏悔。我耐心地听着,好奇胜过了理智。按常理说,我应该感到害怕才对,可我却为能揭开这一谜底感到轻松。我十分同情他所经历的所有这些痛苦,哪怕是现在,他表白要夺去我的生命。

我终于能说出话来了,可声音很小:"在医院吗?"

他很快地看了我一眼:"我自己都吃了一惊,我不敢相信在经历过所有这一切后,我还会把我们推向最危险的边缘,把我的命运交到了你的手上——这么多人当中唯独是你!好像我在寻找另一个干掉你的动机。"就在他不经意说出"干掉"这个词的时候,我们俩都不禁打了个寒战。"可结果正好相反,"他迅速接着往下说,"我和罗莎莉、埃美特,还有贾斯帕大吵了一场,他们都认为这是一个绝好的机会……这是我们吵过的最糟的架。可卡莱尔和爱丽丝都站在我一边。"提到爱丽丝的名字,他做了个鬼脸,我不知道为什么。"埃斯梅告诉我为了待下去,我必须做任何该做的事。"他自豪地摇了摇头。

"第二天,我通过所有和你说过话的人偷听了你的想法,你遵守了诺言让我大吃一惊,我难以理解,不过有一点我明白,我和你之间不能再纠缠下去。我尽最大的努力克制住自己，不让自己靠近你，可你身上的气味、你的呼吸、你的头发每时每刻都在像第一天那样袭扰着我。"

他又看着我的眼睛，不过这一次却充满了温柔。

"为了这一切，"他继续说道，"我倒觉得我应该一开始**就**告诉你所有真相，免得像现在这样在这里向你忏悔——没有旁证，也无人来阻拦我——伤害你。"

"为什么？"作为一个正常的人，我不禁问道。

"伊莎贝拉，"他认认真真地叫出了我的全名，然后用手随意地抚弄着我的头发，他这一随意的举动使我全身感到了一种无名的恐惧，"贝拉，要是我伤害了你，我会自责一辈子的。你不知道就是因为这，我一直有多痛苦。"他看着我，又露出了惭愧的表情，"一想起你会变得僵直、惨白、冰冷，再也看不到你红扑扑的脸，看不到你看穿我的伪装时眼神中闪出的直觉……我不能忍受。"他抬起美丽却又满含痛苦的眼睛看着我，"现在你对我来说是最珍贵的了，永远是。"

我们的话题如此急速地转向，使我感到阵阵的晕眩。刚才我们还在高兴地讨论我急切盼望得到的死亡，而现在却在互相表白自己的感情。他静静地等待着，虽然我的眼睛一直看着我俩的手，可我知道他金色的眼睛一直在注视着我。

"你肯定知道我对你的感情，"我终于鼓起勇气说，"我就在这儿，也就是说我宁愿死，也不愿和你分开。"我皱了一下眉头，"我真是个傻瓜。"

"你**的确**是个傻瓜。"他应了一句，大声地笑了。我们的眼神又碰到了一起，我也开心地笑了。我们在笑这个疯癫而又千载难逢的时刻。

"这么说，狮子爱上了羔羊……"他喃喃地说道。我转眼看着远处，不让他看到我激动的眼神。

"多愚蠢的羔羊啊。"我叹了一口气。

"多霸道而变态的狮子啊。"他盯着远处的树林看了好一会儿，不知道他此刻又在想些什么。

"为什么……"我问，又停了下来，不知如何继续往下说。

他看着我笑了，阳光照在他的脸上、牙齿上，发出点点光芒。

"继续说呀？"

"告诉我你以前为什么老躲避我。"

笑容从他的脸上消失了："你知道为什么。"

"不，我是说，我想知道我到底哪儿做错了，以后我可以小心点儿，我得学会克制自己，不该做的事情不要做，比如说，这个……"我抚摸着他的手背，"这个应该不会有什么问题。"

他又笑了："贝拉，你没有做错任何事，都是我的错。"

"可我想帮你，如果可能的话，让你觉得轻松一些。"

"这个嘛……"他想了一会儿，"你就是离我太近了。多数人都本能地希望离我们远远的，不喜欢我们古怪的样子……我没有料到你会靠近，还有你**脖子**上的气味。"他停顿了一下，看我是否听了不高兴。

"那好吧。"我故意轻率地说，想活跃一下紧张的气氛。我收紧下巴，说："我不露出脖子就是了。"

我这一来，还真起作用了。他笑了起来，说："其实并不完全是，只是不要太突然了。"

他抬起一只手，轻轻地放在我脖子的一侧。我静静地坐在那里，感觉到他冰凉的手。这本来应该是一种危险的警告，可我一点儿没有害怕的感觉，倒有几分异样的感觉。

"你看，"他说，"绝对没有问题。"

我的血液在奔腾，我希望它慢下来，感到这可能会使一切变得更糟。我的脉搏剧烈地跳动，他会听得一清二楚。

"你红润的脸颊真是可爱极了。"他一边小声地说，一边腾出他的另一只手。我的手则无力地垂放在腿上。他轻轻地抚摸着我的脸颊，用两只大理石般的手托住我的脸。

"一点儿别动。"他轻声地说，好像他没有注意到我已经僵在那里了似的。

慢慢地，他往前靠近我，一直注视着我的眼睛，然后突然但又很温柔地将自己冰冷的脸颊靠在我脖子下部的凹处。此刻，我即使想动也已经不可能了。我听着他平稳的呼吸声，看着太阳和风任意地抚弄着他棕红色的头发。他全身上下也只有头发让我觉得他是个普通的人类。

他的手故意用极慢的动作，顺着我脖子的两边滑下去。我颤了一下，只听他屏住了呼吸，但两只手却继续温柔地摸向我的肩膀，然后停住了。

他的脸侧向一边，他的鼻尖滑过我的锁骨。最后，他的脸贴在了我的胸口。

他在听我的心跳。

"唉。"他叹了口气。

我们就这样一动不动地坐在那里，不知道过了多久，可能有好几个小时。我的脉搏终于缓了下来，可他就这样抱着我，一直没动，也没有说话。我知道任何时候都有可能失控，我的生命就会随之结束——速度之快，可能我连注意都还没注意到就结束了。我不能让自己害怕，也不能想什么，只知道他在不停地抚摸我。

突然，他放开了我。

他的眼睛变得非常平静。

"以后就不会那么难了。"他满意地说。

"刚才你觉得很难吗？"

"不，没有我想象的那么难。你呢？"

"还不错，我觉得。"

他笑了，笑我语气不那么坚定："你知道我的意思。"

我也笑了。

"摸摸这儿，"他把我的手贴在他的脸上，"你能感觉有一点儿暖和吗？"

与他平时冰冷的脸相比，是有些暖和，但我几乎觉察不到，此刻我只意识到我在抚摸他的脸，那张自我第一天遇到他开始一直令我朝思暮想的脸。

"不要动。"我轻声说道。

谁也做不到像爱德华那样静得纹丝不动。他闭上眼睛，让我随意抚摸着，活像一尊石雕。

我的动作很慢，比他刚才的还慢，我必须小心谨慎，千万不能有出乎意料的动作。我轻轻地爱抚着他的脸，抚摸着他的眼睑和眼睛下面凹处暗紫色的阴影。我的手触摸着他完美鼻梁的形状，然后小心翼翼地放在了他的嘴唇上。他的嘴唇微微张开，我的手指明显感到了他凉凉的气息。我真想靠上去闻闻他身上的芳香，于是，我放下手，往后靠了靠，但不想把他推得太远。

他睁开了充满饥渴的眼睛，我没有因此而感到惧怕，唯一感到的是我的腹部突然收缩，脉搏又急速地跳动了起来。

"我希望，"他小声说，"我希望你能理解我……复杂……迷惘的……心情，我感觉到你完全能理解。"

他抬起手，抚摸着我的头发，并小心地让头发飘散在我的脸上。

"告诉我。"我吸了一口气。

"我说不出。我告诉过你，一方面，我是个可怕的怪物，时刻充满着对你的饥渴。我想，你在一定程度上能理解这个，"他勉强地笑了笑后继续说，"但也许很难领会。"

"可……"他的手指轻轻地触摸着我的嘴唇，让我浑身又颤抖起来，"除此之外还有其他各种感觉不同的饥渴，连我都不知道它们是什么。"

"我对**此**的了解可能要比你想象的多。"

"我不太习惯人类的感情，总是这样吗？"

"你是说对我而言吗？"我停顿了一下，"不，从来没有过。"

他把我的手握在他的手里，他铁钳般的手让我觉得太无能为力了。

"我不知道该如何与你接近，"他承认说，"更不知道我到底能不能够。"

我慢慢地往前靠了靠，用目光向他暗示我的意图。我把脸贴在他胸口，倾听他的呼吸，但除了呼吸，什么也没有。

"我知足了。"我叹了口气，闭上了眼睛。

他用一个很像人的动作，伸出双臂拥抱了我，他的脸紧贴着我的头发。

"你的拥抱要比你认为的好得多。"我说。

"我有人的本能，它们可能埋藏在深处，但我敢肯定它们是存在的。"

就这样，我们在那里又坐了很长时间。我想知道他是否也像我一样愿意这样一动不动地坐下去，但天色渐晚，日光渐暗，树林的阴影已将我们笼罩，我深深地叹了口气。

"你得走了。"他说。

"我以为你不会猜出我的心思呢。"

"有进步了嘛。"我几乎能听出他的话音里含带的微笑。

他扶着我的肩膀，我注视着他的眼睛。

"我能给你看样东西吗？"他的眼睛里突然露出了激动的神色。

"让我看什么？"

"我想让你看看我是怎么在树林里穿行的。"他看到我脸上不安的神色，"别担心，你会很安全的，这样我们还可以更快地回到你的车上去。"他的嘴角一咧，露出迷人的微笑。我的心都快要停止跳动了。

"你会变成一只蝙蝠吗？"我小心地问道。

他大笑起来，我从来没有听到他这么大声地笑过："好像我从来没听说过有这么回事儿！"

"是呀，你肯定是天天耳濡目染了。"

"来吧，胆小鬼，爬到我的背上来。"

我稍停片刻，看看他到底是否在开玩笑，可他明显是认真的。他看出了我的心思，笑了笑，然后伸出手来扶我。我的心跳又开始加速，即便是他听不见我在想什么，但我急促的心跳总要出卖我。他用胳膊将我揽住，扶到了他的背上，而我根本没费任何气力，只顾着用双腿、双臂紧紧地搂住他。要是常人的话，可能会被窒息致死，搂着他好像搂着一块大石头。

"我可能比你的背包要重一点。"我警告他说。

"哈！"他扑哧一声。我几乎能听到他的眼珠子在不停地翻动，以前我从来没有见他情绪这么高涨过。

出乎我的预料，他突然抓住我的手，将我的手心贴着他的脸，然后深深地吸了口气。

"一次比一次觉得容易了。"他喃喃地说。

他开始奔跑。

要说我以前在他面前怕死过，可要与此刻的感觉相比，那简直算不上什么了。他在黑暗、浓密的树林里穿行，像子弹一样飞速，像鬼魂一样神秘，没有声音，不留下任何走过的痕迹。他的呼吸一直没变，好像不费任何力气。两旁的树林急速地向后飞闪，总是仅隔一两英寸擦身而过。

我吓得连眼睛都忘了闭上。树林里的凉风抽打着我的脸，使我觉得一阵阵生疼，好像我在飞机上愚蠢地把脑袋伸出了窗外。有生以来第一次，我感到了晕车时的那种晕眩。

突然，一切恢复了正常。早上，我们花了好几个小时才走到了爱德华所指的那块草坪，可现在，我们在几分钟之内就回到了我的卡车旁边。

"是不是很刺激？"他的声音有些尖，有些激动。

他站在那里一动不动，等着我从他的背上爬下来。我试了试，可浑身肌肉不听使唤，我的腿和胳膊僵住了，头也还在不停地旋转。

"贝拉？"他有些着急了。

"我想我需要躺下来。"我急促地喘着。

"噢，对不起。"他耐心地等着，可我还是动弹不了。

"我可能需要帮助。"我不得不承认了。

他轻声地笑了起来，温柔地将我还紧紧搂着他脖子的胳膊放了下来。他手上的力气很大，我只好任他摆布。而后，他把我转过来，面朝着他，像抱小孩似的把我抱在怀里。过了一会儿，他小心翼翼地把我放在了柔软的蕨类植物上。

"你好一点儿了吗？"他问我。

我也不知道我好一点儿没有，只觉得头还是在转："我还是有点晕。"

"你可以把头靠在膝盖上。"

我试了试他的办法，好了一些，然后慢慢地做深呼吸，头部一动不动。我感觉到他坐在我的旁边。过了一会儿，我终于能抬起头来，耳边听到一种空洞的响铃声。

"这可能不是最好的方法。"他若有所思地说。

我想鼓励他,可声音实在很微弱:"不,这办法很有意思。"

"哈哈,你脸色白得像幽灵……不,白得像我!"

"我真应该闭上我的眼睛。"

"下次一定记住。"

"下次!"我呻吟着说。

他笑了,他的情绪还是很高。

"别炫耀了。"我嘟哝了一句。

"睁开你的眼睛,贝拉。"他小声地说。

他就在我眼前,脸离我很近。他英俊美丽的面容让我惊呆了,美得让我无法适应。

"刚才我奔跑的时候在想……"他停顿了一下。

"我希望你在想怎样不被树枝打着。"

"傻瓜贝拉,"他咯咯笑了,"奔跑是我的第二天性,我根本不用去想。"

"又在吹嘘了。"

他只是笑了笑。

"不,"他接着说,"我在想尝试做一件事。"他用手托住我的脸。

我觉得呼吸有些困难。

他犹豫了,这不是一般的犹豫,不是常人所表现出的那种犹豫。

与一般男人在亲吻女人之前的那种犹豫不同。男人只想探测女人的反应,看自己能不能被接受。男人犹豫,主要是想尽量拖延期待已久的美妙时刻,有时这种等待要比亲吻本身都要珍贵。

爱德华的犹豫却是另一番用意,他是想看看是否安全,考验自己能不能克制住自己。

然后,他慢慢地将冰冷如玉的嘴唇温柔地贴近了我的双唇。

我的反应令我俩都感到意外。

我全身的血液开始沸腾,炙灼着我的双唇。我的呼吸变得猛烈而急促。我用手揪住他的头发,紧紧地搂抱着他,嘴唇微微张开,贪婪地呼吸着他那令人陶醉的香气。

可他立刻停止了反应，又变成了一块冷冰冰的石头。他毫不犹豫地用手轻轻地将我的脸推开。我睁开眼睛，看到他一脸非常严肃警觉的表情。

"哎呀。"我稳住自己的呼吸。

"这也太轻描淡写了吧。"

他的眼睛里透露出了疯狂，双颌紧咬，但这并没有影响他说话。他托起我的脸，离他很近，盯着我的眼睛。

"我是不是应该……"我想脱开身，尽量多给他一些空间。

可他的手并不想让我挪开一寸。

"不，这还能忍受住，再等一会儿，好吗？"他的口气非常礼貌，有节制。

我看着他的眼睛，看着他疯狂的眼神渐渐地减弱，消失了。

他脸上出乎意料地露出了顽皮的微笑。

"好了。"他说。他显然有些扬扬得意。

"还能忍受吗？"我问。

他大声地笑了："我比我想象的要坚强得多，这种感觉真是不错。"

"我真希望我也如此，对不起。"

"不管怎样，你只是个常人。"

"太谢谢你了。"我用尖刻的语气说。

他突然站立起来，动作极其迅捷，几乎难以察觉。他把手伸向我，让我感到意外，因为以前我习惯了和他保持一段距离。我抓住他冰冷的手，没想到我这么需要他帮我一把，我的平衡还没有完全恢复。

"你还觉得头晕吗？是因为刚才奔跑，还是我亲吻的技术太好？"他笑得多么轻松，多么像一个普通的人类啊，他天使般的脸显得非常平静。他和我原来认识的爱德华完全是两个不同的人，我对他更是如痴如醉了。要我现在再和他分手可能会是一件极其痛苦的事了。

"我也不好说，我还觉得有点晕，"我勉强回答道，"可能两者兼有吧。"

"或许应该让我开车。"

"你疯了吗？"我不满地说。

"我开车一定比你好得多，"他故意挑逗我说，"你的反应那么慢。"

"这也许是真的，但我不知道我是否能受得住，我的卡车是否能受得住。"

"相信我吧，贝拉。"

我的手在口袋里，攥着车钥匙。我噘起嘴，故意地摇了摇头，假笑着说："不，不能让你开车。"

他扬了扬眉头，不相信我的话。

我围着他转了一圈，朝驾驶室走过去。如果我没有摇摇晃晃的话，他可能会让我过去，但也许不会。他用胳膊紧紧地搂住了我的腰。

"贝拉，我已经尽了我很大的努力保住了你的性命，我不想让你再去开车，你现在连路都走不稳。再说，不能让醉了的朋友去开车。"说完，他禁不住咯咯地笑了。此刻，我闻到了他胸口散发出的阵阵醉人的芳香。

"我醉了吗？"我抗议道。

"你因为我而陶醉了。"他故意挑逗我说，脸上再次露出得意的微笑。

"我不跟你争辩这个。"我叹了口气。看来只好这样了，我无法抵挡他的魅力。我举起钥匙，松开了手，只见他以雷电般的速度无声地将钥匙接住。"一定要小心——我的卡车可是老掉牙了。"

"说得有道理。"他同意道。

"那你就没有因我的存在而有一点儿感觉吗？"我问他。

他突然停住了，脸上的神色变得很温柔。他一开始没有回答，只是倾身，把脸靠近我，用他的嘴唇慢慢地亲吻着我的下颌，然后是我的耳朵，还有下巴。我浑身开始颤抖。

"无论如何，"他终于说话了，"我的反应比你快。"

精神胜过物质

我得承认,车速正常的时候他车开得不错。像做其他很多事情一样,他似乎根本不费什么劲儿。他几乎不怎么看路,车就能丝毫不差地行驶在路中央。他一只手握着方向盘,另一只则抓着我的手。他一会儿凝视着西坠的落日,一会儿又回头看着我——我的脸,还有我那飘出车窗外飞扬起来的发丝。我们的手紧紧地握在一起。

他把收音机调到了一个播放怀旧歌曲的电台,跟着电台的一首歌唱了起来,这首歌我从未听过。他唱得一词不差。

"你喜欢五十年代的音乐吗?"我问他。

"五十年代的音乐不错,要比六七十年代的强多了!"他不禁打了一个寒战,"八十年代的还能忍受。"

"难道你不打算告诉我你的年龄吗?"我试探着问,不想搅乱了他激昂、幽默的情绪。

"这很重要吗?"他笑着说。他的情绪没有受到影响,我松了一口气。

"不重要,可我还是想……"我冲他笑了笑,"没有什么比心里装着没有解开的疑团更让人夜不能寐的了。"

"不知道你听了会不会不高兴。"他思忖着说,看着天边的太阳,好几分钟过去了。

"那你试试看呀。"我过了好一会儿才说。

他叹了一口气,注视着我的眼睛,好像一时间把路彻底忘在脑后了。他从我的眼中看到了什么,而且从中获得了勇气。他又回头看着太阳,阳光照在他的肌肤上,散发出淡淡的红宝石般的光。

他接着说:"我一九〇一年生于芝加哥。"他停下来,用眼角的余光瞥了我一下。我竭力掩饰住自己的惊讶,耐心地等着他后面的故事。他微微笑了一下,继续讲了下去:"一九一八年的夏天,卡莱尔在一家医院发现了我,当时我十七岁,因患西班牙流感①而奄奄一息。"

我吸了口气,声音很轻,连我自己几乎都听不见,可他却听到了。他再次低头看着我的眼睛。

"我记不太清了——那是很久以前的事了,人的记忆总会渐渐淡漠的,"他稍稍停顿了一会儿又继续说,"可我记得卡莱尔救我时的感受,这种感受是很难轻易忘记的。"

"那你的父母呢?"

"他们已经死于那场流感了,我成了孤儿,也正因为这一点,他才选择了我。当时疾病肆虐,到处一片混乱,没有人会注意到我不见了。"

"那他……是怎么救的你?"

片刻之后,他才回答我的问题,而且措辞似乎非常谨慎。

"要做到那样并非易事,需要很强的克制力,我们当中能做到的人并不多。不过,卡莱尔一直是我们当中最人道、最富有同情心的……我觉得在整个历史上也很难找到像他那样的人。"他又停了一下,"可我感受到的只是极度的痛苦。"

从他的嘴形看,我知道他不想继续谈论这个话题了。我竭力克制住自己的好奇心,虽然这种好奇心绝非毫无根据。对于这件事,我有很多问题需要细细考虑,目前才刚刚开始有了些头绪。无疑,思维敏捷的他早已看出了我的全部心思。

---

① 西班牙流感是暴发于1918年至1919年的一场流感,这场流感夺去了全球两千多万人(一说近五万人)的生命。这种流感之所以叫"西班牙流感",并非因为它起源于西班牙,而是因为没有卷入第一次世界大战的西班牙的新闻媒体予以更多的关注,而它最早其实发现于美国堪萨斯州的军营。与大多数流感所不同的是,抵挡不住这种流感"诱惑"的主要是健康的青壮年,而非少年儿童和老弱体衰者,因此这种流感又称"西班牙郎"。西班牙流感困惑了人们近一个世纪,直到2005年,美国病毒专家托伦斯·坦培等根据病毒的遗传基因序列才复原了"西班牙流感"病毒,发现这种病毒可能是禽流感病毒变异株。

他柔和的声音打断了我的思绪:"他这样做是出于排遣自己的孤独,做这样的选择一般都是出于这个原因。我是卡莱尔家中的第一个成员,不久他又收留了埃斯梅。她从悬崖上摔下来,直接送到了医院太平间,可当时她的心脏还在跳。"

"如此说来,你肯定是快要断气了,然后才成为……"这个字眼我们从未说出口过,而且此刻我也说不出口。

"不,那正是卡莱尔的为人,只要还有别的选择,他绝对不会这么做。"每当提到他的养父,他的话语中总是带着一种深深的敬意,"不过,要是生命力脆弱的话,"他接着说,"可能要容易一些。"他看着已经变得很暗的路,我能感觉到这个话题又要中断了。

"那埃美特和罗莎莉呢?"

"接下来卡莱尔收养了罗莎莉,后来过了很久我才知道,他希望罗莎莉跟我就像埃斯梅跟他一样——他在我跟前很小心,不想让我看出他的想法。"他眼珠子转了几下,接着说,"不过她跟我从来都仅是兄妹关系。只过了两年她就碰上了埃美特。当时我们住在阿巴拉契亚山区,有一次她去捕猎,发现埃美特快让一头熊给咬死了,便把他背回去交给了卡莱尔,一百多英里的路程,当时她自己都担心背不了那么远。现在一想,我才觉得那段路程对她来说多不容易啊。"他目光犀利地冲我瞅了一眼,举起我们仍然紧握在一起的手,用手背抚摸我的脸颊。

"可她还是做到了。"我用鼓励的口吻说道,故意避开了他那双美丽绝伦的眼睛。

"没错,"他轻声说道,"她似乎从埃美特的脸上看到了什么东西,从中得到了足够的力量。从此,他们一直生活在一起,有时他们和我们分开住,就像一对夫妇一样。不过,我们装得越年轻,在一个地方就能待得越长。福克斯对我们来说再合适不过了,所以我们都上了这里的中学,"他笑了起来,"我想过几年,我们**又**得参加他们的婚礼了。"

"爱丽丝和贾斯帕呢?"

"爱丽丝和贾斯帕是两个非常稀有的家伙。他俩都养成了一种良心,这是我们的叫法,是自我养成的,不是外人教的。贾斯帕属于另一个……一个完全不同的家族。他当时变得很消沉,经常独来独往。爱丽丝发现了他,和我一样,爱丽丝也有一些超乎大多同类的天赋。"

"真的?"我打断了他,充满了好奇,"可你说过你是唯一能听到别人思想的人。"

"没错,可她有别的本事。她能**看见**那些可能发生、即将出现的东西,不过,这很主观。未来的事情哪能是板上钉钉的事情,情况总是不断变化的。"

说到这儿,他双颌紧咬,眼睛瞥了我一眼,然后迅速转向一边,速度之快,我都不能确定是不是纯属我自己的想象。

"她能预见什么样的事情呢?"

"她预见到了贾斯帕,而且在他自己都还不知道的时候就知道他在找她。她还看到了卡莱尔和我们一家,于是就一起来找我们。她对非人类最最敏感,比如说,有我们的同类靠近时,她都能预见到,而且,她还能预见到他们可能对我们有什么威胁。"

"你们的同类……有很多吗?"我吃惊地问道。他们到底有多少蒙混在我们中间没被我们察觉呢?

"不,不多。他们多数不会在一个地方住很久,只有像我们这种已经放弃猎杀你们人类的,"他偷偷地瞥了我一眼,"才会和人类长期生活在一起。我们只知道像我们这样的家庭还有一个,他们住在阿拉斯加的一个村子里。有一段时间我们曾经住在一起,可个数太多了,很容易引人注意。那些和我们的生活……习惯不同的,往往结群生活在一起。"

"那其他那些呢?"

"他们大多居无定所,到处游荡,我们都有过这样的时候。和其他事情一样,时间长了就觉得乏味。不过,我们也时常撞见他们,因为我们绝大多数都喜欢北方。"

"那又是为什么呢?"

此刻,车已经停在了我的家门口,他熄了卡车的发动机。外面又静又黑,没有月亮。门廊的灯没开,所以我知道父亲还没回家。

"今天下午你睁开眼睛了吧?"他挑逗道,"你觉得我光天化日之下走在大街上不会引发交通事故吗?我们之所以选择住在奥林匹亚半岛是有原因的,这里是天底下阳光最少的地方之一。能在白天出去是很不错的,你绝对不会相信八十多年来生活在黑夜里是多么令人厌倦!"

"这么说,那些传说就是由此而来?"

"可能吧。"

"那爱丽丝也来自另一个家庭,和贾斯帕一样?"

"不,那**仍然**是个谜。爱丽丝一点儿也不记得她生前的事了,她也不知道是谁造就了她。她醒来时周围没有任何人,造就她的人已经走了,我们谁也不能理解他为何而且怎么能够撇下她不管了。假如她没有那种特异功能,看不到贾斯帕和卡莱尔,知道她有一天会成为我们的一员,她可能早就变成一个残酷成性的异类了。"

有这么多的事情我需要去想,需要去问,可令我极为尴尬的是,我的肚子在咕咕叫了。我完全被他讲述的一切迷住了,根本没有意识到自己饿了。此刻,我意识到自己已经饿到极点了。

"对不起,我耽误你吃晚饭了。"

"我没事儿,真的。"

"我和需要吃饭的人类待在一起的时间不多,我都忘了这个了。"

"我想和你在一起。"黑暗中说起话来容易一些,我也知道一开口,我说话的语气就会让自己露出马脚,把我对他无可救药的如痴如醉暴露无遗。

"不请我进去坐坐?"他问。

"你愿意吗?"我很难想象,这位天神一般英俊的人坐在爸爸那张破旧的吃饭的椅子上该是怎样一幅风景。

"当然,如果可以的话。"我听到车门轻轻地关上了,几乎就在同时,他便出现在了我这边的车门外,替我开了门。

"很有人性嘛。"我夸了他一句。

"一定是重新开始恢复了。"

黑夜中,他走在我身边,脚步很轻,轻得令我忍不住不时地偷偷看他一眼,以确定他仍然在我身旁。黑暗中,他看上去要正常多了,皮肤仍然很白,仍然像梦幻般俊美,但不再像下午那样在阳光下一个劲儿地发光了。

他比我先到门口,为我开了门。一脚刚跨进门槛,我便停住了。

"门没锁?"

"不,我用屋檐下的钥匙开的。"

我走进屋里,打开了廊檐下的灯,回头用惊异而又佩服的眼光看着他。我敢肯定我没有当着他的面用过这把钥匙。

"你让我很好奇。"

"你暗中监视过我?"可不知怎的,我的语气中没能充满应有的怒火,心里反倒乐滋滋的。

他没流露出悔悟的意思,说:"夜里还有什么别的事情可做?"

我没有回答,顺着门厅朝厨房走去。他不用我带路,先我一步到了厨房,在我想象过他会坐的那把椅子上坐下。他的俊美令厨房马上蓬荜生辉了。我不自觉地凝视了他好一会儿,才把目光移开。

我开始全神贯注地准备晚餐,从冰箱里取出昨晚剩下的意大利千层面,切下一块放在盘子上,然后在微波炉里加热。微波炉开始转动,厨房里顿时充满了西红柿和牛至①的味道。

"你常来这儿吗?"我漫不经心地问道,眼睛仍然看着盘子里的面条。

"嗯?"他好像在想别的,硬是被我拽了回来。

"你每隔多久来这儿一次?"我还是没有扭头看他。

"几乎每天晚上都来。"

我猛地转过身来,惊呆了:"为什么?"

"你睡着的时候特别有意思,"他就事论事地说道,"你老是说梦话。"

"不!"我惊叫起来,突然感到满脸一阵阵地发烫,抓住厨房的台

---

① 牛至(Oregano),亦称野墨角兰(wild marjoram),是意大利菜中常用的一种调味品,也泛指调味用的香叶。

子支撑自己。当然，我知道自己睡觉时说梦话，我母亲曾拿它开过我的玩笑，可我万万没有想到此时此刻这也是我需要担心的事情。

他脸上的表情突然变得有一些懊恼："你很生我的气吗？"

"那要看是什么情况！"我感到有点儿接不上气了，而且听也听得出来。

他停了一会儿，催促道："看什么情况？"

"看你听到了什么！"我哀号着。

霎时间，他悄无声息地站在了我身边，小心翼翼地握住我的手。

"别生气了。"他恳求道。他把脸低下来和我的眼睛平齐，跟我来了个四目相对。我有些不好意思，试图把目光移开。

"你想念你妈妈，"他小声地告诉我，"你为她担心，下雨的时候，你一听到雨声就觉得不安。以前你常常在梦里提起你家里的事儿，可现在提得少了。有一次你说：'这儿太绿了。'"他轻声地笑了，我看得出来，他不想进一步气我了。

"我还说了些什么？"我追问道。

他明白我想问的是什么。"你的确提到过我的名字。"他承认道。

我沮丧地叹了口气，问道："提到得多吗？"

"多少才算多，你能不能说得确切一点儿？"

"噢，别说了！"我低下了头。

他温柔地、很自然地把我搂进了怀里。

"别害羞，"他对着我的耳朵轻声说道，"我要能做梦的话，梦见的肯定是你，而且我绝对不会因此而感到不好意思。"

这时，我俩都听到砖铺的车道上传来了轮胎的声音，看到前灯的灯光透过正面的窗户，穿过过道朝我俩闪了过来，我在他的怀里僵住了。

"让不让你爸知道我在这儿？"他问我。

"我也不知道……"我试图迅速想出个答案来。

"那下一次吧。"

话音刚落，就只剩下我一个人了。

"爱德华！"我轻声喊道。

我听到了一声鬼一样的笑声，然后就什么也没有了。

父亲在用钥匙开门。

"是贝拉吗？"他叫了我一声。我以前很烦他这样问，还能有别人吗？而现在我突然感到他似乎问得并不太离谱。

"在这儿呢！"我真希望他没听出我的声音快要歇斯底里了。我从微波炉里一把取出晚饭，他进门时，我已经坐在餐桌上了。在和爱德华待了整整一天之后，他的脚步声听起来是那么响。

"能不能给我也来一点儿，我饿得不行了。"他扶着爱德华刚坐过的那把椅子的椅背，踩着靴子的后跟，想把它们脱下来。

我端起自己的面，一边狼吞虎咽，一边去给他热面。面把我的舌头烫疼了。趁他的面条还在加热，我倒了两杯牛奶。我一口气将自己的那杯灌下去，想冷却一下烫疼的舌头。放下杯子时，我注意到杯里的牛奶在晃动，这才发现自己的手在发抖。查理在椅子上坐下来，和刚才坐在上面的爱德华形成了一种滑稽的对比。

"谢谢。"我把他的面条放在餐桌上时，他说。

"今天怎么样？"我问，声音显得很急促，我真巴不得立刻躲到自己的房间去。

"不错，鱼咬钩了……你呢？想做的事都做了吗？"

"不太理想——外面天气太好了，在屋里待不住。"我又咬了一大口。

"今天天气是不错。"他同意我的说法。真是轻描淡写，我心里想道。

吃完最后一口面，我端起杯子喝完了剩下的牛奶。

"这么快？"没想到查理观察得这么仔细。

"哎，我累了，今天晚上早点儿睡。"

"你看上去好像有点儿紧张。"他说。哎哟，怎么会这样？他今天晚上干什么非得注意到这个？

"是吗？"我实在想不出别的回答了。我三下两下刷完盘子，把它们翻扣在洗碗布上晾着。

"今天是星期六呀。"他若有所思地说道。

我没有回应。

"今天晚上没有什么计划？"他突然又问。

"没有，爸爸，就是想睡觉。"

"镇上就没有对你胃口的男孩儿，嗯？"他有些怀疑，却尽力显得很冷静。

"没有，还没有吸引住我的男孩儿。"我说得很谨慎，没有过分突出"男孩儿"，以免引起查理的猜忌。

"我还以为那个迈克·牛顿也许……你不是说过他很友好嘛。"

"**他只是**一个普通朋友而已，爸。"

"噢，反正他们都配不上你，那就等上了大学再开始找吧。"每个当父亲的都有一个梦想，那就是恨不得自己的女儿还没发育成熟就能嫁出去。

"对我来说，听起来像个好主意。"我一边上楼一边赞同道。

"晚安，宝贝。"他在我背后喊道。毫无疑问，他整个晚上都会竖着耳朵静候着，以防我偷偷溜出去。

"明天早上见，爸爸。"我嘴上这么说道，心里却在说，等你午夜悄悄溜进我的房间来查房时，咱们再见。

上楼去我房间的时候，我故意将脚步放慢，显得很疲倦。我把房门重重地关上，好让他听见，然后，我踮着脚走到窗户边上，推开窗子，将身子探入外面的夜空，扫视着黑暗，还有那阴森森的树荫。

"爱德华？"我轻声喊道，觉得自己傻透了。

只听身后传来了一阵轻轻的笑声："叫我吗？"

我猛然转过身去，一只手出其不意地飞向了我的喉咙。

他横躺在我的床上，冲我猛笑，头枕在手上，脚悬在床边，一幅怡然自得的画面。

"噢！"我倒吸了一口气，摇摇晃晃地瘫在了地上。

"真对不起。"他抿着嘴，想掩饰住自己的开心。

"等会儿，让我的心重新跳动起来。"

他慢慢地坐起来，不想再吓着我。然后，他往前弯下身子，伸出长长的胳膊把我拉起来，像搀扶不会走路的小孩一样，架着我的双臂把我扶到床边，坐在他边上。

"干吗不挨着我坐会儿？"他一边说，一边将他冰冷的手放在我的手上，"心跳得怎样？"

"你说呢？我肯定你听得比我清楚。"

我感到他悄声大笑，笑得把床都晃动了。

我俩默默地坐了一会儿，都在听着我的心跳减缓。我盘算着父亲在家时，让爱德华待在我房间里。

"瞧，现在我得做回人类了，能不能给我几分钟？"

"当然。"他做了个手势，示意我随意。

"待着别动。"我说，力图显得严肃。

"是，小姐。"说着他俨然变成了一尊雕像，一动不动地坐在我的床边。

我一跃而起，捡起地上的睡衣，抓过桌上的化妆包，关掉灯，溜出了房间，随手关上了房门。

我能听到楼下客厅里传来的电视声音，我重重地撞上了卫生间的门，这样查理就不会上来烦我了。

我本来想快点儿了事。我使劲儿地刷牙，想彻底**而又**迅速地刷掉意大利千层面的味儿，可淋浴器里的热水是急不出来的。洗完澡，背上疲劳的肌肉放松了许多，脉搏也渐渐缓了下来，熟悉的洗发香波的味道让我觉得我还是今天上午的我。我尽力克制住自己，不去想坐在房间里等着我的爱德华，不然，我渐趋平静的情绪又会重起波澜了。最后，我实在拖不下去了，只好关掉水龙头，匆忙地擦干身子，又急起来了。我套上那件多孔 T 恤衫和一条灰色的宽松运动裤。真该把两年前我过生日时妈妈给我买的那套"维多利亚的秘密"①真丝睡衣带来，它们上面的标签原封未动还躺在妈妈家里的抽屉里，可是现在后悔已经太晚了。

我又用毛巾把头发擦了擦，然后迅速地梳理了一下。我将毛巾扔进了堆放脏衣服的筐里，把梳子和牙膏塞进了化妆包。然后，我急

---

① 维多利亚的秘密（Vrcforia's Secret）：著名内衣品牌。

匆匆地来到楼下，好让查理看到我已经穿上了睡衣，头发还是湿漉漉的。

"晚安，爸爸。"

"晚安，贝拉。"他见到我这副样子有些吃惊。说不定今天晚上他不会来查房了。

我两步并作一步上了楼梯，脚步很轻，一进房间就把房门紧紧地关上了。

爱德华仍然坐在那里，纹丝未动，活像一尊阿多尼斯①的雕塑，摆放在我那褪了色的被子上。我笑了，只见他的嘴唇动了动，雕塑活跃起来了。

他打量了我一下，看到了我湿漉漉的头发和皱巴巴的衬衫，说："真不错。"

我做了个鬼脸。

"真的，穿在你身上挺好看的。"

"谢谢。"我悄声说道，然后盘腿坐到了他的身边，注视着地板上的一根根线路。

"你这是要干吗？"

"查理以为我要溜出去。"

"噢，"他想了想又问，"为什么？"好像他对查理的心思没有我了解得多似的。

"显然，我显得过于兴奋了点儿呗。"

他托起我的下巴，端详着我的脸。

---

① 阿多尼斯（Adonis），希腊神话中的人物，是爱与美的女神阿芙洛狄忒（Aphrodite，相当于罗马神话中的维纳斯）和冥后珀耳塞福涅（Persephone）所迷恋的美少年。阿多尼斯是罪恶之子，是塞浦路斯（Cyprus）王喀倪剌斯（Cyniras）与自己的女儿——绝世美女美拉（Myrrha，亦作 Zmyrna）的私生子，美拉因为美而受到阿芙洛狄忒的诅咒，而爱上了自己的父亲，美拉趁夜与父亲幽会，当他的父亲得知与自己相会的情人竟然是自己的女儿时，愤怒让他想杀死美拉，但美拉已经有了身孕，她发疯一样地逃走了，被神化为一棵没药树（myrrh），阿多尼斯便在树中孕育。阿多尼斯一生下来就美貌绝伦，寓意罪恶与美是相伴而生的。

"你还别说,你看上去是很有激情。"

他慢慢地低下头,把他冰冷的脸贴在我的脸上,我一动不动。

"嗯……"他哼道。

他轻抚着我,让我很难构思出连贯的问题,我花了好几分钟才集中起分散的注意力勉强开口说话了。

"好像……现在你跟我亲近容易得多了。"

"你这样认为吗?"他喃喃道,鼻子轻轻地滑到了我的下巴边上。我感觉到他正用那比蝉翼还轻盈的手把我湿漉漉的头发往后拢,这样他的嘴唇就可以亲到我耳朵下面的凹处了。

"容易很多、很多了。"我说,想呼一口气。

"嗯……"

"所以,我在想……"我又开始说,可他的手指正缓缓地探摸我的锁骨,打断了我的思绪。

"在想什么?"他低语道。

"我在想为什么容易多了,"我的声音有些发颤,弄得我很尴尬,"你认为呢?"

他哈哈一笑,说了句:"精神胜过物质嘛。"我的脖子上感觉到了他颤抖的气息。

我不由得往后缩了一下,他愣住了——我不再听得见他的呼吸声了。

我俩谨慎地你盯着我,我盯着你,盯了一会儿,然后,他咬得紧紧的牙关才渐渐松开,可脸上的表情却变得茫然了。

"我做错什么了吗?"

"没有——相反,你都快让我发疯了。"我解释说。

他想了一会儿,再开口的时候,听上去显得很高兴。"真的吗?"他的脸上漾起了胜利的笑容。

"要我为你鼓掌吗?"我讽刺道。

他咧着嘴笑了。

"我不过是感到惊喜而已,"他澄清道,"在过去的一百年左右的时间里,"他打趣地说,"我从来没有想到会有这种事发生。我不相信自己会找到愿意与之朝夕相处的人……不是和我的兄弟姐妹那样朝夕相处。更让我惊喜的是，虽然还是头一次，可我发现自己还挺在行……和你在一起挺自在的……"

"你干什么都挺在行。"我说。

他耸了耸肩，承认我的说法，然后我俩都悄声地笑了。

"可现在怎么会这么容易？"我追问道，"今天下午……"

"并不**容易**，"他叹了口气，"今天下午我还……还很犹豫。我很抱歉，我那样做真是不可原谅。"

"并非不可原谅。"我反对道。

"谢谢你，"他笑着说，"你知道，"他目光朝下，接着说道，"我不敢确信自己是不是很坚强……"说着，他握起我的手，贴在自己的脸上，"只要还存在我可能……克制不了的可能，"他吸了一口我手腕上的香味儿，"我就会……怀疑我自己，直到我坚信自己很坚强，完全有把握不会……不可能……"

我从来没见过他说话这么费劲，找不到词语。这和……人类根本没有什么两样。

"那现在就没有那种可能性了？"

"精神胜过物质嘛。"他笑着又把刚才说过的那句话重复了一遍。他的牙齿即使在黑暗之中也很亮。

"哇，这不是很容易嘛。"我说。

他头往后一仰，笑了，声音轻得像耳语，不过依旧很快活。

"对**你**来说很容易！"他纠正我说，用指尖儿碰了碰我的鼻子。

突然，他又一脸严肃了。

"我在努力，"他小声说道，声音很痛苦，"要是……实在忍不住了，我充分相信自己能够离开的。"

我皱起了眉头，我不喜欢提离开的事情。

"明天难度会更大，"他继续说道，"一天下来，我满脑子里装的都是你身上的香味了，所以，已经变得非常麻木了。如果我离开你一段时间，无论长短，又得从头再来了。不过，我想也不至于完全前功尽弃。"

"那就别走了。"我回答说,声音里充满了无法掩饰的渴望。

"我求之不得呢。"他说,脸上露出了温柔的微笑,"把镣铐拿来——我让你俘虏了。"可就在他说话的那一刻,他长长的双手像手铐一样夹住了**我的**手腕。他悄声笑了,笑得很动听,今天晚上他笑了很多次,比把我以往跟他在一起时听到的次数全加起来还要多。

"你好像比平时……乐观多了,"我说,"我从来没有见过你像今天这样。"

"难道不该这样吗?"他微笑着说,"初恋的喜悦,真是不可思议,对不对?亲身经历的和从书上读到或在电影里看到的是不是就是不一样?"

"大不一样,"我同意道,"要比我想象的强烈得多。"

"比如说,"此刻,他的话说得很流畅了,我必须聚精会神才能全听明白,"有的人喜欢吃醋,我在书中读过上千百遍,在不计其数的戏和电影中见过演员表演过。我自认为非常了解的,可我万万没有想到……"他扮了个鬼脸,"你还记得迈克邀请你参加舞会那天的情形吗?"

我点了点头,尽管我记得那一天是出于别的原因:"那天你又开始跟我说话了。"

"那天,我突然感到愤恨不已,几乎是怒火冲天,我自己都很吃惊为什么会这样——一开始我不知道是怎么回事。令我更加气愤的是我猜不出你的心思,猜不出你为什么拒绝了他。是仅仅因为你朋友的缘故呢,还是因为有别人邀请你了?我知道,无论哪种情形,我都无权去管,所以我**尽量**不去想它。"

"随后,情况就渐趋明朗了。"他咻咻地笑着说。我在黑暗中蹙了一下眉头。

"我等待着,迫不及待地想听你会跟他们说些什么,想观察你脸上的表情。说实话,当我看到你一脸不高兴的样子时,我那颗悬着的心终于放下了,不过,我还不是很有把握。

"那是我第一夜来这儿。整个晚上,我一边看着你睡觉,一边在正义、道德、伦理和自己的**欲望**之间挣扎。我知道,如果我继续对你不理不睬，按理应该如此，或者我离开这里几年，等你走了再回来的话，总有一天你会答应迈克或者类似他那样的人。一想到这儿，我就气不打一处来。"

"后来，"他低声说道，"你睡着的时候，说出了我的名字，说得非常清楚，一开始我还以为你醒了呢。可是你辗转反侧，又咕咕哝哝把我的名字说了一遍，还叹了一口气。那一刻，我周身上下的感觉就是惊讶和不安，我知道我再也不能不理睬你了。"他沉默了一会儿，可能是听到我的心脏突然怦怦乱跳起来了。

"不过，吃醋……是一种很奇怪的感情，比我想象中的要强烈得多，而且毫无理性！就像刚才查理问你迈克·牛顿那个坏蛋时，我……"他愤怒地摇了摇头。

"我早该知道你会偷听的。"我抱怨说。

"当然。"

"不过，这真的让你吃醋了吗？"

"我头一次有这种感觉，你在唤醒我的人性，因为刚有这种感觉，所以特别强烈。"

"不过说句良心话，"我捉弄地说道，"虽然你听了可能不高兴，可我怎么偏偏听说罗莎莉——是绝美的化身，**罗莎莉**——是专门给你准备的。有没有埃美特，我都没法跟人家比呀。"

"根本就用不着比。"他露出了洁白的牙齿。他把我动弹不得的双手绕到了他的背后，将我紧紧搂在胸前。我尽可能地一动不动，小心翼翼地让自己呼吸均匀。

"我**知道**用不着比，"我对着他冰凉的皮肤嘟哝道，"这正是问题所在。"

"当然，罗莎莉**有**她美丽的地方，不过就算她不像我的妹妹，就算埃美特跟她不投缘，她对我的吸引力还不及你的十分之一，不，是百分之一。"他若有所思，显得很认真，"快九十年了，我生活在我的同类和你的同类中间……一直以为自己应有尽有了，不知道自己在寻觅什么，结果也一无所获，因为那时你还没出生。"

"这也有点太不公平了，"我低声说道，脸依然贴在他的胸口，听着他呼气吸气,"我从来就没有等待过,凭什么我就该这么轻易坠入爱河呢?"

"是啊,"他乐呵呵地附和着我说,"我真该给你出点儿难题的。"他撒了手,松开了我的手腕,不料,又小心翼翼地把它抓进了另一只手里。他轻轻地抚摸着我湿湿的头发,从头顶一直到腰际,"和我在一起的每一刻,你都只需冒着失去生命的危险就行了,这无疑算不了什么。你只需抛弃自然、人性……这是什么样的牺牲啊,那样值得吗?"

"很少——我没觉得自己失去了什么。"

"还没到时候。"他的声音里突然浸透了亘古的悲伤。

我想往后缩,看看他脸上的表情,可他的手死死地搂着我的腰,根本就挣脱不开。

"怎么啦?"我问,只见他的身子一下子变得紧张起来了。我僵住了,可他却突然松开了我的双手,不见了,我差点儿摔了个面朝下。

"躺下!"他嘘声说道。黑暗中,我不知道声音是从哪儿传来的。

我钻到被子下面,蜷成一团侧躺着,像平时睡觉那样。此时,只听见门被推开了,查理探进头来,看我是否老老实实地待在该待的地方。我平稳地呼吸着,动作有些夸张。

漫长的一分钟过去了,我听了听,不确定自己听没听到关门的声音。这时,爱德华冰凉的胳膊已经搂住了我,被窝下面,他把嘴唇贴到了我耳朵上。

"你真是个蹩脚的演员,看来这个职业你是没希望了。"

"讨厌。"我喃喃道。我的心还在怦怦直跳。

他哼起了一支我没听过的小曲,听起来像是一首催眠曲。

他停住了,"用不用我哼着摇篮曲把你送入梦乡?"

"好啊,"我笑着说,"你在这儿,我能睡着吗?"

"你不是一直都能睡着吗?"他提醒我说。

"可我并不知道你在这儿呀。"我冷漠地回答说。

"如果你不想睡觉的话……"他说,没有理会我的语调,我倒抽了一口气。

"如果我不想睡觉？"

他咯咯地笑了："那你想做什么？"

我一下子没答上来。

最后，我才说："我也不知道。"

"你想好了再告诉我。"

我能感觉到他凉凉的呼吸一阵阵掠过我的脖子，鼻子在我的下巴上蹭着，吸着气。

"我以为你麻木了呢。"

"别因为我忍住不喝葡萄酒，就以为我欣赏不了酒的芬芳。"他轻声说道，"你身上散发着浓郁的花香，像薰衣草……或鸢尾花，真叫人馋得直流口水。"

"是啊，没有哪一天我不让人说我秀色可餐的！"

他咯咯地笑了，然后叹了口气。

"我想好我想做什么了，"我告诉他，"我想再听一些你的故事。"

"你随便问。"

我挑选了几个最重要的问题。"你为什么要这么做？"我问，"我还是不明白你为什么要拼命克制自己的……**本能**。请别误会我的意思，你这么做，我当然还是很高兴的，我只是不太明白一开始你这样做到底是为什么。"

他犹豫了片刻，说："这个问题问得好，而且你不是第一个问这个问题的人。别人——我们同类中那些满足现状的绝大多数人——他们也对我们的生活方式感到惊讶。可你要知道，不能仅仅因为我们是被……被改变过了的……就认定我们不能超越和征服谁都不愿接受的命运，尽可能地保留一点基本的人性。"

我躺在那里，充满敬畏地僵硬在那里，一言不发。

"你睡着了吗？"几分钟后，他轻声问道。

"没有。"

"你想知道的就是这些吧？"

"差不多吧。"我转了转眼睛说道。

"你还想知道什么？"

"你为什么能看透人的心思——为什么就你能？还有爱丽丝，她能预见未来……这是怎么回事？"

我感觉到黑暗中他耸了耸肩膀："我们也不是很清楚。卡莱尔有一个理论……他认为我们都会把最强烈的人性特征带入下辈子，而且这些特性，如我们的思维和各种知觉，会得到进一步的强化。他认为，我上辈子对自己周围的人的思想就已经非常敏感了。而爱丽丝，不管她上辈子在哪里，都有一定的预感能力。"

"他自己带进下辈子的是什么？还有其余的人呢？"

"卡莱尔带来的是他的爱心，埃斯梅带来的是她强烈的爱欲，埃美特带来的是他的力气，罗莎莉……执着，你也可以管它叫固执，"说到这里，他嘿嘿笑了，"贾斯帕非常有意思，他在上辈子里很有个人魅力，能影响周围的人按他的方式看问题。现在，他能控制他人的感情——例如说他能让一屋子愤怒的人平静下来，也可以反过来，令一群无精打采的人群情激昂，那是一种非常微妙的天赋。"

我思考着他所描述的这些断乎不可能的事情，努力地理解这些。此时，他则耐心地等待着。

"那这一切的源头又在哪里呢？我的意思是说，卡莱尔改变了你，那么也肯定有人改变了他，如此等等……"

"这个嘛，请问你是从哪里来的呢？是进化来的呢，还是谁创造出来的呢？难道我们就不可能和其他那些物种，食肉动物也好，食草动物也罢，经历相同的进化过程吗？或者说，假如你不相信这个世界是自发产生的，我本人就很难接受这样的观点，那你就不能相信创造出了精美的天使鱼同时也创造出了鲨鱼、小海豹、虎鲸①的那个创世

---

① 虎鲸（Killer whale），一种大型齿鲸，由于性情十分凶猛，因此又有恶鲸、杀鲸、凶手鲸、逆戟鲸等称谓。如果说座头鲸（Humpback whale）是鲸类中的"歌唱家"，那么虎鲸就是鲸类中的"语言大师"了，据称它能发出62种不同的声音，而且这些声音有着不同的含义。例如在捕食鱼类时，会发出一种类似于用力拉扯生锈铁门窗铰链时发出的声音，鱼类在受到这种声音的恐吓后，行动就变得失常了，竟然对虎鲸的出现毫无反应，而不是惊慌失措，四散逃离，因此被虎鲸毫不费力地一网打尽。虎鲸不仅能够发射超声波，通过回声去寻找鱼群，而且还能够判断鱼群的大小和游泳的方向。

主,可以在创造你们的同时创造我们吗?"

"直说了吧,我就是那只小海豹,对吧?"

"对。"他笑了。这时,我感觉有什么东西碰到了我的头发——是他的嘴唇?

我想转过脸去,看是不是真是他的嘴唇在碰我的头发。不过我得乖点儿,我不想给他难上加难了。

"你想睡了吗?"他打断了短短的沉默,问道,"还是还有问题要问?"

"只有一两百万个了。"

"我们还有明天,后天,大后天……"他说。我笑了,想到这儿,我心里美滋滋的。

"你肯定你早上不会消失?"我想确认一下,"毕竟,你太神秘了。"

"我不会离开你的。"他信誓旦旦地保证道,听了有一种签了字画了押的感觉。

"那再问一个,今天晚上……"我的脸唰的红了。漆黑一片也无济于事——我敢肯定,他能感觉到我的全身一下子又热乎起来了。

"问什么呢?"

"不,算了,我改变主意了。"

"贝拉,你问我什么都可以。"

我没有回答,他叹了一口气。

"我一直以为,听不见你在想什么的沮丧劲儿会越来越小的,可恰恰相反,越来越**厉害**了。"

"幸好你看不透我的心思,你晚上偷听我说梦话就已经够糟糕的了。"

"求求你了。"他的语气那样恳切,真叫人无法拒绝。

我摇了摇头。

"如果你不告诉我的话,我只好往坏里去想了,"他威胁我说,"快告诉我吧。"他再一次恳求道。

"那好吧。"我开口了,幸好他看不见我的脸。

"快点儿嘛。"

"你说罗莎莉和埃美特快要结婚了……这种婚姻和人类的一

样吗？"

他笑了，笑得很真诚，是会心的一笑："你指的是**那个**吗？"

我不知该怎么回答，有点儿烦躁不安。

"是的，我想差不多，"他说，"我告诉你，人类所具有的欲望他们基本上都有，只不过隐藏在更强烈的欲望后面而已。"

"哦。"我实在想不出别的话说。

"你想了解这些有什么目的吗？"

"噢，我只是在想，你和我……终有一天……"

他一下子严肃了起来，我能从他突然僵住的身体感觉出来。出于本能的反应，我也愣在那儿，一动不动了。

"我认……认为我们……我们俩不太可能。"

"是不是因为我要是离你那样……近的话，对你来说就太难了？"

"这肯定是个问题，不过，我刚才不是在想这个。我只是在想，你这么柔弱，我和你在一起的时候，每时每刻我都得小心翼翼，以免动作过猛伤着你了。一不小心，贝拉，我就会很容易让你丧命的。"他的声音已经变成轻微的嗡嗡声了，他将冰凉的手放在了我脸上，"假如我太性急，稍有疏忽，本来是想伸手摸你的脸的，结果可能会把你的脑壳捏碎。你意识不到自己是多么**脆弱**。所以，每当我和你在一起的时候，我丝毫不敢掉以轻心，务必好好控制住自己的情绪。"

他等待着我做出反应，见我毫无反应，有些急了。"怎么，害怕了？"他问。

为了让我的话真实一些，我等了一会儿才回答："不，我没事儿。"

他好像仔细思考了一会儿。"现在我倒是有些好奇了，"他说，声音又变得很轻了，"**你有没有过……**"他若有所指地只说了一半就无声无息了。

"当然没有过，"我唰的一下脸红了，"我跟你说，我从未对任何人有过这种感觉，类似的感觉也未曾有过。"

"我知道，只是我知道别人心里的想法，所以我很清楚，爱情与情欲并不总是一码事。"

"对我来说是。反正，我是二者兼而有之。"我叹了口气说。

"太好了，起码我们有一个共同的地方。"他显得很高兴。

"你的人性本能……"我开了个头，他等着我继续说下去，"嗯，那你觉得我有没有那方面的吸引力呢？"

他笑了，轻轻地捋着我快干了的头发。

"我或许不是人类，但我却是男人！"他用肯定的口吻说。

我情不自禁地打了个哈欠。

"我已经回答了你的问题了，现在你该睡觉了。"他坚持说。

"不知道我睡不睡得着。"

"你要我走吗？"

"不！"我说，嗓门也太大了一点儿。

他笑了，接着又哼起了那首陌生的催眠曲。他天使般的嗓音，有如天籁，声声入耳。

没想到经历了这前所未有的漫长一天的精神和情感波折之后，自己会有这么疲劳，我居然躺在他冰冷的怀抱里不知不觉睡着了。

卡伦一家

柔和的天色终于把我照醒了,又是一个灰蒙蒙的阴天。我躺在床上,一只胳膊挡着眼睛,昏昏沉沉,眼花缭乱。刚做过的一个梦在我的记忆中渐渐地清晰起来。我呻吟着翻了个身,希望再来一些睡意,这时,头一天发生的一切如洪水般在我的脑子里翻腾起来。

"哎哟!"我从床上坐起来,动作太快,头都晕了。

"你的头发就像一堆干草……不过,我很喜欢。"从房间角落一张摇椅那里传来了他平静而稳重的声音。

"爱德华!你没走!"我高兴地叫了一声,不假思索地跑过去,扑到了他怀里。我立刻意识到了自己的举动,被这种不羁的冲动和兴奋惊呆了。我仰头盯着他,担心自己越轨了。

可他笑了。

"当然。"他有些吃惊,但好像也因我的这种反应而高兴。他双手揉着我的后背。

我把头小心翼翼地搁在他的肩膀上,闻着他皮肤散发出的味道。

"刚才我肯定做了一个梦。"

"你没那么强的想象力。"他嘲笑了我一句。

"查理呢!"我突然想起来了,又一次不假思索地跳起来,朝门口冲了过去。

"他一个小时前就走了——走之前,补充一点,他重新接好了蓄电池的电线。我得承认,我很失望,如果你下定决心要走,那玩意儿真的能阻止你吗?"

我站在原地想了一会儿,很想回到他的怀里,可又担心早上起来嘴里有味道。

"你平常早上起来没有这么不清醒呀。"说着,他张开双臂,示意我回到他身边。这种诱惑,谁都难以抵挡。

"再等我一分钟。"我无奈地说。

"我等着。"

我连蹦带跳地朝卫生间冲去,心里说不出是什么样的感情。我都不知道自己是谁了,无论是外表还是内心整个换了个人似的。镜子里的那张脸简直就没见过——眼睛太炯炯有神了,两边的颧骨上爬满了兴奋的红晕。刷完牙,我开始梳理那头乱蓬蓬的头发。我往脸上浇冷水,想稳住自己的呼吸,可是收效甚微。我半跑着回到了房间。

他居然还待在那里,简直是个奇迹!他还张着双臂在等我。他朝我伸出了双手,我的心怦怦地跳个不停。

"欢迎回来。"他喃喃道,将我揽进了怀里。

他默默地摇了我一会儿,我突然注意到他的衣服换了,头发梳得光滑整齐。

"你离开过?"我摸着他新换的衬衣领子,责备道。

"我总不能穿着昨天来的时候穿的那套衣服离开吧——邻居们看见了会怎么想?"

我板着脸没吭声。

"你睡得很死,我并没有错过什么,"他的眼睛亮了起来,"梦话提前了。"

我嗔怪道:"你听到什么啦?"

他那双金色的眼睛变得非常温柔了:"你说你爱我。"

"这,你早就知道了。"我垂下头,提醒他说。

"再听一遍还是让我特别高兴。"

我把脸紧紧地贴在他的肩膀上。

"我爱你。"我轻声地对他说。

"现在你就是我的生命了。"他简单地回答说。

这一刻一切尽在不言中,他让我俩轻轻地前后摇晃着,房间里亮堂起来了。

"该吃早饭了。"他终于随口说了一句——我敢肯定,他是要以此来证明他记住了我身上所有的人类弱点。

我双手卡住自己的脖子，睁大眼睛瞪着他，他一脸震惊。

"开个玩笑嘛！"我窃笑道，"是你说我不会演戏的！"

他愤慨地皱起了眉头："这一点儿也不好笑。"

"很好笑，你是知道的。"可我还是仔细地观察了一下他的眼神，看他是否原谅了我。显然，我得到了他的原谅。

"要我重新措辞吗？"他问道，"是人类吃早饭的时候了。"

"噢，那好吧。"

他一下子把我扛上了他石头般的肩膀，动作很温柔，但快得差点儿让我没喘过气来。尽管我不停地抗议，可他并没理睬我，还是不费吹灰之力地扛着我下了楼梯，把我正放在了椅子上。

厨房里很亮，一片喜气，好像是受到了我心情的影响。

"早饭吃什么？"我和蔼地问道。

这一问让他愣了好一会儿。

"呃，我不知道。你想吃点什么？"他大理石般的眉宇皱成了一团。

我咧嘴笑了笑，跳了起来。

"没事儿，我一向能照顾好自己，看我找出什么吃的。"

我找到了一个碗和一盒麦片，在我倒牛奶和拿汤匙的时候，我能感觉到他的目光一直没离开我。我将食物放在桌上，然后停住了。

"我给你也来点什么吧？"我问道，不想显得无礼。

他转了转眼睛说："只管吃你的，贝拉。"

我在桌子旁坐了下来，一边看着他，一边吃起来。他正盯着我看，在研究我的每一个动作，弄得我很不好意思。为了转移他的注意力，我清了清嗓子说：

"今天有什么安排？"

"嗯……"我注意到他回答得很小心谨慎，"去见见我的家人，你说怎么样？"

我倒吸了一口凉气。

"你害怕了？"他满怀希望地问。

"嗯。"我承认道。我怎么能否认呢？他能从我的眼神中看出来。

"别担心，"他得意地笑道，"我会保护你的。"

"我倒不是怕**他们**，"我解释说，"我只是怕他们不会……喜欢我。你带人……像我这样的人……回去见他们，他们不会感到意外吗？他们知道我对他们已经有所了解了吗？"

"噢，他们已经都知道了。你知道，他们昨天还打了赌，"他笑着说，不过声音却有些生硬，"赌我今天会不会带你回去。可大家为什么都要跟爱丽丝赌，我想象不出来。不管如何，在我们家里谁都没有秘密，其实也不可能有秘密，你想啊，我能看透人的心思，爱丽丝有预见未来等诸如此类的特异功能。"

"别忘了，贾斯帕能让你们心血来潮，迷迷糊糊地把自己知道的一切和盘托出。"

"你都注意到了。"他笑着认可了。

"谁都知道我有时还是很上心的，"我冲他做了个鬼脸，"那爱丽丝预见到我要去了吗？"

他的反应有些奇怪："差不多吧。"他说得不太自在，并将脸转了过去，不让我看到他的眼神。我好奇地盯着他。

"这有什么好处吗？"他突然转过头来问，眼睛盯着我的早点，脸上露出了捉弄的表情，"说句心里话，这东西看起来不怎么好吃。"

"嗨，又不是急躁的灰……"我喃喃道，没理他，而他则沉着脸。我还在想，为什么我一提到爱丽丝他都会有这样的反应呢？我匆忙地吃完麦片粥，脑子里琢磨着这个问题。

他又像一尊阿多尼斯雕塑一样站在厨房中央了，出神地望着后墙的窗外。

过了一会儿，他又把目光移回到了我身上，脸上露出了令人心碎的笑容。

"我想，你也应该把我介绍给你爸爸。"

"他已经知道你了。"

"我是说，作为你的男朋友。"

我满脸狐疑地盯着他："为什么？"

"这不是风俗习惯吗？"他天真地问道。

"我不知道，"我承认说，以前的约会经历给我提供不了什么参考，并不是任何约会的常规都适用于此时此地的情况的，"你知道，没那个必要。我并没想让你……我的意思是说，你不必为我装模作样。"

他耐心地笑了："我没有装模作样啊。"

我将碗里剩下的麦片慢慢地赶到了碗口，紧紧地咬着嘴唇。

"你到底告不告诉查理我是你的男朋友嘛？"他追问道。

"你和我有那么回事儿吗？"我竭力克制住自己内心的慌乱，一想到像爱德华和查理，还有"男朋友"这个词，同时出现在同一个房间里，我就心慌意乱。

"我想男朋友就是男孩子，别死抠字眼嘛。"

"其实，在我的印象里，你不只是一个男孩子而已。"我坦白道，眼睛看着桌子。

"哦，我也不知道咱们要不要把那些骇人听闻的细节全告诉他，"他隔着桌子伸过手来，用他冰凉而又温柔的手指托起了我的下巴，"可他会要咱们对我三天两头往这里跑做出解释的。我可不想让斯旺警长给我下一道禁令，从此不让我来。"

"你会吗？"我问道，突然焦急不安起来了，"你真的会经常来这儿吗？"

"当然，只要你想要我来。"他让我吃了颗定心丸。

"我每时每刻都想要见到你，"我郑重其事地告诫他说，"永远。"

他缓缓地绕着桌子走过来，在几英尺开外停了下来，伸出手用指尖抚摸我的脸。他脸上的表情深奥莫测。

"是不是让你伤心了？"我问。

他没有回答，久久地凝视着我的眼睛。

"你吃完了吗？"他终于开口了。

"吃完了。"我倏地站了起来。

"赶紧去换衣服——我在这儿等你。"

我真不知道该穿什么衣服。我怀疑是否有这样一本介绍礼仪的书，详细地告诉你在吸血鬼男朋友带你去见他吸血鬼家人的时候该穿什么样的衣服。现在想到这个字眼，对自己来说成了一种慰藉了，我知道以前我总是刻意回避它。

最后我决定穿我唯一的一条裙子——长长的，土黄色，还算休闲。上身配了那件他曾恭维过一番的深蓝色衬衫。我迅速照了一下镜子，见头发蓬乱不堪，便干脆往后一拢，扎成了马尾辫。

"行了，"我连蹦带跳地下了楼梯，"我穿好了。"

他在楼梯角等我，离得比我想象的要近，我不偏不倚地撞在了他身上。他扶稳了我，跟我谨慎地保持着一段距离，可几秒钟后，突然将我拉近了。

"又错了，"他悄悄地在我耳边说道，"你这打扮也太不成体统了——谁也不该打扮得这么诱人，不合规矩。"

"哪里诱人了？"我问他，"我可以去换……"

他叹了口气，摇了摇头："你**真笨**！"他将冰冷的嘴唇轻轻地贴在了我额头上，整个屋子都在旋转了，他呼出的气味令我的大脑完全停止了思维。

"用我解释你什么地方让我动心了吗？"他问。很显然，这个问题不用回答。他的手指缓缓地顺着我的脊椎往下抚摸着，对着我皮肤的呼吸变得更加急促了。我双手无力地搭在他的胸口上，又觉得飘飘然了。他慢慢侧过头来，又一次将冰凉的嘴唇对准了我的嘴唇，小心翼翼地将它们分开了。

我晕倒了。

"贝拉？"他吃了一惊，赶忙托住我，把我扶了起来。

"你……让……我……发晕了。"我迷迷糊糊地责怪他说。

"**你叫我拿你如何是好呢**？"他恼怒地抱怨道，"昨天我吻你，你偷袭我！今天你又昏过去了！"

我无力地笑了，依然撑在他的胳膊上，头还在旋转。

"还夸我样样在行呢，算了吧！"他叹息道。

"问题就在这儿，"我说，还是觉得有点晕，"你**太棒**了，棒得太厉害了。"

"你是不是觉得恶心？"他问，他以前见过我这样子。

"不，这次昏厥跟以前完全不一样。我说不清楚是怎么了。"我满怀歉意地摇了摇头，"我想可能是我忘了呼吸。"

"你这个样子，我哪儿都不能带你去了。"

"我没事儿，"我坚持道，"反正你家的人会觉得我是疯子一个，有什么区别呀？"

他端详了一会儿我的脸色。"我特别喜欢你现在脸上的肤色。"他冷不丁地冒出了这么一句。我高兴得脸都红了，于是扭头望到一边去了。

"好了，我真的在努力不去想自己要做的事情，那我们可以走了吧？"我问道。

"你有点儿担心，不是担心要去见一家子吸血鬼，而是担心这些吸血鬼不喜欢你，对吧？"

"没错。"我立刻回答道，掩饰着内心对他毫不避讳这个字眼而产生的惊讶。

他摇了摇头，说："你真了不起。"

他开着我的卡车驶出小镇的时候，我这才意识到我还不知道他住在哪里。我们越过了卡拉瓦河上的那座桥，公路蜿蜒向北，两旁一闪而过的房子渐渐变得越来越稀疏，越来越大。然后，我们把这些房子全抛在了身后，在一片雾蒙蒙的树林里奔驰。我正琢磨着是问他呢，还是再耐心地等一会儿，他猛地将车拐到了一条土路上，这条路没有路标，只是横贯在蕨类植物之中，依稀可见，两旁的森林已经蔓延到了路边，蜿蜒的公路像蛇一样环绕着古树，往前只能看见几米远。

就这样走了几英里之后，只见树林渐渐稀疏起来了，突然，我们进入了一片草地，也许实际上是一块草坪，不过，森林里幽暗的光线并没有减弱，因为那里生长着六棵原始雪松，它们枝繁叶茂，遮天蔽日，足足有一英亩的地方都处于树荫之下。树荫笼罩的范围一直延伸到了耸立在树丛中的那栋房子的墙上，使得一楼周围的那道深深的门廊完全成了摆设。

我说不上来自己原先的期待了，但肯定和眼前所看到的不同。房子庄重典雅，可能有上百年的历史了，给人以古朴感。外面涂着浅白柔和的涂料，三层楼，长方形，比例协调；门窗可能是原来的，也可能是后来翻修的极其完美。除了我的卡车之外，周围没有其他车辆，我能听见附近河里传来的潺潺的流水声，掩映在朦胧阴暗的森林中。

"哇！"

"喜欢吗？"他微笑着问。

"这里……有一种特殊的魅力。"

他捋了一下我的马尾辫，咯咯地笑了。

"准备好了吗？"他一边问，一边给我打开车门。

"一点儿也没有——算了，走吧。"我想笑，可噎在喉咙里了，没笑出来。我紧张地捋了捋我的头发。

"你看上去很可爱。"他轻松自如地挽起了我的手，连想都没想一下。

我们穿过厚厚的树荫来到了门廊前。我知道他能察觉出我很紧张，他不停地用拇指在我的手背上画圈儿，缓解我的紧张。

他给我开了门。

室内比室外更令人惊讶，更出乎意料，非常明亮、宽敞。原来肯定是好几间屋子，但是一楼房间之间的隔墙都被打通了，形成一个宽阔的空间。朝南的后墙全部换成了玻璃，墙外雪松成荫，再远处是一片草坪，一直延伸到那条宽宽的河边。巨大的旋转楼梯占去了屋子西侧的大半。屋子的四壁、高高的天花板、木地板，还有厚厚的地毯，清一色全都是白色，只是深浅略有差异而已。

紧靠门的左侧，有一块高出地面的平台，平台上摆放着一架豪华大钢琴，站在钢琴旁边迎候我们的就是爱德华的父母。

我以前见过卡伦大夫，可我还是禁不住又一次为他的年轻和惊人的完美所折服了。站在他身旁的是埃斯梅，我猜想，在这一家人中只有她一个人我还没见过。和其他成员一样，她也有着同样苍白而又美丽的容颜。她的桃形脸和柔软飘逸的淡褐色头发让我想起了无声电影银幕上阅历不深的少女形象。她个头儿不高，身材苗条，但没有其余几个那样瘦削，要丰满一些。他俩都穿得很休闲，一身浅色，与室内的色调很协调。他俩笑了笑，表示欢迎，但没有迎上来，我猜想，是不想吓着我了。

"这是卡莱尔和埃斯梅，"爱德华打破了短暂的沉默，"这是贝拉。"

"非常欢迎，贝拉。"卡莱尔迈着小心谨慎的步子朝我迎了过来，犹豫地抬起了手，我主动地迎上前去，和他握手。

"很高兴再次见到您，卡伦大夫。"

"叫我卡莱尔好了。"

"卡莱尔。"我朝他笑了笑，没想到自己突然有了自信。我能觉出站在我身边的爱德华放心多了。

埃斯梅也笑着走上前来，朝我伸出了手，如我所料，她的手像玉石般冰冷。

"很高兴认识你。"她真诚地说。

"谢谢，见到您我也很高兴。"我说的是真心话，就好像见到了童话里的白雪公主一样。

"爱丽丝和贾斯帕去哪儿了？"爱德华问道，可谁也没有回答，因为他俩刚刚出现在楼梯的顶端。

"嘿，爱德华！"爱丽丝热情地叫了一声。她跑下楼梯，一绺深黑色的头发，白皙的皮肤。她在我面前来了个姿势优雅的急停。卡莱尔和埃斯梅扫了她一眼，示意她当心一点儿，可我并不在意，倒很喜欢她这样，因为对她来说，这显得非常自然。

"嗨，贝拉！"爱丽丝说，她跳上前来在我的脸上吻了一下，这使刚才一直小心谨慎的卡莱尔和埃斯梅更加觉得不知所措了。我也不免吃了一惊，但心里却为她能这么快、这么完全地接受我而感到高兴。看到爱德华站在我身边发愣反倒让我意外，他脸上的表情让人难以捉摸。

"你身上的气味真好闻，以前从来没有注意到。"她又赞赏地说，让我觉得有些不好意思。

大家站在那里，不知说些什么才好。这时，贾斯帕来到了跟前，他长得又高又壮。我突然感到全身放松，尽管知道自己在什么地方，可还是觉得很舒服自在。爱德华瞪了贾斯帕一眼，扬了扬眉，这让我想起了贾斯帕的特异功能。

"你好，贝拉。"贾斯帕和我打了招呼，他和我保持着一段距离，也没有主动上前和我握手。可我想，即使离他再近，也不可能觉得别扭。

"你好，贾斯帕。"我羞怯地冲他笑了笑，然后对着大家说，"很高兴认识你们——你们有一个非常温馨美丽的家。"我又客套地说了一句。

"谢谢你，"埃斯梅说，"你能来，我们也很高兴。"说这话的时候，她饱含着感情，我意识到她认为我很勇敢。

我意识到罗莎莉和埃美特不在。记得在我问爱德华家里其余的人是不是不喜欢我时，他天真地否认了。

卡莱尔脸上的表情暂时打断了我的思绪。他意味深长地看着爱德华，我从一只眼角瞥见爱德华点了一下头。

我故意转过头去，以示礼貌。我的眼睛情不自禁地落在了门旁台阶上的那架钢琴上。记得小时候我曾有个梦想，假如有一天中了彩票，一定给妈妈买一架这样的大钢琴。她的琴技一般，经常在一架二手钢琴上自娱自乐地弹，但我很喜欢看她弹琴的样子，她弹得很开心，很投入。那个时候，她在我的心目中是个新奇、神秘的人物，一点儿也不像"妈妈"的角色。后来，她又让我学，可不久，和大多数孩子一样，我也吵着闹着放弃了。

埃斯梅似乎看出了我的心思。

"你会弹琴吗？"她问道，并转过头去看着钢琴。

我摇摇头说："一点儿也不会。我只是看这架钢琴这么漂亮，是您的吗？"

"不是的，"她笑着说，"难道爱德华没告诉你他喜欢音乐吗？"

"没有，"我瞅了他一眼，只见他眯缝着眼睛，突然一脸无辜，"我想我早该知道的。"

埃斯梅抬起她细长的眉毛，有些不解。

"爱德华什么都会，对不对？"我解释道。

贾斯帕暗暗地笑了，埃斯梅责怪地看了爱德华一眼。

"我希望你没有到处炫耀自己——这很不礼貌。"她斥责道。

"只是一点点嘛。"他无拘无束地笑了,脸上的表情也随之松弛下来了。他俩短暂地对视了一下,我看不出其中的意思,只是注意到埃斯梅脸上露出了近乎得意的神情。

"其实,他一直太谦虚了。"我纠正说。

"那好,来给她弹一曲。"埃斯梅鼓励道。

"你刚才不是说显摆很不礼貌吗?"爱德华不情愿地说。

"每条规矩都有例外。"她回答说。

"我也很想听你弹。"我说。

"那就这么定了。"埃斯梅将他往钢琴边上推去。他把我也拽了过去,让我挨着他坐在了琴凳上。

他恼怒地看了我好一会儿才转过脸去,看着琴键。

接着,他的手指便在琴键上如行云流水般飞舞起来,顿时整个房间回响起了优美的琴声,曲子多变、复杂,真是很难相信这只是用一双手弹出来的。我觉得自己惊讶得都目瞪口呆了,只听见身后传来了轻轻的笑声,那是冲着我的反应来的。

爱德华却不以为意地看着我,手还在琴上继续弹着,他冲我挤了一下眼睛问:"你喜欢这首曲子吗?"

"你写的?"我对自己懊恼,同时若有所悟。

他点了点头,说:"这是埃斯梅最喜爱的一首。"

我闭上眼睛,摇了摇头。

"怎么啦?"

"噢,我只是觉得自己是如何的微不足道。"

音乐的节奏渐渐地缓慢下来,变得很柔和。更令我吃惊的是,我居然从这一串串复杂的音符之中辨认出了他给我哼过的那首摇篮曲的曲调。

"这是从你那里得到的启发。"他温柔地对我说。此时,旋律变得格外甜美。

我无言以对。

"跟你说,他们都很喜欢你,"他聊天似的说道,"尤其是埃斯梅。"

我回头看了看,突然发现整个房间已经空无一人了。

"他们去哪儿了？"

"我想他们是故意让我俩单独在一起待一会儿。"

我叹了口气，说："**他们**喜欢我，可是罗莎莉和埃美特……"我欲言又止，不知道怎么表达自己心中的疑虑。

他皱起了眉头。"别担心罗莎莉，"他说，眼睛睁得大大的，显得很有说服力，"她会回来的。"

我噘起了嘴，担心地又问："那埃美特呢？"

"哦，他觉得**我是**个疯子，真的，可他对你没意见。他在设法说服罗莎莉。"

"是什么惹她不高兴呢？"我不清楚自己是否真想知道个中原委。

他深深叹了一口气，说："罗莎莉可能是我们中间最不敢面对现实的——面对我们的身份的，她不想让任何外人知道真相，当然，她也有点儿吃醋。"

"**罗莎莉吃我的醋**？"这令我难以置信，于是问道。像罗莎莉那么美貌惊人的女孩儿居然会吃我这样一个人的醋？我竭力去想象那会是怎样一个世界。

"你是人，"他耸了耸肩，"她希望自己也是人。"

"噢，"我喃喃自语道，还是觉得不可思议，"不过，就连贾斯帕……"

"那确实是我的错，"他说，"我告诉过你，他是最后一个尝试我们这样的生活方式的，我警告过他要他离你远点儿。"

我想了想其中的原因，不禁打了个寒战。

"那埃斯梅和卡莱尔……"我紧接着又问，以免让他察觉出来了。

"他们看到我快乐很高兴。其实，埃斯梅才不管你有没有第三只眼和脚蹼呢。这段时间里，她一直为我担心，怕我的基本天性有什么瑕疵，毕竟当时我还很小，卡莱尔就把我变成了……她有点儿心醉神迷，每次我触碰到你她都觉得特别满足，满足得话都说不出来。"

"爱丽丝好像特别……热情。"

"爱丽丝有她自己的一套看待事物的方式。"他从紧咬着的嘴皮子中间挤出来了这么一句。

"你不想加以解释,是吗?"

我俩无言地相视了一会儿,他意识到我知道他在瞒着我什么,我则意识到他半个字也不会说,眼下不会。

"那卡莱尔刚才跟你说什么来着?"

他的眉毛蹙成了一团:"你都注意到了?"

我耸了耸肩:"当然。"

他若有所思地看了我一会儿,说:"他想告诉我一个消息——他不知道我会不会把这个消息再告诉你。"

"你会吗?"

"我必须告诉你,因为在今后的几天里,甚至是几个星期里我会全力保护你,这种保护可能会让你感到很不自在,而我又不想让你觉得我天生是个暴君。"

"出什么事啦?"

"确切地说,没出什么事。只是爱丽丝预见到快来客人了,他们知道我们在这儿,而且很好奇。"

"客人?"

"对……嗯,他们和我们不一样——当然,我指的是他们的猎食习惯。他们没准儿根本不会来到镇上,不过在他们离开之前,我绝不会让你离开我半步。"

我浑身一阵战栗。

"终于见到了一个理性的反应!"他喃喃道,"我刚刚还以为你一点儿自我保护意识都没有呢。"

这次我没有回答,而是转过头去,目光又一次漫无目的地在宽敞的房间扫来扫去。

我的目光走到哪里,他的目光便跟随到哪里。"不是你所期待的,对吧?"他问,语气很得意。

"对。"我承认道。

"没有棺材,屋角里没有堆积如山的骷髅,我甚至认为我们这里连蜘蛛网都没有……这肯定令你失望极了。"他狡猾地继续说道。

我没有理会他这种揶揄的口吻,说:"色调这么淡雅,这么宽敞。"

"这是我们无须躲藏的一个地方。"他的语气比刚才严肃了。

他还在弹着曲子，我的曲子。临近终了时，调子突然变得忧伤起来，最后一个音符非常有力，余音绕梁，久久才归于寂静。

"谢谢你。"我喃喃道。我意识到自己的眼眶里噙满了泪水。我轻轻地擦了擦，有些难为情。

他用手指轻轻拭去了我眼角流下的一滴泪珠，举起手指，仔细地端详着，然后突然舔了一下，动作之快，弄得我有点儿不敢肯定他是不是真的舔了。

我不解地看了他一眼，而他则回头凝视了我好大一会儿，才终于露出了微笑。

"你想看看房子里的其他地方吗？"

"没有棺材吧？"我确认道，声音里所带的嘲讽并没能完全掩盖住我心中真正的渴望。他笑了，拉起我的手，领着我从钢琴边走开。

"没有棺材。"他向我保证。

我们顺着那巨大的楼梯走了上去，我一边走，一边用手摸着像绸缎般光滑的扶手。楼上长长的过道两边镶嵌着淡黄色的护墙板，和地板的颜色一致。

"这是罗莎莉和埃美特的房间……这是卡莱尔的办公室……这是爱丽丝的卧室。"每走过一道门，他便会指点着告诉我是什么地方。

如果不是我在过道的尽头停下，他可能会一直不停地介绍下去。我愣愣地盯着悬挂在我头上方墙上的一个装饰物。看到我一脸疑惑，爱德华咻咻地笑了。

"你也可以笑，"他说，"这玩意儿**是**有点儿可笑。"

我并没有笑，我的手不自觉地举了起来，好像要伸出一个指头去摸那个巨大的木十字架似的，上面深色的光泽与墙壁的浅色调形成了鲜明的反差。我没摸它，虽然我很想知道这块年代久远的木头摸起来是否像丝绸般光滑，就像它看上去的那样。

"它一定有些年头了吧。"我猜测道。

他耸了耸肩说："大概是十六世纪三十年代早期的吧。"

我把目光从十字架上移开，转而盯着他了。

"为什么把它挂在这里？"我探问道。

"是怀旧吧。是卡莱尔的父亲传下来的。"

"他收藏古董？"我问，心里有点不太相信。

"不，是他自己刻的，挂在他布道的那座教堂的圣坛上方的墙上。"

我不知道当时自己内心的惊讶是否都写在了脸上，但为了谨慎起见，我还是回过头去，把目光投向了那个简朴而又古老的十字架。我很快心算了一下，这个十字架已有三百七十多年的历史了。沉默还在延续，我则拼命地绞尽脑汁琢磨这么多年是个什么概念。

"你没事儿吧。"爱德华的声音听上去有些着急。

"卡莱尔有多大年纪了？"我悄声问道，没有理会他的问话，眼睛依然仰望着。

"他刚过完三百六十二岁生日。"爱德华说。我回头看着他，眼神里充满了许许多多的疑问。

他一边仔细观察着我的表情，一边说："卡莱尔十六世纪四十年代出生于伦敦，他自己是这样认为的，反正当时对普通老百姓而言，计时是不怎么精确的。不过，就在克伦威尔上台之前不久。"

我竭力保持镇静，因为我知道他在密切注视我听后的反应。要是我不想相信的话，难度小一些。

"他是一个牧师的独生子，他母亲生他的时候由于难产而去世了，他父亲是个不能忍气吞声的人。当时，他父亲所在的教派掌握了大权，他狂热地参与了迫害其他宗教的运动，他还特别坚信邪恶的存在，他带头去搜捕巫婆、狼人……还有吸血鬼。"听到最后那个词我呆住了。我敢肯定他注意到了，但他还是接着往下说，连顿都没顿一下。

"他们烧死了许多无辜的人——当然啦，真正他想要找的那些人不是那么容易抓到的。"

"牧师上了年纪后，就把这个任务交给了他那个听话的儿子。一开始，卡莱尔干得不怎么样，让人失望；他控告、发现那些子虚乌有的妖孽之人动作不够快，但他比父亲更执着，更聪明。他真的发现了一群真正的吸血鬼聚集在一起，他们躲藏在城市的下水道里，只在夜里才出来觅食。那个时候，妖魔鬼怪并非什么天方夜谭，很多人就是这样生活的。"

"人们拿起铁叉、火炬，当然啦，"他短促地笑了一下，但没有先前那么爽朗了，"等候在卡莱尔见到怪物溜进街道的地方。终于，一个怪物出现了。"

他的声音变得很轻，我要费很大的劲儿才能听清楚。

"那个怪物一定又老又弱，饥渴难当了。卡莱尔听见他闻到了那群人的味道后，便用拉丁语招呼其他怪物。他穿街跑巷，卡莱尔呢——当时才二十三岁，脚下非常快——则一马当先，冲在追赶人群的最前头。那个怪物本来可以轻易摆脱人群的追赶的，可卡莱尔认为他可能是太饿了，才掉头发起了攻击。他先是攻击卡莱尔，可其余的人紧随其后，所以他转而开始自卫。他杀死了两个人，还掳走了一个，卡莱尔伤得不轻，躺在街上流血不止。"

他顿住了。我能感觉到他是在斟酌下面该怎么说，删掉不想让我知道的内容。

"卡莱尔清楚自己的父亲会怎么做，尸体都将付之一炬——凡是让怪物感染的必须一律焚毁。卡莱尔出于本能，采取了行动，想保住自己的命。他趁人群还在追赶怪物和怪物掳走的那个人的时候，爬着离开了那条小巷，躲进了地窖，把自己埋在烂土豆堆里，整整埋了三天。他能一声不吭，没让人发现，真是个奇迹。"

"等一切都过去了，他才意识到自己已经变成了什么。"

我不知道自己脸上露出了什么样的表情，只见爱德华突然停了下来。

"你怎么样？"他问。

"我很好。"我让他放心。尽管我犹豫地咬了一下嘴唇，但他肯定注意到了我的眼睛里仍然充满着好奇。

他笑道："我想你一定还有几个问题要问我。"

"就几个。"

他笑得更开心了，露出了洁白的牙齿。他拉起我的手，开始沿着过道往回走。"那好，跟我来吧，"他鼓励道，"我带你去看。"

卡 莱 尔

　　他领着我回到了刚才他告诉我是卡莱尔办公室的那个房间,到了门口他停了片刻。

　　"请进。"里面传来了卡莱尔的邀请。

　　爱德华打开门,这个房间屋顶很高,窗口朝西,墙上也镶有护墙板,露出的部分是染色木制的。大部分墙面都被高大的书架挡住了,这些书架比我还高,里面摆放的书比我在图书馆里见到的还多。

　　卡莱尔坐在一张巨大的红木书桌后面的皮椅上,他正在往手上的那本大部头著作中间夹书签。这间书房和我想象中的学院院长的办公室一样——只是卡莱尔看起来太年轻,不像一个院长。

　　"我能为你们做些什么?"他令人愉快地问道,说着从椅子上站了起来。

　　"我想让贝拉看看我们家的历史,"爱德华说,"嗯,实际上,是您的历史。"

　　"我们没想打搅您的。"我道歉说。

　　"没关系,你们从哪儿开始呢?"

　　"就从马车夫时代开始吧,"爱德华一边回答说,一边将手轻轻地放在我的肩上,把我转过身去,面朝刚才我们经过的那道门。每次他一碰我,哪怕是最漫不经心的一碰,我的心都会怦怦跳出声儿来。现在卡莱尔在边上,我就更加难堪了。

　　我们现在面对的那面墙和其他三面不一样,墙上没有书架,却挂着很多大小不一的框子,框子里面镶着画,有些颜色非常鲜艳,有些则是单调的黑白照片。我试图寻找出这一组照片之间有什么逻辑联系,有什么相关的主题,可匆忙之中没有得出任何结论。

爱德华把我拉到最左边，让我站在了一幅很小的油画前面，油画呈正方形，镶嵌在一个简单的木框里。在其他很多尺寸又大、颜色又华丽的油画中并不起眼，用色调不同的棕色绘成，上面画的是一个城市的缩影，有很多坡度很大的屋顶，还有零星的几座高塔的塔尖。画的前景是一条大河，河上有一座桥，点缀着许多大教堂似的建筑。

"这是十七世纪五十年代的伦敦。"爱德华说。

"也是我青年时代的伦敦。"站在我们身后几英尺外的卡莱尔补充道。我不禁有些畏缩，我根本都没听到他走过来。爱德华捏了一下我的手。

"**您**能不能讲讲这段经历？"爱德华问。我微微侧了侧身，想看看卡莱尔有什么反应。

他与我来了个四目相遇，微笑说道，"我很乐意，"他回答说，"可我快要迟到了，医院上午来了电话——斯诺医生请了一天病假，再者说，那些经历你知道的也不比我少。"他补充道，说着咧嘴冲爱德华笑了笑。

说到十七世纪伦敦他早年时代的事时，突然冒出镇上医生面临的日常琐事，真是奇怪的联系！

知道他为了我故意将嗓门提高，这让我觉得有些蹊跷。

卡莱尔又冲我热情地笑了笑，然后离开了房间。

我站在这幅描绘卡莱尔家乡的油画前面，凝视了许久。

"那后来呢？"我终于抬起头看着爱德华问道。他也正看着我，"当他意识到自己身上所发生的一切以后？"

他的目光又回到了墙上的那些画上，我倒要看看这次哪幅画会引起他的兴趣。是一幅大一点儿的风景画，画面上充满了沉闷的秋色——树林中有一片空旷、被阴影笼罩着的草地，远处是一座崎岖陡峭的山峰。

"当他意识到自己已经变成了什么之后，"爱德华轻声说道，"他挣扎反抗，想毁掉自己，但那并非易事。"

"那是怎么回事呢？"我本想小声点儿的，可由于过分惊恐，实在控制不住自己。

"他跳了几次崖,"爱德华语气平静地告诉我,"他想让大海把自己淹死……可他刚刚转世,年轻体壮。更令人不可思议的是,他才刚刚发生转变,却居然能拒不……进食……按说,在刚开始的时候,本能是更强大一些的,能战胜一切,但他非常厌恶自己,所以有足够的勇气绝食自尽。"

"那可能吗?"我的声音很小。

"不太可能,只有极少的几种办法才能把我们杀死。"

我刚想张嘴,但我还没来得及开口,他又开始说了。

"后来,他饿极了,终于饿垮了。他尽可能远离有人烟的地方,因为他知道自己的意志力也在一天天削弱。他在黑夜里游荡了几个月,寻找最孤僻的地方藏身,成天厌恶自己。

"一天晚上,有一群鹿从他栖身的地方经过,饥渴难忍的他毫不犹豫地扑了上去。此后,他的体力恢复了,并意识到自己不一定像他原来所担心的那样,非得成为一个万人憎恶的怪物不可。难道他前世没有吃过鹿肉吗?之后的几个月里,他新的生存哲学诞生了——不成为魔鬼也照样能生存。他又重新找到了自我。

"他开始更好地利用自己的时间,以前他一直很聪明好学,现在他有了无穷无尽的时间。从此,他白天计划,晚上看书。他游到了法国……"

"他**游**到了法国?"

"贝拉,一直有人游过英吉利海峡。"他耐心地提醒我道。

"我想是这样,只是在那样的背景下,听起来很滑稽。接着说吧。"

"游泳对我们来说轻而易举——"

"对你来说,什么事情都轻而易举。"我抱怨道。

他等待着,脸上露出得意的神情。

"我再也不打断你了,我保证。"

他神秘地轻声笑了笑,说完了那句话:"因为,从技术层面讲,我们根本不用呼吸。"

"你们——"

"唉,唉,你保证过的,"他笑了,把他冰冷的手指轻轻地放在了我的嘴唇上,"你想不想听我讲下去?"

"你不能像刚才那样冷不丁冒出一些令我意外的话,还希望我不吱声吧。"尽管他的手指堵住了我的嘴皮子,但我还是嘟囔了一句。

他把手拿开,挪到了我脸上,我的心跳顿时加快了,不过我还是没放弃。

"你们不需要**呼吸**?"我问道。

"对,不需要,仅仅是个习惯而已。"他耸了耸肩。

"你能憋多长时间……**不呼吸**?"

"我想,随便多长时间都可以吧,具体多长,我也说不准。时间长了会有点儿不舒服,因为不呼吸就闻不到气味了。"

"有点儿不舒服。"我随声附和道。

我没有在意自己说了什么,但他听了之后却有些担心起来。他将手放了下来,站在那里一动不动,眼睛注视着我的脸。沉默的时间延长了,他的五官像石头一样一动不动,毫无表情。

"怎么啦?"我轻声问道,用手摸了摸他表情呆滞的脸。

他的脸在我的手下面松弛下来了,他叹了口气说:"我一直在等待着这一刻的来临。"

"哪一刻?"

"我知道总有一天,你会忍受不了我告诉你的或者你亲眼看到的事情,而从我的身边逃走,惊叫着逃走。"他似笑非笑,眼神很严肃,"我不会阻拦你,其实我希望这一刻早点儿到来,因为我不想让你有什么危险,可是,我又特别想和你在一起。这两种愿望相互矛盾,很难调和……"他说了一半的话,盯着我的脸,等待着。

"我不会逃走,我哪儿都不去。"我保证说。

"我们走着瞧。"他说着又笑了。

我冲他蹙了一下眉,说:"你接着讲吧,卡莱尔游到了法国,然后呢?"

他顿了一下,又回到了他的故事上。他转过头,看着另外一幅画。那幅画颜色最为华丽,画框也最漂亮,是最大的一幅画,比旁边的门要宽两倍。画中有许多色调明亮、鲜艳夺目的人物,他们身上的长袍飞扬起伏，散布在高大的柱子旁边以及大理石阳台上。我无法确定这画描绘的是不是希腊神话，这些飘逸在云层之上的人物是否出自哪个故事。

"卡莱尔游到了法国，继续游览欧洲，访问那里的高等学府。他夜间学习音乐、科学和医学——从中领悟到了他的使命，也是他苦修赎罪的出路，那便是……便是拯救人类的生命。"他的表情变得十分严肃，甚至带有敬畏之情，"我很难恰当地描述卡莱尔所经历的磨难和挣扎，通过他整整两个世纪的艰苦努力，他终于找到了完全控制自己的办法。现在，他可以完全不受人类血液味道的诱惑了，能正常地当一个医生而不觉得有任何痛苦。相反的，在医院他能感觉到格外的平静……"爱德华望着远处，久久不语。突然，他好像回到了现实，想起了自己的目的。他用手指轻轻地敲了敲悬挂在我们面前的巨幅油画。"他在意大利学习的时候，发现了生活在那里的其他同类。同住在伦敦下水道里的那些相比，他们要文明得多，受的教育也要多得多。"

他用手摸着画中站在最高处阳台上的四位神情比较严肃的人物，然后又平静地看了看下面混乱不堪的场面。我仔细看着画上的人群，突然惊奇地发现并认出了那个金发男子。

"索利梅纳①在很大程度上受到了卡莱尔的那些朋友的启发，他经常把他们画成天神，"爱德华笑着说，"这是阿罗、马库斯和凯厄斯，"他指着另外三个说，其中有两个是黑发，一个是雪白的头发，"他们都是艺术的夜间赞助者。"

"他们怎么啦？"我好奇地问道，指头在距画布上这些人物一厘米的地方来回绕圈。

"他们还在，"他耸了耸肩说，"他们不知有几千岁了。卡莱尔只和他们一起待了很短一段时间，大概就几十年。他特别崇拜他们的文明和高雅的生活方式，可他们总是执意地想根治卡莱尔的毛病，用他

---

① 弗朗切斯科·索利梅纳（Francesco Solimena，1657—1717），意大利巴洛克时代的著名画家。

们的话说就是他'讨厌天然食源'的毛病。他们想劝说他，他也想说服他们，但谁也说服不了谁。就在那个时候，卡莱尔决定来'新大陆'试试，他梦寐以求地渴望找到和他想法一样的知己。要知道，那时候的他一定觉得非常的孤独、寂寞。

"很长一段时间他一无所获，但是，随着妖魔鬼怪成为童话故事中的人物，他发现自己可以跟没有疑心的人类交往，就跟自己是他们中的一员似的。他开始行医，可他始终没有找到他非常渴望得到的终身伴侣，他不能冒险和人类过于接近。

"西班牙流感暴发时，他在芝加哥的一家医院值夜班。有一个想法在他脑子里琢磨了好几年，他差点儿就决定付诸实施了——既然找不到合适的伴侣，不妨自己创造一个。可他完全不记得自己是怎样变来的了，于是有些犹豫不决。他憎恨以别人夺去自己的生命那样的方式剥夺他人生命的想法，就在这个时候，他发现了我。当时我已经没救了，和一些奄奄一息的人放在同一个病房。他曾护理过我的父母，知道我已经是个孤儿了，于是，他决定去试一试……"

他的声音变得越来越小，接着就完全听不见了。他若有所思地盯着西边的窗户，视线漫无目的地飘到了窗外。我很想知道他现在究竟在想些什么，是卡莱尔的过去，还是他自己的往事，我静静地等待着。

他回头看我的时候，脸上绽开了天使般温柔的笑容。

"这样，我们兜了一圈又回到了故事的开始。"他得出了一个结论。

"那你一直跟卡莱尔在一起吗？"我问。

"几乎是。"说着他将手轻轻地放在我的腰上，拉着我走出了房间。我回眸再次看了一眼墙上的那些画，不知道还有没有听到其他故事的机会。

我们顺着过道走着，爱德华没再说一句话，于是我问他："几乎是？"

他叹了口气，似乎不太情愿回答："咳，像许多其他青春期的孩子一样，我曾经有过很强的逆反心理——那是在我出生，不，是在我变成了……随你想怎么叫都可以……十年以后。我并不接受他的禁欲思想，而且我很讨厌他抑制我的欲望。于是，我离家出走了一段时间。"

"真的吗？"按说我听了可能会害怕的，可我并没有感到害怕，而是觉得很好奇。

他猜得出我的想法。我隐隐约约地意识到我们在登上一段楼梯，但我没太注意周围的环境。

"你不觉得可恶吗？"

"不。"

"为什么？"

"我想……这听上去合情合理呀。"

他爽朗地笑了，笑得比之前还响亮。这时我们已经来到了楼梯的顶端，进入了另一个两旁饰有护墙板的过道。

"自从我获得新生之后，"他喃喃道，"我有了能洞悉身边每个人的思想的优势，人类和非人类的都可以。这也正是我反叛卡莱尔长达十年之久的原因所在——我能看出他百分之百的真心实意，能准确吃透他之所以选择这样的生活方式的原因。

"只过了几年，我便回到了卡莱尔身边，并重新按照他的看法行事。当时我想我不会有……压抑之忧了……而压抑是与良心相伴而生的。由于我知道自己的猎物的想法，所以我可以放过好的，而只追杀坏的。如果我顺着黑暗的小巷跟踪一个悄悄尾随着年轻女子的杀人犯并救出那个女子，那么我无疑就不是什么特坏的坏蛋了。"

我打了一个寒战，脑海里十分清晰地浮现出他描述的情景：深夜一片漆黑的小巷，受到惊吓的女孩儿，还有跟在她后面的那个坏人。还有爱德华，爱德华在后面穷追不舍，威风凛凛，气宇轩昂，就像一个年轻的天神，不可阻挡。可那个女孩儿会有什么样的反应？是感激不尽，还是会更加恐惧呢？

"但是随着时间的流逝，我开始从自己的眼睛里看到了恶魔的狰狞。不管理由多么正当，我欠下了那么多人的性命，这笔债是怎么也逃不掉的。于是，我回到了卡莱尔和埃斯梅的身边。他们欢迎我回来，像欢迎一个回头浪子一样。对此，我真是受之有愧。"

我们在过道尽头最后一扇门前停了下来。

"这是我的房间。"他告诉我，说着打开门，把我拉了进去。

他的房间朝南，和下面那个房间一样，有一扇一整面墙一样大小的窗子。房子的整个后墙肯定都是玻璃的。窗户俯瞰着索尔达克河，河流弯弯曲曲，穿过一片原始森林，流向奥林匹克山区。远处的山看起来比我想象中要近得多。

西边的那面墙完全被一个挨一个的CD架子给挡住了。琳琅满目的CD，可能比音乐商店还要齐全。房间的一个角落摆着一套样子很尖端的音响系统，我从来不敢碰那种玩意儿，因为我一碰肯定就会出问题。房间里没有床，只有一张宽宽的看起来非常诱人的黑皮沙发。地板上铺着厚厚的金色地毯，墙上挂着质地较厚、色调偏暗的壁毯。

"音响效果不错吧？"我猜测着说。

他笑着点了点头。

他捡起遥控器，打开了音响。声音很小，但柔和的爵士乐非常逼真，好像乐队就在房间里演奏似的。我上前去浏览他那多得令人震惊的收藏。

"你是怎么排序的？"看到这些光盘排列得杂乱无章，我问他。

他有些漫不经心。

"嗯，先按年代，再按自己的喜好。"他心不在焉地回答。

我回过头来，发现他正以一种奇怪的眼神看着我。

"怎么啦？"

"我原以为会感到……宽慰的，把一切都告诉你了，不用对你隐瞒任何事情了。可没想到我感觉到的不只是宽慰，**我喜欢**这种感觉，它让我感到……高兴。"他耸了耸肩，微微地笑了笑。

"我也很高兴。"我也笑着说。我还担心他后悔告诉我这一切了呢，还好，原来是虚惊一场。

可是接下来，他端详我的表情时，脸上的笑容消失了，眉头紧锁。

"你还在等着我逃跑和尖叫，是不是？"我猜测说。

他点了点头，唇角露出了一丝微笑。

"我不想让你扫兴，可你真的不像你想象的那么可怕。其实，我觉得你一点儿也不可怕。"我随口撒了个谎。

他定了定神，扬起了眉毛，断然不信。继而，脸上掠过了一丝坏笑。

"你**真的**不该说这样的话。"他咯咯地笑了起来。

他咆哮了一声，声音低沉，好像是从喉咙深处发出来的；他咧开嘴，露出了一口完美的牙齿。他突然移开身体，像狮子一样呈匍匐状，准备随时扑过来。

我往后退了一步，瞪着他。

"你不会的。"

我没有看清楚他向我扑过来——动作太快了。我只发现自己突然就在半空中了，然后我俩一起重重地摔倒在沙发上，把沙发撞到了墙上。这期间，他的胳膊一直像铁笼子一样罩着我——我几乎没有受到任何撞击。不过我还是觉得有些喘不过气来，我想在沙发上坐正，可他不让。他将我蜷作一团，靠在他的胸口，紧紧地搂住我，搂得比铁链还要牢靠。我惊恐地看着他，可他似乎克制得很好，咧嘴笑着，下巴很放松，明亮的眼睛里露出诙谐的神色。

"你刚才说什么来着？"他顽皮地咆哮道。

"说你是一个非常非常可怕的恶魔。"我讥讽道，只可惜气喘吁吁让我讥讽的口气打了点儿折扣。

"听起来好多了。"他赞同说。

"哼，"我挣扎着，"现在我能起来了吗？"

他只是笑了笑。

"我们能进来吗？"过道里传来温柔的声音。

我想挣脱开，可爱德华只是调整了一下我的姿势，让我以更传统一点儿的样子坐在他的腿上。我可以清楚地看到门口是爱丽丝，她的身后是贾斯帕。我的脸红得跟火烧似的，可爱德华却很自在。

"进来吧。"爱德华还在偷偷地笑个不停。

看到我们拥抱在一起，爱丽丝似乎没觉得有什么好大惊小怪的，她走到了——不，几乎是舞姿翩翩地舞到了屋子中央，然后动作柔软地蜷腿坐在了地板上。可贾斯帕不同，他在门口停了一下，神色略显惊讶。他盯着爱德华的脸，我猜想他是不是在用他超常的知觉品尝着这里的气氛。

"听起来好像你要把贝拉当午餐了，我们来看看你舍不舍得和我们分享。"爱丽丝说。

我僵住了片刻，但立刻发现爱德华在咧嘴而笑——到底是在笑爱丽丝的话呢，还是在笑我的反应，我不得而知。

"对不起，恐怕没多余的给你们了。"他回答说，两只胳膊仍然紧紧地搂着我，一点儿也不在乎。

"说实在的，"贾斯帕进来的时候笑着说，尽管他本来不想笑的，"爱丽丝说今天晚上有一场大风暴，埃美特想出去玩球，你去吗？"

这些话听起来再平常不过了，可这前言不搭后语的，弄得我有些莫名其妙。不过我猜想，爱丽丝的预测比天气预报员的预报还要准一点儿。

爱德华的眼睛顿时亮了起来，但又有些犹豫不决。

"当然你可以带贝拉一起去。"爱丽丝兴高采烈地说道。我觉得自己看见贾斯帕迅速地扫了她一眼。

"你想去吗？"爱德华激动地问我，脸上的表情很丰富。

"当然，"我怎能让这么英俊的一张脸失望呢，"嗯，我们要去哪里玩呢？"

"我们要等打雷了才能玩球，一会儿你就知道为什么了。"他允诺道。

"我需要带雨伞吗？"

他们仨全都哈哈大笑了。

"她用带雨伞吗？"贾斯帕问爱丽丝。

"不用，"她回答得很肯定，"风暴袭击的中心将在镇上，森林里的空旷地应该不会有雨的。"

"那好。"贾斯帕热情的语气很自然地感染了我。我发觉自己不再吓得呆若木鸡，而是急不可待了。

"我们去问问卡莱尔愿不愿意去。"爱丽丝跳将起来，走到门口。她优美的步姿会令任何一个芭蕾舞演员都羡慕不已。

"就像你不知道似的。"贾斯帕逗道。他俩很快就上了路,贾斯帕轻轻地将门带上了。

"我们去玩什么?"我问。

"你在一旁观看吧,"爱德华解释说,"我们要打棒球。"

我转了转眼睛,问:"吸血鬼喜欢打棒球?"

"这是美国人的娱乐活动。"他装得一本正经地说道。

球　赛

爱德华拐入我家所在的街道时，天刚刚下起毛毛雨。直到那一刻为止，我毫不怀疑当我在真实世界里度过中间的那几个小时的时候，他都会跟我在一起。

这时，我看见了那辆停泊在查理家私人车道上的黑色小轿车，那是一辆饱经风雨的福特牌汽车，我还听到爱德华沙哑着嗓子小声嘟囔了句什么，只是听不太清。

雅各布·布莱克站在他父亲的轮椅后面，在低矮的前廊下猫着身子躲着雨。爱德华把我的卡车靠着马路边停下来时，比利面色冷淡，跟块石头似的。雅各布瞪眼看着，表情压抑。

爱德华的声音很小，但火气很大："这是在越界。"

"他是来警告查理的？"我猜测道，恐惧多于气愤。

爱德华只是点了点头，眯缝着眼睛，透过雨幕，对视着比利投过来的眼神。

我略感宽慰的是查理还没回家。

"让我来对付这件事。"我建议道。爱德华怒气冲冲的眼神让我很担心。

没想到他居然同意了："这可能是最好的办法了，不过要小心，那孩子不懂事儿。"

听了**孩子**这个词我有点儿不快。"雅各布比我小不了多少。"我提醒道。

然后他看着我，怒气顿时消失了。"哦，我知道。"他微微一笑，让我放了心。

我叹了口气，将手放在了车门拉手上。

"把他们带到屋里去，"他吩咐道，"这样我就可以走了，我黄昏时分再回来。"

"你要用我的卡车吗？"我问道，同时琢磨着到时候车子不在怎样跟查理解释。

他的眼睛转了几下："我**走**回去比开这辆卡车回去还要快一些。"

"你用不着离开。"我渴望地说道。

他见我一脸的闷闷不乐，冲我笑了一下："不过，我还是得离开。你把他们打发走之后"——他怒气冲冲地朝布莱克父子方向瞥了一眼——"你还得让查理作好见你的新男朋友的思想准备。"他咧嘴大笑，牙齿全露出来了。

我哼哼唧唧地说了声"多谢"。

他一脸坏笑，而这正是我喜欢的。"我很快就会回来的。"他保证道。他的目光又敏捷地扫了前廊一眼，然后把身子迎上来迅速地吻了我的下巴边一下，吻得我的心怦怦乱跳，我也朝门廊瞟了一眼。比利的脸色已不再冷淡了，双手紧紧地抓着椅子的扶手。

"**早点儿。**"我打开车门走进雨中时强调了一下。

绵绵细雨中，我半跑着朝门廊奔去，我能感觉到背后他目送着我的目光。

"嘿，比利，嗨，雅各布。"我尽可能高兴地跟他们打过招呼，"查理今天出去了——但愿你们没等太久。"

"没等多久，"比利压着嗓子说道，他的黑眼睛目光非常犀利，"我只是想把这个送过来。"他指了指搁在腿上的一个棕色纸袋。

"谢谢，"我说，虽然我不知道里面包的是什么东西，"干吗不进屋待会儿，擦一擦雨水呢？"

我假装没有看见他那锐利的目光，打开了房门，示意他们先请。

"来，我来吧。"说完，我转身关上了门。我最后又瞅了爱德华一眼。他等在那里，一动未动，眼神很严肃。

"你要把它放进冰箱，"比利把那包东西递给我时吩咐道，"是几条哈里·克里尔沃特家自制的炸鱼——查理的最爱。放在冰箱里，就不会回潮了。"他耸了耸肩。

"谢谢，"我又说了一遍，但这次是带着感情说的，"我已经想不出做鱼的新法子了，而且他今天肯定又钓了一些。"

"又钓鱼去了？"比利问道，眼里露出了一丝难以名状的目光，"又去老地方了？也许我会从那儿经过，见得到他的。"

"不，"我迅速地撒了个谎，脸一下子僵硬起来了，"他去了新的地方……不过我不清楚在哪儿。"

我表情的变化没能逃过他的眼睛，而且引起了他的沉思。

"杰克，"他说道，依然在打量着我，"你去把丽贝卡的那幅新画从车里拿来，我也要留给查理。"

"在哪儿？"雅各布问道，他的语气有些不悦。我瞅了他一眼，可他正盯着地板，眉毛蹙成了一团。

"我想我在后备厢里见过，"比利说，"你可能得翻一翻才能找到。"

雅各布无精打采地回到了雨中。

比利和我面面相觑，一言不发。片刻之后，这种沉默开始显得有些尴尬了，于是我转身进了厨房。我能听见他湿漉漉的轮子轧得亚麻油地毡嘎吱作响，他尾随在我身后。

我把那个袋子塞进了冰箱满满当当的顶层，然后一个急转身，跟他来了个正面相对。他那沟壑纵横的脸叫人捉摸不透。

"查理一时半会儿回不来。"我的语气近乎粗鲁。

他点了点头，表示认同，但嘴上什么也没说。

"再次谢谢那些炸鱼。"我暗示道。

他依旧不停地点头，我叹了口气，双臂交叉抱在了胸前。

他似乎嗅出了我已经放弃了拉家常的念头。"贝拉……"他欲言又止。

我等待着下文。

"贝拉，"他又开了口，"查理是我最要好的一个朋友。"

"对。"

他用低沉的声音一字一顿地说道："我注意到你跟卡伦家的一个孩子走得很近。"

"对。"我简短地重复道。

他眯起了眼睛:"也许这不关我的事,可是我认为这不是很好的主意。"

"您说得没错,"我同意道,"这**的确**不关您的事。"

听了我的语气,他竖起了灰白的眉毛:"你可能不知道,卡伦一家在保留区名声不怎么好。"

"实际上,这一点我知道,"我以生硬的口气告诉他,这令他吃了一惊,"可那名声不是他们应得的,对吧?因为卡伦一家从来都没到过保留区,是不是?"我看得出自己毫不隐讳地提到了那份既约束又保护其部族的协议,令他有点儿措手不及。

"此话不假,"他同意道,眼神很警惕,"你好像……很了解卡伦一家的情况,超出了我的预料。"

我盯得他不敢对视了:"也许比您还了解呢。"

他噘起了厚厚的嘴唇,思考着我的话。"也许吧,"他承认道,但他的目光很敏锐,"查理也很了解吗?"

他找到了我防线中的薄弱之处,击中了我的软肋。

"查理很喜欢卡伦一家。"我没有正面回答。他显然很清楚我在顾左右而言他,他的表情很不高兴,但并不怎么惊讶。

"是不关我的事,"他说,"可关查理的事吧。"

"不过那也将是我自己的事情,我不认为关查理的事,对吧?"

我不知道他听明白了我这颠三倒四的问题没有,我力图不说任何妥协的话,但他似乎听明白了。他思忖了一会儿,这时候雨又在屋顶上滴滴答答起来了,成了打破寂静的唯一声音。

"对,"他终于让步了,"我也认为那是你的事。"

我长舒了一口气:"谢谢,比利。"

"你还是好好想一下你所做的事情吧,贝拉。"他奉劝道。

"好的。"我迅速答应下来了。

他皱起了眉头:"我的意思是说,别做你在做的事情了。"

我打量了一番他的眼神,里面除了对我的关心之外什么也没有,我无言以对。

就在这时,前门哐当一响,声音很大,吓了我一跳。

"车里根本就找不到什么画。"雅各布人还没到，抱怨倒先到了。等他到了眼前，只见衬衣的肩部让雨水打湿了，头发滴着水。

"嗯，"比利哼了一声，突然超脱起来了，把轮椅一转，朝着自己的儿子，"我想我把它落在家里了。"

雅各布夸张地转了转自己的眼珠："好极了。"

"对了，贝拉，告诉查理……"比利顿了一下，接着说道，"我的意思是说，我们顺便来过了。"

"我会的。"我低声说道。

雅各布大吃了一惊，说道："我们这就要走了？"

"查理要很晚才回来。"比利一边自己转着轮椅从雅各布身旁经过，一边解释说。

"哦，"雅各布看上去很失望，"那好吧，我猜想过些日子会再见到你的，贝拉。"

"肯定。"我赞同了他的说法。

"当心。"比利告诫我说。我没有回答。

雅各布帮着他父亲出了门，我简单地挥了挥手，迅速地瞅了一眼我那辆现在空空如也的卡车，然后还没等他们父子俩离去，就把门关上了。

我在过道里站了一分钟，侧耳倾听着他们的车倒出去开走的声音。我在原地待着，等待着愤怒和不安平息下去。等我的紧张终于缓解了一点儿之后，我便上楼去换掉了过于讲究的服装。

我试了好几款上衣，不知道今晚会发生什么样的事情。由于一门心思想着即将到来的事情，刚刚过去的事情也就无足轻重了。失去了贾斯帕及爱德华的影响，我以前没有受到过惊吓的这一课要补上了。很快我就对挑选服装的事情心灰意冷了——随手穿上了一件旧法兰绒衬衣和一条牛仔裤——我知道反正整个晚上我都会穿着雨衣。

电话响了，我冲下楼去接。只有一个声音是我所想听到的，舍此，任何声音都会令我失望。可是我知道**要是他**想跟我说话的话，他很可能直接就出现在我房间里了。

"喂？"我上气不接下气地说道。

"贝拉？是我。"是杰西卡的声音。

"哦，嘿，杰西。"我愣了一会儿才回到现实中来。我好像有几个月而不是几天没跟杰西说过话了，"舞会怎么样啊？"

"好玩儿极了！"杰西卡夸张地说道。也就问了那么一句，她就滔滔不绝地把头天晚上的情形详尽地描述了一通。恰当的地方我就"嗯"两下，但很难不走神。杰西卡、迈克、舞会、学校——此刻说来也怪，似乎全都不相干。我的目光老是不停地投向窗户，想判断厚厚的云层后面光的亮度。

"你听见我说的了吗，贝拉？"杰西生气地问道。

"对不起，你说什么？"

"我说，迈克亲了我！你能相信吗？"

"那太好了，杰西。"我说。

"那你昨天都做了些什么？"杰西卡问道，听上去仍然对我的心不在焉有些不高兴。要不，也许是因为我没有刨根问底，惹她生气了。

"什么也没做，真的，我只不过在外面转了转，晒了晒太阳罢了。"

我听见查理的车停进了车库。

"爱德华·卡伦后来又跟你说了什么没有？"

前门砰的一声关上了，我听见查理在楼下噼噼啪啪，在放他的钓具。

"呃。"我迟疑了一下，不知道接下去该怎么说了。

"嗨，你好，孩子！"查理进厨房时跟我打了声招呼，我冲他挥了挥手。

杰西听到了他的声音："噢，你爸在呀，没关系——咱们明天聊，三角课上见。"

"再见，杰西。"我挂上了电话。

"嘿，爸，"我说，他在洗碗槽里洗手，"鱼呢？"

"我放到冰箱里去了。"

"趁还没冻住，我去拿几条来——比利今天下午给我们丢下了几条哈里·克里尔沃特家炸的鱼。"我努力让自己的话听上去热情一些。

"是吗？"查理两眼一亮，"那是我最爱吃的东西。"

我准备晚饭的时候，查理把自己收拾得干干净净了。没多大的工夫，我俩就坐在餐桌边，一言不发地吃上了。查理吃得有滋有味，我则在绞尽脑汁地想该如何完成自己的任务，争取想出一个引出话题的办法。

"你今天是怎么打发自己的？"他问了一句，打断了我的沉思。

"噢，今天下午我只是在房子周围转了转……"实际上，那只是下午刚刚过去的那么一会儿的事情。我极力让自己的语气显得很愉快，可我的心里很虚的："上午我去了卡伦家。"

查理放下了手中的叉子。

"卡伦大夫家？"他惊讶地问道。

我假装没有注意到他的反应："对呀。"

"你去那里干什么去了？"他没有把叉子拿起来。

"噢，我跟爱德华·卡伦今天晚上算是有个约会吧，他想把我介绍给他的父母……爸？"

查理好像长了动脉瘤似的。

"爸，你没事儿吧？"

"你要跟爱德华·卡伦交往？"他大声问道。

呜呼。"我还以为你喜欢卡伦一家呢。"

"他太大了，跟你不般配。"他嚷嚷道。

"我俩都念中学三年级。"我纠正说，虽然他说对了，比他想象的还要对。

"等等，"他停了一下，"哪个是埃德温？"

"**爱德华**是最小的那个，一头红棕色头发的那个。"帅气的那个，天使般的那个……

"噢，哦，那……"他苦苦思索了一会儿，"那还差不多，我想。我不喜欢那个大个子的样子，我知道他是个很不错的孩子，可他看上去太……老成了，不适合你。这个埃德温是你男朋友吗？"

"是爱德华，爸。"

"他是吗？"

"算是吧，我想。"

"你昨天晚上不是说你对镇上的任何男孩子都不感兴趣的吗？"不过他重新拿起了叉子，所以我看得出最难的一关已经过去了。

"噢，爱德华不住镇上，爸。"

他嘴里嚼着东西，眼睛不以为然地瞅了我一眼。

"再说了，您又不是不晓得，"我继续说道，"您知道，我们才刚刚开始，您就别开口男朋友闭口男朋友的，让人家多难为情呀，好不好嘛？"

"他什么时候过来？"

"几分钟之后就会过来。"

"他要带你去哪儿？"

我大声抱怨道："我希望您现在别老跟审犯人似的，我们要去跟他的家人一起打棒球。"

他皱起了脸，继而终于嘿嘿笑了："**你去**打棒球？"

"噢，我可能大部分时间是当观众。"

"你肯定真喜欢上这个小伙子了。"他一脸狐疑地说道。

我叹了口气，善意地冲他翻了翻眼睛。

听见房子前面响起了引擎的声音，我赶紧跳起来，开始收拾餐具。

"餐具你就甭管了，今天晚上我来收拾。你也太把我当小孩子了。"

门铃响了，查理迈开了大步前去开门，我慢了半步。

我没想到外面下那么大的雨，爱德华站在门廊的灯光下，就像雨衣广告上的模特。

"进来吧，爱德华。"

我长舒了一口气，查理没把他的名字念错。

"谢谢，斯旺警长。"爱德华毕恭毕敬地说道。

"就叫我查理吧。来，上衣给我拿着吧。"

"谢谢，长官。"

"坐那儿吧，爱德华。"

我做了个鬼脸。

爱德华优雅自然地坐在了唯一的一把椅子上，我只好挨着斯旺警长坐在沙发上了。我狠狠地扫了他一眼,他在查理的背后眨了几下眼睛。

"我听说你要带我女儿去看棒球。"也只有在华盛顿州,下着倾盆大雨这样的事实才不会对户外活动有丝毫影响。

"是的,长官,我们是这么计划的。"他并未因我跟父亲讲了实话而显得吃惊。不过,他说不定一直在听我们的谈话。

"噢,祝你好运,我想。"

查理笑了,爱德华也跟着笑了。

"好了,"我站了起来,"别拿我寻开心了,咱们走吧。"我回到门厅穿上了上衣,他俩跟了过来。

"别太晚了,贝儿。"

"别担心,查理,我会把她早点儿带回来的。"爱德华保证道。

"照顾好我女儿,没问题吧?"

我哼了一声,但他俩都没理我。

"她跟我在一起会很安全的,我保证,长官。"

查理不可能怀疑爱德华的真挚,因为字字听上去都是那么情真意切。

我大步出了门。他俩都笑了,爱德华跟着我出来了。

我在门廊里突然停下了,只见我的卡车后面停着一辆特大的吉普车,车胎比我的腰还高。前灯和尾灯上面都有金属灯罩,防撞杆上安着四只大探路灯。车子的硬顶盖儿是鲜红色的。

查理轻轻地吹了一声口哨。

"系好安全带。"他从嘴巴里挤出这几个字。

爱德华尾随着来到了我这一边,打开了车门。我估计了一下到座位上去的距离,准备跳上去。他叹了一口气,然后单手把我举到了车里,但愿查理没有看到。

他以正常的、人类的速度走到司机那一侧的时候,我试图系上安全带,可搭扣太多了。

"这都是些什么呀?"他开门的时候我问道。

"是越野时的安全带。"

"哎哟。"

我试图找到扣这些搭扣的地方,但想快却快不起来。他又叹了一口气,然后手够过来帮我。令我高兴的是雨下得很大,看不清站在门口的查理,这也就意味着他也看不见爱德华的双手在我脖子上缠绵,拂弄我锁骨的情形。我放弃了想帮他一把的念头,而是集中精力让自己别呼吸得过于急促。

爱德华转动钥匙,发动了引擎,我们的车从房前开走了。

"这辆……呃……**大**吉普是你的?"

"是埃美特的。我想你大概不希望一路上都跑吧。"

"这东西你放在哪里?"

"我们把一间附属建筑改成了车库。"

"你不系安全带?"

他不信任地看了我一眼。

这时我领会了一些意思。

"一路上**都**跑?照此说来,我们还是有一段路要跑?"我的声音陡升了几个八度。

他抿着嘴笑了:"你不用跑。"

"**我**会恶心的。"

"闭上眼睛,就没事儿了。"

我咬紧了嘴唇,克服恐惧感。

他侧过身来吻了吻我的头顶,然后轻声哼了一下。我看着他,大惑不解。

"你在雨中的味道真好闻。"他解释说。

"那是好呢,还是坏?"我谨慎地问道。

他叹息道:"兼而有之,凡事都是有好有坏。"

我不知道他在黑暗和倾盆大雨中是如何认路的,但不知怎的他找到了一条侧路,与其说是一条马路,还不如说是一条山路。有好久根本就没法交谈,因为我就像风钻一样在座位上颠上簸下。不过,他似乎很喜欢这样的颠簸,一路上都笑得合不拢嘴。

然后,我们来到了路的尽头,树木在吉普的三面形成了三道绿色的屏障。雨不大，一点儿毛毛细雨而已，一刻比一刻小，云层上面的天空越来越亮了。

"对不起，贝拉，从这里开始我们就得步行了。"

"你听我说，我就在这儿等。"

"你的勇气都跑哪儿去了？今天上午你还特别勇敢的。"

"我还没忘记上次的情形。"不就是昨天的事情？

眨眼间他已经来到了我这边，他动手给我解安全带。

"我自己来，你接着赶路吧。"我抗议说。

"哼……"他三下五除二就解开了，若有所思地说道，"看来我得再改变一下你的记忆。"

没等我来得及反应，他就把我从吉普上拉出来，立在地上了。此时仅仅是一点儿雾雨了，看来要让爱丽丝说对了。

"改变一下我的记忆？"我忐忑不安地问道。

"差不多吧。"他目不转睛、聚精会神地看着我，但他的眼神里藏着幽默。他把双手放在了我脑袋两边的吉普车上，身子前倾，害得我只好紧紧地背靠车门。他又朝前倾了倾，他的脸离我的脸差点儿就挨着了，我没有退路了。

"现在，"他低声说，而正是他的气味儿搅乱了我的思绪，"你究竟在担心什么？"

"噢，呃，撞到树上……"我哽塞道，"给撞死了，还有就是恶心。"

他忍住了没笑，然后弯下头，将冰冷的嘴唇轻轻地贴住了我的喉咙窝。

"你现在还担心吗？"他贴着我的皮肤轻轻说道。

"嗯，"我努力集中精力，"担心撞树和恶心。"

他的鼻子顺着我喉咙的皮肤往上划出了一道线，一直划到了我的下巴边上。他呼出的凉气弄得我的皮肤直痒痒。

"那现在呢？"他的嘴唇贴着我的下巴低声说道。

"树，"我喘着气说道，"运动病"。

他抬起脸，吻了吻我的眼睑："贝拉，你并不真的认为我会撞到树上去，对吧？"

"对，可我有可能呀。"我的声音缺乏信心。他闻到了轻易获胜的味道。

他缓缓地沿着我的脸往下吻，吻到我的嘴角时停下了。

"我会让树伤到你吗？"他的嘴唇稍稍蹭了蹭我颤抖不已的下嘴唇。

"不会。"我低语道。我知道要回答好，还要补上半句，可我就是不太补得上来。

"你瞧，"他说，嘴唇在我的嘴唇上滑动，"没什么可怕的，对吧？"

"对。"我叹了一口气，投降了。

接着他双手几乎是粗鲁地捧起了我的脸，热切地吻起来，他那咬定青山不放松的嘴唇贴着我的嘴唇不停地移动。

我的行为真说不出任何理由来。显然，到目前为止我也算明些事理了，可我似乎还是不能不做出完全像第一次那样的反应。我没有稳重地无动于衷，而是伸出胳膊，紧紧地绕住了他的脖子，突然，他石头般的身子把我牢牢粘住了。我叹了一口气，双唇分开了。

他摇摇晃晃地往后退，不费吹灰之力就把紧紧绕着的胳膊挣开了。

"该死，贝拉！"他挣脱了，嘴里喘着粗气，"我会死在你手里的，我发誓。"

我身子往前一歪，双手撑在了膝盖上。

"没人能置你于死地。"我咕哝道，想歇口气。

"没遇见你之前我也许会信，现在，趁我还没做出什么真正的蠢事来，咱们离开这里。"他咆哮道。

他像以前一样把我往背上一扔，我看得出为了和过去一样温柔，他格外费了点儿劲。我双腿夹着他的腰，双臂牢牢地抓着他的脖子。

"别忘了闭上眼睛。"他严肃地警告说。

我赶紧把脸缩到了他的肩胛骨下，我自己的胳膊下面，并使劲儿地闭上了双眼。

我几乎不知道我们在动。我能感觉到他在我下面滑行，不过他可能是在顺着人行道溜达，动作是那样的平缓。我很想偷看一眼，也就是看看他是不是真的像以前那样在森林中飞行，但我还是忍住了。弄得那样头晕目眩不值得，能听着他均匀的呼吸我就很知足了。

直到他把手伸到背后摸了摸我的头发，我才确定我们已经停下来了。

"结束了，贝拉。"

我大着胆子睁开了眼睛，果然，我们停下来了。我僵硬地从他身上松开滑下来，仰面朝天地摔在了地上。

"哎哟！"我触到湿漉漉的地面时，气喘吁吁地喊了一声。

他以怀疑的目光盯着我，显然不能确定他是不是仍旧气得不行，不觉得我很好笑。可是我困惑的表情快把他逼疯了，他突然哈哈大笑了起来。

我从地上站了起来，没有理睬他，掸去上衣后面的泥和蕨类植物，而这只是使他笑得越发厉害了。一气之下，我迈开大步，朝森林里走去。

我发现他的手放在我的腰际。

"你要去哪儿，贝拉？"

"去看棒球比赛。你好像对打棒球没什么兴趣了，可我确信没有你别人照样会很开心的。"

"你走错了。"

我转过身来，没有看他，大步朝相反的方向走去，他又追上了我。

"别生气，我也是情不自禁。你应该看看你的脸。"他还没说完就忍不住嘿嘿笑了。

"噢，就允许你生气？"我问道，竖起了眉毛。

"我没生你的气。"

"'贝拉，我会死在你手里的'。"我酸酸地把他刚才说过的话重复了一遍。

"**那**不过是陈述一个事实。"

我试图再次从他身边走开，可他把我拽得紧紧的。

"你就是生气了。"我不依不饶。

"没错。"

"可你刚才说——"

"我是说没生你的气。难道你不清楚吗,贝拉?"他突然认真起来了,丝毫不见戏弄的踪影了,"你难道不明白吗?"

"明白什么?"我问,他情绪的突然变化和他的话一样,弄得我莫名其妙。

"我从来都不生你的气——我怎么会生你的气呢?你勇敢、热情……深信不疑。"

"那是为什么呢?"我低声道,回忆着那把他从我身边拽开的愤怒情绪,我一直把这种愤怒情绪理解为合情合理的绝望——对我的虚弱、迟钝和难以控制的人类反应……的绝望。

他把双手小心翼翼地放在我的脸两边。"我是生我自己的气,"他温柔地说道,"气我老是把你置于危险的境地,恰恰是我的存在给你带来了危险,有时候我真的恨我自己。我应该更强壮一些,应该能够——"

我把手放在了他嘴上:"别说了。"

他拿起了我的手,从他的嘴唇上拿开,紧贴在了他的脸上。

"我爱你,"他说,"这是我这么做的一个蹩脚的理由,但却是真的。"

这是他第一次说他爱我——说了这么一大串。他也许没有意识到这一点,但我无疑意识到了。

"好了,听话点儿。"他继续说道,然后弯下头,轻轻地用嘴唇蹭着我的嘴唇。

我老老实实地一动未动,然后我叹了一口气。

"你答应斯旺警长早点儿送我回家的,记得不?我们最好动身了。"

"是,小姐。"

他露出了微笑,有点儿意犹未尽的意思,松开了我,就剩一只手没松开了。他领着我在高高的、湿湿的蕨类植物和垂着的苔藓中穿行了几步,绕过一棵粗大的铁杉,我们就来到了奥林匹克山群峰之间的那片洼地中的一片巨大的空旷地边上。这块地有任何一个棒球场的两个大。

我看见其余的人全来了:埃斯梅、埃美特、罗莎莉,他们坐在一块光秃秃的露出地表的岩石上，离我们最近，或许只有一百码远。在远出许多的地方，我可以看见贾斯帕和爱丽丝，俩人少说也相隔有四分之一英里，好像是在把一个什么东西扔来扔去，可我就是没看到球。好像是卡莱尔在标各垒的位置，可垒与垒之间真的能隔那么开吗？

我们走进他们的视野之后，坐在岩石上的三个人站了起来。埃斯梅开始朝我们这边走来。埃美特久久地看了罗莎莉的背影一眼后也跟过来了；罗莎莉优雅地站起来后，大步朝那块场地走去，瞅都没瞅我们这个方向一眼。我的胃顿时不舒服地抽搐起来。

"我们刚才听到的是你们吗，爱德华？"埃斯梅快走到我们跟前时问道。

"像是一头熊让什么东西给呛住了。"埃美特作了清楚的补充。

我犹犹豫豫地冲埃斯梅笑了笑："那是他。"

"当时贝拉无意之中显得很好笑。"爱德华解释道，迅速报了一箭之仇。

爱丽丝已经离开了自己的位置，在朝我们这边跑来，或者说是舞来。她一个急停，优美自然地停在了我们的跟前。"是时候了。"她宣布道。

她话音一落，就听一声闷雷，把我们远处的森林都震动了，然后哗啦一声向西划向了镇里。

"很恐怖，是吧？"埃美特亲切自如地说道，还朝我眨了眨眼。

"咱们走吧。"爱丽丝伸手抓起了埃美特的手，接着他俩朝那块超大的场地冲去。爱丽丝跑起来就像瞪羚一般。埃美特的姿势几乎同样优雅，速度也一样快——不过，怎么也不能与瞪羚相提并论。

"你想不想打两下？"爱德华问，两眼炯炯有神，充满了期盼。

我努力让自己听上去热情得恰到好处："加加油吧！"

他暗笑了一会儿，把我的头发弄了个乱七八糟，然后就跟在另外两人后面跳奔而去了。他跑起来更猛，像一只非洲猎豹，而不是瞪羚，很快就超过了他俩。那优雅和力量令我目瞪口呆。

"咱们过去吗？"埃斯梅用她那柔和、动听的声音问道，我这才意识到自己一直呆呆地盯着他的背影,于是赶紧重新调整好自己的表情并点了点头。埃斯梅和我始终保持着几英尺的距离,我不知道她是不是依然很小心,怕吓着我了。她让自己的步伐跟我的保持一致,丝毫没有显得不耐烦。

"你不跟他们一起打球?"我腼腆地问道。

"对,我宁愿当裁判——我想让他们老老实实地比赛。"她解释说。

"就是说他们喜欢搞小动作喽?"

"哦,没错——你会听到他们争争吵吵的。其实,我并不希望你听到,你会以为他们是由一群狼养大的。"

"你说话的语气像我妈。"我大笑道,很惊讶。

她也笑了。"噢,我确实在很多方面把他们当作我的孩子看。我永远也改不了我做母亲的天性,爱德华跟你说过我失去过一个孩子的事儿吗?"

"没说过。"我含糊不清地说道,有点儿不知所措,竭力想弄明白她想起了什么样的一生。

"噢,那是我第一个也是唯一的一个孩子。他生下来只有几天就夭折了,可怜的小家伙呀,"她叹息道,"我的心都碎了——那正是我跳崖的原因,你知道的。"她就事论事地补充道。

"爱德华只说过你跳——跳崖的事儿。"我结结巴巴地说道。

"他总是很绅士,"她微笑道,"爱德华是我后来的第一个儿子。我一直都是这么看他的,尽管他的年龄比我大,至少从一个方面来说是这样的。"她热情地冲我笑了笑,"这正是为什么他找到了你我这么高兴的原因,宝贝儿。"她这番亲热的话听上去非常自然,"他很久都没有合得来的人了,看见他形单影只,真的让人很难受。"

"这么说,你不介意?"我问道,又有点儿犹豫不决了,"不介意我……完全不适合他吗?"

"不。"她若有所思了一会儿,"你就是他想要的人。不管怎样,会有好结局的。"她说,虽然担心地皱起了额头。又响起了一阵隆隆的雷声。

这时,埃斯梅停下了脚步,显然,我们已经来到了场地边上。他们好像已经分了队。爱德华在远远的左半场，卡莱尔站在一垒和二垒之间，爱丽丝拿着球，站在肯定是投手的位置上。

埃美特挥舞着一根铝制的球棒，球棒在空中呼呼作响，几乎辨不清它的路线。我等待着他走上本垒，但接着我就发现，就在他摆出姿势时，他已经上了本垒——距投手的位置很远，大大超出了我的想象。贾斯帕站在他后面几英尺远的地方，准备接球。当然啦，谁都没有戴手套。

"好啦，"埃斯梅清晰地喊了一嗓子，这一嗓子我知道就连爱德华也会听见，尽管他离得老远，"击球员就位。"

爱丽丝站得直直的，给人以一动不动的假象。她的样子更像是做贼似的，而不像是有威慑力的挥臂动作。她双手握球，放在腰间，然后恰如眼镜蛇出击一般，她右手急速挥出，球啪的一声飞进了贾斯帕的手中。

"那是不是一击？"我低声问埃斯梅。

"如果他们没击打，就是一击。"她告诉我。

贾斯帕把球扔回到爱丽丝早已等候着的手里，她破例地咧嘴笑了笑，然后她的手又转着挥了出去。

这一次，球棒不知怎的赶上了点儿，成功地击中了那快得都看不见的球。击打声大得跟雷鸣似的，震耳欲聋，响彻了群山——我马上明白了雷暴的必要性。

球像一颗流星一样划过场地上空，飞进了紧挨着的那片森林的深处。

"本垒打。"我咕哝道。

"别急。"埃斯梅告诫道，她举着手，聚精会神地听着。埃美特在垒周围看不太清楚，卡莱尔把他遮蔽住了。我发现爱德华不见了。

"出局！"埃斯梅清晰地喊道。我难以置信地看到爱德华从树林边一跃而出，高高举起的手里握着球，他那合不拢嘴的笑容连我都看得清清楚楚。

"埃美特击球力气最大，"埃斯梅解释说，"但爱德华跑得最快。"

这一局还在我眼前难以置信地继续，球速以及他们在球场上奔跑的速度,我的眼睛根本就看不过来。

贾斯帕为了避开爱德华那万无一失的外场防守,朝卡莱尔打出了一记地滚球,这时我了解了他们等待雷暴的另外一个原因。卡莱尔跑上接球,然后把贾斯帕送上了一垒。他俩相撞时,声音就像两块下落的巨石发出的撞击声。我担心地跳了起来,可他俩不知怎的居然毫发无损。

"安全上垒。"埃斯梅冷静地喊道。

埃美特这一方领先一分——罗莎莉在埃美特打出的一记长长的腾空球被接住后返回触垒,然后设法围着垒飞快地跑动——这时爱德华接住了第三个界外球。他冲到了我身边,闪耀着兴奋之情。

"你觉得怎样?"他问。

"有一点可以肯定,陈旧乏味的大联盟的比赛,我以后一次也无法耐着性子看完了。"

"听起来你以前没少看嘛。"他大笑道。

"我有点儿失望。"我打趣道。

"为什么?"他不解地问道。

"嗯,要是我能找到一样事情你技不如人,不如这个星球上的任何人就好了。"

他脸上掠过一丝他那特有的坏笑,气喘吁吁地离开了。

"我来了。"他说着朝本垒板走去。

他打得很聪明,球的线路很低,外场的罗莎莉虽然伸着手,时刻准备着,但还是没够着,于是他闪电般地跑了两垒,埃美特才把球传回。卡莱尔击出了一记飞出场外很远的球——隆隆的响声把我的耳朵都震疼了——结果他和爱德华双双上垒。爱丽丝跟他俩优雅地来了个击掌相贺。

随着比赛的继续,比分不停地变化,他们交替领先时都会像街头球员一样相互嘲笑。偶尔,埃斯梅会叫他们遵守秩序。雷还在打,但正如爱丽丝所预见的一样,我们并未淋雨。

该卡莱尔击球,爱德华接球了,这时爱丽丝突然喘了一口气。我的目光和往常一样放在爱德华身上,只见他猛地抬起头来,把目光投向了爱丽丝。他俩四目相遇,很快迸出了某样东西。别人还没来得及问爱丽丝有什么不对劲,爱德华就已经在我的身边了。

"爱丽丝?"埃斯梅的声音很紧张。

"我没看见——我不清楚。"她小声说道。

这时所有其他的人都围拢来了。

"怎么回事,爱丽丝?"卡莱尔用权威的语气冷静地问道。

"他们移动的速度比我想象的快多了,我发现我以前看错了。"她咕哝道。

贾斯帕俯身其上,摆出了一个保护的姿势。"什么不同了?"他问。

"他们听见我们在打球,于是改了道。"她说道,很是悔悟,好像觉得要对吓着了自己的东西负责似的。

七双眼睛迅速地扫了我的脸一眼,然后移开了。

"还有多大一会儿?"卡莱尔问爱德华。

他一脸精力高度集中的神情。

"五分钟不到了。他们在跑——他们想赌一把。"他愁眉苦脸地说道。

"你能行吗?"卡莱尔问他,他又瞅了我一眼。

"不,背着……"他打住了,"而且,我们最需要的就是不让他们闻到味儿然后穷追不舍。"

"几个?"埃美特问爱丽丝。

"三个。"她回答得很简短。

"三个!"他藐视道,"让他们来好了。"他粗壮的胳膊上钢筋铁骨般的肌肉绷得紧紧的。

卡莱尔沉思了片刻,这一片刻似乎比它实际上长了很多。只有埃美特看上去泰然自若,其余的人全都焦急地盯着卡莱尔。

"咱们接着比赛好了,"卡莱尔终于拿定了主意。他的声音很冷静,"爱丽丝说他们不过是好奇罢了。"

这番话说得很忙乱,只几秒钟就过去了。我听得很仔细,而且听到了一多半,不过此刻埃斯梅问了爱德华一句什么我没能听清楚,她只是嘴在悄无声息地动。我只看见了他的手在微微发抖和她脸上松了一口气的表情。

"你来接球,埃斯梅,"他说,"现在我来当裁判。"说完,他站在了我前面。

其余的人回到了场上,每个人都拿自己锐利的目光把那黑压压的森林警惕地扫视了一遍。爱丽丝和埃斯梅似乎面向着我所处位置的周围。

"把你的头发放下来。"爱德华低声平静地说道。

我顺从地把头上的橡皮筋取了,让头发散落了下来。

我说了一件明摆着的事:"有人要到了。"

"对,待着别动,别出声,而且别离开我身边。"他巧妙地掩饰着自己的紧张,但我还是听出来了。他把我的长发朝前拉,遮住了我的脸。

"那不管用,"爱丽丝轻轻地说道,"我在场子那头都能闻到她的气味。"

"我知道。"他的语调中染上了一丝绝望的色彩。

卡莱尔站在本垒板上,其余的人三心二意地投入了比赛。

"埃斯梅刚才问你什么来着?"我低声问道。

他犹豫了片刻才回答。"他们是不是渴了。"他不情愿地咕哝道。

时间一秒一秒地过去了,比赛在心灰意懒地进行。谁都只敢轻打了,埃美特、罗莎莉和贾斯帕在内场徘徊。尽管我的脑子都吓木了,但时不时地我还是能意识到罗莎莉在看我,她的目光毫无表情,但她的嘴型还是让我觉得她在生气。

爱德华的注意力丝毫没放在比赛上,他的眼睛瞄着那片森林,心也系着那片森林。

"我很抱歉,贝拉,"他感情强烈地低声说道,"我真蠢,太不负责任了,居然让你面临这样的危险,真是抱歉。"

我听见他屏住了呼吸,只见他两眼瞄向了右半场。他迈了半步,夹在了我和来者之间。

卡莱尔、埃美特和其余的人也都转向了同一个方向,凝神静听着穿行的声音,这些声音太轻了,我根本听不见。

捕　　猎

　　他们从森林边鱼贯而出，几个人拉开了十来米的距离。最先走到空旷地的那个男的马上往后退去，让另一个男的上了前，自己则站到了这个高个儿黑头发的男人身边，显然高个儿是领头的。第三个是个女的，距离太远，我只能看见她那一头令人吃惊的红发。

　　他们相互靠拢后，才小心翼翼地朝爱德华的家人这边继续进发，他们的动作显示出一群食肉动物碰到另一群更大的陌生的同类时的自然敬畏的心理。

　　他们慢慢靠近时，我看清了他们和卡伦一家有多么的不同。他们走路时像猫一样，步态看起来像是时刻准备着蹲伏下来。他们一身背包徒步旅行者的普通装束：牛仔裤和比较休闲的领尖钉有扣子的衬衫，衬衫用的是厚重的防风雨的面料。不过，衣服都快穿破了，而且都光着脚。两个男的都留着平头，而那个女人鲜艳的红色头发上沾满了树林里带来的树叶和碎屑。

　　他们敏锐的眼睛小心翼翼地注意到了卡莱尔更为优雅、更有教养的姿态，两边分别站着埃美特和贾斯帕，卡莱尔在俩人的夹护下迎上前去。对方相互之间没有任何明显的交流，都直起了身子，摆出一副更加随意的直立姿势。

　　站在前面的那个男的无疑最帅，他典型的苍白肤色中带着一丝橄榄色调，头发乌黑发亮。他中等体格，肌肉结实，当然，远不及埃美特的肌肉那样发达。他轻松地笑了一下，露出一口光闪闪的白牙。

　　那个女人更加粗野一点儿，双眼不停地在面前的几个男人和我身边松散的一群人身上扫来扫去，一头乱糟糟的头发在微风中不停地颤动着，她摆着明显的像猫一样的姿势。第二个男的则很不显眼地在他们身后踟蹰着,他的体格比领头的那个要小一号,浅褐色的头发和平平常常的相貌都没有什么特征。不过,虽然他的眼睛一动不动,可不知什么原因,总显得最为警觉。

他们的眼睛也不一样,不是我之前预料中的金黄色或黑色,而是一种深紫红色,让人不安,透着邪恶。

那个黑头发的男人依然一脸微笑,朝卡莱尔靠近了一些。

"我们觉得听到了打球的声音,"他用轻松的语气说道,带着点儿法国口音,"我叫劳伦特,这两位是维多利亚和詹姆斯。"他指了指身边的两个吸血鬼。

"我叫卡莱尔,这是我的家人。埃美特和贾斯帕、罗莎莉、埃斯梅和爱丽丝、爱德华和贝拉。"他一组一组地指着我们说道,故意不让对方注意到个人身上。他提到我的名字时,我感到浑身一震。

"你们还能加几个人吗?"劳伦特友善地问道。

卡莱尔也还以劳伦特友好的语气:"实际上,我们刚刚打完了。不过下次我们肯定会很感兴趣的。你们打算在这片地方待很久吗?"

"其实,我们是要北上的,不过我们很好奇,想看看这附近是谁。我们很久没有碰到过同伴了。"

"不,这片地方除了我们几个和你们这样一些偶尔的客人以外,通常就再没有别人了。"

紧张的氛围慢慢地缓和下来,变成了一场很随意的交谈,我猜想是贾斯帕在利用他的特异功能控制着整个场面。

"你们捕猎的范围都包括哪些地方?"劳伦特漫不经心地问道。

卡莱尔没去理会他这句问话背后的假设:"就奥林匹克山脉这一带,偶尔也去去海岸山脉那边。我们在这附近有永久的居所。在德纳利峰[①]

---

① 德纳利峰,海拔6194米,位于美国阿拉斯加州的德纳利国家公园,是北美最高的山峰,正式名称叫麦金利山(Mount McKinley),是美国政府以第25任总统威廉·麦金利而命名的,但当地人从不接纳这个命名,一直沿用德纳利。德纳利(Denali)是原住民语阿萨巴斯卡语(Athabascan),是"雄伟、高大、太阳之家"的意思。德纳利峰西侧还有两座稍矮一点儿的山峰,分别为"福拉克峰"(Mt. Foraker)和"猎人峰"(Mt. Hunter),此二峰在当地语中分别叫作 Sultana 和 Begguya,意思是说它们是 Denali 的"妻子"和"孩子"。

附近也有一群和我们一样永久居住的。"

劳伦特稍微吃了一惊。

"永久居住？你们是怎么做到的？"他的声音里充满了实实在在的好奇。

"干吗不跟我们一起到家里去，舒舒服服地坐下来聊会儿呢？"卡莱尔邀请道，"这个就说来话长了。"

卡莱尔提到"家里"时，詹姆斯和维多利亚交换了一下惊讶的眼神，不过劳伦特倒是更加显得不露声色。

"这听起来挺有意思，也很热情，"他露出了亲切的笑容，"我们从安大略①一路下来都在捕猎，没有机会打理一下自己。"他的眼睛充满感激地把卡莱尔优雅的脸上下左右地打量了一通。

"说了还请你别见怪，假如你们不在这儿附近捕猎的话，我们会感激不尽。我们在这儿立足，必须不引人注目才行，相信你能理解。"卡莱尔解释道。

"那是当然，"劳伦特点了点头，"我们当然不会闯入你们的地盘。不管怎样，我们只在西雅图以外的地方捕猎。"他笑了起来。我的后背感到一阵发冷。

"如果你们愿意跟我们走的话，我们来带路——埃美特和爱丽丝，你俩跟爱德华和贝拉去把吉普车开过来。"他随口补充了一句。

卡莱尔说话的时候似乎同时发生了三件事：我的头发在微风中动了动，爱德华僵住了，还有他们中间第二个男的——詹姆斯，突然来回晃了晃脑袋，盯着我，鼻孔都鼓起来了。

詹姆斯突然向前跨出一步，做出一个蹲伏的姿势，所有人立刻都愣住了。爱德华露出牙齿，蹲伏下来做出了防卫的姿势，喉咙里发出了一阵凶狠的咆哮。根本不是今天早上我听到的他逗着玩儿的时候发出的那种声音，这是一种我所听到过的最吓人的声音，只感到身子从头顶一直凉到脚底。

---

① 安大略：位于加利福尼亚州南部、洛杉矶东部的一座城市，是盛产柑橘地区的一个居民区和工业中心。

"你们这是干吗？"劳伦特毫不掩饰自己的惊讶，大声问道。詹姆斯和爱德华依然剑拔弩张地对峙着。詹姆斯往旁边虚晃了一招，爱德华也做出了相应的闪避。

"她是和我们一起的。"卡莱尔对詹姆斯予以断然拒绝。劳伦特似乎没有像詹姆斯那样敏锐地闻到我的气味，不过此时脸上也露出了明白的表情。

"你还带了一份点心？"他问道，一脸的狐疑，同时不自觉地往前迈了一步。

爱德华的咆哮变得更加凶狠、刺耳起来，他嘴唇噘得老高，露出了闪闪发光的牙齿，劳伦特又退了回去。

"我说过她是和我们一起的。"卡莱尔生硬地纠正道。

"可她是个人。"劳伦特反驳道。这话听起来倒是没有一点儿挑衅的味道，而仅仅是异常的吃惊。

"没错。"埃美特十分显眼地站在卡莱尔的一边，眼睛盯着詹姆斯。詹姆斯慢慢地直起了身子，不过他的眼睛始终没有离开我的身体，鼻孔也依然鼓鼓的。爱德华仍然像一头狮子般紧张地挡在我的前面。

劳伦特又开口了，语气很平和——试图缓和双方之间突然生起来的敌意："看来我们彼此有很多地方需要相互了解啊。"

"确实。"卡莱尔的声音依然很冷淡。

"不过我们愿意接受你的邀请。"他扫了我一眼，然后又回到卡莱尔身上，"当然了，我们不会伤害这个人类女孩儿的。我们不会在你们的地盘里捕猎，我说过的。"

詹姆斯疑惑而又恼怒地瞟了劳伦特一眼，又和维多利亚飞快地交换了一下眼色，维多利亚的目光依然锐利地在每个人脸上扫来扫去。

卡莱尔打量了好一阵子劳伦特脸上坦率的表情，才开口说话。"我们来带路。贾斯帕、罗莎莉、埃斯梅？"他喊道。他们围到了一起，会合后将我挡在了视线之外。爱丽丝立刻到了我的身边，埃美特则慢慢地退了回来，他一边朝我们这边后退，一边紧盯着詹姆斯。

"我们走吧，贝拉。"爱德华的声音很低，也很凄凉。

整个过程中我的双腿像是在地上生了根一样，吓得根本动弹不了。爱德华只得抓住我的胳膊用力一拉，我这才回过神儿来。爱丽丝和埃美特紧紧地跟在我们身后，以便挡着我。我跟在爱德华旁边跟跟跄跄地走着，还在因为这一吓而晕晕乎乎。我听不清余下的那一大部分人马走了没有。我们以人类的速度向森林边走去时，爱德华的不耐烦几乎都能看得见摸得着了。

　　一进树林，爱德华便把我扛在了背上，脚下却丝毫未停。他大步如飞地走起来时，我不顾一切地牢牢抓着，其他几个则紧紧地跟在他身后。我埋着头，可是眼睛却充满惊骇地睁得大大的，不愿闭上。他们像幽灵一般飞速穿过此时已经暗下来的森林。爱德华往日跑起来时那似乎难以抑制的兴奋感不见了，取而代之的是一种盛怒，这种盛怒让他全神贯注，跑得更快了。即使他背上还背着我，其他几个依然望尘莫及。

　　转眼之间，真叫人难以置信，我们就来到了吉普车边上，把我扔到后座上时，爱德华几乎都没有放慢速度。

　　"帮她系上安全带。"他吩咐埃美特，埃美特刚好钻进车子，坐到了我旁边。

　　爱丽丝已经坐到了前座上，爱德华发动了引擎。车打着了，我们猛地掉了个头，朝着蜿蜒的公路疾驶而去。

　　爱德华嘴里在嘟囔着什么，说得太快，我根本听不过来，不过听起来很像是一连串的脏话。

　　这一次一路颠簸得更为厉害，而黑沉沉的天色徒添了更多的恐怖。埃美特和爱丽丝都在左右盯着窗外。

　　我们上了主路，虽然速度加快了，我们在往什么方向开，我还是看得清楚多了。我们正在往南开，远离福克斯。

　　"我们这是去哪儿？"我问。

　　没人回答，甚至没人看我一眼。

　　"你浑蛋，爱德华！你要把我带到哪儿去？"

　　"我们必须带你离开这儿——远远地离开——就现在。"他没回头，眼睛依然盯着路上。速度表的指针已经指到了时速一百零五迈。

"掉头！你必须把我送回家！"我喊了起来。我拼命扯着安全带，想挣脱这该死的束缚。

"埃美特。"爱德华冷冷地说。

埃美特用他钢铁般的手按住我的双手。

"不！爱德华！不，你不能这样做。"

"我必须这样做，贝拉，请你安静点。"

"休想！你必须把我送回去——查理会打电话给美国联邦调查局的！你的家人全都会完蛋的——卡莱尔和埃斯梅！他们将不得不离开，永远地躲起来！"

"冷静点，贝拉，"他的声音很冷，"我们以前去过那儿的。"

"别对我指手画脚，你别！你不要因为我而毁了一切！"我拼命地挣扎着，却只是徒劳。

"爱德华，靠边停车。"爱丽丝第一次开了口。

他狠狠地扫了她一眼，接着又加快了车速。

"爱德华，咱们还是把事情说清楚吧。"

"你不明白的。"他沮丧地吼道。我从没听他这么大声地说过话，在吉普车狭窄的空间里震耳欲聋。时速表的指针已经接近了一百一十五迈。"他是条甩不掉的尾巴，爱丽丝，你没**看**出来吗？他是条尾巴！"

我感觉到坐在身边的埃美特全身都僵硬了，看到他对这个词的反应，我有点不解。对他们仨而言，这个词的含义要比对我而言丰富得多，我很想问个明白，可根本没有机会开口。

"靠边停车，爱德华。"爱丽丝的语调很正常，但也带了点我以前从未听到过的命令的语气。

时速表的指针缓缓地超过了一百二十迈。

"照我说的做，爱德华。"

"听我说，爱丽丝，我看清了他脑子里的想法。追踪猎物是令他着魔的酷爱——他想得到她，爱丽丝——**她**，很明确，今晚他就会开始捕猎了。"

"他不知道地方——"

他打断了她的话:"你觉得他在镇上嗅到她的气味要花多长时间?劳伦特的话还没说出口,他脑子里的计划就已经成形了。"

我意识到自己的气味会把他引向什么地方时,不禁倒吸了一口凉气:"查理!你不能把查理一个人丢在那儿!你不能丢下他不管!"我在安全带下面挣扎着。

"她说得对。"爱丽丝说道。

车速稍稍慢了一点儿。

"咱们考虑一下有几种选择。"爱丽丝劝道。

车速又慢了一点儿,这次更加明显,然后突然嘎的一声停在了公路的路肩上。我向前一蹿让安全带给绊住了,接着又重重地弹回到了座位上。

"没有选择的余地。"爱德华嘘声说道。

"我不会丢下查理不管的!"我尖叫道。

他根本没理会我的话。

"我们必须把她送回去。"埃美特终于开口了。

"不。"爱德华说得斩钉截铁。

"他不是我们的对手,爱德华,他碰不到她一根毫毛的。"

"他会等待机会的。"

埃美特笑了:"我也可以等待机会。"

"你不懂——你不会明白的。一旦他打定主意猎食的话,就会毫不动摇,不达目的决不罢休。我们必须干掉他。"

听了这个主意,埃美特似乎并没感到不安:"这是一种选择。"

"还有那个女人,她是和他一伙儿的。如果交战起来,那个领头的也会跟他们一伙儿。"

"我们这边人足够了。"

"还有另一个选择。"爱丽丝平静地说道。

爱德华把一腔怒火发在了她身上,恶狠狠地咆哮道:"别——无——选——择!"

埃美特和我都吃惊地盯着他,爱丽丝却似乎并不惊讶。爱德华和爱丽丝相互逼视着对方,沉默了很长一会儿。

我打破了沉默:"有人想听听我的意见吗?"

"没有。"爱德华吼道。爱丽丝瞪了他一眼,终于被激怒了。

"听着,"我恳求道,"你把我送回去。"

"不。"他打断了我。

我瞪着他,接着说道:"你把我送回去,我告诉我爸,就说我想回凤凰城的家了。我打点好行装,我们就在那里等着,直到那条尾巴注意到了,然后我们就跑。他跟着我们,就顾不上查理了。查理也就不会让联邦调查局调查你的家人了。到那时,你想带我到哪个该死的地方去都行。"

他们盯着我,全都惊呆了。

"这主意不赖呀,真的。"埃美特的惊讶绝对是一种侮辱。

"没准儿还真管用——我们岂能置他父亲的安全于不顾。你明白的。"爱丽丝说道。

大家都看着爱德华。

"这太危险了——我不想让他在她周围一百英里的范围内出现。"

埃美特显得成竹在胸。"爱德华,他斗不过我们的。"

爱丽丝想了一会儿,"我看他没有采取行动,他想等待我们把她一个人留下的机会。"

"用不了多久他就会意识到那是不可能的事情。"

"**我要求**你把我送回去。"我想说得坚决一些。

爱德华用手指按着自己的太阳穴,紧闭着双眼。

"求你了。"我的声音小了许多。

他没有抬头。再次开口时,他的声音听上去都筋疲力尽了。

"你今晚就得离开,不管那条尾巴看没看到。你告诉查理,就说你在福克斯一分钟也待不下去了。怎么说管用,就编什么给他听。手里摸到什么就装什么,然后跑到你的卡车里。我不在乎他对你说些什么,你只有十五分钟的时间,听清楚了没有啊?从你穿过门槛的那一刻起,只有十五分钟的时间。"

吉普车又轰隆隆地发动了,他把车子掉了个头,轮胎发出了尖叫声。速度仪表盘上的指针开始往上蹿。

"埃美特？"我问道，眼睛直直地看着自己的双手。

"哦，不好意思。"他把我松开了。

好一阵子，谁都没有说话，只有引擎的隆隆声，这时爱德华又开口了。

"我们就照下面的计划行事。我们到了房子跟前后，如果追击者不在那儿，我会陪着她走到门前，接下来她有十五分钟的时间。"他从后视镜里瞪了我一眼，"埃美特，你负责房子外面，爱丽丝，你负责卡车，她一到车上，我就会上车。等她离开后，你俩就可以把吉普开回家，告诉卡莱尔。"

"不行，"埃美特打断了他，"我跟你们在一起。"

"好好想想，埃美特，我不知道自己会离开多久。"

"直到我们知道要耗到什么时候为止，我都跟你们在一起。"

爱德华叹了口气。"如果尾巴在那儿，"他板着面孔继续说道，"我们就接着往前开。"

"我们会在他之前赶到那儿的。"爱丽丝充满信心地说道。

爱德华似乎接受了这个判断。不管他和爱丽丝之间有什么龃龉，现在他一点儿都不怀疑她。

"吉普车怎么办？"她问道。

他的声音有点儿生硬："你把它开回去。"

"不，我不开。"她从容地说道。

又叽里咕噜一遍那串我听不懂的脏话。

"我们不能全挤在我的卡车里。"我轻声说道。

爱德华似乎没听见我说的话。

"我认为你应该让我一个人走。"我的语气更加平静了点。

这次他听见了。

"贝拉，求求你照我说的去做，就这一次。"他紧咬着的牙缝里蹦出来这么一句。

"听我说，查理不是弱智，"我反对道，"如果明天你们不在镇上的话，他会起疑心的。"

"那不相干，我们要确保他的安全，这才是最重要的。"

"那尾巴怎么办？他看到你今晚的举动了。他会认为你跟我在一起，无论你在哪里。"

埃美特看着我，又露出了带着点侮辱的惊讶神情。"爱德华，听她的话，"他劝道，"我觉得她说得对。"

"是的，她说得对。"爱丽丝附和道。

"我不能那样做。"爱德华的声音很冷酷。

"埃美特也应该留下来，"我继续说道，"他肯定也注意到了埃美特。"

"什么？"埃美特把目标对准了我。

"你留下来，会更好地收拾他一下子。"爱丽丝表示同意。

爱德华以怀疑的目光盯着她："你认为我应该让她自己一个人走？"

"当然不是，"爱丽丝说道，"贾斯帕和我陪她去。"

"我不能那样做。"爱德华又说了一遍，但这次声音里有了一点儿妥协的迹象，他开始觉得有点道理了。

我极力地劝说着："在这里拖延一个礼拜……"我从镜子里看到了他脸上的表情，于是补充了一句，"几天的时间，让查理看到你们没有绑架我，同时也让这个詹姆斯钻到迷魂阵里来，白费一番劲。确保他根本找不到我的踪迹，然后再来和我碰头。当然，要兜个圈子，然后贾斯帕和爱丽丝就可以回家了。"

我看得出来他开始考虑这个方案了。

"在哪里和你碰头？"

"凤凰城。"自不待言。

"不，他会听到你要去那儿的。"他不耐烦地说道。

"显然，你要设法让这个听起来像个诡计。他晓得我们会知道他在偷听，他绝对不会相信我会真去我嘴上所说的地方。"

"她还真恶毒。"埃美特咔咔地笑着说。

"要是这个行不通呢？"

"凤凰城可有几百万号人呢。"我告诉他。

"要找到一本电话簿可不是什么大不了的难事。"

"我不会回家的。"

"哦？"他问道，声音里带着一丝危险。

"我已经不小了，完全可以找个自己的去处了。"

"爱德华，我们会跟她在一起的。"爱丽丝提醒他道。

"**你们在凤凰城做什么呢？**"他严厉地问道。

"待在屋里。"

"我有点喜欢这个方案。"毫无疑问，埃美特在想着困住詹姆斯这件事。

"你闭嘴，埃美特。"

"你想啊，要是我们试图骗他上钩，而她也在旁边的话，那么我们中有人会受伤的可能性就要大很多——要么她会受伤，要么你因为要保护她而受伤。而现在，要是我们单独对付他的话……"他的声音低了下去，脸上慢慢露出一丝微笑，我没猜错。

我们开进小镇的时候，吉普车已经是在缓缓地往前爬了。尽管我刚才说了这么一大通天不怕地不怕的大话，可现在我还是能感觉到自己手臂上的汗毛一根根地竖了起来。我想到查理一个人待在家里，于是努力壮起了胆子。

"贝拉，"爱德华的声音十分温柔。爱丽丝和埃美特望着各自身边的车窗外，"你要是出现了闪失——任何闪失——我都将唯你是问，你明白吗？"

"明白。"我倒吸了一口气。

他转头问爱丽丝。

"贾斯帕对付得了吗？"

"你就信任他一回吧，爱德华。综合起来看，他表现得非常非常不错。"

"你对付得了吗？"他问道。

优雅可爱的爱丽丝噘起嘴唇，做了个可怕的鬼脸，喉咙里发出一阵吼声，吓得我缩起身子，紧紧地靠在了靠背上。

爱德华朝她笑了笑。"还是别说出来了，你自己留着吧。"他突然小声咕哝道。

告　别

　　查理还在等我，没睡。房子里所有的灯都亮着。我得想出个法子让他放我走，可脑子里一片空白，这不会是一件愉快的事情。

　　爱德华缓缓地把车开过来，紧靠在我的卡车后面停下。他们仁全都很机警，笔直地坐在自己的座位上，竖起耳朵听着林中的每一个动静，睁大眼睛看着每一片阴影，竖起鼻子嗅着每一种气味，在寻找着什么不太对劲的东西。他们关掉引擎，继续在那里听的时候，我一动不动地坐着。

　　"他不在这儿，"爱德华紧张地说，"咱们走。"

　　埃美特凑过来帮我解开了安全带。"别担心，贝拉，"他的声音很低，但很愉快，"我们很快就会把这儿的事情搞定的。"

　　我瞅着埃美特的时候，感觉眼里湿湿的。我只是勉强认识他，然而，不知怎么的，一想到不知道今晚之后什么时候才会再见到他，我心里就感到十分痛苦。我知道这不过是一丝隐隐的别离的味道，再过一个小时，我就将不得不品尝到这种味道，不得不挺过这一关，一想到这里，眼泪就夺眶而出了。

　　"爱丽丝，埃美特。"爱德华的话就是命令。他俩悄无声息地溜进了黑暗之中，眨眼间就不见了踪影。爱德华打开了我这边的门，拿起我的手，把我揽入了他臂弯的保护之下。他迅速地扶着我朝房子走去，眼睛始终扫视着夜空。

　　"十五分钟。"他压低嗓子告诫道。

　　"我能做到。"我呼哧呼哧地说道，都是眼泪惹的祸。

　　我在门廊里停了下来，双手捧着他的脸，狂热地看着他的眼睛。

　　"我爱你，"我小声而又紧张地说道，"我会永远爱你的，无论发生什么事情。"

"你什么事都不会有的，贝拉。"他的话也同样充满了狂热。

"照计划行事，好吗？替我照看好查理，保证他的安全。这件事之后他不会很喜欢我了，我想以后找个机会跟他道个歉。"

"进去吧，贝拉，我们得赶快。"他的声音很急迫。

"还有一件事情，"我动情地说道，"别把我今晚会说的另一句话当真！"他俯过身来，于是我只得踮起脚用最大的力气去吻他那惊讶、僵硬的嘴唇，然后我转身一脚把门踢开了。

"滚，爱德华！"我冲他怒吼了一声，跑进屋砰的一声把门撞上了，他还是一脸的惊异。

"贝拉？"早就在起居室里耗了半天的查理，这时已经站起来了。

"别管我！"我挂着眼泪冲他尖叫道，此时已经是泪如泉涌了。我跑上楼进了自己的房间，撞上房门并且拧上了锁。我跑到床前，扑倒在地板上去取我的行李袋。我把手迅速伸到席梦思和床垫之间，去抓那只打了个结的旧袜子，里面装着我偷偷攒下的钱。

查理在捶门。

"贝拉，你没事儿吧？怎么啦？"听得出来他吓坏了。

"我要回家去。"我叫道，语不成声，恰到好处。

"他伤害你了？"他的语气有点儿要发火了。

"没有！"我的尖叫声又高了一个八度。我回头来处理梳妆台里的东西，只见爱德华早已经静悄悄地出现在那里了，他正急急忙忙、胡乱地把一摞一摞的衣服往外拉，准备给我扔过来。

"他和你分手了？"查理困惑地问道。

"没有！"我一边尖叫道，越发有点儿上气不接下气了，一边把所有东西都往袋子里硬塞。爱德华把另一个抽屉里的东西扔给了我。此刻袋子已经非常满了。

"怎么啦，贝拉？"查理在门外喊道，又在捶门了。

"**我把他甩了！**"我也冲他喊道，手里猛拉着袋子上的拉链。爱德华那双能干的手把我的手推开，得心应手地把拉链拉上了。他把带子小心地挂在了我胳膊上。

"我在卡车里面——走！"他耳语了一句，把我往门口推了一把，从窗户里消失了。

我打开房门，打查理身边硬挤了过去，使劲儿拎着沉甸甸的袋子往楼下跑。

"怎么啦？"他尖叫道，紧跟在我的后面，"我还以为你喜欢他呢。"

他在厨房里抓住了我的胳膊肘，虽说他脑子里依然糊里糊涂的，但手上抓得却挺紧。

他把我扭过去脸朝着他，我从他的脸色可以看出他不打算放我走。我只能想到一个逃脱的办法，而这个法子会深深地伤害他，我恨自己想都不该这么去想。可是我没有时间，而且还要保证他的安全。

我抬头瞪着我父亲，因为接下来要做的事情，我眼里又盈满了泪水。

"我**是**喜欢他——这正是问题所在。我不能再这样下去了！我不能再在这儿扎根了！我不想到头来像妈妈那样把自己拴在这个讨厌、无聊的小镇上！我不会像她那样再犯同样愚蠢的错误。我讨厌这里——一分钟都待不下去了！"

他的手从我的胳膊上松开了，就像我电了他一下似的。我把目光从他震惊、受伤的脸上移开，夺门而去了。

"贝儿，要走也不能现在走啊，现在是晚上！"他在我身后低声说道。

我没有回头："我累了会在车上睡的。"

"再等一个星期吧，"他恳求道，依然像挨了电刑似的，"到那时蕾妮就回来了。"

这一句彻底打乱了我的阵脚："什么？"

查理见我迟疑了，松了一口气，迫不及待地继续说道，差点儿都快语无伦次了："你出去的时候她来过电话。佛罗里达那边的事情不是很顺利，如果菲尔周末还签不下来的话，他们就打算回亚利桑那去。响尾蛇①的助理教练说他们可能还缺一个游击手②。"

---

① 此处的响尾蛇指的是小联盟土桑角响尾蛇（Tucson Sidewinders），3A级太平洋岸联盟，母队是亚利桑那响尾蛇（Arizona Diamondbacks）。
② 棒球术语（英文为 shortstop）。

我摇了摇头，想重新整理我目前混乱的思绪。每过一秒钟都会给查理带来更大的危险。

"我有钥匙。"我咕哝道，手里扭着球形把手。他太近了，一只手已经朝我伸过来了，一脸的茫然。我不能再耽误时间跟他争论了，我势必会进一步伤害他。

"让我走，查理。"我以尽量愤怒的语气，把我母亲很多年以前从这同一扇门走出去时说的最后那句话重复了一遍，并随手把门拉开了，"没有好结果，对吧？福克斯真是让我**讨厌**死了！"

我的这番刻毒话见了效果——查理目瞪口呆地在门外的台阶上呆住了，我趁此跑进了黑夜。空荡荡的院子吓得我命都快没了，我朝卡车那边狂奔，老觉得后面有个黑影在追我。我把袋子扔在了车座上，用力拧开了车门。钥匙都插好了，只差没打火了。

"我明天会给你打电话的！"我大声叫道，极希望那时能把一切跟他解释清楚，虽然明知道自己根本就解释不清楚。我加大油门，迅速开走了。

爱德华伸过手来捉住了我的手。

房子和查理在我们身后消失后，他对我说："靠边停车。"

"我能开。"我泪流满面地说。

他长长的双手出人意料地搂住了我的腰，与此同时，他的脚把我的脚从油门上推开了。他把我从他的腿上拽了过去，把我的手从方向盘上拧开了，转眼他已经坐在司机的位置上了，而车丝毫没有晃动。

"你不认识路。"他解释说。

我们后面突然亮起了灯，我从后面的窗户向外望了一眼，吓得我睁大了双眼。

"是爱丽丝。"他让我吃了一颗定心丸，又一次抓起了我的手。

我满脑子都是查理在门口的画面："咱们后面有尾巴了？"

"他听清你念的最后那句台词啦。"爱德华一脸严肃地说道。

"查理呢？"我胆战心惊地问道。

"我们让尾巴给跟上了，就在我们后面跑呢。"

我身上都凉了半截。

"咱们能甩掉他吗?"

"甩不掉。"但他嘴上这么说,脚上还是加大了油门。车子的发动机都嗖嗖地发牢骚了。

我的计划突然显得不是那么妙了。

我正盯着后面爱丽丝的大灯,这时卡车突然颤动了一下,车窗外面冒出了一个黑影。

我刚要发出令人毛骨悚然的尖叫声,嘴就让爱德华的手给堵住了。

"是埃美特!"

他松开了我的嘴,用胳膊搂住了我的腰。

"没事,贝拉,"他保证道,"你会很安全的。"

我们飞速穿过了静悄悄的福克斯镇,往北边的公路驶去。

"没想到小城镇的生活还是令你感到这么无聊,"他说,语气就跟聊天似的,我知道他是想分散我的注意力,"你似乎调整得很不错嘛——特别是最近这段时间。也许我这只是在自夸,我还自以为让你觉得生活更有趣了呢。"

"是我不好,"我忏悔道,没有理会他想转移注意力的意图,两眼望着自己的膝盖,"那是我妈离开他时说的话,我可以说是在暗箭伤人。"

"别担心,他会原谅你的。"他笑了一下,不过笑得很勉强,眼睛以下的部分才能见到笑容。

我绝望地看着他,他看到了我眼神中赤裸裸的惊恐。

"贝拉,不会有事的。"

"可我要是不跟你在一起,就会有事的。"我低声说道。

"我们过几天就又会在一起了,"他说,把我搂得更紧了,"别忘了,这可是你的主意。"

"这是最好的主意——当然是我的主意。"

他听后笑了笑,笑容有些凄凉,而且很快就消失了。

"怎么会出这事儿?"我问道,声音很有感染力,"为什么是我?"

他两眼阴郁地盯着前边的路。"都是我的错——我真傻,居然就那样把你暴露在他们面前!"他的声音里充满了对自己的愤怒。

"我不是这个意思,"我坚持道,"我当时是在那儿,有什么了不起呀。另外两个都没怎么着,干吗那个詹姆斯就一定要杀我呢?到处都是人,为什么偏偏跟我过不去?"

他犹豫了一会儿,想了想才回答。

"今天晚上我仔细观察了一番他的心思,"他低声说道,"我拿不准一旦他见到了你,我能不能想到什么办法加以阻止。你**的确**也有一部分的错,"他的语气中夹杂着一丝不悦,"谁叫你有这么鲜嫩诱人的味道呢,否则说不定也就招惹不着他了。可我这么一护着你……唉,情况就糟糕多了。他这个家伙,无论猎物大小,还没尝过别人从中作梗的滋味。他认为自己除了猎人还是猎人。他成天想着的就是追逐猎物,他的生活追求就是挑战。我们突然向他发起了一个大的挑战——一大帮身强力壮的战士全都奋不顾身地保护这么一个脆弱的人儿。他此刻是何等的兴奋,说了你都不敢相信。这是他最喜欢的游戏了,也是我们迄今给他带来的最令他兴奋的游戏了。"他的语气里充满了愤慨。

他停顿了片刻。

"可要是我当时不在边上,你可能早就成了他的战利品了。"他灰心丧气地说道。

"我认为……我没对别人散发过那种味道……像对你那样。"我吞吞吐吐地说道。

"你是没有,但这并不意味着你对他们每个人来说就不是诱惑了。要是你**曾经**对那条尾巴——或者他们中的任何一个——产生了像对我那样的诱惑力的话,那可能当场就打起来了。"

我打了一个寒战。

"我认为我现在别无选择,我觉得现在除了杀死他,已经别无选择了,"他喃喃道,"卡莱尔会不高兴的。"

我可以听见轮胎轧过桥面的声音,虽然黑暗中看不见河。我知道我们快到了,不得不问他了。

"可是你怎么样才能杀死吸血鬼呢?"

他瞅了我一眼,眼神神秘莫测,声音也突然刺耳起来了:"唯一有把握的办法就是把他撕成碎片，然后再一把火烧了。"

"另外两个会和他一道跟你们打斗吗？"

"那个女的会，劳伦特我没把握。他们的关系并不是很亲密——他跟他们在一起只是为了方便。詹姆斯在牧场上为难过他……"

"可詹姆斯跟那个女的——他们会想法杀掉你吗？"我怯生生地问道。

"贝拉，你别浪费时间替我担心了，你只要保证你自己的安全就行了——求你了，求你——别再不顾安危了。"

"他还跟着吗？"

"对，不过他不会袭击这座房子，今天晚上不会。"

他关了灯，摸着黑往前开，爱丽丝跟在后面。

我们直接开到了房子跟前。房子里面灯火通明，但它们却奈何不了不断蚕食的森林所带来的黑暗。车还没停住，埃美特就替我打开了车门，他把我从座位上拉下来，像夹橄榄球似的把我夹在了他巨大的胸前，带着我跑进了门。

我们闯进了白色的大房间，爱德华和爱丽丝在我们的两边。他们都在里面，而且听见我们的响声后已经站起来了。劳伦特站在他们的中间，埃美特把我挨着爱德华放下时，我能听到他喉咙深处呼呼的咆哮声。

"他在跟踪我们。"爱德华把话挑明了，两眼恶狠狠地怒视着劳伦特。

劳伦特的脸色不是很高兴："我怕的就是这个。"

爱丽丝跳到了贾斯帕的旁边，对着他的耳朵在悄声说着什么，只见她的嘴皮子一动一动的，可见她的悄悄话说得有多快。他俩一起飞快地上了楼，罗莎莉看到了他俩的行动，迅速挪到了埃美特的身边。她那双漂亮的眼睛既紧张又愤怒，愤怒是因为他们不情愿地瞟到了我的脸。

"他要干什么？"卡莱尔冷冰冰地问劳伦特。

"对不起，"他说，"我恐怕，你家孩子刚才在那儿护着她，可能把他惹急了。"

"你能制止他吗？"

劳伦特摇了摇头："詹姆斯要是急了，什么也阻止不了他。"

"我们会阻止他的。"埃美特保证道。毫无疑问他不是说着玩的。

"你奈何不了他的，我活了三百年，都没见过他那样的家伙。跟他斗绝对只有送命的份儿。就是因为这个原因，我才加入他的集会①的。"

他的集会，我想，当然。在空地那里劳伦特作为领导者的身份出现原来只不过是个摆设，做做样子罢了。

劳伦特在摇头，他瞥了我一眼，显得很茫然，于是又把目光移回到了卡莱尔身上："你肯定值得这样吗？"

爱德华愤怒地大吼了一声，整个屋子都听得见，劳伦特吓得往后缩了一下。

卡莱尔严厉地看着劳伦特："恐怕你得做个选择。"

劳伦特明白了，他仔细考虑了一会儿，把每张脸都看了一遍，然后又把亮堂的房间最后扫了一眼。

"我对你们在这儿创造的生活很着迷，可我不会卷入这件事。我跟你们谁都无冤无仇，但是我也不会跟詹姆斯作对。我想我将去北方——去找德纳利峰上的那支氏族②，"他犹豫了一下，"别小瞧詹姆斯了，他脑子很好使，而且感官能力都无与伦比。他在人类世界里也是得心应手，游刃有余，和你们看上去的样子不差分毫，而且他不会正面攻击你们的……我很抱歉在这里说了这么多不该说的话，真的很抱歉。"他低头鞠了一躬，我看见他又一脸疑惑地瞥了我一眼。

"一路平安。"卡莱尔很正式地说道。

劳伦特又好好地瞅了一眼四周，然后急匆匆地出了门。

沉默持续了不到一秒钟。

"多近了？"卡莱尔看着爱德华。

埃斯梅已经在动了，她的手碰了墙上的一个难以觉察的袖珍键盘一下，只听哼的一声，巨大的金属百叶窗便开始把玻璃墙遮蔽起来

---

① 集会（Cwen）：原指女巫的聚会，后泛指某一地区聚集在一起的一群吸血鬼。
② 氏族（Clan）：血缘相同，拥有同样特征的吸血鬼族群。

了。我倒吸了一口凉气。

"大约过了河三英里远吧,他正绕过去跟那个女的会合。"

"怎么计划的?"

"我们把他引开,然后贾斯帕和爱丽丝带着她往南跑。"

"然后呢?"

爱德华的语气斩钉截铁:"贝拉一脱身,咱们就去追他。"

"我看是别无选择了。"卡莱尔表示认同,脸色铁青。

爱德华扭头对罗莎莉说。

"把她弄到楼上去,你俩把衣服换了。"爱德华命令道。罗莎莉反盯着他,脸都发青了。

"我干吗要去?"她愤愤地说,"她对我算什么呀?不就是个祸根——是个危险嘛,你自己惹上了还嫌不够,把我们大家都搭进去了。"

她恶毒的语气令我畏缩了。

"罗斯①……"埃美特嘀咕了一声,把一只手放在了她的肩上,她把它甩开了。

我仔细观察着爱德华,知道他的脾气,担心他的反应。

他给了我一个意外,他把目光从罗莎莉身上移开,好像她什么都没说,根本就不存在似的。

"埃斯梅,您呢?"他冷静地问道。

"没问题。"埃斯梅低声说道。

埃斯梅眨眼的工夫不到就在我的身边了,轻而易举地把我拎在了怀里,我惊讶得气都还没来得及喘,就已经在往楼上冲了。

"咱们这是要干什么?"她在二楼门厅不远的一间黑洞洞的屋子里把我放下来时,我气喘吁吁地问道。

"把咱们的气味混淆一下,作用管不了多久,但也许能帮着你逃出去。"我听得见她的衣服落在了地板上。

"我觉得我穿不了……"我迟疑了一下,可她的双手已经不由分

---

① 罗斯(Rose),罗莎莉(Rosalie)的昵称。

说，在把我的衬衣从头上往下扯了，我自己迅速地把牛仔裤脱了。她递给了我一样东西，摸起来像是件衬衣。我费了好大的劲儿，才把袖口找对了，将两只胳膊伸了出来。我刚刚穿好衬衣，她就把她的宽松长裤递了过来。我猛地把裤子提了起来，可是脚却露不出来，太长了。她麻利地把裤脚往上卷了几圈，以便我能站起来。也不知是怎么做到的，她已经穿上了我的衣服。她把我拉回到楼梯上，爱丽丝拎着一个小皮袋，已经等在那里了。她俩各自抓起我一只胳膊肘，连抬带拖地把我弄下了楼。

我们不在的时候，楼下的一切似乎都已准备妥当了。爱德华和埃美特准备离开了，埃美特肩头背着一个看上去很沉的背包。卡莱尔在递给埃斯梅一样小东西。回头他又给了爱丽丝同样的东西——是一个很小的银色手机。

"埃斯梅和罗莎莉开你的车，贝拉。"爱德华从我身边经过时告诉我。我点了点头，我以提防的眼神瞥了罗莎莉一眼，她正一脸不满地怒视着卡莱尔。

"爱丽丝、贾斯帕——你们开梅塞德斯。到了南方，你们需要把车里弄暗一些。"

他俩也点了点头。

"我们开吉普。"

我惊讶地发现卡莱尔想跟爱德华一起走。我突然恐惧地意识到，他们组建起了一支猎杀队伍。

"爱丽丝，"卡莱尔问道，"他们会咬钩吗？"

大家都看着爱丽丝，只见她闭着眼睛，平静得叫人难以置信。

终于她睁开了眼睛。"他会跟踪你们的，那个女的会跟着卡车。我们应该能够走得掉。"她的语气很肯定。

"咱们走。"卡莱尔动身朝厨房走去。

爱德华突然到了我身边，他牢牢地抓住我，把我紧紧地贴在他身上。他将我的脸拉过去贴着他的脸，把我提起来，双脚都离了地，而他似乎没有意识到家人都在看着自己。他又冰又硬的嘴唇极为短暂地贴了一下我的嘴唇，马上就松开了。他放下我，依然捧着我的脸，他那迷人的眼神散发着炽热的光芒，穿透了我的双眼。

他把目光移开后，两眼一片茫然，出奇的呆滞。

他们走了。

我们站在原地，别人把目光都从我身上移开了，我的眼泪顺着脸无声地直往下淌。

依然一片沉默，这时埃斯梅手里的手机震动了，晃了一下就到了她耳边。

"现在。"她说了一句。罗莎莉大踏步出了前门，瞥都没再朝我这边瞥一眼，不过埃斯梅经过时还是碰了碰我的脸。

"注意安全。"她俩出了门，可她的话还在我耳边萦绕。我听见我的卡车雷鸣般地发动了，然后就逐渐远去了。

贾斯帕和爱丽丝还在等着，爱丽丝的手机似乎还没响之前就已经在耳边了。

"爱德华说那个女的已经跟上了埃斯梅了，我去把车开过来。"她像爱德华那样消失在了阴影里。

贾斯帕和我面面相觑，他站在我对面的入口处……很小心。

"你错了，你知道的。"他悄声说道。

"什么？"我倒吸了一口凉气。

"我能体会到你现在的感受——不过你**确实**值得我们这么做。"

"我不值得，"我喃喃道，"他们要是有个好歹，那完全是无谓的牺牲。"

"你错了。"他重复道，友好地冲我笑着。

我什么动静都没听见，爱丽丝就已经进了前门，张着双臂朝我走来了。

"可以吗？"她问道。

"你是第一个问我同意不同意的。"我苦笑道。

她像埃美特一样，轻而易举就用她那双细长的胳膊把我拎起来，置于自己的保护之下，然后我们冲出了门，把明亮的灯光甩在了我们的身后。

焦　虑

醒来时，我糊涂了。我的思绪模糊不清，还像在睡梦里和噩梦中一样混乱不堪，我花了很长的时间才弄清楚自己是在哪里。

这间屋子太平淡无奇了，除了旅馆，哪里也不会有这样的房间了。铆在床头柜上的床头灯无意间泄露了屋子的身份，除此还有那用跟床罩一模一样的布料做成的长长的窗帘，以及墙上那几幅普普通通的水彩画照片。

我试图回忆自己是怎样来到这里的，但一开始什么也没有想起来。

我确实记得那辆锃亮的黑色轿车，车窗玻璃比豪华房车上的窗玻璃还要暗。发动机几乎没有声音，尽管我们在黑色的高速公路上的车速超过了法定速度的一倍。

我还记得爱丽丝跟我坐在深色的真皮后座上。不知怎么搞的，在那个漫漫的长夜里，我的头后来靠在了她花岗岩般的脖子上。我跟她挨得这么近，似乎一点儿都没有惹她心烦，而她那冷冰冰的硬生生的皮肤也真是怪了，令我感到很舒服。她薄薄的棉衬衣让我的泪水给浸湿了，凉凉的，我的眼泪一直在不断线地流，流到眼睛红了疼了干了才没有继续。

睡眠好像跟我无缘似的，我疼痛的双眼强撑着，甚至在黑夜终于过去，加利福尼亚某处的一座低矮的山峰上面都现出了一线曙光后，我也没有合眼。那灰色的天光，从无云的天空飞泻下来，刺得我眼睛生疼。可是我就是闭不上眼睛，我一闭上，满眼都是一幅幅栩栩如生的画面，就像我眼皮后面藏着一沓静态幻灯片似的，简直不堪忍受。查理悲伤心碎的表情——爱德华露着牙齿野蛮的号叫——罗莎莉不满的目光——尾巴目光敏锐的监视——爱德华最后一次吻我之后眼眸里那呆滞的神情……我无法忍受看见这一幕幕滑过我的眼前。所以,我努力地与疲倦作着抗争,而此时太阳也爬得更高了。

我们过了一个不高的山坳,太阳已经被我们甩在了身后,在阳光之谷的瓦屋顶上反着光,这个时候我依然醒着。我对于我们一天跑了三天的路程已经惊讶不起来了。我茫然地盯着眼前宽阔平坦、一望无际的广袤区域。凤凰城——棕榈树、灌木丛似的三齿拉瑞阿[1]、纵横交错的高速公路、绿草茵茵的高尔夫球场,还有青绿色的游泳池,所有这一切全都在一层稀薄的烟雾笼罩之下,在一道道低矮的石岭的环抱之中,这些石岭都不是太大,不能叫作山。

棕榈树在高速公路上投下了一溜斜着的阴影,这些阴影的轮廓,要比我记忆中的清晰分明,颜色很浅,超出了应有的程度,下面什么也藏不住。宽敞明亮的高速公路似乎够温和宜人的了,可我还是没觉得宽慰,没有一丝回家的感觉。

"去机场走哪条路,贝拉?"贾斯帕问道,问得我一怔,尽管他的语气很平和,一点儿都不吓人。这是除了车子引擎的声音之外,沉默了一夜之后的第一个声音。

"接着走10号州际高速,"我本能地答道,"我们要从它旁边经过。"我的脑子由于缺少睡眠,整个云里雾里地转不过来。

"我们要飞到什么地方去吗?"我问爱丽丝。

"不,不过最好离机场近一点儿,以防万一。"

上空港国际机场[2]环路的情形我还记得……下来的情形就记不得了。我估计我肯定就是在那时睡着了。

不过,由于我已经把记忆整理了一遍,我对下车确实还有些模糊的印象——太阳正要落入西边的地平线——我的胳膊松垮垮地搭在爱

---

[1] 三齿拉瑞阿[creosote (bush)]是生长在美国西南部和墨西哥西北部的一种沙漠植物,属于拉瑞阿(Larrea)属,三齿(tridentata)种,汉译名由此而来。其英文名称为 creosote bush,主要是因为其气味像杂酚油[creosote (tar),一种褐色浓油,可用于防护木材]。

[2] 空港国际机场(Sky Harbor International),全称为凤凰城空港国际机场(Phoenix Sky Harbor International Airport,缩写为 PHX)。

丽丝的肩上,爱丽丝则用胳膊紧紧地揽着我的腰,拖着我跟跟跄跄地穿过了温暖干爽的阴凉。

这间屋子我一点儿印象都没有。

我看了看床头柜上的数字闹钟,红色的数字显示时间是三点钟,但看不出来是白天还是夜里。厚厚的窗帘一点儿光都不透,但房间开着灯,还是很亮堂。

我费劲地起了床,晃晃悠悠地来到了窗户边上,撩起了窗帘。

外面一片漆黑,看来是夜里三点钟。我的房间面对着一段废弃了的高速公路和机场新建的、以备长期使用的多层停车场。能够确定时间和地点至少能让人感到些许安慰。

我低头看了看自己,身上还穿着埃斯梅的衣服,一点儿也不合身。我把屋子环顾了一遍,发现我的旅行袋放在小梳妆台的顶上,心里很高兴。

我正走过去要找几件新衣服,这时只听有人轻轻地敲了一下门,把我吓了一跳。

"我可以进来吗?"爱丽丝问道。

我深吸了一口气:"当然。"

她走了进来,谨慎地把我打量了一遍。"你看上去可以多睡一会儿的。"她说。

我只是摇了摇头。

她悄无声息地飘然来到了窗帘边上,拉好了才回过头来。

"我们需要待在里面。"她对我说。

"好的。"我的声音嘶哑了,嗓子破了。

"渴了?"她问。

我耸了耸肩:"我没事儿,你呢?"

"没什么对付不了的,"她笑着说,"我给你订了饭,在前面那间屋子里。爱德华提醒过我,你吃饭的次数要比我们多得多才行。"

我马上警觉多了:"他来过电话了。"

"没有,"她说,看着我把脸埋下去了,"是我们离开之前他说的。"

她小心翼翼地握住我的手,领着我出了门,进了旅馆套间的起居间。我能听见电视里传来的低低的嗡嗡声。贾斯帕一动不动地坐在角上的写字台后面，眼睛看着电视上的新闻，显得丝毫不感兴趣。

我坐在茶几边的地上，茶几上放着一盘食物，我慢条斯理地吃了起来，根本没有注意到自己吃的是什么。

爱丽丝在沙发的扶手上坐了下来，跟贾斯帕一样，茫然地盯着电视。

我慢慢地吃着，眼睛看着她，时不时地扭头扫一眼贾斯帕，我开始觉得他俩太安静了。他俩的目光从来就没离开过电视屏幕，虽然这时播的是广告。我把盘子推开，胃里突然一阵难受，爱丽丝低头看了我一眼。

"怎么啦，爱丽丝？"我问。

"没怎么。"她两眼睁得大大的，很诚实……然而我还是不信任他们。

"我们现在做什么？"

"我们等卡莱尔来电话。"

"他们是不是早该来电话了？"我能看出我基本上说到点子上了。爱丽丝的目光从我的两眼上移开，移到了她的真皮提包上面的手机上，然后又移了回来。

"这意味着什么？"我的声音有点儿抖了，我竭力控制着，"我是说他还没来电话。"

"那只是意味着他们没有什么事情要告诉我们。"可她的声音太平静了，我更紧张了，大气都不敢出了。

贾斯帕突然到了爱丽丝身边，离我比平常更近了。

"贝拉，"他用一种可疑的安慰语气说道，"你什么也不用担心，你在这儿百分之百的安全。"

"这个我知道。"

"那你干吗害怕呢？"他大感不解地问道。他也许觉察出了我情绪的变化，但是他猜不透它们背后的原因。

"你听见劳伦特的话了。"我的声音很小，但我确信他听得见，"他说过跟詹姆斯斗只有送命的份儿。万一出了什么差错，他们走散了怎么办？要是卡莱尔、埃美特……爱德华……他们中的任何一个有个三长两短，"我哽塞道，"要是那个女魔头伤了埃斯梅……"我的声音更尖了，有点儿歇斯底里的味道了，"这都是我的错，我怎么能容忍我自己呀？你们谁都不应该为我而拿自己的生命冒险——"

"贝拉，贝拉，别说了，"他打断了我，他的话像连珠炮似的，太快了，我一时明白不过来，"你全都是在瞎担心，贝拉。相信我——我们谁都没有危险。你已经承受太大的压力了，别再用那些完全没有必要的担心给自己加压了，听我说！"他命令道，因为我望到一边去了，"我们家很强大，我们唯一的担心就是怕失去你。"

"可你们干吗要……"

这次是爱丽丝打断了我的话，她用冰凉的指头碰了碰我的脸："爱德华孤身一人已经快一个世纪了，现在他找到了你。你看不见我们看见的种种变化，我们跟他在一起这么久了，如果他失去了你，你以为我们当中有任何人想再看一百年他的眼色吗？"

我看着她的黑眼睛，愧疚感慢慢地减弱了。可是，即使我完全冷静下来了，我也知道我不能相信自己的感觉，因为贾斯帕在那里。

这一天真是漫长。

我们待在屋子里。爱丽丝给前台去了个电话，请他们暂时不用整理房间。窗户依然关得严严的，电视开着，虽然没有人看。每隔一定时间，他们就会给我送饭来。随着时间一小时一小时地过去，搁在爱丽丝提包上的银色手机似乎变得越来越大了。

我的这对临时保姆，在令人提心吊胆的悬念面前确实比我从容多了。我坐立不安地在屋子里踱来踱去，他们反倒是越发镇静了，像两尊石雕塑，俩人的目光难以觉察地跟着来回移动。我使劲地记房间的样子，记长沙发的条纹图案，棕黄色、桃红色、米色、暗金色，然后又是棕黄色。有时候，我盯着那些抽象画的照片看，胡乱地从各种形状中找出些图像来，就像小孩儿在云朵中找出图像来那样。我找出了一只蓝色的手，一个梳头的妇女，一只伸懒腰的猫。可是当那淡红色的圆圈儿变成了一只瞪得大大的眼睛时，我把视线移开了。

由于下午过得很慢，我就回到床上去睡觉了，纯粹是为了有点儿事做。我希望自己在黑暗中能够摆脱那些可怕的恐惧，它们老是徘徊在我意识的边缘，害得我逃不出贾斯帕小心翼翼的监视。

可爱丽丝漫不经心地跟着我进来了，好像是由于某种巧合，她偏偏也在这个时候在起居间里待厌了似的。此时，我正开始想知道爱德华究竟给了她什么样的指令，我横躺在床上，她盘着腿坐在我旁边。我一开始没理睬她，突然累得不行，就睡着了。可没过几分钟，刚才因为有贾斯帕在边上而抑制住的惊慌开始出现了。我很快就对睡着不抱希望了，双手抱着双腿，蜷成了一个小圆球。

"爱丽丝？"我叫了她一声。

"嗯？"

我把自己的声音控制得非常镇静："你认为他们在干什么？"

"卡莱尔想尽量地把尾巴往北引，等他靠近，然后回头伏击他。埃斯梅和罗莎莉按计划是在能拖住那个女魔头的情况下往西去。要是她掉头的话，她俩便回奔福克斯去保护你爸爸。所以我想，要是他们不能打电话的话，说明事情进展得很顺利。那就意味着追击者跟得很近，他们不想让他偷听到什么。"

"那埃斯梅呢？"

"我想她肯定回福克斯了。她不会打电话的，以防那个女魔头有机会偷听到电话内容。我期望他们全都是为了谨慎行事而已。"

"你真的认为他们安全吗？"

"贝拉，我们得跟你说多少遍我们没有危险呀？"

"可是，你会跟我说实话吗？"

"会，我会一直跟你说实话的。"她的语气很诚恳。

我仔细地想了一会儿，确定她说的是真话。

"那你告诉我……你是怎么变成吸血鬼的？"

她完全没料到我会问这个问题，她没吱声。我转过身来看了她一眼，她的表情似乎很矛盾。

"爱德华不希望我告诉你这个。"她说得很坚定，但是我感觉到她并不想按爱德华的话去做。

"那不公平，我认为我有权知道。"

"我知道。"

我看着她，等待着。

她叹了一口气："他会非常生气的。"

"不干他的事儿，这是咱俩之间的事儿。爱丽丝，作为朋友，我求你了。"此时我们已经是朋友了，不知怎的——她肯定已经知道了我们将一直是朋友。

她用她那光彩夺目、迷人的眼睛看着我……在做选择。

"我会告诉你其中的技术性细节，"她终于说道，"但是我自己是怎么变成吸血鬼的我记不得了，而且我从来没有做过把人变成吸血鬼的事，也没见过，所以记住了，我只能告诉你理论。"

我等待着。

"作为捕食其他动物为生的动物，我们的身体就是一个武器库，里面有用不完的武器——远远超过了实际需要。力量、速度、敏锐的官能，更不用说爱德华、贾斯帕和我这些了，我们还有超常的官能。还有，就像食肉的鲜花一样，我们在身体方面对猎物就很有诱惑力。"

我非常平静，回想起爱德华在那片草地上曾经多么直截了当地给我演示过这一概念。

她咧着嘴笑了，笑得有些叫人毛骨悚然。"我们还有另外一种完全多余的武器。我们还能分泌毒液，"她说道，牙齿寒光闪闪的，"我们分泌的毒液并不致命——只能致残，而且它见效慢，会扩散到血液之中，所以，一旦我们的猎物被咬了，就会疼得动弹不得，只能乖乖地束手就擒。绝大多数情况下都用不着，我刚才说过了。要是我们都那么近了，猎物是逃不掉的。当然啦，例外总会有的，比方说，卡莱尔。"

"这么说……要是毒液得不到排除而扩散……"我喃喃道。

"转变过程要几天才能完成，这要看有多少毒液进入了血液循环，以及毒液距离心脏的远近。只要心脏跳动，毒液就会扩散，并在扩散的过程中对身体进行治疗和改变。最终心脏停止了跳动，转变也就完成了。不过整个这段时间里，受害者每分钟都会但求一死。"

我浑身直哆嗦。

"你瞧，听了不是很舒服吧。"

"爱德华说挺难的……我不是太明白。"我说。

"我们从某方面来说也有点儿像鲨鱼。就此而言，一旦我们吸了血，或者说哪怕是闻到了血腥味儿，要想不把猎物吃掉是很难做到的，有时根本就做不到。这下你明白了吧，要真去咬人吮血，会疯狂得一发不可收拾。两方面都很难——一方面是杀戮欲，另一方面是惊人的疼痛。"

"你认为你为什么不记得了呢？"

"不知道。对于所有其他人而言，转变过程中的疼痛是他们人生中最刻骨铭心的记忆。变成吸血鬼之前的事情，我什么也记不起来了。"她的语气里充满了惆怅。

我们默默地躺着，各自陷入了沉思。

时间在一秒一秒地过去，我差点儿忘了她的存在，完全沉浸在思考之中了。

这时，爱丽丝忽然从床上跳了起来，轻轻地站在了地上。我急忙抬起头，瞅了她一眼，愣住了。

"情况出现了变化。"她的语气很急，她不是在跟我说话。

她到门边上的同时，贾斯帕也到了。他显然听见了我们的谈话和她突如其来的惊叫。他把双手放在她的肩上，把她带回到了床边，让她坐在了床沿上。

"你看见什么了？"他目不转睛地盯着她的眼睛问道。她的双眼聚精会神地望着某样很远的东西。我靠近她坐着，凑过身子去听她在说什么，她说得又低又快。

"我看见了一间屋子，很长，到处都是镜子。地上铺的是木地板。他在屋子里，在等待着什么。镜子上有金色……一道金色的条纹。"

"屋子在什么地方？"

"我不知道。少了某样东西——另一个决定还没作出来。"

"还有多少时间？"

"快了。他今天就会到这间有镜子的屋子里来，也许是明天，得看情况。他在等待着什么，现在他在暗处了。"

贾斯帕的声音很从容镇定，他老练而富有技巧地问道："他在干什么？"

"在看电视……不，是在放录像机，在暗处，在另一个地方。"

"你能看见他在什么位置吗？"

"看不见，太暗了。"

"有镜子的屋子，还有别的东西吗？"

"只有镜子，还有那金色的条纹。是一根带子，绕了屋子一圈儿。还有一张黑色的桌子，上面放着一台很大的立体声唱机和一个电视机。他在那儿碰录像机，但不是像在黑屋子里那样看。这就是他在里面等的那间屋子。"她目光一转，全神贯注地看着贾斯帕的脸。

"没别的东西了？"

她摇了摇头。他俩面面相觑，一动不动。

"那意味着什么？"我问。

他俩谁都没有立刻回答，过了一会儿贾斯帕看了看我。

"意味着尾巴的计划改变了。他做出了到那间有镜子的屋子和那间黑屋子的决定。"

"可我们不清楚那两间房子的位置呀？"

"是不清楚。"

"不过我们清楚一点，那就是他不会在华盛顿州以北的大山里，等着他们猎杀，他将摆脱他们。"爱丽丝的声音很凄凉。

"我们要不要打电话？"我问。他俩严肃地交换了一下眼色，未做决定。

这时手机响了。

我还没来得及抬头，爱丽丝已经到了房间的另一头。

她按了一个键，把手机对准了耳朵，但她并没有先说话。

"是卡莱尔。"她说，她似乎既没感到意外又没感到松了一口气，不像我似的。

"对。"她说，同时拿眼睛瞥了我一眼。她听了一大会儿。

"我刚刚看见了他。"她把她看到的情形又描述了一番，"无论是什么让他上了那架飞机……目的地肯定是那几间屋子。"她顿了一下，

"对，"爱丽丝对着手机说道，然后叫了我一声，"贝拉？"

她把手机朝我递了过来，我跑了过去。

"喂？"我喘着气叫道。

"贝拉。"爱德华的声音。

"噢，爱德华！我担心死了。"

"贝拉，"他沮丧地叹了口气，"我不是跟你说过，除了你自己以外，你什么也不用担心的嘛。"听到他的声音真是太好了，好得都叫人不敢相信了。听着他说话，我感到徘徊在头顶的绝望的乌云散去了许多。

"你在哪儿？"

"我们在温哥华外面。贝拉，我很抱歉——我们让他溜了。他似乎对我们心存疑虑——他很小心，跟我们保持着足够的距离，刚好让我听不见他在想什么。可现在他已经跑了——好像是上了一架飞机。我们认为他是回福克斯准备卷土重来了。"我听见爱丽丝也加入进来，与贾斯帕一起跟在了我后面。她说起话来快得听不清，简直就是一团嗡嗡的噪声。

"我知道，爱丽丝看见他跑掉了。"

"不过，你用不着担心，他找不到接近你的线索的。你只要待在你那儿，等着我们重新找到他就行了。"

"我不会有事的。埃斯梅跟查理在一起吗？"

"对——那个女魔头已经在城里了。她去了你家里，但查理正好在上班。她还没有接近他，所以别怕。有埃斯梅和罗莎莉在，他安全着呢。"

"她在干什么？"

"很可能在试图找到点儿蛛丝马迹，她夜里把整个城里都找遍了。罗莎莉从机场就开始跟踪她了，城里、学校一路上都跟着她……她在费劲地找呢，贝拉，不过她找不到什么的。"

"你能确定查理安全吗？"

"能，埃斯梅不会让他离开自己的视线的，而且我很快就会到那儿的。要是尾巴到了福克斯附近，我们会逮住他的。"

"我想你。"我低声说道。

"我知道，贝拉。相信我，我知道，就像你把我的一半给带走了似的。"

"那你来取呀。"我激将他说。

"快了，我会尽快的。可我**要**先保证你的安全。"他的声音很硬朗。

"我爱你。"我提醒了他一遍。

"虽然我让你受了这么多罪，你能相信我也爱你吗？"

"信，我信，真的。"

"我会很快来找你的。"

"我等你。"

电话一断，压抑的阴云又把我给罩住了。

我回头把手机还给了爱丽丝，发现她和贾斯帕俯身在桌子上方，爱丽丝正在一张旅馆信笺上画什么东西来着。我斜靠在长沙发的靠背上，从她的肩头看了过去。

她画了一间屋子，长方形的，后面有一块薄一些的四四方方的区域。木地板是纵向铺设的，所用的木板都够长度，不用拼接。顺着四面墙下来有若干条线，这些线标明了镜子与镜子之间的接合处。然后，四面墙上齐腰处缠着一根长带子。这根带子，爱丽丝说是金色的。

"这是一间芭蕾舞排练房。"我突然认出了这熟悉的形状，说道。

他俩把目光投向了我，很惊讶。

"你认识这间屋子？"贾斯帕的声音听上去很镇静，但是里面潜藏着某种我难以确定的东西。爱丽丝把头俯到了自己的作品上，她的手此时正在纸上走笔如飞，后墙上紧急出口的形状已经出来了，立体声唱机和电视机摆放在靠前面右边角落的一张矮桌上。

"看上去像我八九岁时常去学舞蹈的一个地方，形状完全一模一样。"我摸了一下纸上那块方方正正的部分，这块地方是突出来的，把房间的后半部分都变窄了，"这个位置是卫生间——进出得走另外一个舞池。可是立体声唱机是在这儿的，"我指了指左边的角落，"而且要旧一些，没有电视机的。等候室里有个窗户——透过这个窗户，可以从这个角度看见那间屋子。"

爱丽丝和贾斯帕盯着我。

"你能肯定是同一间屋子吗?"贾斯帕问,仍然很冷静。

"不,一点儿都不能肯定——我想多数舞蹈排练房样子看上去都会一样的——镜子,把杆。"我的指头沿着贴在镜子上的芭蕾练功用的沿壁把杆走了一圈,"只是形状看上去熟悉。"我摸了一下画上的门,位置和我记忆中的那扇门完全一致。

"你现在有要去那儿的理由吗?"爱丽丝问,打断了我的回忆。

"没有,我差不多有十年没去过那儿了。我舞跳得很糟——舞蹈表演会的时候,他们总是把我放在后排。"我承认道。

"这么说,应该不可能跟你有任何联系喽?"爱丽丝急切地问道。

"不会,我甚至认为主人都换了。我肯定这只是某个地方的另一个舞蹈排练房。"

"你去的那个排练房在哪里?"贾斯帕以一种漫不经心的语气问道。

"就在我妈妈的房子附近。我过去常常是放学后走着去的……"我说,声音逐渐减小了。我没有错过他们交换的眼色。

"那么,是在凤凰城这儿?"他的语气依然很漫不经心。

"对,"我低声说道,"第五十八街和仙人掌街交会的地方。"

我们仨都默默地坐着,盯着那张画儿。

"爱丽丝,这手机安全吗?"

"安全,"她说得很肯定,"是华盛顿州的号。"

"那我可以用它给我妈打个电话吗?"

"我以为她在佛罗里达呢。"

"她是在那儿——但是很快就会回来,她不能回到那个房子去住……"我的声音发抖了。我在想爱德华说过的一句话,那个红发女魔头,去过查理家和学校,那里存放着我的档案。

"你怎么跟她联系?"

"他们除了家里的座机外没有固定号码——按理说她会定期查看电话留言的。"

"贾斯帕？"爱丽丝问道。

他想了想："我觉得应该不要紧吧——当然，记住别说你在哪儿。"

我急不可耐地拿过手机，拨了那个熟悉的号码。响了四遍，然后我听见了妈妈轻松活泼的声音，让我留言。

"妈，"我听见嘟了一声后说，"是我。听我说，我需要您做一件事，这件事很重要。您听到这个留言后，马上给我这个号码回个电话。"爱丽丝已经在我身边了，把号码写在了她那张画的底端。我仔细地把号码念了两遍："跟我通话之前，请哪儿也别去。别担心，我很好，但是我得马上跟您通话，不管您多晚听到这个留言，好吗？我爱您，妈妈。再见。"我闭上了眼睛，用我所有的力量祈祷，但愿没有什么意料之外的计划改变，使得她在接到我的留言之前就回到了家里。

我坐到了沙发上，啃着一盘剩下的水果，等待着一个漫长黄昏的来临。我想过给查理打电话，可是我不确定按理我此时是否应该已经到妈妈家了。我把注意力集中到了电视新闻上，留意着佛罗里达的消息，或者有关春季训练——罢工啦、飓风啦、恐怖袭击啦——任何可能让他们提前回家的消息。

长生不老肯定会赋予人无尽的耐心，贾斯帕和爱丽丝似乎都没觉得要做点儿什么。爱丽丝勾勒出了她那个角度看到的那间黑屋子的模糊轮廓图，把她借着电视的那点儿亮光所能看到的都画下来了。可画完之后，她就只是坐在那里，用她那不受时间影响的眼睛看着那光秃秃的四壁。贾斯帕似乎也没有走动走动，或者偷看一眼窗帘外的情况，或者有尖叫着冲出门去的冲动，不像我似的。

我在等手机再次响起的时候，肯定在长沙发上睡着了。爱丽丝把我抱到床上去的时候，她冰凉的手把我碰醒了一会儿，但是脑袋还没碰着枕头，我便又不省人事了。

电　　话

　　再次醒来时，我能感觉到天还太早了，而且我知道，我慢慢地将白天和黑夜给弄颠倒了。我躺在床上，听爱丽丝和贾斯帕在隔壁房间小声地说话。真是怪事，他俩说话的声音居然大到了我可以听见的程度。我往前挪了挪，直到我双脚触地，然后我摇摇晃晃地去了起居间。

　　电视上显示的时间是夜里两点刚过。爱丽丝和贾斯帕一起坐在沙发上，爱丽丝又在画草图，贾斯帕在她的肩头后面看着。我进去时，他俩没有抬头，太投入了。

　　我轻手轻脚地来到贾斯帕边上，偷看了一眼。

　　"她又看见了什么吗？"我轻声问他。

　　"对，他回到有录像机的屋子干什么来了，不过现在开灯了。"

　　我看着爱丽丝画了一间方方正正的屋子，有几根深色的横梁横跨在低矮的顶棚上。墙壁上嵌有木板，颜色太暗了一点儿，有些过时。地上铺有一块带图案的深色地毯。南边的那面墙有一个大窗户，西边的墙上留有一个口，可以通往起居间，其中有一边是石头的——一个褐色石头砌的大壁炉管着两间屋子。从这个角度看过去，看到的正好是屋子的西南角，正对着的就是那台电视机和录像机，平衡地放在一张过小的木架子上。电视机前面，摆着一圈儿陈旧的组合沙发，中间放着一个圆茶几。

　　"电话在这个位置。"我用手指了指，低声说道。

　　两双永远不知疲倦的眼睛紧紧地盯着我瞧。

　　"那是我妈的房子。"

　　爱丽丝已经离开了沙发，拿出手机在拨号了。我目不转睛地盯着这张示意图，她把我妈家的那间屋子画得太精确了。贾斯帕毫无预兆地凑得离我更近。他用手轻轻地碰了碰我的肩膀，身体上的接触，似乎令他沉着冷静的影响力更为强大了。惊恐得到了缓解，注意力也有所分散了。

爱丽丝说话的速度真快，连嘴皮子都在发颤。她压着嗓子嗡嗡地在说些什么，根本就无法听清。我也根本集中不了精神。

"贝拉。"爱丽丝叫了我一声，我麻木地看着她。

"贝拉，爱德华要来接你。他、埃美特还有卡莱尔要来把你带到某个地方，去躲一段时间。"

"爱德华要来？"这句话像件救生衣，托着我的头浮在了洪水上面。

"对，他坐的是西雅图过来的第一班航班。咱们到机场去跟他碰头，然后你就跟他走。"

"可是，我妈……詹姆斯是冲我妈来的，爱丽丝！"虽然有贾斯帕在旁边，我的声音还是抑制不住有些歇斯底里了。

"贾斯帕和我会待在这儿，直到她安全为止。"

"我做不到，爱丽丝。你们不能永远保护我认识的每一个人。你们不明白他在干什么吗？他根本就不是在追踪我。他要找到某个人，他要伤害我爱的某个人……爱丽丝，我不能——"

"我们会抓到他的，贝拉。"她向我保证。

"要是你受伤了呢，爱丽丝，你以为我好受吗？你以为只有他伤害我人类的家人，我才难受吗？"

爱丽丝意味深长地看了贾斯帕一眼。一团令人昏昏欲睡的浓雾把我罩住了，我的双眼不由自主地闭上了。我的脑子抵抗着这团雾，明白是怎么回事。我拼命睁开眼睛，站起来，从贾斯帕的手中挣脱了出来。

"我不想回到睡眠状态了。"我突然大声说道。

我走到了自己的房间，把门关上了，实际上是砰的一声甩上了，以便我可以自由自在地垮下来。这一次，爱丽丝没有跟着我。我蜷作一团，摇晃着盯着墙看了三个半小时。我的脑子不停地转着圈，试图想出个摆脱这个噩梦的办法来。无路可逃,连暂时缓解的法子都没有。前途暗淡,我只能隐隐看到一种可能的结局。唯一的问题是在我走到这样的结局之前,还有多少人会受到伤害。

我仅存的唯一慰藉、唯一希望,就是知道我很快就会见到爱德华。也许,只要我还能见到他的脸,我也就能够找到办法,虽然现在我怎么也找不到。

手机响了,我又回到了前面那间屋子,有点儿为自己的行为感到不好意思。我希望他俩我谁也没得罪,希望他们知道我对他们为我做出的牺牲是多么的感激。

爱丽丝的语速还和以往一样快,但引起我注意的是,贾斯帕破天荒第一次不在房间里。我看了一眼钟——凌晨五点半。

"他们正在登机,"爱丽丝告诉我,"他们将在九点四十五分着陆。"只要再熬几个小时他就到了。

"贾斯帕呢?"

"他退房去了。"

"你们不打算住这儿了?"

"对,我们重新找个离你妈家近一点儿的地方去。"

听了她的话,我胃里像刀割似的。

可手机又响了,分散了我的注意力。她显得很惊讶,我已经在往前走了,喉咙里伸出爪子来想接过手机了。

"喂?"爱丽丝问道,"不,她就在这里。"她把手机递给了我。你母亲,她做出了口型,没说出声来。

"喂?"

"贝拉?贝拉?"是我母亲的声音,她的语气我太熟悉了,小时候我都听过一千遍了,只要我在人行道上走得太靠边了,或者在人多的地方走出了她的视线,她都是这样的语气,一种惊恐的语气。

我叹了一口气,我早猜到会是这样,尽管当初我在留言的时候,已竭力让留言在没有减低紧迫性的情况下,听上去尽可能地不令人惊慌了。

"您冷静下来,妈,"我用最安慰的语气说道,同时慢慢地从爱丽丝身边走开了。对自己能否在她的眼皮子底下，把谎撒得跟真的似的，我不是很有把握，"一切都很好，对不对？就给我一分钟的时间，我把一切给您说清楚，我保证。"

我愣住了，觉得很奇怪，她怎么还没打断我的话。

"妈？"

"听好了，我没叫你说话之前，你什么也别说。"这时我听到的声音大出我的意料，我一点儿也不熟悉。是一个男高音，一个非常悦耳的普普通通的声音——就是豪华轿车广告背景中的那种声音。他说得非常快。

"听着，我没有必要伤害你母亲，所以请你严格按我说的去做，她会没事的。"他停了一会儿，我听着，都吓得哑口无言了，"很好，"他高兴地说道，"现在重复我的话，尽量显得自然一些。请你说'不，妈，您就待在现在的位置别动。'"

"不，妈，您就待在现在的位置别动。"我的声音小得只勉强比耳语的声音大一点儿。

"我能理解，这将是件很头疼的事情。"对方的声音很开心，仍然很轻松，很友好，"你现在干吗不到另一间屋子里去，省得你的脸把一切都给毁了呢？没有理由让你的母亲受罪。请你边走边说：'妈，请您听我说。'现在就说。"

"妈，请您听我说。"我的声音恳求道。我慢吞吞地朝卧室走去，觉得爱丽丝正焦虑地盯着我的后背。我随手关上了门，想把满脑子的恐惧彻底考虑清楚。

"好啦，你是一个人了吗？只回答是还是不是。"

"是。"

"但是他们还能听见你说话，我敢肯定。"

"是。"

"那么，好了，"那个令人愉快的声音继续说道，"说：'妈，相信我。'"

"妈，相信我。"

"这个结果比我预计的好多了。我原本做好了等的准备的，没想到你母亲提前回来了。这样省事多了，对吧？你不用那么提心吊胆了，不用那么焦虑不安了。"

我等候着。

"现在我要你仔细听好了，我要你离开你的那帮朋友，你认为你能做到吗？回答能还是不能。"

"不能。"

"你的回答令我很遗憾。我还寄希望于你的想象力会更丰富一点儿呢。想一想你妈妈的命能不能保得住，就看你能不能离开他们了，你能离开吗？回答能还是不能。"

不管怎么样，总得有个办法呀。我想起来了，我们不是要去机场吗？空港国际机场：人山人海，而且其结构布局令人晕头转向……

"能。"

"这样就好多了嘛。我肯定这不是件容易的事，不过，要是我看出了一点点你不是一个人来的迹象，唉，那对你妈可就非常糟糕了，"那个友好的声音信誓旦旦地说道，"你现在肯定对我们有了足够的了解了，应该能够意识到要是你打算带人来的话，我会在多短的时间内搞清楚的。而且，你还应该能够意识到，要是那样的话，我只要多大一点儿时间就可以把你妈收拾掉。你明白吗？回答明白还是不明白。"

"明白。"我语不成声了。

"非常好，贝拉。现在跟你说你要做的事情，我要你去你妈的房子，电话旁边会有一个电话号码。打这个号码，我会告诉你接下来要去的地方。"我已经知道我要去哪儿了，以及这件事儿会在哪儿结束，不过，我将严格按他说的去做。"你能做到吗？回答能还是不能。"

"能。"

"请在中午之前，贝拉，我没有一天的工夫。"他礼貌地说道。

"菲尔在哪儿？"我简短地问了一句。

"啊，你听好了，贝拉，请你等到我让你说话时你再说。"

我等候着。

"噢，这一点很重要，你回到你朋友身边去的时候，不能让他们起疑心。告诉他们你母亲来了电话，说你说服了她，让她暂时不要回家。现在重复我的话：'谢谢您，妈。'说。"

"谢谢您，妈。"眼泪都要出来了，我努力忍住了。

"说'我爱您，妈，我会很快来见您的。'现在就说。"

"我爱您，妈，"我的声音沙哑了，"我会很快来见您的。"我保证道。

"再见，贝拉。我盼望再次见到你。"他挂了。

我还把手机举在耳边，我的关节都吓得不听使唤了——伸不开手指，没法把手机放下。

我知道我得动动脑筋，可是我的脑袋里还满是妈妈惊恐的声音。时间在我竭力控制自己情绪的同时，一秒一秒地过去了。

慢慢地，慢慢地，我的思想开始突破那堵令人头疼的砖墙，开始打主意了。我现在别无选择，只有一条路可走：去那间有镜子的屋子，然后死掉。我没有可以保证可以换回我妈妈的性命。我只能寄希望于詹姆斯会满足于赢得这场游戏，击败了爱德华就会罢手。我绝望极了，没有一点儿讨价还价的余地，我既没有可以收买他的东西，也没有可以阻挡他的力量。我依然没有选择，只好一试了。

我尽可能地将恐惧抛诸脑后。我做出了决定，浪费时间在这里为结果而苦恼徒劳无益。我得想清楚了，因为爱丽丝和贾斯帕在等着我呢，而避开他俩是绝对至关重要的，又是绝对不可能的。

我突然很感激贾斯帕不在，要是他在这里察觉出了我刚才五分钟的极度痛苦的话，我怎么可能不引起他们的怀疑呢？我把恐惧、焦虑都咽回去了，想奋力一搏。我现在还不能贸然行事，我不知道他什么时候回来。

我全神贯注地想着逃跑的事情。我得寄希望于对机场的熟悉，会使形势于我有利。不管怎么样，我得甩掉爱丽丝……

我知道爱丽丝在隔壁的房间里好奇地等着我，但我还得趁贾斯帕没回来之前，偷偷地再处理一件事情。

我得承认我再也见不着爱德华了，甚至连去有镜子的屋子之前，最后瞥他的脸一眼的机会都没有了。我会伤害他的，而我又没法跟他说再见。我听凭痛苦一遍遍地折磨我，任由它们为所欲为了一会儿，然后我将它们也抛到了一边，去面对爱丽丝。

一脸呆滞，毫无生气是我唯一能强撑出来的表情。我看出了她的惊恐，没有等她开口，我只有一个脚本，我也懒得临时想词了。

"我妈刚才很着急，想要回家。不过现在好了，我说服她让她别回去了。"我的声音了无生气。

"我们会确保她没事儿的，贝拉，别担心。"

我把头扭到了一边，我不能让她看见我的脸。

我的目光落在了写字台上的一张空白旅馆信笺上，我不慌不忙地走了过去，一个计划形成了。桌上还有一个信封，真是好事。

"爱丽丝，"我不紧不慢地说道，没有扭过头去，声音说得很平稳，"如果我给我妈写封信的话，你能交给她吗？我的意思是，把信留在房子里。"

"当然可以，贝拉。"她的语气很谨慎，她能看出我就快崩溃了，我**得**好好地控制自己的情绪。

我又进了卧室，跪在小床头柜边上写了起来。"爱德华，"我写道。我的手在发抖，字写得差点儿都认不清了。

> 我爱你。真对不起，他挟持了我妈，我得试一试，我知道可能不管用。我真的感到很抱歉，非常抱歉。
>
> 别生爱丽丝和贾斯帕的气。如果我从他们身边逃走了，那将是个奇迹。请替我谢谢他俩，特别是爱丽丝。
>
> 还请你，请你别追他了，那是他的目的，我想。我不能忍受有人因为我而受到伤害，尤其是你。求你了，这是我现在唯一能求你的一件事情了，为了我。
>
> 我爱你，原谅我。
>
> 贝拉

我仔细地将信叠好，封在了信封里，他最终会找到的。我只希望他会理解，并且就听我这一次。

然后我小心翼翼地把信封缄。

捉 迷 藏

  时间比我预想的花得少多了——所有的恐惧、绝望以及我的心碎。时间在一分一分地过去，比平常更慢了。我回到爱丽丝身边时，贾斯帕还没回来。我不敢跟她待在同一间屋子里，怕她会猜出来……同时又不敢躲着她，因为同样的理由。
  我本来以为自己连吃惊的能力都没有了，我的思想受尽了折磨，很难平复，但我**还是**吃了一惊，我看到爱丽丝伏在桌子上方，双手紧紧地抓着桌子边缘。
  "爱丽丝？"
  我叫她的名字时，她没有任何反应，但她的头却在缓缓地左右摇摆，我看见了她的脸。她两眼发呆，神色茫然……我的思绪飞向了妈妈，我是不是已经太晚了？
  我赶紧冲到了她身边，本能地伸手去摸她的手。
  "爱丽丝！"贾斯帕厉声喝道，接着就到了她身后，双手抓住了她的双手，把它们从桌子边儿上拉开了。屋子那一头，门轻轻地咔嗒一声关上了。
  "怎么回事？"他问。
  她把目光从我身上挪开，移到了他的胸膛上。"贝拉。"她说。
  "我就在这儿。"我回答道。
  她把头扭了过来，两眼锁定了我的双眼，表情依然莫名其妙地发呆。我马上意识到她刚才不是在跟我说话，她是在回答贾斯帕的问话。
  "你看见了什么？"我说——无精打采、漠不关心的语气里根本就没有问的意思。
  贾斯帕目光锐利地看着我，我装出一副茫然若失的表情等在那里。他的目光困惑地在爱丽丝和我的脸上扫来扫去,理不出个头绪来……因为此刻我已能猜到爱丽丝看见了什么。

我觉出自己置身于一片平静的气氛之中,这正是我求之不得的,我可以利用这种气氛来控制和稳定自己的情绪。

爱丽丝也缓过劲儿来了。

"没什么,真的,"她终于回答了,语气极为冷静而且极其令人信服,"还是刚才那同一间屋子。"

她的声音非常平静,让人感到有些难以靠近:"你要吃早饭吗?"

"不,我到机场去吃。"我也非常冷静。我到卫生间去冲澡,就像借来了贾斯帕那神奇的第六感似的,我能感觉出爱丽丝极希望把我支开——尽管她掩饰得很好——以便她跟贾斯帕单独在一起。这样,她便可以告诉他他们在干一件错事,他们会一败涂地……

我准备得有条不紊了,把心思放到每一个细小的环节上。我把头发垂落下来,任其飘摆,遮住自己的脸。贾斯帕营造出的祥和气氛帮了我的大忙,令我思路清晰,想出了行动方案。我在袋子里掏来掏去,掏到了那只装满了钱的袜子,把钱倒进了衣兜里。

我心急如焚地想去机场,很高兴七点钟我们就出发了。这一次我一个人坐在黑色轿车的后座上。爱丽丝靠在车门上,脸冲着贾斯帕,但太阳镜后面的那双眼睛,每隔几秒钟就会朝我这个方向扫一眼。

"爱丽丝?"我不冷不热地叫了她一声。

她很小心谨慎:"什么事?"

"是个什么情况?你看到的?"我两眼盯着侧面的窗外,语气显得有点儿厌烦,"爱德华说很难说……情况总是不断变化的?"没想到说出他的名字会这么难。肯定是我这句话引起了贾斯帕的警觉,因为宁静又重新弥漫了车内。

"对,情况总是不断变化的……"她喃喃道——有希望,我想是。"有些情况比另外一些……比方说天气,还是更确定一些,人更是难说。人家不动,你就看不清人家的动向。一旦人家改变了主意——做出了新的决定,不论再小的决定——未来的一切都会随之改变。"

我若有所思地点了点头:"这么说,只有等詹姆斯决定来凤凰城了，你才能看见他喽。"

"对。"她同意道，又谨慎起来了。

如此看来，她要等到我决定到有镜子的屋子去见了詹姆斯，才会看到我跟他在一起，我努力不去想她可能看见了别的东西。我不想让我的惊恐引起贾斯帕更多的怀疑。不管爱丽丝看见了什么，他们现在会加倍小心地注视我的一举一动，我的计划看来是不可能实现了。

我们到了机场，幸运之神站在了我一边，也许只是赶巧吧。爱德华乘坐的飞机降落在四号航站楼，也是最大的一个航站楼，大多数航班都在这儿降落，所以也没有什么好奇怪的。可这个航站楼正是我所需要的：最大，也最容易把人搞糊涂。三层上面有一个门，那将是唯一的一个机会。

我们把车停在了巨大的停车楼的四层。我在前面带路，为的是比他们对周围的环境再多熟悉一次。我们乘电梯下到了三层，三层是下旅客的地方。爱丽丝和贾斯帕花了很长时间看离港航班告示牌。我能听见他们在讨论纽约、亚特兰大和芝加哥各自的利弊。这些地方我从来没见过，而且将来也见不到了。

我焦急不安地等待着时机，脚趾敲个没完，想停都停不下来。我们坐在金属探测器旁边的长排椅子上，贾斯帕和爱丽丝假装在看热闹，实际上却是在注视着我。我在座位上稍微动一动，他们眼角的余光都会迅速地跟过来，真是毫无办法。我是不是该跑呢？在这样的公众场合他们敢粗野地阻拦我吗？还是仅仅跟着我不放？

我从兜里掏出了那个上面什么也没写的信封，放在了爱丽丝黑色的皮包上面，她看了我一眼。

"我的信。"我说。她点了点头，把信封塞到提包的搭盖下面去了。他很快就会找到它的。

时间一分一分地过去了，爱德华到达的时间越来越近了。令人惊奇的是，我身上的每一个细胞似乎都知道他要来了，似乎都在盼望他的到来，这使得事情非常难办。我发现自己在想着各种各样的借口待下来，看到了他以后再逃。可我知道那是不可能的，就算我有机会逃也是枉然。

爱丽丝几次主动提出来要跟我一起去买早点。"再等等吧",我跟她说,"现在还不饿。"

我两眼盯着到港告示牌,看到一个航班接着一个航班准时到港。西雅图来的航班眼看就快爬到告示牌的顶端了。

这时,就在我只有半个小时就要逃走的时候,数字变了,他的航班提前了十分钟,我耽搁不得了。

"我现在想吃了。"我迅速说道。

爱丽丝站了起来:"我陪你去。"

"要是我让贾斯帕陪我去,你不会介意吧?"我问,"我感觉有点儿……"我没把话说完。我的眼神很急切,足以传达出我没说出来的那半截话。

贾斯帕站了起来,爱丽丝的眼神有点儿发蒙,不过,令我感到舒了一口气的是,我发现是发蒙而不是怀疑。她肯定是把自己所看到的变化归咎到尾巴所耍的某个花招上去了,而没想到是我会背叛他们。

贾斯帕静悄悄地走在我旁边,把手放在我后腰上,仿佛是他在领着我。我假装对头上的几家机场小餐馆没有兴趣,我的头却在扫掠我真正想要的东西。看到了,就在前面不远,在爱丽丝锐利的视线之外:三楼上的女卫生间。

"你介意吗?"路过女厕时我问贾斯帕,"就一会儿。"

"我就在这儿。"他说。

身后的门一关上,我撒开腿就跑起来了。记得有一次我曾从这个卫生间走丢了,因为它有两个出口。

出了较远的那扇门,只要跑几步就可以上电梯,而且如果贾斯帕待在他说的那个地方,是绝对看不见我的。我跑的时候没顾得上往后看,这是我唯一的一个机会,就算他看见了,我也得继续跑。人们盯着我瞧,但我没工夫理他们。拐角的电梯已经等着了,我向前冲了过去,一部下行电梯眼看就要关门了,我赶紧将手伸了进去。我从恼羞成怒的乘客旁边挤进了电梯,并看了看到一楼的按钮是否已经有人按过了。灯已经亮了,门也关上了。

门一开我就又开始跑了,只听身后一片怨声载道。从行李传送带旁边的安检人员身边经过时,我放慢了速度,刚一经过便接着又跑了起来,因为已经看得见出口了。我无法知道贾斯帕是否已经在找我了。要是他循着我的气味在追我的话,我将只有几秒的时间。我跳出了自动门,差点儿撞在玻璃上了,因为它们开得太慢了。

拥挤的路边没看到一辆出租车。

我没有时间了,爱丽丝和贾斯帕不是快要意识到我跑了,就是已经意识到我跑了。他们只要一眨眼的工夫就会找到我的。

我身后几英尺远的一辆开往凯悦酒店的往返巴士正在关门。

"等一等!"我边喊边跑,还一边在冲司机挥着手。

"这是开往凯悦酒店的往返巴士。"司机开了门,困惑地说道。

"对,"我喘着粗气说道,"我就是要去那里的。"我赶紧爬了上去。他斜眼看了看我行李很少的样子,随后还是耸了耸肩,懒得操心追问我是怎么回事。

大多数座位都是空着的,我挑了一个离其他旅客最远的座位坐下,先是看了看窗外的人行道,继而又看了看机场,它们慢慢地消失在车后。我禁不住想象爱德华发现我不见踪影了以后,会站到路边的什么地方。我还不能哭,我告诉我自己,我还有很长的路要走。

我的好运还在继续。在凯悦酒店门口,一对样子很疲惫的夫妇正从出租车的后备厢往外拿他们的最后一个小提箱。我跳下了穿梭巴士,冲向出租车,溜到了司机后面的座位上。那对疲惫的夫妇和穿梭巴士的司机都直愣愣地盯着我。

我告诉了惊讶的出租车司机我母亲的地址:"我需要尽快赶去。"

"在斯科特斯戴尔①呀。"他抱怨道。

我从座位上方扔了四张二十美元的票子过去。

"够吗?"

"当然,孩子,没问题。"

我背靠在座位上坐着,双臂交叉放在膝上。熟悉的城市开始在身

---

① 斯科特斯戴尔(Scottsdale),地处亚利桑那州,比邻凤凰城,风景秀丽,是购物、休闲、旅游的好去处。

边涌现,但是我没有往窗外看,我尽力克制着自己。既然计划都顺利实现了,我决计别在这个时候有什么闪失。都到了这个份儿上,也就没什么好害怕和着急的了。路都铺好了,现在只消走下去就行了。

所以,我没有害怕,而是闭上眼睛与爱德华一起走完了二十分钟的路程。

我想象自己待在机场接到了爱德华,想象着自己踮起脚,恨不得尽快看到他的脸的情形。想象着他迅速而又优雅地在隔在我和他之间的人群中穿行,然后到了就几步远的时候,我和往常一样不顾一切地跑了过去,躲进了他大理石般的臂弯里,终于安全了。

我不知道我们要去哪里,北方某个去处,这样他白天就可以出来了。也许是某个非常遥远的去处,这样我们又可以一起躺在阳光下面了。我想象着他在岸边上,皮肤像大海一样熠熠闪光。无论我们得躲多久都没关系。跟他困在一个旅馆的房间里,那将如同进了极乐世界一般。我还有那么多的问题要问他,我可以无休无止地跟他聊个没完,永远不睡觉,永远躺在他的身边不离开。

此时,我可以非常清晰地看见他的脸……差不多听得见他的声音了。而且,虽然经历了所有这么多的恐怖和绝望,但转瞬之间我还是体味到了幸福的滋味。我完全沉浸在自己逃避现实的白日梦中,全然忘记了时间在飞逝。

"嘿,门牌号是多少?"

出租车司机这一问打破了我的白日梦,所有缤纷绚烂的色彩都从我美丽的幻想中消失殆尽了,只留下一个缺口等着由恐惧、凄凉和艰辛来填补。

"5821。"我的声音听上去跟让人卡住了脖子似的。出租车司机看了我一眼,神情有些紧张,怕我有什么怪事。

"那么,咱们到了。"他急于让我下车,很可能是怕我要他找钱。

"谢谢。"我低声说道。没有必要害怕,我提醒自己。房子里面没人,我得赶快,妈妈等着我呢,不知道吓成什么样了,正指望着我来救她呢。

我跑到门口,本能地把手伸到屋檐下去抓钥匙。我开了门,里面漆黑一团，空荡荡的，跟平常没什么两样。我朝电话跑去，途中打开了厨房的灯。白板上写着一个十位数，字体很小，但写得很工整。我笨手笨脚地拨弄着数字键盘，拨错了，只好挂断，重拨。这一次，我注意力只集中在了按键上，仔细地依次按每一个键，成功了。我哆嗦着把电话拿到耳边，只响了一遍。

"喂，贝拉，"那个很温和的声音接了电话，"真快呀，我很感动。"

"我妈没事吧？"

"她好极了，别担心，贝拉，我没跟她过不去。当然喽，除非你不是一个人来。"语气很轻松，很开心。

"就我一个人。"我这一辈子还从来没有这么一个人过。

"很好，好啦，你知道那个芭蕾舞排练房吗，就在你家附近？"

"知道，我知道怎么走。"

"那好，咱们很快就会见面了。"

我挂断了。

放下电话，我拔腿便跑，跑出了门，外面骄阳似火，热得跟蒸笼似的。

我没有工夫回头看一眼我的房子，我也不想看见它现在的这个样子——空荡荡的，只是一个恐怖的象征，而不是一个避难所。最后从这些熟悉的房间里走过的那个人是我的敌人。

我眼角的余光好像可以看见我母亲站在那棵大桉树的阴影下面，那是我小时候玩耍的地方，或者是跪在邮箱周围的那一小块松土边上，那是埋葬她曾经试图种植的所有花草的地方。这些记忆比我今天将要看到的任何现实都要美好，但我还是从它们身边跑开了，朝拐角跑去，把一切都甩在了身后。

我觉得好慢啊，仿佛是在潮湿的沙子中奔跑一般——我似乎在混凝土上找不到足够的落脚点。我绊倒了好几次，一旦跌倒，便会双手触地，在人行道上擦出几道口子，然后跟跟跄跄地站起来接着往前冲。最后，我好不容易来到了拐角，此时，再过一条街就到了，我跑啊跑，脸上的大汗直流，有些上气不接下气了。太阳火辣辣地晒着我的皮肤，白色的混凝土地面反射出的阳光太强了，晃得我眼睛什么也看不见。我觉得自己暴晒得很危险,其厉害程度已经超出了我认为能承受的范围,我渴望得到福克斯郁郁葱葱的森林的保护,渴望得到家的呵护。

拐过最后一个拐角,上了仙人掌街,我看得见排练房了,看上去和我记忆中的样子一模一样。前面的停车场一辆车都没停,所有窗户上的竖式百叶窗全都拉得紧紧的。我再也跑不动了——气都喘不过来了,我已经彻底累垮了,吓得不行了。但一想到我母亲,我的脚还在一前一后地移动。

又近了一些时,我看见了门里边的牌子。是手写的,写在一张玫红色的纸上,上面说舞蹈排练房因为放春假不开放。我握住把手,小心地拉了一下,门没锁。我拼命喘了一口气,然后开了门。

通道漆黑一片,空无一人,很凉爽,空调在呼呼作响。塑料椅子沿着墙壁码着,地毯散发着洗发香波般的味道。西侧的舞池黑灯瞎火的,我可以透过开着的观察窗看到。东侧的舞池,房间大一点儿,里面开着灯,但窗户上的百叶拉上了。

强烈的恐惧感吓得我真的有些魂不附体了,我的脚已经不听使唤,不能往前迈步了。

这时,我听到了妈妈的呼唤声。

"贝拉?贝拉?"歇斯底里的惊恐语调和先前的一模一样。我向门口冲去,朝着她的声音冲去。

"贝拉,你吓死我了!千万别再这样了!"我跑进那长长的、天花板高高的房间时,她的声音还在继续。

我环顾了一下四周,想找到她的声音是从哪里发出来的,我听见了她的笑声,循声飞跑了过去。

她在电视屏幕上,在胡乱地拨弄着我的头发,因为她那颗悬着的心总算放下来了。那天是感恩节,当时我十二岁。我们到加利福尼亚去看望了我外婆,那是外婆去世的头一年。有一天,我们去了海滩,我在码头上往外探出去得太狠了。她看见我的双脚在乱踩一气,想找回平衡。"贝拉?贝拉?"她惊恐地朝我喊道。

这时,电视蓝屏了。

我慢慢转过身来，他静悄悄地站在后门出口边上，静得我一开始都没注意到他。他手里拿着一个遥控器，我们彼此盯了对方很大一会儿，然后他露出了微笑。

他朝我走来，到了跟前，然后从我身旁过去将遥控器放在了录像机边上。我小心地扭过头来注视着他。

"对此我感到很抱歉，贝拉，不过你母亲不用真的卷进整个这件事里来，不是更好吗？"他的语气很客气，很友好。

我突然明白过来了，我母亲是安全的。她还在佛罗里达，根本就没听到我的留言。她根本就没受到过眼前这张白得不正常的脸上那双暗红色眼睛的惊吓，她很安全。

"对。"我说，声音里充满了宽慰。

"听上去你好像不生气我骗了你。"

"我不生气。"突然的欣快感使得我勇敢起来了。现在还有什么关系呢？很快就会结束了。查理和妈妈将永远不会受到伤害了，将永远不用担惊受怕了，我差点儿飘飘然了。我大脑中的分析区域正在警告我，说我压力太大，随时都有精神崩溃的危险。

"真是奇怪，你说的都是真话。"他的眼睛饶有兴趣地打量着我的眼神。虹膜已经快要变黑了，只有边上还有一点儿深红色了。他饥渴难耐，"我只能跟你们不可思议的集会说这么多了，你们人类有时候真是很有意思。我想我能领略观察你们的趣味所在。真是令人惊讶——你们当中有些人对自己的自身利益似乎根本就没有任何概念。"

他站在离我几步远的地方，抱着双臂，好奇地看着我。他的脸上和姿态中没有敌意。他的长相极其一般，脸上和身上丝毫都没有什么了不起的地方。只是肤色很白，眼睛周围有黑眼圈，这些我都已经习以为常了。他穿着一件淡蓝色的长袖衬衫和一条褪了色的蓝色牛仔裤。

"我猜想你要告诉我你的男朋友会替你报仇吧？"他问，在我看来他希望答案是肯定的。

"不，我不这样看，至少，我让他不要来了。"

"那他的答复呢？"

"我不知道。"跟这个温文尔雅的猎手交谈是出奇的轻松，"我给他留了一封信。"

"真浪漫啊,最后一封信。你认为他会看重这封信吗?"他的语气此时稍微硬了一些,里面藏着一丝挖苦的意思,给他礼貌的腔调蒙上了一些瑕疵。

"我希望会。"

"哼。嗯,看来咱俩的希望不一样了。你瞧,这实在是有点儿太轻易,太快了。实话跟你说吧,我很失望。我原指望有一个更大的挑战的。毕竟,我只是得到了所需的小小的一点儿运气。"

我静静地等候着。

"维多利亚接近不了你父亲,我就让她查出了你更多的情况。既然可以舒舒服服地坐在我挑选的地方等着你送上门来,那么满世界跑着追你就没有任何意义了。所以,在我跟维多利亚谈过之后,我就决定到凤凰城来拜访一下你母亲了。我听说你要回家。一开始,我做梦都没有想到你说的是真话。可后来我琢磨了一番,人类有时是很好预测的,他们喜欢去自己熟悉的地方,去安全的地方,所以,去你躲藏时最不该去的那个地方——你说你会去的那个地方,岂不是一步绝招吗?

"当然啦,我也不是很有把握,只不过是一种预感。我通常对自己追踪的猎物都有一种感觉,一种第六感,如果你愿意这样理解的话。我进到你母亲的房子时听见了你的留言,不过我自然不清楚你是从哪里打来的。得到你的号码非常有用,可你有可能在南极洲,谁知道呢,除非你在附近,否则这步妙招就无用武之地了。

"接着你男朋友上了一架飞往凤凰城的飞机,维多利亚自然在替我监视着他们呢,在一场有这么多玩家的游戏中,我哪能孤军作战呢?于是他们告诉了我我所企盼的东西:你终究还是在这儿。我做好了准备,我已经把你们家可爱的家庭录像看过一遍了,接下来就只是一个唬人的问题了。

"非常简单,你知道,对我来说简直就是小菜一碟,所以,你瞧,我期望你错看了你男朋友爱德华了吧?"

我没有回答,虚张声势的劲头儿在消失。我感觉到他的幸灾乐祸快到头了。他不是冲着我来的，打败我，一个脆弱的人，没什么值得引以为荣的。

"我给你的爱德华留几句话，你不会太介意吧？"

他退后一步，碰了一下小心翼翼地搁在立体声唱机上面的一个手掌大小的数码摄像机。一个红色的小灯亮了，表明已经在开始拍了。他调整了几次，把取景框放大了。我惊恐地盯着他。

"对不起，不过，我认为他看到这个之后，会忍不住来追杀我的，我不会让他错过任何东西。当然，这一切全是因为他。你不过是一个人，一个不幸在错误的时间到了一个错误的地方的人，或许还应该补上一句，无可置疑地跟了一群错误的人。"

他笑着朝我走了过来："在我们开始之前……"

他说这话的时候，我胸口感到了一阵恶心，这是我之前没有想到的。

"我只想戳一戳他的痛处，稍微戳一戳。结果从一开始就摆在那儿了，我担心爱德华看见了，坏了我的雅兴。这样的事，唉，多年前发生过一次了。那一次，也是唯一的一次，我到手的猎物逃掉了。"

"听我说，那个吸血鬼当时真傻，对那个不幸的人是那样的痴迷，结果做出了一个选择，这样的选择，你的爱德华太软弱了，是怎么也做不出来的。那个老家伙知道我在追他的小朋友，他是从他在那儿干活儿的那家疯人院把她偷出来的——有些吸血鬼似乎对你们人类很着迷，这一点我永远都搞不明白——他把她一救出来，就放到一个安全的地方了。她似乎连痛苦都没有注意到，可怜的小东西。她被关在一个地下室的黑洞里好长时间。要放到一百年前，她可能早就因为能见幻象而被火刑处死了。十九世纪二十年代实行的是关进疯人院，实施休克疗法。她睁开双眼时，青春焕发，仿佛以前从未见过太阳似的。那个老吸血鬼把她变成了一个强大的新吸血鬼，所以我也就没有理由碰她了。"他叹了一口气，"我一气之下把那个老家伙给宰了。"

"爱丽丝。"我惊讶地低声说道。

"对，你的小朋友。我在森林中的空旷地见到她时很惊讶，所以我猜想她的集会应该能从这一经历中得到某些安慰。我得到了你，而他们得到了她,从我手里逃掉的那个可怜的人,实际上是一个很了不起的荣誉。

"而且她的味道的确非常美。我依然很遗憾没能品尝……她的味道闻上去比你的味道还要好。对不起,我不是想要冒犯你,你的味道也很好闻,有点儿像花儿……"

他又朝我走近了一步,离我只有几英寸远了。他撩起我一绺头发,仔细地闻了闻,然后轻轻地拍了拍,让这缕头发还了原,我感觉到他凉丝丝的指尖顶住了我的喉咙。他直起身来用大拇指迅速地摸了一下我的脸颊,他的脸上写满了好奇。我特想跑开,可身子跟冻住了似的,甚至无法退缩。

"不,"他一边松手一边喃喃自语道,"我搞不明白,"他叹息道,"嗯,我想我们应该快点儿,然后我给你的朋友们打电话,告诉他们到哪儿找你,还有我的留言。"

我现在确实恶心了,痛苦即将来临了,我从他的眼神中看出来了。他将不满足于战胜我,吃掉我然后一走了之,不会像我估计的那样痛快地结束。我的膝盖开始哆嗦了,我恐怕要倒下去了。

他后退了几步,开始漫不经心地转圈,仿佛是在想更好地欣赏博物馆里的一尊雕塑似的。他的脸色依然很单纯,很友好,他在决定从什么地方下手。

然后他身子往前一弯,弯成了一个蹲伏的姿势,这种姿势我见过,然后他愉快笑着的嘴开始慢慢地变宽,宽到最后都不能称其为笑脸了,只见一口狰狞的牙齿露在外面,寒光闪闪。

我不能自已了——我想跑。尽管我清楚那是没有用的,尽管我的膝盖都软了,已经吓得六神无主了,我还是朝紧急出口猛冲了过去。

他一眨眼就到了我的前面,我没看见他是用的手还是用的脚,太快了。我的胸口挨了重重的一击——我感觉自己在往后飞,然后只听见啪啦一声,我的头撞在镜子上了,玻璃翘起来了,有几块裂成碎片哗啦啦地落到了我旁边的地板上。

我吓得昏头昏脑的都不知道疼了,我还没回过气来。

他慢吞吞地朝我走了过来。

"真是个非常不错的效果,"他说,仔细地看了一下乱七八糟的玻璃碴儿,他的声音又变得友好了,"我想这间屋子会给我的小电影带来很好的视觉效果,这便是我挑了这个地方见你的原因。很完美,对不对?"

我没理睬他,而是用双手双脚努力地在往另一扇门爬过去。

他立刻扑在了我身上,一只脚正使劲照我的腿踩下去。我听见了令人作呕的咔嚓一声,还没觉得疼。但接着就觉得疼了,疼得我忍不住尖叫起来了。我蜷成了一团,去够我的腿,他站在我身上,笑着。

"你愿不愿意重新思考一下你最后的请求?"他愉快地问道。他的脚趾在我断裂的腿上蹭来蹭去,我听见了一声惨叫。我惊奇地意识到,这声惨叫是我自己发出来的。

"你难道不情愿让爱德华设法来找到我吗?"他提示道。

"不!"我哑着嗓子说道,"不,爱德华,别……"然后某样东西砸在了我脸上,把我掷回到那些破镜子里面去了。

除了腿疼之外,我感觉到脑壳又让锋利的玻璃划破了,然后一股暖暖的湿乎乎的东西以惊人的速度在我头发中弥漫开来。我能感觉到它在往我衬衣的肩部渗,听见它在往下面的木头上滴。它的味道令我胃里翻江倒海。

我晕晕乎乎迷迷糊糊地看见了一样东西,这样东西突然带给了我最后一线希望。他的目光,先前只不过是急切而已,此刻却因为一种无法抑制的需要而变得狂热了。血——殷红的鲜血淌过我白色的衬衣,很快在地板上积成了一片血泊——令他渴得快发疯了。不管他当初的意图是什么,他都撑不了多久了。

痛快点儿吧,我现在所能希望的就是这个了,血从我的头部不停地涌出来,我的知觉也随之正在慢慢地消失,我的眼睛在一点点地闭上。

我听见了猎人最后一声咆哮,仿佛是从水下发出来的。我的视线已经变成了两条长长的隧道,透过这两条长长的隧道,我能看见他黑色的身影正朝我扑来。凭着最后一点儿力气,我的两只手本能地抬了起来,想保护自己的脸。我闭上了眼睛,任其摆布。

天　　使

昏迷时，我做了一个梦。

在我漂浮的一潭黑水下面，我听见了自己的脑袋能想象出的最愉快的声音——是那样的美妙，那样的令人振奋，又是那样的恐怖。是另一种咆哮：一种更深沉、更疯狂的带着愤怒的咆哮。

我举着的手突然一下子疼得跟刀砍似的，这一疼不要紧，差点儿把我疼醒了，但我还没恢复到能睁开眼睛的程度。

这时我知道我死了。

因为，透过那厚厚的水，我听见了天使在叫我的名字，在召唤我去我想要去的唯一天堂。

"哦，不，贝拉，不要啊！"天使惊恐地叫道。

在这个我渴望的声音后面有另一个噪声——一阵我心里想避开的可怕的喧闹。一个男低音的剧烈咆哮声、一阵惊人的噼噼啪啪的响声，还有一个尖嗓子的号啕声，突然爆发出来了……

而我努力把注意力集中在了天使的声音上。

"贝拉，求你了！贝拉，听我说，求你了，求你了，贝拉，求你了！"他恳求道。

对，我想说话，说什么都行，可是我连嘴唇都动不了。

"卡莱尔！"天使叫道，完美无瑕的声音里透着痛苦，"贝拉，贝拉，不，求你了，不要，不要啊！"天使痛哭无泪，伤心欲绝。

天使是不应该哭的，那是不对的。我想找到他，告诉他一切都很好，可是水是那样的深，压得我喘不过气来。

我的头上有个地方有了压迫感，很疼。然后，头不再昏天黑地，有了疼痛感以后，其他的地方也疼起来了，疼得更厉害。我哭出声来了，喘着粗气，冲破了那片黑潭。

"贝拉！"天使喊道。

"她失了一些血，但头上的伤口不深，"一个冷静的声音告诉他，"注意她的腿，她的腿断了。"

天使差点儿发出了一声怒吼，到嘴边上了又给忍住了。

我觉得肋部像刀割了一般的剧痛，这不可能是天堂，是不是？天堂不可能有这么多的疼痛。

"还断了几根肋骨，我想。"那有条不紊的声音继续说道。

剧痛在慢慢减弱，可又有一处疼起来了，我的一只手就跟滚烫的开水烫了似的疼，其他一切都相形见绌了。

有人在拿火烧我。

"爱德华。"我想跟他说话，可我的声音是那样的笨重迟缓，连我自己都听不明白在说什么。

"贝拉，你会好起来的。你能听见我说话吗，贝拉？我爱你。"

"爱德华。"我又试了一下，声音稍微清楚一点儿了。

"哎，我在这儿。"

"疼。"我啜泣道。

"我知道，贝拉，我知道……"然后，他极度痛苦地把头掉向了一边，"你不能做点儿什么吗？"

"把我的包拿过来……屏住呼吸，爱丽丝，会有帮助的。"卡莱尔保证说。

"爱丽丝？"我呻吟道。

"她在这儿，她知道在哪儿能找到你。"

"我的手疼。"我想告诉他。

"我知道，贝拉。卡莱尔会给你弄药的，会止住的。"

"我的手烧着了！"我尖叫道，终于突破了最后的黑暗，我的眼睛忽闪忽闪地睁开了。我看不见他的脸，某种黑乎乎暖洋洋的东西糊住了我的眼睛。他们为什么看不见火并把它扑灭呢？

他的声音里充满了恐惧。"贝拉？"

"火！谁把火灭掉！"火烧得我直叫唤。

"卡莱尔！她的手！"

"他咬了她。"卡莱尔的声音不再镇静了，有点儿惊慌失措了。

我听见爱德华吓得气都不敢喘了。

"爱德华，这事儿得你来做。"是爱丽丝的声音，就在我的头边上。凉丝丝的指头在揩抹我眼中的泪水。

"不！"他大吼道。

"爱丽丝。"我呜咽道。

"也许有机会。"卡莱尔说道。

"你说什么？"爱德华问道。

"就看你能否把毒液吸出来，伤口很干净。"卡莱尔说这话的时候，我感觉到头上的压力更大了，什么东西在拨拉我的脑袋。疼倒是没怎么觉得，可能是因为那火烧般的疼痛感太厉害了。

"那管用吗？"爱丽丝的声音很紧张。

"不知道，"卡莱尔说，"可是咱们得赶快。"

"卡莱尔，我……"爱德华吞吞吐吐地说，"我不知道我能不能那样做。"他漂亮的声音里又充满了痛苦。

"这得你来决定，爱德华，不管怎么说，我帮不了你。如果你把血从她手上吸出来的话，我得把这儿的血止住。"

一阵难以名状的火刑般的折磨，疼得我直扭动，这一动，腿又火烧火燎的疼得我受不了了。

"爱德华！"我尖叫道。我意识到自己的眼睛又闭上了，于是睁开，拼命地去找他的脸，我找到他了。终于，我可以看见他完美无瑕的脸了，他正盯着我，已经严重变形，像一张犹豫不决、痛苦不堪的面具了。

"爱丽丝，给我拿点儿东西来捆住她的腿！"卡莱尔俯在我的上方，检查我的头，"爱德华，你必须现在就动手了，否则就来不及了。"

爱德华的脸拉长了。我看着他的眼睛，疑虑突然不见了，取而代之的是强烈的决心了。他的下巴绷紧了，我感觉到他凉丝丝、强劲有力的手指放在了我火烧火燎的手上，锁定了位置，然后，他弯下头去，冰凉的嘴唇贴住了我的皮肤。

一开始，疼得更厉害了。我嘴里发出了尖叫，手上不停地挥打着那双不让我动弹的凉飕飕的手。我听见爱丽丝在一个劲地让我冷静。一件沉沉的东西把我的腿压在了地板上，卡莱尔用他石头般的胳膊把我的头夹得紧紧的，使我动弹不得。

然后，慢慢地，我不怎么扭动了，因为我的手越来越麻木了。火势减弱了，集中到了一个更小的点上。

随着疼痛的减缓，我感觉到自己的意识正在渐渐地飘走。我怕再次掉进那潭黑水里面去，怕在黑暗中会失去他。

"爱德华。"我想说，可我听不见自己的声音，他们能听见。

"他就在这儿，贝拉。"

"留在这里，爱德华，留在我身边……"

"我会的。"他的声音很紧张，但不知怎么的，好像有点儿胜利后的喜悦之情。

我满意地叹了一口气。火烧的感觉消失了，其他的疼痛也因为弥漫全身的睡意而减弱了。

"全吸出来了吗？"卡莱尔在远处问道。

"她的血尝起来很干净。"爱德华轻声说道。

"贝拉？"卡莱尔叫了我一声。

我努力回答道："嗯？"

"火烧火燎的感觉没有了吧？"

"对，"我叹了口气，"谢谢你，爱德华。"

"我爱你。"他回答说。

"我知道。"我小声说道，太累了。

我听见了世界上自己最喜欢的声音：爱德华悄悄的笑声，如释重负后显得很虚弱。

"贝拉？"卡莱尔又问。

我皱起了眉头，我想睡觉了："什么事儿？"

"你的母亲在哪儿？"

"在佛罗里达，"我叹息道，"他骗了我，爱德华。他看了我们的录像。"我声音中的愤怒脆弱得可怜。

可这倒给我提了个醒。

"爱丽丝,"我努力睁开了眼睛,"爱丽丝,录像——他知道你,爱丽丝,他知道你的来历。"我本来是想说得很急切的,可我的声音很虚弱,"我闻到了汽油味。"我补充了一句,我糊里糊涂的脑袋都觉得奇怪。

"可以将她转移了。"卡莱尔说。

"不,我想睡觉。"我抱怨道。

"你可以睡觉,宝贝儿,我来抱你走。"爱德华安慰道。

我躺在了他的怀里,贴在他的胸口上——飘飘然,所有的疼痛都消失了。

"睡吧,贝拉。"这是我听到的最后几个字。

僵　局

　　我睁开眼睛时，看到的是一道明亮的白光。我在一个不熟悉的房间里，旁边的墙上拉着长长的竖式百叶窗；头顶上，刺眼的灯光令我视线模糊，什么也看不见。我躺在一张硬硬的、凹凸不平的床上——床边有扶手，枕头平平的很硬，近旁某个地方有烦人的嘟嘟声。我希望这意味着我还活着，死亡不应该有这么不舒服。

　　我的双手缠满了光洁的管子，脸上和鼻子下面贴着什么东西，我抬起手来想把它撕掉。

　　"不，不能撕。"凉丝丝的手指抓住了我的手。

　　"爱德华？"我轻轻地扭过头，他那赏心悦目的脸离我的只有几英寸，他的下巴搁在枕头边上。我又一次意识到我还活着，这一次心怀感激，而且兴高采烈，"哦，爱德华，真是对不起！"

　　"嘘，"他制止了我，"现在一切都过去了。"

　　"出了什么事？"我记不太清楚了，而且我努力回想的时候，脑袋就跟我捣乱。

　　"我差点儿就太晚了，我有可能会太晚的。"他低声说道，声音听上去很痛苦不堪。

　　"我真是太蠢了，爱德华，我以为他劫持了我妈。"

　　"他把我们大家都骗了。"

　　"我得给查理和我妈打个电话。"我糊里糊涂地意识到。

　　"爱丽丝打过了。蕾妮在这儿——噢，在医院里，这时候去吃东西去了。"

　　"她在这儿？"我试图坐起来，但我的头转得更厉害了，他用手轻轻地把我按回到了枕头上。

"她一会儿就回来,"他保证道,"你需要静静地待着。"

"可你是怎么跟她说的呢?"我惊恐地问道。我对安慰不感兴趣,我妈来了而我受到了吸血鬼的攻击正在康复。"你干吗告诉她我在这里?"

"你摔下两段楼梯后又从窗户里摔了下来,"他顿了一下,"你得承认,什么情况都有可能发生。"

我叹了一口气,疼起来了。我盯着被单底下的身体看了看,那巨大的肿块是我的腿。

"我伤得有多重?"我问。

"你断了一条腿、四根肋骨,头上裂了几道口子,全身上下到处都有瘀伤,而且还失了好多血,他们给你输了好几次血。我不喜欢他们给你输血——让你好长时间闻起来都不对劲儿了。"

"对你来说,这肯定是一个不错的变化。"

"不,我喜欢你身上的味道。"

"你怎么做到的?"我轻声问道。他立刻明白了我的意思。

"我不太清楚。"他把目光从我好奇的眼睛上移开,把我缠着纱布的手从床上拿起来,轻轻地握在手中,小心翼翼,怕碰着了把我和一台监测器连在一起的电线。

我耐心地等待着他说下去。

他叹了口气,没有顾上我的凝视。"根本无法……制止,"他低声说道,"无法做到,可我做到了。"他终于半笑着抬起了头,"**准是很爱你。**"

"我的味道尝起来不如闻起来好吗?"我回了他一个微笑,把脸笑疼了。

"更好——好得超过了我的想象。"

"对不起。"我道歉说。

他抬头看着天花板:"发生了这么多的事情,唯独有一件你最应该道歉。"

"我**应该**为哪件事情道歉呢?"

"为差点儿永远离我而去道歉。"

"对不起。"我再次道歉。

"我知道你为什么那样做,"他的声音听了叫人感到安慰,"当然,你那样做还是很不理智。你应该等我,你应该告诉我一声。"

"你不会让我去的。"

"没错,"他同意我的说法,语气很严厉,"我是不会。"

一些很不愉快的记忆开始回想起来了,我发抖了,怔住了。

他马上急了:"贝拉,怎么啦?"

"詹姆斯怎么样了?"

"我把他从你身上拉开后,就交给埃美特和贾斯帕了。"听得出来他极为后悔。

这话把我弄糊涂了:"我没看见埃美特和贾斯帕在那儿呀。"

"他们得离开那间屋子……血太多了。"

"可你留下了。"

"对,我是没走。"

"还有爱丽丝、卡莱尔……"我不解地说道。

"他们也爱你,你知道的。"

我眼前掠过最后一次看见爱丽丝的痛苦画面,让我想起了一件事。"爱丽丝看了录像带没有?"我着急地问道。

"看了。"他的声音变得不高兴了,变成了满腔的仇恨。

"她以前一直在黑暗里,所以她什么也记不得了。"

"我知道。她现在明白了。"他的声音很平稳,可他的脸却气得发青了。

我试图用我闲着的那只手去摸他的脸,可什么东西阻止了我。我低头一看,原来是点滴的针管把我的手给绊住了。

"哎哟。"我疼得叫了一声。

"怎么回事?"他焦急地问道——分散了一点儿注意力,但分散得还不够,他凄凉的神色还没完全消失。

"针头。"我解释说,目光从我手上的一根针上移开了。我把注意力集中到了一块变形的天花板上,不顾肋骨的疼痛,深吸了一口气。

"连个针头都怕,"他压着嗓子喃喃自语道,摇了摇头,"啊,一个残暴的吸血鬼,想把她折磨死,肯定,错不了,她还跑去见他。另一方面，却怕打点滴……"

我转了转眼睛，高兴地发现至少动动眼睛还是不疼的。我决定换个话题。

"你干吗在这儿？"我问。

他盯着我，先是困惑不解，接着眼里就流露出了不高兴的神情。他皱起了眉头，眉毛都挤成了一团。"你想我离开吗？"

"不！"我让他的想法吓坏了，马上申明道，"不，我是说，我母亲认为你干吗在这儿？我得在她回来之前编好故事。"

"哦，"他说，额头又舒展成了一块光滑的大理石，"就说我到凤凰城来是来给你做工作，劝你回福克斯去的。"他那双大眼睛看上去是那样的真实诚恳，我自己差点儿都信了，"你同意见我，于是开车去了我与卡莱尔和爱丽丝住的旅馆——当然了，我在这儿是有大人看着的，"他加了这么一句，"可是你在去我房间的楼梯上摔倒了……嗯，接下来你就知道该怎么编了。不过，你没必要记住任何细节，你有很好的借口，说自己对更细的细节不是很清楚了。"

我想了一会儿："这个故事有几处破绽，比如说，破窗户就没有。"

"不会吧，"他说，"爱丽丝可喜欢伪造证据啦，而且可以达到以假乱真的程度——你甚至可以起诉旅馆，如果你想起诉的话。你什么也不用担心，"他保证道，轻得不能再轻地摸了摸我的脸，"你现在要做的就是养伤。"

我太沉浸在思考的痛苦或者说迷雾之中了，对他的触摸没有做出任何反应。监测器不规律地发出嘟嘟声——现在不止他一个人能听出我的心跳失常了。

"那会很丢人的。"我喃喃自语道。

他咔咔地笑着，眼睛里有了一丝好奇的神情："嗯，我想知道……"

他慢慢地迎了过来，他的嘴唇还没碰着我，嘟嘟声就疯狂地加快了。可等他的嘴唇碰着了我以后，尽管力量轻得不能再轻了，嘟嘟声却彻底停了。

他赶紧缩回去了，监测器报告我的心跳重新开始了，他焦急的表情才松弛了下来。

"看来，我吻你似乎得更小心翼翼了。"他皱起了眉头。

"我还没吻够呢，"我抱怨道，"别为难我嘛。"

他咧着嘴笑了，弯下身来轻轻地把嘴唇贴在了我的嘴唇上，监测器疯狂地叫起来了。

可接着他的嘴唇绷紧了，松开了。

"我想我听到你母亲的声音了。"他说，又咧嘴笑了一个。

"别离开我。"我叫道，突然感到一阵没有道理的恐慌。我不能让他走——弄不好他会再次从我眼前消失的。

他看出了我眼中那一刹那的恐惧。"我不会的，"他严肃地保证道，然后莞尔一笑，"我会打会儿瞌睡的。"

他离开了我床边的硬塑料椅，坐到了床脚那把青绿色的仿皮躺椅上，尽量地朝后躺着，闭上了眼睛，一动不动。

"别忘了呼吸。"我低声地挖苦道。他深吸了一口气，眼睛依然闭着。

此时，我能听见我母亲的声音了。她在跟人说话，也许是某个护士，声音听上去疲倦而又不安。我恨不得从床上跳下来，跑去见她，让她平静下来，向她保证一切都很好，可是我的身体状况根本就没法跑，只好耐心地等着。

门开了一条缝，她偷偷地从门缝里看了一眼。

"妈！"我轻轻地叫了一声，声音里充满了爱意和慰藉。

她注意到了躺椅上爱德华静静的神态，踮着脚走到了我的床边。

"他一直没离开，是吗？"她喃喃道。

"妈，见到您真高兴！"

她弯下腰轻轻地拥抱了我一下，我感觉到热泪洒落在我脸颊上。

"贝拉，你可把我急坏了！"

"对不起，妈。不过现在一切都过去了，没事了。"我安慰她说。

"我真是高兴，终于见到你睁开眼睛了。"她在床沿儿上坐了下来。

我突然想起自己一点儿都不知道是**什么时候**了："我睡了多久？"

"今天是星期五，宝贝儿，你昏迷了一段时间了。"

"星期五？"我很惊讶。我试图回忆是哪天……可我又不想去回忆那件事。

"他们必须让你镇静一段时间,宝贝儿——你伤了很多地方。"

"我知道。"我能感觉到。

"算你走运,幸好有卡伦大夫在。他是个很不错的人……虽然很年轻。他看上去更像模特而不像医生……"

"你见过卡莱尔了?"

"还有爱德华的妹妹爱丽丝,她是个很可爱的女孩儿。"

"没错。"我全心全意地同意道。

她扭头瞅了爱德华一眼,他闭着眼睛躺在椅子上:"你没告诉过我你在福克斯有这么好的朋友。"

我蜷缩成一团,然后呻吟起来。

"哪儿疼?"她焦急地问道,回头看着我了。爱德华朝我的脸上瞥了一眼。

"没事,"我说得很肯定,"我只是得记住不能动才行。"他又接着假睡了。

我利用母亲一时的分心,把话题从我一点儿也不诚实的行为上转移开了。"菲尔在哪儿?"我迅速问道。

"佛罗里达——哦,贝拉!你绝对想不到!就在我们要离开的时候,传来了最好的消息!"

"菲尔签约了?"我猜测道。

"对!你猜得真准!太阳队①,你能相信吗?"

"那真是太好了,妈妈。"我尽可能热情地说,尽管我几乎不知道那是什么意思。

"而且你会非常喜欢杰克逊维尔②的,"她滔滔不绝地说,我面无表情地盯着她,"菲尔开始谈到阿克伦③时我还真有点儿担心,担心

---

① 太阳队指杰克逊维尔太阳队(Jacksonville Suns),一支 2A 级小联盟棒球队,隶属 2A 级南方联盟,所属母队:洛杉矶道奇(Los Angeles Dodgers)。
② 杰克逊维尔(Jacksonville),佛罗里达州最大的城市。
③ 阿克伦指阿克伦飞行队(一译"亚克朗飞行",Akron Aeros),一支 2A 级小联盟棒球队,隶属 2A 级东方联盟,所属母队:克里夫兰印第安人(Cleveland Indians)。阿克伦位于美国的腹地,俄亥俄州北部,为世界橡胶城。

下雪以及其他情况，因为你知道，我很不喜欢冷，而现在是杰克逊维尔！常年阳光普照，虽说潮湿了点儿吧，但也不是**那么**糟。我们找到了最漂亮的房子，黄颜色的，带白色饰条，还有一个门廊，就像老电影里面的那种，还有那棵巨大的橡树，只要几分钟就可以到海边，你还会有自己的卫生间……"

"等等，妈！"我打断了她。爱德华依然闭着眼睛，可他看上去太紧张了，一看就不像睡着了的样子，"您在说什么呀？我不会去佛罗里达的，我住福克斯。"

"可你不用再住那儿去了，傻孩子，"她大笑道，"菲尔现在可以有很多时间跟我们在一起了……这个我们已经好好谈过了，而且我要做的就是在外地比赛时两边轮流跑，一半的时间陪你，一半的时间陪他。"

"妈，"我犹豫了一下，琢磨着如何在这件事情上把话说得尽可能圆滑，"我**想**住在福克斯。我已经适应了在那儿上学，而且我还有好几个很要好的女同学"——我跟她提起同学的时候，她又瞥了一眼爱德华，于是，我赶紧换了一个角度——"还有，查理也需要我。他一个人在那儿，挺孤单的，而且他**根本**不会做饭。"

"你想待在福克斯？"她问道，一脸的疑惑。这个想法在她看来是不可思议的。然后，她又回头瞅了一眼爱德华，"为什么？"

"我跟您说了——学校、查理——哎哟！"我耸了耸肩，这可不是什么好主意。

她的双手不知所措地在我上方来回晃动，想找个安全的地方拍拍我，凑合着拍了拍我的额头，因为额头上没缠绷带。

"贝拉，宝贝儿，你可是讨厌福克斯的。"她提醒我说。

"还凑合吧。"

她皱起了眉头，眼睛在爱德华和我之间来回地移动，这一次很有点儿故意。

"是不是因为这个男孩子？"她小声问道。

我张开嘴巴想要撒谎，但她的目光死死地盯着我的脸，我知道，瞒不过她的眼睛了。

"他也是其中的一部分吧,"我承认道。至于这一部分具体有多大,就没必要坦白了。"您跟爱德华说过话了没有?"我问。

"说过了,"她犹豫了一下,看了看他一动不动的样子,"我想跟你谈谈这事。"

噢。"谈什么?"我问。

"我看这个男孩子是爱上你了。"她指责道,声音压得很低。

"我也这么看。"我坦白地说。

"那你觉得他怎么样呢?"她力图掩饰自己极大的好奇心,却很不高明。

我叹了一口气,望到了一边。虽然说我很爱我妈,但这样的谈话却不是我所希望跟她谈的。"我对他非常着迷。"瞧——这话听起来多像一个十几岁的少女说自己的第一个男朋友。

"嗯,他**看上去**很不错,而且,天哪,他长得太好看了,可是你才这么小,贝拉……"她的语气不是很自信。在我的记忆里,这是我八岁以来第一次听到她想以大人的口吻跟我说话。我听出了以前跟她说起男人时她那理智却又坚决的语气。

"这个我知道,妈,您就别担心了。不过是一时的迷恋罢了,转眼就过去了。"我安慰道。

"这就对了。"她同意道,讨她高兴真是很容易。

然后她叹了口气,愧疚地扭过头去看了看墙上的那个圆圆的大钟。

"您是不是要走了?"

她咬了咬嘴唇:"菲尔待会儿会来个电话……我不知道你要醒过来了……"

"没问题,妈。"我竭力压低声调,没流露出舒了口气的神情,以免伤了她的感情,"我不会孤单的。"

"我一会儿就回来,我这几天一直睡在医院里,你知道的。"她自豪地说道。

"噢,妈,您没必要那样!您可以睡到家里去——我注意不到的。"止痛药弄得我脑子晕乎乎的,即使现在我也很难集中注意力,虽然我已经睡了好几天了。

"我胆儿太小了,"她不好意思地承认,"我们家附近有人作案,我不想一个人待在那儿。"

"作案?"我警惕地问道。

"有人闯进离我们家不远的那个舞蹈排练房,一把火把它烧光了——一点儿东西都没留下!而且他们还在排练房前面留下了一辆偷来的小汽车。你还记不记得过去常去那儿跳舞,宝贝儿?"

"记得。"我哆嗦得肌肉都抽搐了。

"我可以留下来,孩子,如果你需要的话。"

"不,妈,我没事儿的。爱德华会跟我在一起的。"

她的样子看上去让人觉得,这或许正是她想留下来的原因。"我晚上会回来的。"这话听上去像是保证,同时又像是警告,说这话的时候,她又瞥了爱德华一眼。

"我爱您,妈妈。"

"我也爱你,贝拉。走路时要尽量更小心一些,宝贝儿,我不想失去你。"

爱德华的眼睛还闭着,但他脸上闪过了一丝笑意。

这时一个护士匆匆地进来检查了一遍我身上所有的管子和金属线。我母亲吻了一下我的额头,拍了拍我缠着纱布的手,离开了。

护士在检查我的心脏监测器在纸上读出的数据。

"你是不是很焦急不安,宝贝儿?你的心律刚才这个地方有点儿高。"

"我很好。"我让她放心好了。

"我会告诉你的注册护士说你醒了,她一会儿就会进来看你的。"

她一关上门,爱德华就到了我边上。

"你偷了车?"我抬起了眉毛。

他笑了,一点儿悔悟的意思都没有:"是辆好车,非常之快。"

"你的盹儿打得如何?"我问。

"很有趣。"他眯起了眼睛。

"什么?"

他回答的时候两眼望着地下,"我感到很意外,我还以为佛罗里达……还有你母亲……嗯,我还以为那是你想要的呢。"

我不解地盯着他:"可是你在佛罗里达得成天躲在屋子里,只有在晚上才能出来,像个真正的吸血鬼那样。"

他差点儿笑了,但没笑出来。然后他的脸色严肃起来了,"我会待在福克斯的,贝拉,或者类似于福克斯的某个地方,"他解释说,"某个我不会再伤害你的地方。"

一开始我没怎么听懂,我依旧茫然地盯着他,他的话就像一个可怕的谜语一样,一个字一个字地敲进了我的脑子。我几乎没有意识到我的心跳在加速,虽然我的呼吸变得急促了,但我意识到了我的肋骨疼得在跟我叫苦了。

他什么也没说,却警惕地注视着我的脸,一种跟骨折毫无关系的痛苦,比骨折还要厉害的痛苦大有令我粉身碎骨的危险。

这时另一个护士特意走进了屋子,她用一种很有经验的眼光看了一下我的表情,然后把目光移向了监测器,爱德华坐在那里,一动不动,跟块石头似的。

"要不要再打点儿止疼药,亲爱的?"她友好地问道,轻轻地弹了弹点滴管。

"不,不要,"我喃喃道,尽力不让声音听上去有痛苦感,"什么也不需要。"我现在可不能闭上眼睛。

"没必要硬撑,宝贝儿。最好别过度紧张,你需要休息。"她等了一会儿,但我只是摇了摇头。

"好的,"她叹了口气,"想打的话,就按呼叫键。"

她严厉地看了爱德华一眼,走之前,又不安地瞥了一眼监测仪。

他凉丝丝的双手放在了我的脸上,我睁大眼睛盯着他。

"嘘,贝拉,冷静下来。"

"别离开我。"我结结巴巴地恳求道。

"我不会的,"他保证道,"我把护士叫回来给你打镇静剂之前,好好放松放松。"

可是我的心跳慢不下来。

"贝拉,"他不安地抚摸着我的脸庞,"我哪儿也不去,只要你需要我，我就待在这儿。"

"你发誓不会离开我？"我小声说道。至少，我争取做到别气喘吁吁的，我的肋骨在抽搐了。

他把双手放在了我的脸两边，并把自己的脸贴近了我的脸。他的眼睛睁得大大的，而且很严肃："我发誓。"

他呼吸的味道能起镇静的作用，似乎减轻了我呼吸的疼痛。他继续凝视着我的凝视，这时候我的身体慢慢松弛了，嘟嘟声也趋于正常了。他的眼睛今天很暗，更接近黑色而不是金色。

"好点儿了吗？"他问。

"嗯。"我谨慎地说道。

他摇了摇头，咕哝了一句什么，我没听太清。有一个词我觉得还是听清了的，那就是"反应过火"。

"你干吗这样说？"我小声说道，竭力不让我的声音发抖，"你是不是厌倦了一直得救我？你是不是**希望我离开**？"

"不，我不想没有你，贝拉，当然不想，请你理智一点儿。我救你也没有问题——只是我不希望每次都是我让你面临危险……是因为我你才躺在了这里。"

"没错，都是因为你，"我皱起了眉头，"都是因为你我才躺在了这里——**还活着**。"

"就差那么一点点了，"他的声音很小，"让纱布和膏药给裹了个严严实实，几乎都动弹不得了。"

"我不是指这一次死里逃生的经历，"我说，有些生气了，"我是在想其余的几次——你可以随便挑一次。要不是因为你，我就会在福克斯的墓地里腐烂掉了。"

听了我的话，他怔住了，但惶恐不安的神情并没有从他眼中消失。

"不过，这还不是最糟糕的，"他继续小声说道，好像我根本没有说话似的，"不是看见你倒在地板上……头破血流，"他的声音哽咽了，"不是想到我来得太晚了，甚至不是听见你痛苦的尖叫——所有这一切难以忍受的记忆我都会永远记住。不，最糟糕的是觉得……是知道我无法阻止，相信我自己会把你害死的。"

"可是你没有啊。"

"我是有这种可能的,太容易了。"

我知道自己需要保持冷静……可他是在试图说服自己离开我,惊恐好像在我肺里直扑腾,想蹦出来似的。

"答应我。"我低声说道。

"答应什么?"

"你知道是什么。"我开始有点儿生气了。他太固执了,老是想着不好的一面。

他听出了我语气的变化,他的神色紧张了,"我似乎下不了狠心离开你,所以我想你自己看着办吧……不管那会不会要你的命。"他粗鲁地补了后面这半句。

"很好。"他没有答应,不过——有一件事我没有忘记。惊恐已经快要控制不住了,我没有力气控制自己的愤怒了。"你告诉过我你是如何阻止的……现在我想知道为什么。"我要求道。

"为什么?"他警惕地重复道。

"你**为什么**那样做。你干吗不让毒液留在我体内?否则现在我就会和你一样了。"

爱德华的眼睛似乎变成漆黑了,我记得这是他根本没打算让我知道的事情。爱丽丝肯定一直对自己所了解到的自身情况而心事重重……要不就是在他周围时,她对自己的想法非常小心——很显然,他没想到她已经把变成吸血鬼的技术性细节告诉我了。他既感到意外,又很气愤。他的鼻孔里都冒烟了,他的嘴像石头一般坚硬。

他不打算回答,这一点是显而易见的。

"我承认在男女关系方面我是没有什么经验,"我说,"但有一点似乎还是很合逻辑的吧……男女必须有些平等……比方说,其中一方不能总是从天而降,去救另一方的命吧。他们得相互搭救对方的性命,这样才**平等**。"

他双臂交叉放在我的床边上,枕着自己的下巴。他表情平和,按捺住了火气。很明显,他认定自己不是在生**我的**气。我希望有机会抢在他之前给爱丽丝报个信。

"你已经救过我了。"他心平气和地说道。

"我不能总是当路易斯·莱恩[①],"我不依不饶,"我也要当超人。"

"你不知道自己在要求什么。"他声音很温和,目不转睛地盯着枕套的边缘。

"我想我知道。"

"贝拉,你**不**知道。我差不多花了九十年的时间思考这个问题,至今还是不太确定。"

"你希望卡莱尔当时没有救你?"

"不,我不是希望那个。"他停了一会儿才继续说道,"可是我的生命已经结束了,我什么也没献出。"

"你**是**我的生命。你是我唯一一割舍不了的东西。"这种话我越来越会说了。承认自己多么需要他不是一件什么难事。

不过他非常冷静,很坚决。

"我不能那样,贝拉。我不会对你那样的。"

"为什么不?"我粗声粗气地说道,声音没有我打算的那么大,"别跟我说太难了!今天之后,或者我想是几天以前……反正,过了**那一关**,就应该什么事也没有了。"

他怒视着我。

"那疼呢?"他问道。

我的脸一下子苍白了,那是没办法的事情。但是我尽力不让自己流露出还清晰地记得那种滋味……血管里那火烧火燎的滋味的表情来。

"那是我的问题,"我说,"我能挺过去。"

"可能需要敢于面对精神错乱的勇气才行。"

"这不是问题。三天,有什么了不起的。"

爱德华又做了个怪相,因为从我的话里他听出了我所知道的情况远远超出了他的意料。我注意到他压住了内心的愤怒,注意到他的眼

---

① 路易斯·莱恩(Lois Lane),《超人》中的女主角,全名为 Lois Joanne Lane-Kent。

神变成了思索的神情。

"查理呢?"他简短地问道,"蕾妮呢?"

时间在沉默中一分钟一分钟地过去了,我绞尽了脑汁儿想回答他的问题。我张开了嘴,可是出不来声音,于是我又闭上了。他等待着,露出了胜利的表情,因为他知道我想不出确切的答案来。

"嗨,那也不是问题,"我终于吞吞吐吐地开口了,语气没有我平时撒谎时那样叫人信服,"蕾妮一向都是什么对她有利就选择什么——她也希望我像她那样。查理适应能力强,习惯于一个人过。再说,我也不能照顾他们一辈子,我还有自己的生活要过呀。"

"说得好极了,"他大声说道,"所以嘛,我不会让你的生活就此结束的。"

"如果你在等我奄奄一息的话,我告诉你好了!我早就奄奄一息了!"

"你会康复的。"他提醒我说。

我不顾吸气引发的疼痛,深吸了一口气,这才冷静下来。我盯着他,他也盯着我,脸上丝毫没有妥协的意思。

"不,"我慢吞吞地说道,"我康复不了的。"

他皱起了眉头:"你当然会康复的,可能会留下一两块伤疤……"

"你错了,"我坚持道,"我会死掉的。"

"说真的,贝拉,"此时他显得不安了,"过几天你就可以离开这里了,顶多两个星期。"

我怒视着他:"我现在可能不会死……但有朝一日总会死的。每过一分钟,我就向死亡又靠近了一分钟,而且我会变老的。"

他听懂了我的意思,皱起了眉头,用长长的手指按着自己的太阳穴,双眼紧闭:"那是注定要发生的事情,应该发生的事情。要是我不存在,这种事情又怎么会发生呢——**我不该存在**的。"

我哼着鼻子说了一通,他惊讶地睁开了眼睛:"那叫愚蠢,就像去找某个刚中了彩的人,拿了钱,嘴上却说什么'伙计,咱们还是回到从前,该怎样就怎样吧,那样比较好',我不会吃这一套的。"

"什么中奖不中奖的,我可不敢当。"他咆哮着说。

"对,你比中奖强多了。"

他翻了两下眼睛,绷紧了嘴唇:"贝拉,咱们别再讨论这个问题了。我是绝对不会让你受那无尽黑夜的折磨的,别再费口舌了。"

"如果你认为事情到此就了结了的话,那你就太不了解我了,"我告诫他说,"别以为我就认识你一个吸血鬼。"

他的眼睛又变黑了:"爱丽丝她敢!"

有那么一会儿,他的样子看上去非常吓人,我不得不相信他的话是真的——我不能想象谁会有胆量跟他作对。

"爱丽丝已经见过了,对不对?"我猜测道,"难怪她说的那些事情令你大为恼火呢。她知道我会跟你一样的……有朝一日。"

"她错了,她也预见到你死了,可你不是也没死嘛。"

"我是绝不会把赌注压在爱丽丝身上的。"

我俩彼此盯了对方好久。除了各种机器的嗡嗡声、嘟嘟声、滴水声和墙上那面大钟的嘀嗒声外,很安静。他的表情终于放松了。

"这会给我们留下什么结果?"我纳闷道。

他嘿嘿一笑,一点儿也不幽默:"我想该叫僵局吧。"

我叹了一口气:"哎哟。"我喃喃道。

"你感觉怎样?"他问,眼睛看着呼叫护士的按钮。

"我很好。"我撒了个谎。

"我不信。"他轻言细语地说道。

"我不要又睡过去了。"

"你需要休息,争论这些对你没好处。"

"那就不争了呗。"我暗示道。

"这还不错。"他伸手去按按钮。

"别!"

他没理睬我的话。

"有事儿吗?"墙上的扬声器粗声问道。

"我想我们准备好了,想再要点儿止疼的药。"他冷静地说道,没理我愤怒的表情。

"我马上派护士过来。"那声音听上去非常厌烦。

"我不会吃的。"我信誓旦旦地说。

他看了看挂在我床边的装药液的袋子:"我认为他们不会让你吃的。"

我的心律开始升高了,他看出了我眼里的恐惧,失望地叹了一口气。

"贝拉,你有伤在身,需要放松,这样才能养好伤。你干吗这么倔呢?他们现在又不会再加针头了。"

"我不是怕扎针,"我咕哝道,"我是怕闭上眼睛。"

这时他狡黠地笑了笑,用双手捧住了我的脸:"我跟你说过了,我哪儿也不会去,别怕。只要能让你高兴,我会守在这儿的。"

我也回了他一个微笑,不顾脸颊的疼痛:"你总是这么说,你知道的。"

"噢,你会恢复过来的——只不过是一时迷恋罢了,转眼也就过去了。"

我不相信地摇了摇头——弄得我有点儿晕:"我当时很震惊,蕾妮居然轻信了我的那句话,我就知道你不会信以为真的。"

"那正是身为人类的妙处,"他告诉我,"情况总是在不断地变化。"

我眯缝起了眼睛:"别屏住呼吸。"

他正在哈哈大笑时,护士挥舞着一根注射器进来了。

"对不起。"她冲爱德华粗鲁无礼地说了一句。

他站了起来,走到这间小屋子的尽头,靠墙站着。他抱着双臂,等候着。我的目光始终放在他身上,仍然有些担心。面对我的凝视,他很镇定。

"这是你要的药水,宝贝儿,"护士一边把药水注进了我的管子,一边微笑着说,"现在你会感觉好一些的。"

"谢谢。"我低声说了一句,不是很热情。没多大一会儿工夫,我几乎马上就感到了睡意在我的血管里渗透开来了。

"应该是这样的效果。"我的眼皮垂下来的时候,她喃喃自语道。

她肯定已经离开了屋子,因为一样又冷又光滑的东西碰了碰我的脸。

"留下来。"发音有些模糊不清了。

"我会的。"他答应道。他的声音很好听,就像一支摇篮曲,"正如我说过的,只要能让你高兴……只要对你最有好处。"

我试图摇头,但头太沉了:"不是一回事。"我有气无力地说道。

他大笑道:"现在别担心这个了,贝拉,等你醒了,再跟我理论吧。"

我想我笑了:"好……"

我能感觉到他的嘴唇贴在了我耳朵边上。

"我爱你。"他耳语道。

"我也爱你。"

"我知道。"他悄然笑道。

我稍稍扭了扭头……在找东西。他知道我在找什么,他的嘴唇轻轻地贴住了我的嘴唇。

"谢谢。"我叹了口气。

"随叫随到。"

其实我的神志已经一点儿都不清楚了,可我还在无力地与昏迷做斗争,还有一件事我要告诉他。

"爱德华?"我使劲将他的名字说得清楚一点儿。

"什么事?"

"我把赌注押在爱丽丝身上。"我含糊地说道。

然后黑夜将我淹没了。

尾　声

爱德华搀扶着我上了他的车,非常小心地护着那一缕缕真丝和雪纺绸和他刚刚别在我精心设计的鬈发上的鲜花,以及我那笨重的助行夹板。他没理睬我噘着嘴生气的样子。

把我安顿好以后,他坐到司机座上,倒出了狭长的车道。

"对于眼下发生的事情,你打算具体告诉我多少啊?"我怒气冲冲地问道。我这人真的很讨厌惊喜,这一点他是很清楚的。

"真让我惊讶,你居然到现在还没猜出来。"他冲我甩过来了一个嘲笑,我的呼吸都停了。我会有习惯他的完美的那一天吗?

"我确实说过你样子非常帅,是不是?"我向他求证道。

"是。"他又咧嘴笑了一下。我以前还从未见他穿过黑衣服,由于与他苍白的皮肤形成了鲜明的对比,他美得简直叫人以为是进入了幻境了。这一点,我不能否认,即使他穿的是无尾晚礼服,也会令我忐忑不安。

不像裙子那样令我忐忑不安,或者说鞋那样。只有一只鞋,因为我的另一只脚还安全地套在石膏里面。可是那只细高跟皮鞋,只用缎带系着,我想跛着脚到处走动走动时,肯定帮不了多少忙。

"我再也不过来了,如果我过来后爱丽丝像对待天竺鼠[①]芭比那样对待我的话。"我牢骚满腹地说道。我在爱丽丝大得惊人的卫生间里

---

① 天竺鼠（guinea pig）别称"豚鼠、荷兰猪、荷兰兔、几内亚猪、葵鼠、老鼠兔、彩豚",更有宠物爱好者称之为"小天、天天"等。

度过了大半天，无可奈何地充当她扮演美发师和化妆师的受害者。每当我烦躁不安或抱怨时，她就提醒我说她一点儿都记不住自己身为人类时候的事情了，还要我别搅了她扮演理发师和化妆师而间接感受到的做人的乐趣。然后她给我穿了一条最为滑稽可笑的连衣裙——深蓝色的，带荷叶边，露肩式的，还有一个我不认识的法语标签——一条更适合私奔而不适合福克斯的裙子。正式的衣着不会带给我们任何好处，这一点我敢肯定。除非……可我不敢把我心中的疑团说出来，甚至不敢在自己的脑海中细细思量。

这时手机响了，分散了我的注意力。爱德华从上衣里面的一个口袋里掏出了手机，简短地看了看来电者的身份后才接。

"您好，查理。"他小心翼翼地说道。

"是查理？"我皱起了眉头。

查理自从我回到了福克斯以后一直……跟我过不去。他对我糟糕的经历做出了两种截然不同的反应。对于卡莱尔，他是感激涕零，差点五体投地了。另一方面，他却固执地认定错全在爱德华身上——因为首先，要不是因为他，我是不会离家出走的。而爱德华一点儿都不跟他唱反调。这些天给我立了一些前所未有的规矩：夜间什么时候到什么时候不让出去啦……几点到几点允许别人前来探视啦。

电话那头查理说的什么，爱德华听了不敢相信，眼睛都瞪大了，接着又笑逐颜开了。

"您开玩笑吧！"他大笑道。

"怎么回事儿？"我问。

他没理睬我，"您为什么不让我跟他说话呢？"爱德华喜形于色地建议道。他等了几秒钟。

"你好，泰勒，我是爱德华·卡伦。"他的语气非常友好，表面听上去。这种语气我非常清楚，能听出其中藏着一丝淡淡的敌意。泰勒在我家干什么？我渐渐明白了可怕的真相。我又看了一眼爱丽丝逼着我穿上的那条不合适的连衣裙。

"我很抱歉是不是沟通方面出现了什么差错，不过贝拉今天晚上没有空。"爱德华的语调变了，接着往下说的时候，语气里的威胁意味突然愈发明显了,"实话跟你说吧,她哪个晚上都没空,对除我之外的任何人而言都是如此,别见怪。对你的晚会,我感到很抱歉。"他听上去一点儿抱歉的意思都没有。然后,他挂了手机,得意地笑了起来。

我的脸和脖子都气得发紫了,我能感觉到两眼都气得泪水盈眶了。

他惊讶地看着我:"刚才最后几句话是不是说得太重了点儿?我没有冒犯你的意思。"

我没理睬他那一套。

"你是要带我去参加**班级舞会**!"我尖叫道。

现在情况已经非常明朗了,真是尴尬。要是我稍稍留点神的话,我肯定会注意到学校到处贴的海报上的日期的。可我做梦都没想到他会让我去受那个罪。难道他一点儿不了解我?

他没想到我的反应这么强烈,这一点显而易见。他咬紧嘴唇眯起眼睛说道:"别任性,贝拉。"

我的目光闪向了车窗,我们已经在去学校的路上了。

"你干吗要这样对我?"我满心恐惧地追问道。

他示意了一下他的无尾晚礼服:"说实话,贝拉,你以为我们在做什么呀?"

我感到了屈辱。首先,因为明摆着的事情我居然没注意到。其次,还因为那隐隐约约的怀疑——其实应该说是期待——我一天都在琢磨这个,爱丽丝干吗想把我变成一个漂亮的王后,结果居然是如此的不着边际。此时,我那半怕半疑的希望似乎非常愚蠢。

我猜想到了会有某个重大的活动,但没想到是**班级舞会**!那是最难想到的事情。

愤怒的泪水从我的脸上滚滚流下。我惊慌地记起自己破天荒地涂了睫毛膏,于是赶紧擦了擦眼睛下面,免得留下任何污迹。还好,我的手没有弄黑,也许爱丽丝早就知道我需要防水型的化妆品。

"这简直太荒谬了,你干吗哭呢?"他沮丧地问道。

"因为我**气疯**了!"

"贝拉。"他把他那双炙人的金色眼睛的全部力量都对准了我。

"什么事？"我神不守舍地咕哝道。

"迁就迁就我吧。"他坚持道。

他的目光把我所有的怒火都融化掉了。他这样耍赖皮的时候，我就只有甘拜下风的份儿了，我勉强地让步了。

"行，"我噘着嘴说道，没能像我想象的那样怒视着他，"我去，不声不响地去。可是，你就等着瞧吧，肯定有更坏的运气早就在等着我了，我很可能会摔断另一条腿的。瞧瞧这只鞋！它是一个死亡陷阱！"我伸出了那只没有受伤的腿，作为佐证。

"哼。"他盯着我的腿多看了一会儿，"待会儿提醒我一下，让我跟爱丽丝说声谢谢。"

"爱丽丝也会去吗？"这令我稍微得到了一些安慰。

"和贾斯帕、埃美特……还有罗莎莉一起去。"他承认道。

安慰感消失了。我和罗莎莉的关系一直没有什么改善，虽说我跟她的丈夫关系还不错。埃美特喜欢跟我在一起——他认为我异乎寻常的人类反应很好玩……也许只不过是他觉得我老是摔倒很滑稽。罗莎莉对我很冷漠，好像我不存在似的。就在我摇头驱散我的这种想法时，心里想到了一件别的事情。

"这件事查理也有份儿吗？"我问，突然产生了怀疑。

"当然。"他先是咧嘴一笑，接着又咯咯笑道，"不过，泰勒显然没有。"

我咬紧了牙关，泰勒怎么会这么痴心妄想呢，我简直无法想象。在学校，查理干预不了，爱德华和我形影不离、如胶似漆——除了偶尔几天出太阳之外。

此时，我们已经到了学校，罗莎莉的红色敞篷轿车在停车场特别显眼。今天的云层很薄，只有西边有几缕阳光穿破云层倾泻了下来。

他下了车，绕过来打开了我这边的车门，伸出了手。

我固执地坐在自己的座位上，抱着双臂，心里偷偷地在那儿沾沾自喜——停车场上挤满了西装革履的人群：这么多人看着，他不能强行把我从车里弄下来，要是只有我们俩，那就不好说了。

他叹了口气："有人想要杀你的时候，你勇敢得像头狮子——而有人跟你提到跳舞时……"他摇了摇头。

我倒吸了一口凉气,跳舞。

"贝拉,我不会让任何东西——甚至包括你自己——伤着你的,我一刻也不会放开你的,我保证。"

我想了想他说的话,突然感觉好多了。他能从我脸上看出来。

"好了,"他轻言细语地说道,"糟不到哪儿去的。"他俯下身来,用一只胳膊揽住了我的腰。我抓住了他的另一只手,让他把我从车上抱了下来。

他用手臂紧紧地揽着我,扶着我一瘸一拐地朝学校走去。

在凤凰城,班级舞会都是在宾馆的舞厅举行的。这个舞会,当然,是在体育馆举行的。体育馆很可能是镇上唯一开得了舞会的屋子。我们进去的时候,我咯咯地笑了。里面有用气球扎成的拱门,墙上还饰有色彩柔和的绉纸编成的花环。

"这看上去跟要放恐怖电影似的。"我窃笑道。

"哇,"我们慢慢地朝售票处走去——我的大部分重量都在他身上,但我还得晃晃悠悠地拖着自己的脚往前移,只听他咕哝了一句:"吸血鬼来得也**太**多了。"

我看了一眼舞池,舞池中央空出了很大一块空地,两对舞伴在那里翩翩起舞。其余的人全都挨着墙边站着,给他们腾地方——谁也不想跟这么光芒四射的舞姿形成鲜明的对比。埃美特和贾斯帕穿着传统的无尾晚礼服简直帅呆了,找不出半点瑕疵来。爱丽丝穿着一袭黑色的缎面连衣裙,裙子上镂空的几何图案透出了她雪白的肌肤,呈大块的三角形,惊艳绝伦。而罗莎莉……嗯,罗莎莉,简直叫人难以置信。她穿着一件鲜红色的露背连衣裙,裙子的腿肚处收得很紧,然后呈喇叭状展开成宽宽大大的褶边拖地下摆,后领口一直开到腰部。我为屋子里的每个女孩子,包括我自己,感到惋惜。

"要不要我把门闩上,好让你把那些无提防的镇民统统干掉?"我阴险地小声说道。

"这样的话,那你算在哪一边呢?"

"噢,我当然站在吸血鬼一边。"

他勉强地笑了笑:"只要能不跳舞,什么都可以。"

"什么都可以。"

他买了票,然后把我往舞池推去。我缩在他的胳膊里,拖着双脚。

"你整晚都要陪我。"他警告说。

终于他把我带到了他的家人正在翩翩起舞的地方——他们的风格似乎与现在这个时代和现在的音乐完全不相称。我提心吊胆地观看着。

"爱德华,"我的嗓子干得没办法,只能勉强耳语道,"我**的的确确**不会跳舞!"我能感觉到我胸口慌得直打鼓。

"别担心,小傻瓜,"他也跟我耳语道,"我会。"他把我的手臂绕在他的脖子上,把我往上一提,将他的脚塞到了我的脚下。

然后,我们也旋转起来了。

"我觉得自己像个五岁的小孩儿。"一点儿力气不费地跳了几分钟的华尔兹后我笑道。

"你看上去可不像。"他低声说道,把我拉得更靠近了一会儿,我的**双脚**有片刻的工夫都离地一英尺高了。

一转身,我看见了爱丽丝,她微笑着给我鼓励——我回了她一个微笑。我惊讶地意识到自己实际上有点儿……愉快的感觉了。

"好吧,还没那么差。"我承认道。

可爱德华的眼睛正盯着门口,脸色很生气。

"怎么回事?"我好奇地问道。我顺着他的目光看了过去,因为旋转的缘故迷失了方向,但最后我还是看见了是什么惹得他不高兴了。雅各布·布莱克,没穿无尾晚礼服,而是穿了一件长袖白衬衫,打着领带,头发像平常一样,往后梳成了一个马尾辫,正穿过舞池朝我们这边走来。

认出雅各布以后,我先是一惊,然后不禁替他感到遗憾。他显然不舒服——极度的不舒服。他的目光遇到了我的目光后,流露出了一脸愧悔的神情。

爱德华很轻地吼了一声。

"**礼貌点!**"我嘘声说道。

爱德华的语气很尖刻:"他想跟你聊。"

这时,雅各布来到了我们跟前,脸上的尴尬和歉意更加明显了。

"嘿,贝拉,我心里一直盼着你会在这儿呢。"雅各布的话听上去让人觉得他的希望正好与此相反,但他的微笑完全和平常一样热情。

"嗨,雅各布,"我也回以微笑,"怎么啦?"

"能借用一下你的舞伴吗?"他试探性地问道,第一次瞅了爱德华一眼。我震惊地发现雅各布不用抬头仰视了。自从我第一次见到他以来,他肯定高出半英尺了。

爱德华的脸色很镇定,表情很茫然。他唯一的回答就是小心翼翼地让我站住,然后往后退了一步。

"谢谢。"雅各布亲切地说道。

爱德华只是点了点头,目不转睛地看了我一会儿,这才转身走开。

雅各布把双手放在了我的腰部,我直起身子把双手搭在了他的肩膀上。

"哇,杰克,你现在多高了?"

他很得意:"六英尺二。"

我们其实并未跳舞——我的腿跳不了,而是不动脚地在那里不雅观地左右摇晃。这倒也无妨,他最近猛长了这么高一截,使得他看上去细长细长的很不协调,他跳舞很可能比我也强不到哪里去。

"噢,你今天晚上怎么到这儿来了?"我问道,其实并不真的想知道。考虑到爱德华的反应,我能猜到。

"你能相信我爸给了我二十块钱,让我来参加你们的班级舞会吗?"他承认道,有一点点不好意思。

"信,我相信,"我咕哝道,"好了,我希望你起码玩得愉快。发现了中意的没有?"我逗弄道,朝墙边上那一溜儿像色彩柔和的糖果一样的女孩子点了点头。

"见到了,"他叹息道,"可惜已经有人捷足先登了。"

他朝下瞟了一眼,和我好奇的目光相对了片刻,然后我俩都尴尬地望到一边去了。

"你看上去真漂亮,顺便说一句。"他腼腆地补了一句。

367

暮色

"嗯，谢谢。对了，比利干吗出钱让你到这儿来？"我迅速地问了一句，虽然我知道答案。

雅各布似乎不是很感激我转移了话题，他望到了一边，又不舒服了："他说这儿跟你说话很'安全'，我敢说我老爸准是疯了。"

说完他哈哈大笑了，我也略微跟着笑了一下。

"不管怎样，他说了，只要我把话带到了，他就会给我买我要的那个主汽缸。"他羞怯地咧嘴一笑，坦白道。

"那就告诉我呗，我希望你把你的车组装完。"我对他也咧嘴笑了一下。至少，雅各布对他要转告我的那些话不以为然，这样，情况就好多了。爱德华靠着墙在看我的脸，他自己的脸毫无表情。我看见一个穿粉色连衣裙的二年级学生正战战兢兢好奇地打量着他，但他似乎没有注意到她。

雅各布又不好意思地看到一边去了："别生气，好吗？"

"我绝对不会生你的气，雅各布，"我让他放了心，"我甚至不会生比利的气。你要说什么，尽管说出来好了。"

"嗯——这话太说不出口了，对不起，贝拉——他想要你跟你的男朋友分手，他让我告诉你'求你了'。"他愤慨地摇了摇头。

"他还是很迷信，对吧？"

"对。他……也有点儿太迷信过头了，你在凤凰城受了伤，他不相信……"雅各布的声音不自然地变小了。

我眯缝起了眼睛："我摔倒了。"

"这个我知道。"雅各布迅速说道。

"他认为爱德华跟我受伤有关系。"我断然说道，尽管我答应了不发火的，可还是生气了。

雅各布不愿面对我的眼睛，我俩甚至懒得随音乐摇晃了，虽然他的双手还放在我的腰间，我的双手还绕在他的脖子上。

"你看，雅各布，我知道比利也许不会相信，但情况就是这样，你知道的"——此时，他看着我了，是听出了我语气又变得诚挚起来后的回应——"爱德华的的确确救了我的命，要不是爱德华和他父亲，我早就死了。"

"我明白。"他嘴上说道,但语气听上去好像我真诚的话语令他有所感动,或许,他至少能够让比利相信这些的。

"嘿,我很抱歉,你也是迫不得已来做这件事情的,雅各布,"我道歉说,"不管怎样,你可以得到你要的零件了,对吧?"

"对。"他咕哝道,依然显得很难堪……很不安。

"还有话没说完?"我怀疑地问道。

"别提了,"他喃喃道,"我会去打工,自己攒够钱的。"

我怒视着他,直到他看到了我的目光:"你就痛快点儿说出来吧,雅各布。"

"太难听了。"

"我不在乎,告诉我。"我坚持道。

"好的……不过,哎呀,这话可难听啦,"他摇了摇头,"他要我转告你,不,要我**警告**你,嗯——下面这个'们'是他用的,不是我的,"他把一只手从我的腰部松开,举起来在空中画了一对小引号,"我们将拭目以待。"他密切注意着我的反应。

这话听起来就像从描写黑手党的电影里抄来的,我听后哈哈大笑了。

"抱歉,真是难为你了,杰克。"我窃笑道。

"**那倒**没什么。"他如释重负般地咧嘴笑了。他的目光迅速地把我的连衣裙扫视了一遍,评判着,"这么说来,用不用我转告他,叫他不要多管闲事?"他满怀希望地问道。

"不用,"我叹了口气,"告诉他说我谢谢他,我知道他是为我好。"

一曲终了,我放下了胳膊。

他的双手在我的腰间迟疑着不肯松开,瞅了一眼我的那只跛腿:"你还想跳吗?还是要我帮你找个地方歇着?"

爱德华替我作了回答:"好了,雅各布,这就不用麻烦你了。"

雅各布往后一缩,瞪大眼睛盯着爱德华,他就站在我们旁边。

"嘿,我没看到你在这儿,"他喃喃道,"我想我还会见到你的,贝拉。"他退下了,随意挥着手。

我微笑着说道:"对,回头见。"

"真是抱歉。"他又说了一遍,这才转身朝门口走去。

下一曲开始时,爱德华用双臂搂住了我。节奏稍微快了一点儿,不适合跳慢步,但对他来说似乎算不了什么。我把头靠在他的胸口,心满意足。

"感觉好点儿吗?"我挑逗道。

"没好多少。"他简短生硬地说道。

"别生比利的气,"我叹息道,"他不过是看在查理的分儿上,担心我罢了。不是什么涉及个人的事情。"

"我不是在生比利的气,"他语气急促地纠正道,"可他儿子,真是让我恼怒不已。"

我往后仰了仰,想看看他的表情,只见他脸色非常严肃。

"为什么?"

"首先,他让我食言了。"

我大惑不解地盯着他。

他半笑不笑地说道:"我答应过你今天晚上不让你离开我半步的。"他解释道。

"噢,没事,我原谅你了。"

"谢谢。可是还有别的事。"爱德华皱起了眉头。

我耐心地等候着。

"他说你**漂亮**,"他终于接着说了,眉头皱得更紧了,"那简直就是侮辱,就像你现在看上去的样子,用美来形容都远远不够。"

我大笑道:"你也许有些偏见吧。"

"我可不这样认为,而且,我是什么眼光呀!"

我们又在旋转了,我的双脚站在他的双脚上面,他将我搂得紧紧的。

"这么说,你要对这一切都做出解释?"我问道。

他低头看了看我,一脸的困惑,我则意味深长地怒目注视着那些绉纸。

他考虑了一会儿,然后改变了方向,转着我穿过人群朝体育馆的后门而去。我瞥见了正在跳舞的杰西卡和迈克,他俩正好奇地盯着我。杰西卡冲我挥了挥手,我迅速地朝她笑了笑。安吉拉也在,她在小个子本·切尼的怀里显得极其快乐;她没有抬头,而是望着比自己低一个脑袋的他的眼睛。李和萨曼莎,还有劳伦跟康纳正瞪大眼睛看着我们。我能叫出从我旁边翩然而过的每张面孔的名字,然后我们到了门外,进入了落日那清冷而又昏暗的余晖之中。

一进入二人世界,他就一把将我拎起来,揽入了怀中,抱着我穿过黑暗的操场,来到了玛都那①树荫下的长凳边上。他在长凳上坐下,让我靠着他的胸膛。月亮已经升上来了,透过薄透的云彩依稀可辨,白色的月光下,他的脸上泛着苍白的光。他的嘴咬得紧紧的,两眼充满了忧虑。

"你什么意思。"我温和地提醒道。

他没理我,两眼盯着天上的月亮。

"又是暮色时分了,"他嘟囔道,"又一天结束了。无论白天多完美,总有结束的一刻。"

"有些东西就不一定非结束不可。"我从牙缝里挤出了这几个字,立刻紧张起来了。

他叹了一口气。

"我之所以带你来参加班级舞会,"他慢吞吞地说道,终于回答我的问题了,"是因为我不想你错过任何事情。我不希望我的存在夺走你的任何东西,如果我能做到的话。我希望你做一个**人**,我希望你的生活按它本来的样子继续下去,就当我已经在一九一八年该死的时候死掉了。"

听了他的话,我不寒而栗,然后我生气地摇了摇头:"不管在什么奇怪的平行空间里,我会自愿**去**参加班级舞会?要不是你比我强壮一千倍,我怎么也不会让你蒙混过关的。"

---

① 玛都那(Madrone),又叫优材草莓树(拉丁名:Arbutus menziesii),Madrone是美国的叫法,一译"浆果鹃"。一种生长在美国、加拿大太平洋沿岸的硬木,心材呈淡粉色或淡红褐色,边材乳白色,掺有粉色;纹理和梨树接近,而颜色和苹果树相近;果实成熟后呈红色,大小和草莓差不多。是制作保龄球、工艺品、车削制品、把手等的好材料。

他敷衍地笑了一下,连眼睛都没沾到笑意:"还没那么差,你亲口说的。"

"那是因为和你在一起。"

我俩安静了一分钟,他盯着月亮,我盯着他。我希望有什么法子解释我对正常的人类生活是多么的不感兴趣。

"你愿意告诉我什么吗?"他问道,低头瞅了我一眼,脸上带着一丝淡淡的笑意。

"我不是一直在告诉你吗?"

"答应我你会告诉我的。"他笑着坚持道。

"好。"话一出口,我就知道马上会后悔的。

"你琢磨出我要带你来这儿后,似乎真的很惊讶。"他开了个头。

"**对呀**。"我打断了他的话。

"一点儿不错,"他同意道,"可你肯定有过别的推测……我想知道——你**以为**我打扮你是为了什么目的?"

没错,马上就后悔了。我噘起了嘴唇,犹豫着:"我不想告诉你。"

"你答应过的。"他不干。

"我知道。"

"那为什么还不说?"

我知道他以为仅仅是不好意思我才不肯开口:"我想你听了会发火的,或者会伤心的。"

他的眉毛在眼睛上方挤到了一起,把我的话想了一遍:"我还是想知道,求你了。"

我叹了口气,他等待着。

"嗯……我估计倒是有某种……重大活动。可我没想到会是某种陈腐的人类活动……班级舞会!"我嘲笑道。

"人类?"他问得很干脆,挑了一个关键的字眼。

我低头看着自己的裙子,手里不安地揉弄着一块稀疏的雪纺绸。他耐心地等待着。

"好的,"我一下子全坦白了,"我还以为你可能改变了主意……终究会把**我**变成吸血鬼呢。"

他的脸色青一阵白一阵，好多种情感交织在了一起。其中有些我认得出来：愤怒……痛苦……然后他似乎定了定神，表情变得很开心了。

"你以为会是一个戴黑领结的活动①，对吧？"他揶揄道，手上摸着无尾晚礼服的翻领。

我沉下脸以掩饰自己的尴尬，"我不知道这些玩意儿有什么讲究。至少，对我来说，似乎比班级舞会更理性一些。"他还在咧嘴笑着。"这有什么好笑的。"我说。

"对，你说得对，是不好笑，"他同意道，脸上的笑意不见了，"不过我宁愿把它看作一个笑话，而不愿相信你是当真的。"

"可我就是当真的。"

他长叹了一口气："我知道，你真的那么愿意吗？"

他的眼睛里又浮现出了痛苦的神情。我咬着嘴唇点了点头。

"那你可得准备好啊，这可是结束呀，"他嘟囔道，几乎是在说给他自己听，"这可是你生命的暮色时分呀，虽然你的生命才刚刚开始。你愿意放弃一切？"

"那不是结束，那是开始。"我压低嗓子反对道。

"我不值得你这样。"他悲伤地说道。

"还记不记得你曾告诉过我，说我不是非常了解我自己吗？"我抬起眉毛问道，"你显然也同样不了解你自己。"

"我知道自己有几斤几两。"

我叹了口气。

可他反复无常的情绪转移到了我身上。他噘起了嘴唇，两眼在探寻着什么，他仔细地观察了好一会儿我的脸。

"那你现在准备好了吗？"他问。

"嗯。"我哽塞地说道，"怎么啦？"

他微笑了，然后缓缓地把头弯下来，直到他冰凉的嘴唇擦到了我

---

① 戴黑领结［配无尾晚礼服（tuxedo）］的活动（宴会）是比较正式的场合，其正式程度仅次于戴白领结［配燕尾晚礼服（tails）］的场合。

下巴角下面的皮肤为止。

"就现在吗?"他小声说道,呼出的气吹在我的脖子上,凉飕飕的。我不由自主哆嗦起来了。

"对。"我耳语道,免得破音。如果他认为我是在装腔作势,他会很失望的。我早就下定了决心,而且我确信是对的。我的身体僵硬得像块木板似的,双手攥成了拳头,呼吸没有了规律……这都没关系。

他偷偷地笑了,侧向了一边,他的脸色的确有些失望。

"你千万别真的以为我会这么轻易地让步。"他说,嘲笑的语调里藏着一丝尖酸的味道。

"女孩子爱做梦。"

他的眉毛竖了起来:"这就是你的梦想?成为一个恶魔?"

"没说到点子上,"我说,对他的措辞皱起了眉头,恶魔,什么恶魔,"我更多的是梦想永远和你在一起。"

他的表情变了,让我语气中隐隐的悲痛变得温和而忧伤了。

"贝拉。"他的手指轻轻地顺着我嘴唇的轮廓滑动着,"我会跟你在一起的——这还不够吗?"

我在他的指尖下微笑:"眼下够了。"

他对我的固执皱起了眉头,今天晚上谁也不会投降。他呼出了一口气,呼气的声音简直就是咆哮。

我摸了摸他的脸。"听着,"我说,"我爱你,超过了把世界上所有其他的东西全加在一起,这还不够吗?"

"够,"他微笑着答道,"永远够了。"

然后他俯下身来,又一次将他冰凉的嘴唇贴在了我的喉咙上。